Magnus Montelius
Ein Freund aus alten Tagen

PIPER

Zu diesem Buch

1990, der eiserne Vorhang ist gerade gefallen, da stürzt in Stockholm ein Mann auf mysteriöse Weise zu Tode. Er trägt einen albanischen Pass bei sich, der ihn als Aron Bektashi ausweist. Die Behörden aber bestreiten die Existenz einer solchen Person. Und als kurz darauf der einzige Zeuge des Unglücks ums Leben kommt, steht für den Journalisten Tobias Meijtens fest, dass Bektashis Tod kein Selbstmord gewesen sein kann. Zusammen mit seiner erfahrenen Kollegin Natalie Petrini stellt er Nachforschungen an – und erfährt, dass der Tote Erik Lindman hieß und vor 25 Jahren aus Schweden verschwunden sein soll. Warum aber ist Lindman ausgerechnet jetzt nach Stockholm zurückgekehrt? Und wer würde zwei Morde verüben, um Lindmans schwedische Vergangenheit für immer auszulöschen?

»Eine atemberaubend spannende Geschichte über mächtige Menschen und darüber, was sie bereit sind zu tun, um die Geheimnisse ihrer Vergangenheit zu bewahren.« Aftonbladet

Magnus Montelius, geboren 1965, arbeitete als schwedischer Umweltberater auf dem Balkan und in den alten Sowjetrepubliken. 2011 publizierte er in dem eigens gegründeten Verlag Columbi sein Kriminalromandebüt »Ein Freund aus alten Tagen«, das ein großer Überraschungserfolg in Schweden wurde und sich auf Anhieb in zahlreiche Länder verkaufte.

Magnus Montelius

EIN FREUND AUS ALTEN TAGEN

Kriminalroman

Aus dem Schwedischen
von Paul Berf

Piper München Zürich

Mehr über unsere Autoren und Bücher:
www.piper.de

MIX
Papier aus verantwortungsvollen Quellen
FSC® C083411

Ungekürzte Taschenbuchausgabe
Oktober 2014

Titel der schwedischen Originalausgabe:
»Mannen från Albanien«, Columbi Publishing, Lund 2011

Umschlaggestaltung: Cornelia Niere, München
Umschlagabbildung: Artwork Cornelia Niere; Girts Gailans/
rededgeimages
Satz: Kösel Media GmbH, Krugzell
Gesetzt aus der Antiqua B
Papier: Munken Print von Arctic Paper Munkedals AB, Schweden
Druck und Bindung: CPI books GmbH, Leck
Printed in Germany ISBN 978-3-492-30487-0

Erster Teil

Der Mann aus Albanien

Stockholm, im September 1990

1

Sven Emanuel ging mit ungleichmäßigen Schritten die Fjällgatan hinunter und murmelte leise vor sich hin. Den Menschen, die ihm auswichen, sobald sie ihn sahen, schenkte er keinerlei Beachtung, stattdessen blieb er stehen, um mit seinen großen Stiefeln fest aufzustampfen. Alles in Ordnung, das Zeitungspapier in seinen Schuhen lag genau richtig und bildete eine wärmende Schicht. Er schlang den Schal fest um Hals und Kopf, blies warme Luft in seine Hände und ging weiter. Die Leute, denen er begegnete, fanden seine Kleidung möglicherweise ein wenig übertrieben für diesen lauen Herbstabend, aber sie waren sicher auch auf dem Weg in ihre geheizten Wohnungen.

Sven Emanuel schaute sich um und ging schneller. Zu seiner Linken glitzerten Neonlichter über dem Wasser, und er hätte alle Kirchtürme und Sendemasten der Stadt zählen können, aber für so etwas hatte er keine Zeit. Niemand durfte ihm zuvorkommen oder sein Geheimnis entdecken. Es war sein Platz, den ihm keiner wegnehmen durfte. Seit die Abteilung geschlossen worden war, hatte er nicht mehr so gut geschlafen wie dort. Mittlerweile hatten allerdings auch ein paar Jugendliche den Weg dorthin gefunden und saßen manchmal die halbe Nacht zusammen, während Sven Emanuel etwas entfernt im Gebüsch wartete.

»Verdammte Scheiße, was für ein Dreckspack«, murrte er

und packte seine beiden Plastiktüten fester. Am Ende der Straße bog er rechts ab und eilte mit schnellen, trippelnden Schritten zu den Gebäuden der Diakonie Ersta. Er ging zu dem Torbogen, durch den man in einen kleinen Innenhof gelangte, und spähte den Hügel hinauf. Dort oben war es. Warme Luft strömte aus einem Lüftungsschacht und über die glatte Metallplatte, die für einen Schlafplatz die perfekte Größe hatte. An das schwache Brummen im Hintergrund hatte er sich gewöhnt und fand es fast schon gemütlich. Über der Platte war ein Dach angebracht, das sie vor Regen schützte und von Schnee und Feuchtigkeit frei hielt. Manchmal leerte die Müllabfuhr nur wenige Meter entfernt die Container, aber das störte ihn selten, meistens nahm er es kaum wahr.

Dann entdeckte er den Mann unter der Straßenlaterne, an der einzigen Stelle des Hofs, die beleuchtet war. Sven Emanuel musterte ihn von Kopf bis Fuß, und sein Magen krampfte sich zusammen. Der Mantel des Mannes war abgewetzt, die grauen Haare sahen aus, als hätte er sie selbst geschnitten, ein Schuh war an der Sohle eingerissen, und das Gesicht war so zerfurcht, als wäre es zu lange Wind und Wetter ausgesetzt gewesen. Ein verdammter Penner, der bestimmt zur selben Stelle wollte wie er.

Als Sven Emanuel sich ihm vorsichtig näherte, zuckte der Fremde zusammen und riss den Arm hoch, als wollte er sich verteidigen, lächelte dann aber und zwinkerte ihm freundlich zu. Vielleicht wollte er seine ängstliche Reaktion überspielen. Ein Schneidezahn war abgebrochen, und seitlich glänzte eine unförmige Brücke aus Metall. Der Mann stand aufrecht da, sein Blick flackerte nicht, und er bewegte sich wie jemand, der es gewohnt war, ernst genommen zu werden. Nun erinnerte er Sven Emanuel ein bisschen an den Hausmeister in seiner alten Schule und war ihm instinktiv sympathisch. Er brauchte sich keine Sorgen zu machen, dieser Mann war nicht auf der Suche nach einem Schlafplatz.

Er schielte über Sven Emanuels Schulter hinweg zu dem dunklen Torgewölbe.

»Wartest du auf jemanden?«, fragte Sven Emanuel.

Der Fremde antwortete ihm jedoch nicht, sondern betrachtete ihn nur nachdenklich, ehe er eine Geste mit beiden Händen machte, um auszudrücken, dass er ihn nicht verstanden hatte. Sven Emanuel begriff, dass der Mann nicht aus Schweden stammte, und als er sich zögernd auf den Hügel zubewegte, nickte ihm der ausländische Herr aufmunternd zu. Anschließend wandte er sich um und schaute wieder zu dem Torbogen hinüber. Muss wirklich jemand Wichtiges sein, auf den er da wartet, dachte Sven Emanuel.

Auf dem Hügel angekommen, überprüfte er ein letztes Mal, ob ihm auch keiner gefolgt war. Er hockte sich hinter ein Gebüsch und sah auf die Aussichtsterrasse hinunter. Der freundliche Ausländer stand immer noch im Schein der Laterne, Sven Emanuel konnte seine Gesichtszüge deutlich erkennen. Nun lächelte der Mann nicht mehr. Sven Emanuel folgte seinem Blick und hätte beinahe aufgeschrien, als er am Torbogen eine schattenhafte Gestalt entdeckte. Der Mann in dem abgewetzten Mantel schaute sich um und ging zum Geländer, das an einer Felskante entlangführte. Der Schatten am Torbogen bewegte sich auf denselben Punkt zu. Als wüssten sie beide Bescheid, als hätten sie sehr lange aufeinander gewartet.

Der Schatten drehte sich hastig um, als wollte er sich vergewissern, dass sie allein waren. Sven Emanuel duckte sich noch tiefer, ließ die beiden Gestalten jedoch nicht aus den Augen. Die Augen dieses Schattens hatte er schon einmal gesehen, diesen urteilenden Blick, der alles sah und sich an alles erinnerte. Gedanken schossen ihm durch den Kopf, und plötzlich wollte er laut rufen, hinunterrennen und seinen Freund in dem abgetragenen Mantel warnen. Stattdessen drehte er sich um und lief mit pochendem Herzen über die Kuppe hinweg zu dem sicheren Platz, den nur er kannte.

2 Hinter seiner Glasscheibe glotzte ihn der Pförtner misstrauisch an, aber Tobias Meijtens ließ sich nur noch tiefer in die große Ledercouch im Eingangsbereich des Rathauses sinken. Er blätterte scheinbar zerstreut in einer Broschüre, und nichts in seinem Verhalten deutete darauf hin, dass ihn die Aufmerksamkeit des Pförtners störte.

Die einzelnen Dezernenten waren schon vorbeigegangen. Sie konnten nicht ahnen, dass dieser Mann im Cordjackett mit den halblangen, leicht zerzausten Haaren so viel über sie wusste. In den letzten Wochen hatte er ihr Aussehen, ihre Parteizugehörigkeit, ihre Berufe und kleine interessante Details wie ihre politischen Lieblingsprojekte und ihre Beziehungen untereinander in seinem Gedächtnis gespeichert. Nur der referierende Dezernent war noch oben. Hatte er geahnt, dass Meijtens auf ihn wartete, und den Hinterausgang genommen? Dann würde er eben an seiner Haustür klingeln müssen. An diese Seite seines Jobs hatte Meijtens sich zwar noch nicht gewöhnt, aber manchmal ging es eben nicht anders. Zumindest nicht unter den jetzigen Bedingungen.

Das ganze Haus wirkte verlassen, aber in der Ferne hörte man Schritte, die sich näherten. Als der Mann die Treppe herunterlief, erkannte Meijtens ihn trotz der Entfernung und der schummrigen Beleuchtung sofort. Der Mantel flatterte um seine Beine, die Aktentasche schwang nervös hin und her, und sein Blick flackerte unsicher. Der arme Kerl, dachte Meijtens, rührte sich aber nicht von der Stelle.

Als der Mann auf gleicher Höhe mit Meijtens war, blieb er stehen und warf einen Blick auf den Pförtner und anschließend auf Meijtens. Danach setzte er seinen Weg fort, als hätten sie sich noch nie gesehen. Meijtens ließ ein paar Sekunden verstreichen, ehe er aufstand und hinausging. Am hinteren Ende des Vorplatzes holte er den Mann ein, der sich zu ihm umdrehte.

»Ja, sind Sie denn von allen guten Geistern verlassen?«, sagte er. »Begreifen Sie eigentlich, was passiert, wenn uns hier jemand sieht?«

Der Gedanke, dass ihn irgendwer erkennen und als Journalist identifizieren könnte, war in gewisser Weise schmeichelhaft, aber Meijtens kommentierte die Bemerkung nicht.

»Ich habe versucht, Sie telefonisch zu erreichen, und mehrere Nachrichten auf Ihrem AB hinterlassen. Wir benötigen eine Bestätigung für das, worüber wir gesprochen haben.«

Der andere Mann wandte sich ab und murmelte etwas Unverständliches.

»Im Grunde haben wir alles, was wir brauchen«, fuhr Meijtens fort, »aber ich möchte Ihnen die Chance geben, unsere Informationen zu kommentieren und zu bestätigen, was Sie mir schon erzählt haben.«

Meijtens ließ einige Sekunden verstreichen. »Lassen Sie uns irgendwohin gehen, dann erzähle ich Ihnen, was wir wissen.«

Er war sich sicher, dass dieses Angebot für jemanden, der in den letzten Tagen vermutlich an nichts anderes gedacht hatte, unwiderstehlich sein musste.

Als sie wenig später in dem kleinen Café an dem Platz saßen, betrachtete Meijtens den Mann nachdenklich. Johan Sjöhage war Schwedens jüngster Baudezernent, ihm wurde eine glänzende Karriere in seiner Partei prophezeit. Er war Anfang oder höchstens Mitte dreißig und in jeder Hinsicht das Gegenteil von Meijtens. Sjöhage trug die kurz geschnittenen Haare sorgsam gekämmt, seine Kleidung war korrekt, und das Lächeln, das er der Cafébedienung schenkte, war zwar bemüht, aber charmant.

Aus seiner abgegriffenen Satteltasche zog Meijtens einen Aktenordner, der mit einem umfassenden Inhaltsregister und kleinen Reitern in unterschiedlichen Farben versehen und so voller Dokumente war, dass er sich kaum schließen ließ. Sjöhage starrte ihn resigniert an und begriff vielleicht, dass irgendwo zwischen diesen zahllosen Blättern das stand, was er mehr als alles andere fürchtete. Vielleicht wunderte er sich aber auch über den Kontrast zwischen dieser akribischen Ordnung und Meijtens sonstiger Erscheinung.

Als Meijtens sein Notizbuch aus der Innentasche des Jacketts zog, fiel ihm auf, dass das Futter noch etwas weiter eingerissen war. Das ließ sich nicht ändern. Im Grunde benötigte er weder den Ordner noch seine Notizen, sie waren bloß Requisiten. Jedes kleine Detail, das er in den letzten Monaten gefunden hatte, lag fein säuberlich in seinem phänomenalen Gedächtnis archiviert.

»Okay, wir wissen Folgendes.«

Ruhig und sachlich referierte er die Informationen, die er recherchiert hatte, und die Schlussfolgerungen, die er aus ihnen gezogen hatte. Obskure kleine Berichte aus verschiedenen kommunalen Ämtern, Gutachten von einigen niederen Beamten und Informationen aus anderen Quellen innerhalb der Stadtverwaltung. Er wusste, dass Sjöhage Fakten und klare Strukturen respektieren würde. Das war ihm in Fleisch und Blut übergegangen, aber manchmal unterbrach er dennoch den Vortrag und wollte wissen, wer was gesagt hatte. Als Antwort lächelte Meijtens nur freundlich und bewegte sich zielstrebig und systematisch zu dem entscheidenden Punkt im vergangenen Jahr vor, als der Mann, der ihm nun schwitzend gegenübersaß, der Verwaltung völlig neue Anweisungen erteilt hatte. Das geplante Naherholungsgebiet neben dem Bootshafen sollte auf einmal in ein Wohnungsbauprojekt umgewandelt und der Ankauf direkt über die Stadtverwaltung abgewickelt werden. Eine schäbige kleine Geschichte, wie sie die Leser von *7Plus* lieben würden.

Sjöhage hatte in den letzten Tagen Tics entwickelt, als hätte seine Rüstung unter dem einen Nasenflügel einen winzigen Riss bekommen und ein zitterndes Inneres entblößt.

Meijtens verstummte und sah auf die Uhr. Jetzt hing alles davon ab, was Sjöhage sagen würde. Meijtens' Finger, die den Stift umschlossen, wurden weiß. Jetzt komm schon, erzähl's mir. Er brauchte die Bestätigung heute, so lautete das Ultimatum der Redaktionsleitung.

»Als wir uns vor sechs Monaten sprachen …«

»Ich habe gedacht, Sie wären ein Taxifahrer.«

»Ich war auch Taxifahrer. Da meinten Sie, dass Sie neue Anweisungen erhalten hätten. Wir glauben zu wissen, von wem, und wir sind uns auch fast sicher, was die Gründe betrifft.«

»Ich habe nur gesagt, dass ich die Politiker satthabe. Und dann wollte ich den Bootshafen sehen, solange es ihn noch gibt. Das war doch alles nur betrunkenes Geschwätz.« Sjöhage konnte den Blick nicht von dem Ordner nehmen. »Wie viel Zeit haben Sie eigentlich darauf verwandt, das alles zusammenzutragen?«

Das war eine durchaus relevante Frage, die ihm auch Hanna in den letzten Monaten mehrmals gestellt hatte. Der stellvertretende Chefredakteur hatte sich das ebenfalls gefragt. Aber Meijtens sah keine Veranlassung, in diesem Augenblick darauf einzugehen.

»Wissen Sie, ich habe mich über Sie erkundigt«, platzte Sjöhage heraus. »Laut Protokoll haben Sie Einsicht in Hunderte von Akten beantragt, und ich weiß, dass Sie bestimmt zwanzig Beamte kontaktiert haben.«

Meijtens studierte seine Hände. Das kam ungefähr hin.

»Und dabei haben Sie bei diesem Magazin nicht einmal eine feste Stelle.«

Offenbar würde es nicht klappen. Stattdessen würde Sjöhage nur immer bockiger werden und sich nicht vom Fleck rühren. Meijtens rührte den letzten Rest Kaffee in seiner Tasse um und war beeindruckt von Sjöhages Loyalität, obwohl dieser sich sowohl hintergangen als auch ausgenutzt fühlen musste. Wenn die Dinge wirklich so lagen, wie Meijtens annahm.

In den letzten Wochen hatte er mit Sjöhage gelebt und geatmet, trotzdem war ihm der Mann noch immer ein psychologisches Rätsel. Meijtens war eher zufällig über seine pietistische Herkunft gestolpert, denn den strengen Glauben seiner Eltern hatte Sjöhage längst zugunsten eines Lebens für die Politik und die Partei aufgegeben. Er hätte gerne die Gründe gekannt und fragte sich, was Sjöhage in diesem Moment dachte.

»Ich habe bereits genügend Material für einen ganz ausgezeichneten Artikel zusammen, aber das reicht mir nicht, da fehlt noch etwas.«

Sjöhage fragte ihn nicht, was es war, er wusste es. Meijtens wartete.

»Ich will die wahre Geschichte schreiben«, sagte er schließlich.

Sjöhage starrte auf die Tischplatte. »Ich kann nicht. Das wäre nicht richtig. Sie haben ja keine Ahnung, welche Konsequenzen das haben würde.«

Meijtens lehnte sich vor und senkte die Stimme. In den folgenden Tagen würde er sich selbst bescheinigen, dass es nur ein spontaner Einfall gewesen war.

»Und ob ihr auch leidet um Gerechtigkeit willen, so seid ihr doch selig. Fürchtet euch aber vor ihrem Trotzen nicht und erschrecket nicht.«

Sjöhage blickte erstaunt auf. Jeder Muskel in seinem Gesicht schien sich zu entspannen, als gäbe endlich alle Willenskraft nach.

Meijtens schaltete den Kassettenrekorder ein.

Es dauerte sicher eine halbe Minute, bis Sjöhage etwas sagte. Dann erzählte er mit eintöniger Stimme, wie er selbst – und er ganz allein – das Projekt Schärenstadt durchgesetzt hatte. Meijtens warf Fragen ein, erhob Einwände und wies auf Widersprüche hin, aber es war sinnlos. Sjöhage hatte sich entschieden. Meijtens wunderte sich vor allem über den Detailreichtum im Bericht des jungen Dezernenten. Er musste diese Enthüllung sorgsam vorbereitet haben, als einen letzten Ausweg für den Fall, dass ihm kein anderer Weg mehr offenstehen würde.

Als Sjöhage fertig war, stand er auf und gab Meijtens die Hand. Förmlich wie ein Trauergast auf einer Beerdigung. Meijtens machte einen letzten Versuch, ihn umzustimmen. Er hielt Sjöhages Hand fest, legte ihm seine andere Hand auf die Schulter und erklärte, das sei doch idiotisch. Niemand werde ihm das danken. Aber Sjöhage befreite sich aus seinem Griff und verschwand in der herbstlichen Dunkelheit.

Als Meijtens einige Minuten später das Café verließ, regnete es, und er lief mit seiner Tasche über dem Kopf zur nächstgelegenen Telefonzelle, um in der Redaktion anzurufen. Monica teilte ihm mit, Bertil Andersson, der stellvertretende Chefredakteur, telefoniere gerade. Meijtens wartete. Wochenlang hatte er sich darauf vorbereitet, Sjöhage zur Rede zu stellen, und dabei verschiedene Szenarien durchgespielt und wie er auf sie reagieren würde. Nichts hätte ihn jedoch darauf vorbereiten können, was gerade passiert war. Nach einigen Minuten hörte er am anderen Ende der Leitung ein Röcheln.

»Ja?«

»Hier spricht Meijtens.«

»Das weiß ich. Hast du die Bestätigung?«

Meijtens erinnerte sich an Sjöhages tonlose Stimme, die so klang, als wäre jede Lebenskraft aus ihm gesogen worden. Er brauchte Zeit, er musste nachdenken.

»Ich habe die Story.«

»Und die Verbindung zu den entscheidenden Köpfen im Stadtrat? Konnte er sie bestätigen?«

Der Regen trommelte auf die Telefonzelle. Ihm fiel etwas

ein, was sein alter Doktorvater Jakub einmal gesagt hatte. Etwas über die Wahrheit, die die hässliche Schwester der Lüge sei. Auf Tschechisch klang das vermutlich besser.

»Hallo, Meijtens?«

»Es gibt eine Verbindung.« Er hörte noch die nächste Frage des stellvertretenden Chefredakteurs, während er einhängte.

Meijtens wischte mit seinem Jackettärmel die beschlagene Windschutzscheibe frei und stellte die Scheibenwischer auf die höchste Stufe. Natürlich hatte er mehrfach versucht, ein längeres Interview mit dem Bürgermeister zu bekommen, herausgekommen waren allerdings nur zwei müde Minuten zwischen zwei Sitzungen. *Leider keine einzige Lücke im Terminkalender mehr frei, verstehen Sie? Eine reine Verwaltungsangelegenheit, sprechen Sie mit Sjöhage*. In Wahrheit fand er wohl, dass Meijtens zu unbedeutend und seine Beweise zu dünn waren.

Der Stadtrat hatte sich den Rücken freigehalten. *Wie, sagten Sie, heißt Ihr Wochenmagazin,* 7Plus? *Ist das nicht eines dieser Boulevardblätter?*

Bertil Andersson war an die Decke gegangen. »Finde den verdammten Zusammenhang, den du mir versprochen hast, dann nehmen wir diese Typen in die Mangel. Sonst lassen wir die Sache fallen.«

Als er das sagte, hatte keiner von ihnen damit gerechnet, dass Sjöhage aus Gründen, die Meijtens nur teilweise nachvollziehen konnte, die ganze Schuld auf sich nehmen würde. Seine Geschichte war außerdem so genial formuliert, dass man problemlos Fakten finden würde, die sie untermauerten. Wenn man das wollte. In Gedanken ging Meijtens schwammige Entscheidungsprotokolle, seltsame Zufälle und ängstliche Aussagen niederer Beamter durch, die nicht zitiert werden wollten. Zusammenhänge, die in eine ganz andere Richtung wiesen. Zu selbstherrlichen Politikern, die sich ihrer Sache ein wenig zu sicher gewesen waren und sich zu große Freiheiten herausgenommen hatten.

Gereizt trommelte er aufs Lenkrad. Bertil Andersson würde bestimmt noch zwei Stunden in der Redaktion bleiben. Wenn er sich beeilte, hätten sie genügend Zeit, gemeinsam zu besprechen, wie der Artikel geschrieben werden sollte, aber das war momentan das Letzte, was Meijtens wollte. Er musste Zeit gewinnen, um zu zeigen, dass er diese Geschichte auf seine Art schreiben konnte.

Am Stadsgårdskai auf Södermalm standen einige Streifenwagen und ein Krankenwagen am Straßenrand. Ein Unfall? Oder etwas noch Schlimmeres? Meijtens hielt an und schaltete das Warnblinklicht ein. Wenn er erst in die Redaktion zurückkehren wollte, nachdem alle heimgegangen waren, brauchte er eine gute Entschuldigung, und die hier war so gut wie jede andere. Gerade schlossen die Rettungssanitäter die Türen eines Krankenwagens und fuhren los. Polizisten blickten zum Felsabsatz fünfzehn Meter über ihnen hinauf und führten Gespräche über Funk. Als Meijtens ihren Blicken folgte, lief ihm ein Schauer über den Rücken. Er begriff. Und dort oben musste es einen vorgesetzten Beamten geben, der mehr wusste.

Er fuhr hinauf, parkte vor der Diakonie Ersta, durchquerte den Torbogen und betrat den schwach beleuchteten Innenhof. Seine Schuhe schmatzten auf dem nassen Weg, und sein Blick wanderte an der vor ihm liegenden Felskante entlang. Es gab ein Stahlgeländer, das allerdings nicht sonderlich hoch war. Hatte der Verunglückte versucht, darauf herumzubalancieren, und war durch ein Missgeschick abgestürzt? Meijtens wollte gerade zu zwei uniformierten Beamten gehen, die das Gelände absperrten, als er hinter sich eine Stimme hörte.

»Kann ich Ihnen irgendwie behilflich sein?«

Er drehte sich um und sah eine Silhouette, die jedem Reporter in Stockholm, der etwas auf sich hielt, vertraut war.

Kriminalinspektor Tilas war groß und hielt sich so aufrecht, dass es fast schon unnatürlich wirkte. Seine grau melierten Haare waren kurz und zurückgekämmt. Meijtens stellte sich vor und wollte Tilas eine Visitenkarte überreichen, die dieser jedoch ignorierte.

»So, so, einer von Anderssons Lakaien.« Es zuckte leicht in seinem Mundwinkel, eventuell war das ein Lächeln. Man erzählte sich, Tilas sei eine von Anderssons Quellen, und die beiden stünden schon seit zwanzig Jahren in Verbindung.

»Was ist passiert, ein Unfall oder Selbstmord?«

Eine Straßenlaterne beleuchtete Tilas' Gesicht, und die scharfen Linien um Nase und Kinn wirkten wie aus Stein gemeißelt. Der Wind versuchte, in seinen dunklen Mantel zu fahren, der jedoch nicht nachgeben wollte. Der Polizist fuhr sich durch die zerzausten Haare, und Meijtens bemerkte, dass seine Hand kurz zitterte. Ihm fiel ein, dass er ein Gerücht über Tilas gehört hatte, erinnerte sich aber nicht mehr an den Inhalt.

»Selbstmord, Unfall, wer weiß. Ich tendiere allerdings zu der Annahme, dass es keine Nachricht für *7Plus* ist, so viel ist sicher. Richten Sie das Bertil von mir aus.«

Meijtens schoss durch den Kopf, dass es gut sein könnte, ein paar Äußerungen des ermittelnden Polizeibeamten vorweisen zu können, wenn er erklären wollte, warum er nicht sofort in die Redaktion zurückgefahren war. Auch wenn sie niemals in seinem Wochenmagazin landen würden.

»Wissen Sie schon etwas über die Identität des Verunglückten?«

Tilas strich sich scheinbar unbewusst mit der Hand über den Mantel. »Ich glaube nicht, dass …« Er wurde von einem Polizisten unterbrochen, der nach ihm rief. Daraufhin nickte er Meijtens müde zu und entfernte sich mit zielstrebigen Schritten.

Meijtens ging zur Felskante und lehnte sich vorsichtig über das Geländer. Ein Unfall war durchaus vorstellbar, ein betrunkener Mensch, der aus irgendeinem Grund über den Zaun auf den Felsabsatz hinausgeklettert war. Für einen Selbstmord war es auch keine schlechte Stelle. Es raschelte in den Blättern, und Meijtens drehte sich um. Der Mann musste sich herangeschlichen haben, nachdem die Polizisten verschwunden waren. Er hatte mehrere Kleiderschichten an und stank nach Schweiß. In den Armen hielt er zwei Plastiktüten.

»Wo kommen Sie her?«

»Aus Västerås«, antwortete der Penner verblüfft, ehe er das Missverständnis erkannte. »Ich meine, von da drüben, bei der Kirche.« Er schlug sich selbst mit der Faust in die Magengrube, eine seltsame Geste der Scham, die Meijtens zusammenzucken ließ.

Er zwinkerte dem Obdachlosen freundlich zu. »Ich kenne ein paar Leute aus Västerås, alles nette Kerle.«

Der Mann blickte erstaunt auf und lächelte zurückhaltend.

»Wie heißen Sie?«, fragte Meijtens.

»Sven Emanuel.«

»Haben Sie gesehen, was hier passiert ist?«

Sven Emanuel wand sich, ohne ihm zu antworten.

»Wenn ja, sollten Sie mit der Polizei sprechen. Oder mit mir.«

»Ich mag die Polizei nicht.«

»Dann können Sie ja mit mir reden.«

»Ich habe den Schatten gesehen, der zum Rand gegangen ist. Diese Augen. Ich kann sie einfach nicht vergessen.«

»Sie haben gesehen, als er gefallen ist?«

»Nein, aber ich habe den Schatten gesehen. Und den anderen auch.«

Meijtens bewegte sich ein wenig, achtete jedoch darauf, dass sein Schatten im Licht der Straßenlaterne dem Mann keinen Schrecken einjagte. »Aber Sie haben nicht mitbekommen, wie er hinuntergestürzt ist?«

Sven Emanuel schüttelte den Kopf, und Meijtens gab ihm eine seiner Visitenkarten. »Ich könnte mir vorstellen, dass Sie das eine oder andere bemerken, was die Polizei vielleicht übersieht. Rufen Sie mich an, wenn Ihnen noch etwas einfällt.«

Sven Emanuel ließ verwundert den Daumen über das glatte Papier gleiten.

»Warten Sie, ich gebe Ihnen auch noch meine Privatnummer.«

Sven Emanuel schien nicht geneigt zu sein, die Visitenkarte wieder abzugeben, weshalb Meijtens eine neue herauszog und seine Nummer in die rechte obere Ecke schrieb. Ihm wurde bewusst, was Hanna davon halten würde, aber es war schon zu spät. Sven Emanuel blickte auf, und ein scheues Lächeln huschte über sein Gesicht, während er die Karten in eine Innentasche stopfte, die er mit einer Sicherheitsnadel verschloss. Seine Bewegungen waren langsam und feierlich, als handelte es sich um echte Wertgegenstände. Er stampfte mit den Füßen auf und begann, warme Luft in seine Hände zu blasen, die schrundig und von kleinen Wunden überzogen waren. Sie sahen furchtbar aus, und Meijtens fiel ein, dass in seiner Tasche ein zweites Paar Handschuhe lag.

»Möchten Sie die vielleicht haben?«, sagte er und fischte sie heraus.

Wortlos und mit langsamen Bewegungen zog Sven Emanuel die Handschuhe an und entfernte sich, während er Meijtens einen letzten Blick zuwarf.

Als Meijtens durch den Torbogen hinausging, tauchte Tilas aus der Dunkelheit auf. In der Hand hielt er eine kleine, durchsichtige Tüte mit einem runden Gegenstand darin, der etwas größer war als eine Münze. Er ließ die Tüte in seine Tasche gleiten. Hatte er auf Meijtens gewartet?

»Und, haben Sie eine Story gefunden?«

»Wie Sie schon sagten, es ist nichts für uns.«

»Warum sind Sie dann hier hochgekommen?«

Meijtens studierte Tilas' Gesicht. Seine Stimme klang, als würde es ihn wirklich interessieren.

»Ich habe die Absperrungen gesehen und wollte einfach mal nachschauen, was los ist.«

Tilas räusperte sich. »Sie haben nach seiner Identität gefragt.«

Meijtens wartete.

»Er trug einen albanischen Pass bei sich.«

»Seinen eigenen?«

»Das werden wir morgen sehen, wenn die Gerichtsmedi ziner ihn ein bisschen aufgehübscht haben.«

Tilas warf ihm noch einen kurzen Blick zu und entfernte sich. Meijtens drehte nachdenklich die Autoschlüssel in der Hand und beschloss, den Wagen stehen zu lassen und stattdessen zur Folkungagatan hinunterzugehen. Als er sich umblickte, bemerkte er, dass Tilas ihm hinterhersah.

3

»Maestro!«

Auf einen Schlag war der Schankraum im Možels in Bewegung. Sie halfen ihm aus der Jacke, zogen einen Stuhl heran und bestellten lautstark ein weiteres Bier. Jemand tastete seine Satteltasche ab und erkundigte sich, ob sie Dokumente enthalte, mit denen man die Regierung stürzen könne. Ob er einer ganz heißen Sache auf der Spur sei? Ob sie ihn die großen Artikel schreiben ließen oder ob das Ganze nur ein abgekartetes Spiel sei? Als Meijtens meinte, er könne nur eine Stunde bleiben, tat man das mit einer Handbewegung ab. Als er eine Flasche Mineralwasser bestellte, glaubten sie, er mache einen Witz.

Die Theke war abgewetzt, und an den Wänden hing Reklame für tschechisches Bier. Im kleinen Speisesaal war das Stimmengewirr gedämpfter, aber im Schankraum war es so laut wie auf einer Party. Er war mitten in eine Diskussion über den neuen kommerziellen Fernsehsender geplatzt, der in London den Sendebetrieb aufgenommen hatte, sie debattierten über das verdummende Programmangebot, das Risiko einer Machtkonzentration in der Medienbranche und wie man wohl einen Fuß in die Tür bekommen könne. Schon bald wandte sich das Gespräch den üblichen Themen zu – man sprach über Geschäftsideen, die man bald verwirklichen würde, über Romane, die fast fertig waren, und über Dokumentarfilme, denen nur noch die Finanzierung fehlte. Meijtens schwieg und trank sein Mineralwasser. Es dauerte immer noch eine Stunde, bis Bertil Andersson nach Hause gehen würde.

Keiner wusste genau zu sagen, wie sich die Männer in der Wirtschaft kennengelernt hatten. Sie hatten sich einfach in denselben Kreisen bewegt, sie hatten einander und das Možels gefunden und waren geblieben. Manchmal fiel einer von ihnen einer konventionelleren Karriere zum Opfer, die sich nachteilig auf die Geselligkeit auswirkte, oder gründete eine zeitraubende Familie. Wie Mitglieder des Politbüros, die in Ungnade gefallen waren, verschwanden sie und wurden nie mehr erwähnt. Man sprach auch nie über die bescheidenen Jobs, mit denen sich die einzelnen über Wasser hielten. Sie taugten als lustige Anekdoten oder als Finanzierung der Projekte, mit denen man sich eigentlich beschäftigte. Keiner war so taktlos, darauf hinzuweisen, wie lange diese kurzfristigen Arrangements schon andauerten. Hanna nannte sie, wenn sie entsprechend gelaunt war, die »Eigentlich-Clique«.

Als er Hanna vor zehn Jahren kennenlernte, hatte er grundsätzlich nichts vorgehabt oder geplant, was weiter als eine Woche in der Zukunft lag, und irgendwann hatte er sich gefragt, warum das Leben nicht immer so sorglos sein konnte. Die Wochenendschichten als Taxifahrer bescherten ihm ein kleines, aber regelmäßiges Einkommen, und manchmal sprang er in den großen Hotels als Barpianist ein, um eine gute Antwort geben zu können, wenn die Leute ihn nach seiner Arbeit fragten.

Sie waren sich auf einer Party begegnet, auf der sie eher versehentlich gelandet war. Er hatte ihr die übliche Geschichte erzählt, dass er zwei Jahre zuvor wegen einer reinen Formalität die Aufnahme an der Musikhochschule verpasst habe, und hatte behauptet, er schreibe ein Buch über sein Leben als Barpianist. Über zerrüttete Existenzen und Bekenntnisse von Geschäftsleuten zu später Stunde. Sie hatte ihm kein Wort geglaubt, ihn aber trotzdem nach Hause begleitet. Keiner von beiden hatte darin mehr als einen One-Night-Stand gesehen, und sie waren beide überrascht gewesen, als sie nicht nur zusammen zu Abend aßen, sondern auch gemeinsam frühstückten und Meijtens' sonst so spartanisch ausgestatteter Badezimmerschrank sich nach und nach füllte. Am Ende mussten sie sich eingestehen, dass sie praktisch zusammenwohnten.

Streng genommen war sie zu jung gewesen, eine verblüffend hübsche Medizinstudentin, die eine Woge kastanienbrauner Haare und ihre gutbürgerliche Abstammung mithilfe einer Tweedmütze verbarg, die sie auf einem Trödelmarkt erstanden hatte. Keiner zweifelte daran, was Meijtens in ihr sah, aber wenn es darum ging, warum sie ausgerechnet ihn auserwählt hatte, gingen die Meinungen weit auseinander. Im Možels nahm man an, dass Meijtens – genau wie die Mütze – Ausdruck einer jugendlichen Revolte sei, von der man sich später leichter befreien könne als von einem Tattoo.

Aber die Jahre vergingen, und keine der Prognosen erfüllte sich.

Anfangs hatte Meijtens sich innerlich für ihre Wutrede gewappnet, die ihm unausweichlich erschien. Über seine fehlenden Zukunftspläne und Ambitionen, über seine nichtsnutzigen Freunde und das unregelmäßige Einkommen. Und schließlich das andere, worüber sie niemals sprachen. Aber

Hanna meinte nur, es sei seine Sache, wenn er sein Leben vergeuden wolle, und hetzte anschließend zu ihren Vorlesungen und Prüfungen. Meijtens blieb allein in einer viel zu kleinen Wohnung mit viel zu viel Zeit zum Grübeln zurück.

Dass er sich an der Universität einschrieb, war möglicherweise vorhersehbar gewesen und verpflichtete ihn außerdem zu nichts. Aber dass er tatsächlich innerhalb der Regelstudienzeit seinen Abschluss mit Geschichte als Hauptfach machte, hielten die meisten seiner Bekannten für eine kleine Sensation. Auch danach verblüffte er sie, indem er Doktorand am Historischen Institut wurde. Im Možels hieß es, das sei nur eine Plattform für andere Projekte. Keiner wusste, welchen Plan er mit seiner neuen Laufbahn eigentlich verfolgte. Hanna kam der Wahrheit schon näher, als sie behauptete, es gehe um Meijtens' verhängnisvollen Hang zur Loyalität, in diesem Fall zu seinem Doktorvater, dem eigentümlichen Exiltschechen Jakub Bem.

Sie waren durch die Korridore geritten wie Don Quijote und Sancho Panza, hatten unmögliche Thesen vertreten und Seminare angeboten, deren Titel schon ausreichten, um die Studenten abzuschrecken und die Kollegen zu entsetzen. Meijtens vertrat die Ansicht, seine Abhandlung über die Rolle Schwedens während der Kongokrise werde den außenpolitischen Kurs des Landes in der Nachkriegszeit in ein völlig neues Licht tauchen. Die Institutionen, die für die Vergabe von Forschungsmitteln verantwortlich zeichneten, waren sich da nicht so sicher, und so hielt sich Meijtens mithilfe kurzfristiger Stipendien und immer mehr Taxifahrten an den Wochenenden über Wasser.

Währenddessen war Hannas Tweedmütze wieder auf dem Secondhandmarkt gelandet und ihre charmante Mähne in einer strengen und eleganten Frisur gebändigt worden. Er selbst sprach inzwischen vage darüber, populärwissenschaftliche Bücher zu schreiben, und Hanna war klug genug, nicht nachzufragen.

Als Hanna ihr Medizinstudium abgeschlossen hatte, bekam sie von ihren Eltern eine Zweizimmerwohnung im gutbürgerlichen Stadtteil Vasastan geschenkt, die ebenso sehr eine Ermunterung wie eine Ermahnung war, ein neues Leben zu beginnen. In einem nur für Hanna bestimmten Kommentar, der jedoch so laut ausgesprochen wurde, dass Meijtens ihn mithörte, hatte Hannas Schwester es am offensten formuliert: Es war ein Riesenspaß, Hanna, wirklich. Aber hast du Papa jetzt nicht lange genug geärgert?

Sie nutzten die Gelegenheit zu einer Beziehungspause, und Meijtens stürzte sich Hals über Kopf in weitere schlecht bezahlte Lehraufträge, nicht finanzierte Forschung und lange Taxischichten. Eines Abends starrte er in seiner kleinen Wohnung an die Decke, genau auf die Stelle, an der Hannas Deckenlampe gehangen hatte, und ihm wurde klar, wie erschreckend bekannt ihm das alles vorkam. Als er eines späten Abends im Možels bekannt gab, seine akademische Laufbahn aufgeben zu wollen, überraschte das niemanden. Auch die Neuigkeit, dass er sich nun der Journalistik zuwenden wolle, weckte kaum mehr als mechanischen Beifall. Einige von ihnen waren – eigentlich – Autoren irgendeiner Art oder wären es gewesen, wenn diese Branche nicht so aussichtslos gewesen wäre.

Allerdings mangelte es Meijtens wie üblich an der nötigen Geduld, sich mit der praktischen Seite des Journalistenberufs zu beschäftigen. Als Günter Schabowski verkündete, die Berliner Mauer werde geöffnet, wartete er weder Vorschüsse noch Aufträge ab, sondern kaufte sich einfach eine Fahrkarte von Geld, das er streng genommen gar nicht besaß.

Zwei Wochen lang arbeitete er wie ein Besessener. Tagsüber interviewte er Regierungsbeamte, Wachsoldaten und Demonstranten. Nachts saß er in einem schmutzigen kleinen Pensionszimmer und schrieb wie in Trance einen Artikel nach dem anderen. Mehrere Redakteure meinten, seine Texte seien ganz ausgezeichnet, sowohl inhaltlich als auch stilistisch. Sie besaßen darüber hinaus die Freundlichkeit, ihm einige andere Blätter vorzuschlagen, in denen er sie vielleicht unterbringen könnte.

Sein Plan war eigentlich gewesen, Hanna rein zufällig zu begegnen, sobald seine neue Karriere in Schwung gekommen war. Eines Nachts nach dem Berlinfiasko gehorchten seine Füße jedoch nicht seinem Kopf, und er tauchte unangemeldet vor ihrer Tür auf. Wie ein streunender Kater, hatte sie später zu einer Freundin gesagt, ebenso liebeshungrig wie willkommen. Er zog auf der Basis einer Reihe von Versprechen ein, an die sie sich später nicht mehr erinnern mochten.

Wesentlich ärmer, aber um eine Erfahrung reicher, beschloss Meijtens, sich stattdessen auf monatlich erscheinende Zeitschriften zu Spezialthemen zu konzentrieren. Er widmete sich der Aufgabe mit derselben Gründlichkeit, mit der er sich in anderen Lebensphasen Klaviersonaten und historischen Essays gewidmet hatte. Während einer langen Nacht, die er mit mehreren Kannen Jasmintee und einem Stapel von Zeitschriften wie *Essen und Wein, Das Motormagazin* und *Schöner leben in den Schären* verbrachte, füllte er einen ganzen Schreibblock mit Notizen und Ideen.

Ein paar Tage später verließ er blinzelnd die Königliche Bibliothek. Er war kein Tageslicht mehr gewöhnt, hatte jedoch eine Satteltasche voller Notizen, die ihn zu einem Spezialisten für so unterschiedliche Themen wie Jagdhunde, Zigarren und Hausrenovierung machten.

Als Meijtens sich mit sorgsam ausgewählten Chefredakteuren traf, sahen sie in ihm einen Journalisten, der für ihr Blatt wie maßgeschneidert wirkte. Das lag nicht nur an seinem Interesse und seinen verblüffenden Detailkenntnissen, er hatte auch eine ganz besondere Art, die ihn in ihren Augen sympathisch machte. Etwas, das sie nicht richtig zu fassen bekamen. Seine bissigen Formulierungen über den laxen Umgang der Naturschutzbehörde mit dem Problem der Wölfe sprachen die Redaktion von *Jagd und Hund* sehr an, und die Chefredakteurin von *Schöner leben in den Schären* kam nicht umhin, sich davon beeindruckt zu zeigen, dass er alles über jedes Bootshaus und jede Bucht auf ihrer geliebten Insel Gräsö zu wissen schien. Sie hätte ihn gerne gebeten, etwas zu diesem Thema zu schreiben, wenn sie nicht vor einer Reihe von Jahren bereits selbst einen ganz ähnlichen Artikel veröffentlicht hätte.

Aus einer strikt finanziellen Perspektive betrachtet, wie Meijtens sie so selten als Maßstab nahm, fiel das Ergebnis seiner Bemühungen eher mager aus. Abgesehen von ein paar schlecht bezahlten Artikeln hier und da, gelang es ihm nur bei *Jagd und Hund*, eine regelmäßige Zusammenarbeit aufzubauen. Die Zeitschrift könne ihm leider nicht viel zahlen, nicht unter den herrschenden Umständen, entschuldigte sich der Chefredakteur. Zu Hannas Verzweiflung hatte Meijtens die Frage des Honorars als nebensächlich abgetan. Außerdem war für jeden Artikel eine Menge Recherche erforderlich, da Meijtens Hunde immer schon verabscheut und noch nie in seinem Leben ein Gewehr in der Hand gehalten hatte. Im Možels erlangte sein Artikel *Der Vorstehhund* beinahe Kultstatus, aber es gelang ihm nie, Hanna auseinanderzusetzen, wie viel er eigentlich mit seinen Artikeln verdiente. Er verschleierte die Tatsache, dass er immer öfter Taxi fuhr, indem er behauptete, er habe im Možels gesessen.

Als seine Lage fast schon unhaltbar geworden war, kam der Anruf aus der Redaktion von *7Plus*, einem neuen, unabhängigen Wochenmagazin der großen Tageszeitung, die ihm seinerzeit keinen einzigen seiner Berlinartikel abgekauft und seine diversen Bewerbungsschreiben nie beantwortet hatte. Eine Vertretung, erklärte man. Sechs Monate. Reporter und Mädchen für alles. Ob er interessiert sei? Er hatte schon Ja gesagt, bevor sie überhaupt dazu gekommen waren, sich für das niedrige Gehalt zu entschuldigen. Sie meinten, es sei nur eine kurzzeitige Lücke entstanden, und sie bräuchten jemanden, der in der nächsten Zeit die weniger glamourösen Aufgaben erledigen könne. Eine Verlängerung sei wenig wahrscheinlich, wurde angedeutet, von einer festen Stelle ganz zu schweigen.

Aber da wussten sie natürlich noch nicht, dass wenige Tage zuvor ein junger Baudezernent in Meijtens' Taxi gesessen hatte, und auch nicht, was ihm dieser in halb betrunkenem Zustand erzählt hatte. Anfangs hatte er an den Abenden, Wochenenden und in freien Stunden an der Geschichte gearbeitet. Als er zwei interessante Protokolle und einen Beamten gefunden hatte, der bereit war, anonym auszusagen, hatte Bertil Andersson ihm mehr Zeit zur Verfügung gestellt, aber allmählich verlor der stellvertretende Chefredakteur die Geduld. Meijtens wusste, dass es seine einzige Chance auf eine Festanstellung war. Auf ein neues Leben und auf eine Lösung für diese andere Sache, über die Hanna und er nie sprachen.

Meijtens schaute im Možels erneut auf die Uhr. Es war neun. Nicht einmal Bertil Andersson blieb so lange auf der Arbeit. Er würde die Redaktion für sich alleine und die ganze Nacht zur Verfügung haben, um den Artikel über die Geschäfte der Stadt zu schreiben. Die wahre Geschichte ohne falsche Geständnisse. Er nickte den anderen zu und ging in den Herbstabend hinaus.

4

»Das reicht nicht.«

Bertil Andersson warf den Artikelentwurf auf den Tisch und rieb sich mit seinen großen Pranken übers Gesicht, als würde er es mit kaltem Wasser waschen. Meijtens hatte die ganze Nacht in der Redaktion verbracht und schaffte es deshalb nicht zu reagieren, bevor der stellvertretende Chefredakteur weitersprach.

»Du hast schlichtweg keine Belege dafür, dass der Stadtrat

in die Sache verwickelt ist. Das Ganze ist sehr clever aufgebaut, aber es reicht nicht. Nicht in meinem Wochenmagazin.«

Ein Auge halb geschlossen und das andere weit aufgerissen, glotzte er Meijtens misstrauisch an.

»Was hat dir dieser Sjöhage gestern eigentlich erzählt?«

Meijtens war natürlich klar gewesen, dass er diese Frage früher oder später würde beantworten müssen. Sein Plan, wenn er überhaupt einen verfolgte, hatte so ausgesehen, Bertil Andersson zunächst mit einem Artikel zu überzeugen, der Schritt für Schritt den wirklichen Sachverhalt enthüllte. Danach würde auch der stellvertretende Chefredakteur einsehen, dass Sjöhages Geständnis ein verzweifeltes Ammenmärchen war. Widerwillig holte er nun den Kassettenrekorder heraus, es gab keinen anderen Weg. Schweigend lauschten sie Sjöhages Bekenntnis, und der stellvertretende Chefredakteur verriet mit keiner Miene, was er dachte. Als Meijtens den Kassettenrekorder ausgeschaltet hatte, lehnte Andersson sich zurück.

»Du hast bestimmt eine wirklich gute Erklärung dafür, dass davon nichts in deinem Artikel steht.«

Als Meijtens zu einer Antwort ansetzte, hob Andersson abwehrend die Hand.

»Lass mich selbst versuchen, es zusammenzufassen. Du meinst, er hat das alles erfunden, um seine Chefs zu schützen. Aus Gründen, die wir nicht verstehen. Das liegt ja auf der Hand, weil es sonst nicht zu den Theorien über die Verwicklung des Stadtrats passt, die du hier in der Redaktion in den letzten Wochen verkauft hast. Ich korrigiere: in den letzten Monaten. Deshalb beschließt du, seine Äußerungen zu ignorieren, und schreibst den Artikel so, wie er deiner Meinung nach immer schon geschrieben werden sollte.«

Bertil Andersson senkte die Stimme. Sie war jetzt trügerisch sanft.

»Aber erst gehst du ein paar Stunden lang dem Unfalltod

irgendeines Albaners nach, statt deinen Chef mit dem zu behelligen, was passiert ist. Glaub mir, das wird noch ein Nachspiel haben.«

Der stellvertretende Chefredakteur stand auf und ging zu der Glaswand, die sein Büro vom Redaktionsgewimmel trennte. Sie schwiegen beide eine ganze Weile.

Meijtens verschränkte die Arme und lehnte sich zurück. »Er ist nicht korrupt, das weiß ich.«

Bertil Andersson ließ weiter den Blick über die Redaktion schweifen. Er war wie Chefredakteur Sverker Rydman und mehrere andere Journalisten der Redaktion von der Tageszeitung der Muttergesellschaft hierhergewechselt. Die langsamen Bewegungen seines massigen Körpers und die gedankenverlorenen Wanderungen seines blassblauen Blicks sprachen Bände darüber, wie bitter er es bereute, sich auf dieses neue Projekt eingelassen zu haben.

»Ich weiß genau, wie das ist. Man folgt ihnen wochenlang, lernt sie kennen. Natürlich sind sie nicht automatisch Schurken, nur weil sie sich persönlich bereichert haben. Aber es ist nicht unser Job, sie freizusprechen oder zu verurteilen, sondern nur, darüber zu berichten, was wir wissen.«

»Und ich weiß, dass es nicht so einfach ist.«

Bertil Andersson schüttelte den Kopf, offenbar jedoch eher aus Mitgefühl als aus Ärger.

»Du glaubst, dass du es weißt, weil du zu tief in die Sache eingestiegen bist. Das Problem ist, dass du allein an der Geschichte arbeitest, der Meinung bin ich schon die ganze Zeit gewesen.«

Meijtens folgte Anderssons Blick, der einer jungen Frau galt, die soeben die Redaktion betreten hatte. Einige grüßten sie, und sie antwortete mit einem gemessenen Kopfnicken. Mit ihrem dunklen Pagenkopf und ihrer schwarzen, streng geschnittenen Kleidung sah sie vor dem Hintergrund des weißen Großraumbüros aus wie eine Silhouette. Als sie ihren Platz erreichte, warf sie den Mantel über ihren Stuhl und begann, einige Papiere durchzusehen, ohne sich zu setzen. Normalerweise kam sie als Letzte in die Redaktion, aber man erzählte sich, am Tag des Redaktionsschlusses komme sie immer früher, um den Platz für ihre Artikel zu bewachen und zu verteidigen.

»Nein«, war alles, was Meijtens herausbrachte. Es gab zu viel zu sagen, und außerdem hatte er schon alles gesagt.

»Jetzt wird es eine typische Petrini-Story.«

»Ich will aber nicht, dass es so ein Artikel wird.«

»Keiner zwingt dich, ihn zu schreiben, aber deine Version können wir nicht bringen. Sie ist zu dünn, und du kannst nicht noch mehr Zeit in die Sache investieren, wenn es nicht zu einem Artikel für die aktuelle Ausgabe reicht. Jedenfalls nicht allein, höchstens mit einem Partner. Wir geben heute die Artikel in Satz, und ich muss wissen, ob deiner erscheinen soll. Überleg es dir, und komm in einer Stunde wieder zu mir.«

Als Meijtens seinen Artikel noch einmal durchlas, musste er einsehen, dass sein Chef recht hatte. Die Verantwortlichen hatten ihre Spuren mithilfe des loyalen Dezernenten gut verwischt. Dafür war eine Menge eleganter Arbeit hinter den Kulissen erforderlich gewesen, aber diese Menschen beherrschten die nötigen Tricks. In seinem Glaskasten diskutierte Andersson irgendetwas mit Natalie Petrini. Wenn er keine neue hieb- und stichfeste Version lieferte, würde man die Sache ihr übergeben, davon war er fest überzeugt.

Plötzlich ärgerte er sich über Sjöhage. Warum hatte er das ganze moralische Dilemma auf Meijtens abgewälzt? Was sollte Meijtens seiner Meinung nach denn tun? Sjöhage würde schon zurechtkommen, die Partei würde ihn sicher in irgendeiner parteinahen Stiftung parken, bis er seinen Fehler eingesehen hatte. Er würde eben ein paar Jahre länger brauchen, um Staatssekretär zu werden, das war alles. Und als Abfindung würde er mehr Geld bekommen, als Meijtens in den letzten zehn Jahren verdient hatte.

Er warf seinen Entwurf in den Papierkorb und begann, den Artikel umzuschreiben. Jetzt handelte er von einem Dezernenten, der seine Befugnisse überschritten hatte.

Erst als alles vorbei war und die Zeitschrift gedruckt wurde, wurde ihm bewusst, dass er in den letzten Tagen kaum geschlafen hatte. Die Gratulationen und lobenden Worte nahm er kaum wahr. Selbst Sölvebring, der Querulant der Redaktion, war voll des Lobes für Meijtens' Leistung.

»In dieser Branche wird viel über Methoden und Analysen geredet, aber in Wahrheit geht es um etwas anderes, nämlich um Beharrlichkeit und harte Arbeit.«

Als Meijtens nach Hause kam, schlief er praktisch sofort ein. Er hatte weder die Kraft noch die Zeit gehabt, in sich hineinzuhorchen, aber als er schon mit einem Fuß in der Traumwelt stand, war es nicht Sjöhage, dem er begegnete, sondern dieser Obdachlose, der ihm etwas zurief, was Meijtens jedoch nicht hören konnte. Gut so, er wollte von etwas völlig Belanglosem träumen.

Sven Emanuel bewegte sich schnell und ruckhaft die Treppe zum höher gelegen Teil von Södermalm hinauf. Erst jetzt wagte er, wieder zurückzukehren, in der Zwischenzeit hatte er unter einer Unterführung geschlafen. Ein schneller Blick über die Schulter, aber die Polizei war nicht mehr da. Sie hatten ihn gesehen, nachdem er mit dem Journalisten gesprochen hatte, und ihn natürlich ausgefragt, aber Sven Emanuel hatte nichts gesagt.

Kein Wort würde er sagen, jedenfalls nicht zu ihnen.

Ich kenne ein paar Leute aus Västerås, alles nette Kerle.

Sven Emanuel betrachtete seine Handschuhe und spürte ihre Wärme, sie waren ganz weich, und er würde besonders pfleglich mit ihnen umgehen. Dann musste er daran denken, wie sein neuer Freund diese phantastischen Handschuhe aus seiner Tasche gezogen hatte: wie ein Zauberer.

Ich könnte mir vorstellen, dass Sie das eine oder andere

bemerken, was die Polizei vielleicht übersieht. Er würde den Zauberer nicht enttäuschen. Der würde schon sehen, dass es richtig gewesen war, Sven Emanuel die magischen Handschuhe anzuvertrauen. Warte nur. Denn nachdem er mit der Polizei gesprochen hatte, war es ihm eingefallen.

Er hatte sich wieder erinnert, wo er den Schatten schon einmal gesehen hatte.

5

Als Meijtens die Räume von *7Plus* betrat, lag eine seltsame Stille über der Redaktion. Monica erwiderte kaum seinen Gruß, schaute nur vielsagend auf die Uhr. Einige antworteten mit einem Kopfnicken und senkten anschließend den Blick, aber am Tag nach Redaktionsschluss herrschte immer eine angespannte Atmosphäre, vielleicht bildete er sich auch nur etwas ein.

Er überflog die letzte Ausgabe und trank dabei einen Kaffee. Das machte er an jedem Freitagmorgen, eine Angewohnheit, die er mit vielen anderen in der Redaktion teilte. An diesem Tag hatte er ein anderes Gefühl dabei. Er tat so, als würde er zerstreut blättern, kam aber bald zu seinem eigenen Artikel. Meijtens registrierte, wo er platziert und wie groß er aufgemacht war.

Sölvebring kam vorbei, aber seine Herzlichkeit vom Vorabend war wie weggeblasen. Stattdessen meckerte er über ein Auto, das Meijtens reserviert hatte und das er selbst dringender benötigt hätte. Er sprach ein bisschen zu laut, als wollte er, dass der Rest der Redaktion ihn hörte.

In diesem Moment erst spürte Meijtens, dass jemand hinter ihm versuchte, seine Aufmerksamkeit auf sich zu ziehen, und er drehte sich um. Es war Natalie Petrini.

»Du solltest lieber mal zu Bertil gehen und mit ihm reden.«

Sie sah ihn eingehend und zugleich desinteressiert an,

aber da war etwas mit ihrer Stimme, sie klang anders als sonst. Ein fremdes Element, das er nie zuvor bemerkt hatte, schwang darin mit.

Bertil Andersson telefonierte und machte ein ernstes Gesicht, so dass Meijtens es für das Beste hielt, draußen und außer Hörweite zu warten. Als der stellvertretende Chefredakteur sein Gespräch beendete hatte, winkte er Meijtens herein.

Er verschwendete keine Zeit mit einleitenden Floskeln. »Hast du es schon gehört?«

»Nein, was denn?«

»Deine Freunde im Stadtrat haben sich mit einer Menge von Einwänden und Protesten bei Rydman gemeldet. Sie rasseln mit allen Säbeln, die sie finden können, inklusive Presseombudsmann und Regierung.«

Meijtens zuckte mit den Schultern. »Jedes Kommazeichen stimmt. Sie sollten froh sein, dass sie so glimpflich davongekommen sind.«

»Sie sagen, du hättest Sjöhage zu diesen Aussagen gezwungen und sie obendrein verdreht.«

»Unsinn. Was sagt Sjöhage denn dazu?«

Bertil Andersson schwieg und ließ Meijtens nicht aus den Augen.

»Er hat sich heute Morgen erhängt.«

Plötzlich begriff er, was er in Natalie Petrinis Stimme gehört hatte und was so fremd und schwer einzuordnen gewesen war. Es war Mitleid gewesen.

Niemand behauptete offen, dass Meijtens eine Schuld an dem tragischen Vorfall traf, aber es machte sich auch niemand die Mühe, ihn zu verteidigen.

»Zu unvorsichtig«, meinte Sölvebring. »Ethik«, predigte er allen, die ihm nicht entkamen, »ist die Summe aus Erfahrungen. Man kann sie nicht lernen, indem man zu lange studiert. Es geht eben nicht nur um Beharrlichkeit und harte

Arbeit, sondern darum, die Nachrichten auch richtig einschätzen zu können.«

Die öffentliche Debatte beschränkte sich auf ein paar Notizen in Konkurrenzblättern und einen moralinsauren Kommentar im Kulturradio. Die Aufmerksamkeit wandte sich rasch wieder Kuwait und der sich zuspitzenden Wirtschaftskrise zu. Nach ein paar Tagen erinnerte sich keiner mehr daran, was mit Johan Sjöhage passiert war. Oder Tobias Meijtens.

Die Pressekonferenz, die der Bürgermeister abgehalten hatte, war nahezu perfekt gewesen, das musste Meijtens zugeben. Er klagte niemanden an und schaffte es irgendwie, sich über die tragischen Ereignisse zu erheben.

»Natürlich werden wir die Abläufe und Transaktionen überprüfen, die in *7Plus* zur Sprache gekommen sind, aber ich denke, alle werden Verständnis dafür haben, dass wir in diesen Stunden vor allem Sjöhages Familie helfend zur Seite stehen und uns um die Betreuung unserer tief betroffenen Belegschaft kümmern möchten.«

Dafür hatten alle Verständnis.

Meijtens hatte sich zunächst für einen zweiten Artikel eingesetzt, für den Text, den er von Anfang an hatte schreiben wollen, aber Bertil Andersson hatte das kategorisch abgelehnt. »Wir können nicht öffentlich bedauern, was vorgefallen ist, und danach noch einen Artikel bringen. Das müssen andere übernehmen.«

Nach einer längeren Besprechung mit Rydman rief Bertil Andersson Meijtens in sein Büro.

»Wir haben beschlossen, dass es das Beste sein wird, wenn du dich eine Weile zurückhältst. Keine großen Artikel, jedenfalls nicht unter deinem Namen. Wir glauben, dass sich der Sturm dann schneller legen wird.«

Sie übergaben ihm *Die vergangene Woche*, eine Seite, auf der die wichtigsten Nachrichten in Kurzform zusammengefasst wurden. Normalerweise wurde sie in letzter Sekunde von irgendjemandem zusammengeschrieben, der dazu verdonnert worden war und verbissen in den Tageszeitungen der vergangenen Woche blätterte, aber Bertil Andersson wollte eine Veränderung: originellere Blickwinkel, überraschende Themen. Meijtens solle dies auf gar keinen Fall als ein Strafkommando sehen. Ganz im Gegenteil, es sei eine Chance, etwas ganz eigenständig zu entwickeln.

»Und gleichzeitig nehmen wir dich aus der Schusslinie«, ergänzte der stellvertretende Chefredakteur.

Kein Mensch sprach mehr von einer festen Stelle.

Wollte man eine wohlwollende Version der Vorfälle hören, musste man ins Možels gehen, was Meijtens immer öfter tat. Keiner ging auf irgendwelche Details ein, man kannte sie nicht, und sie interessierten auch nicht. Die unausgesprochene Možels-Theorie lautete jedoch, dass Meijtens ein Opfer der Verhältnisse geworden sei. Man versuchte, sich gegenseitig davon zu überzeugen, dass er etwas noch Größeres in der Hinterhand hatte, und je öfter die Geschichte analysiert und wiedergegeben wurde, desto mehr schlüpfte Meijtens in die Rolle des Helden. Die Tatsache, dass man ihn zu *Die vergangene Woche* verdonnert hatte, war lediglich einer dieser Rückschläge, die wahre Größe bestätigten. Mehrere schworen, die Spalte in Zukunft zu ihrer einzigen Nachrichtenquelle zu machen.

Er selbst äußerte sich nie dazu, was bei der Sjöhage-Geschichte passiert war, er überließ es ihnen, die Mosaiksteinchen selbst zusammenzufügen, wenn er nicht am Tisch saß. Wenn sie ihn fragten, unterbrach er sie stets mit irgendeiner alten, aber entstaubten und verbesserten Geschichte. Eines Abends führte er seine Paradenummer auf: die Schlacht bei Breitenfeld aus dem Blickwinkel der Pferde. Er hatte Pfeile auf die Tischdecke gemalt und mithilfe einiger peinlich berührter Essensgäste Truppenbewegungen inszeniert. Hinterher waren alle der Meinung, dass er sie noch nie so gut erzählt hatte.

Manchmal brach er zu vorgerückter Stunde mit seinen Prinzipien und spielte auf dem ungestimmten Klavier in der Bar. Seine Gedanken berührten dann flüchtig die Zukunft, die ihm offenstand. Eigentlich.

6

Sven Emanuel schaute sich in dem großen Empfangsbereich um. Was war das nur für ein Büro? Seltsame Lampen verbreiteten ein kaltes Licht, und er fragte sich, ob sie es wohl manchmal heller drehten, um die Besucher zu blenden. Seit er eingetreten war, hatte er drei verschiedene Kameras an der Decke ausgemacht und beschlossen, den Schal um seinen Kopf aufzubehalten. An der Wand stand eine Ledercouch, aber er blieb lieber stehen.

Er hatte vorgehabt, den Zauberer in der Zeitungsredaktion zu besuchen, aber das musste noch warten. Erst wollte er den Schatten finden, denn dann mussten sie ihm ja glauben.

Die Empfangsdame legte den Hörer auf und lächelte.

»Tut mir leid, es meldet sich immer noch keiner. Eine Besprechung. Möchten Sie eine Nachricht hinterlassen?«

Sven Emanuel dachte nach, schüttelte dann aber den Kopf. Jetzt wusste er, wo er anrufen musste, das reichte fürs Erste. Vielleicht sollte er sich bei dem Zauberer melden. Die vielen Telefonate würden ihn zwar ein paar Kronen kosten, aber das war die Sache unter Umständen wert. Er drehte sich um und wollte schon gehen, als die Empfangsdame ihm hinterherrief: »Soll ich nicht wenigstens Ihren Namen notieren? Haben Sie eine Visitenkarte?«

Ein überlegenes Lächeln huschte über ihr Gesicht, und ihre Kollegin biss sich auf die Lippe, um nicht lachen zu müssen. Sven Emanuel zog die beiden Karten heraus, die er von dem Zauberer bekommen hatte, und reichte ihr eine davon. Das würde ihnen bestimmt einiges Kopfzerbrechen bescheren.

Hanna versuchte ihn mit allen Mitteln dazu zu bewegen, über Sjöhage zu sprechen, aber seine Antworten blieben einsilbig. Wenn sie sich nach seinen Chancen erkundigte, bei *7Plus* bleiben zu dürfen, lenkte er sie mit einem Scherz ab, und wenn sie ihn nach dem Honorar von *Jagd und Hund* fragte, blätterte er zerstreut in seiner Plattensammlung.

Hatte er schon darüber nachgedacht, wie er diese andere Angelegenheit lösen wollte, wenn er keine feste Stelle bekam? Und traf er sich eigentlich mit diesem Coach, den Hannas Schwester empfohlen hatte? Nein, das hatte er nicht, und das tat er nicht.

»Tobias, die Sache ist ernst.«

Das stimmte natürlich. Aber er war gedanklich mit ganz anderen Dingen beschäftigt und hatte seine eigenen Notlügen satt. Am Ende hatte keiner von ihnen mehr die Kraft, so weiterzumachen.

»Möchtest du, dass ich den Saxofonisten rausschmeiße?«, fragte er.

Das war ihr Geheimcode. Sie hatten so oft darüber gesprochen auseinanderzuziehen, dass sie die abgedroschenen Worte nicht mehr aussprechen mochten. Stattdessen fragten sie einander, ob er den Saxofonisten hinauswerfen solle, also den Musiker, der Meijtens' kleine Wohnung mietete und mit der Miete immer so im Rückstand war, dass ihm sehr kurzfristig gekündigt werden konnte.

Hanna sah ihn mit Tränen in den Augen an, nickte am Ende aber.

»Ja, vielleicht solltest du den Saxophonisten rausschmeißen. Jedenfalls eine Zeit lang, bis wir jeder für sich über alles nachgedacht haben.«

Zwei Tage später zog Meijtens aus. Angesichts des traurigen Zustands seiner Mietzahlungen musste der Saxofonist die Kündigung widerspruchslos akzeptieren. Außerdem hatte er offenbar eine Freundin, bei der er wohnen konnte, weshalb er nicht sonderlich verzweifelt klang.

Als Meijtens in seiner Wohnung eintraf, war sie zu seinem Erstaunen geputzt, aber statt der versprochenen Miete fand er einen Brief mit einer umständlichen Erklärung: Es ging um Gagen, die noch nicht auf dem Konto waren, da die Bank offenbar einen dicken Fehler gemacht hatte, und um diverse Komplikationen, aber die Sache würde natürlich später noch geregelt werden.

Auf dem einzigen Tisch der Wohnung lag ein Stapel Post. Zahlungsaufforderungen, die er sich bewusst an diese Adresse hatte schicken lassen und die das Problem enthielten, über das Hanna und er nicht mehr sprachen. Er atmete tief durch und öffnete sie langsam und systematisch, warf die Umschläge fort und sortierte den Inhalt säuberlich nach dem Fälligkeitsdatum, ohne eine Ahnung zu haben, wie er sie bezahlen sollte.

Bei seinen Schulden ging es um mehr als Geld. Es ging um Träume, die sich als undurchführbar erwiesen hatten, um Pläne, die fehlgeschlagen waren. Das unnötig teure Fahrrad, das er auf Raten gekauft hatte, Raten, die zu spät gezahlt wurden, sodass Zinsen anfielen. Das Darlehen, das er aufgenommen hatte, um mit zwei Freunden eine Zeitschrift zu gründen, eine Idee, die einfach nicht schiefgehen konnte, die dann aber doch nach drei Ausgaben eingestellt werden musste. Kredite, mit deren Hilfe er leben konnte, während phantastische Projekte in die Tat umgesetzt wurden, Geld, das verwandt wurde, um die triste Wirklichkeit fernzuhalten. Geliehenes Geld von Freunden und Familie, um Forderungen begleichen zu können.

Er legte den Rechnungsstapel beiseite und widmete seine Aufmerksamkeit stattdessen der Aufgabe, einen perfekten Espresso zuzubereiten.

In der Post lag ein Brief von *Jagd und Hund*, in dem man ihm mitteilte, man wolle aufgrund von Platzmangel in der

Zeitschrift die Artikel abbestellen, auf deren Lieferung man sich zuvor geeinigt habe. Er fragte sich, ob sie nicht eigentlich eine Art gültigen Vertrag hatten, entschied aber, dass es keinen Sinn haben würde, auf einem Ausfallhonorar zu bestehen.

Die Redaktion von *Tabak* drückte sich nicht so zurückhaltend aus, sondern verwies auf »das ethische Konzept der Zeitschrift«, als sie ihm mitteilte, dass er offenbar nicht der richtige Autor für den geplanten Artikel über honduranische Zigarren sei. Er blickte auf die regennasse Straße hinunter, die im Licht der Straßenlaternen glänzte, und lachte still in sich hinein.

Nach Sjöhages Selbstmord und seiner Verbannung zur *Vergangenen Woche* war er mit immer neuen Artikelvorschlägen zu Bertil Andersson gegangen: die Attentate auf kurdische Aktivisten, Interviews mit Unterhaltungskünstlern, die kurz vor dem Durchbruch standen, eine Reportage vom großen Parteitag. Irgendetwas.

»Noch nicht, Meijtens, noch nicht.«

Als er die Schreiben der beiden Zeitschriften las, musste er erkennen, dass Bertil Andersson natürlich recht hatte. Was er jetzt brauchte, war etwas völlig anderes. Eine sensible Reportage, soziales Pathos. Etwas, das den Gestank des Artikels über Sjöhage auslüften konnte. Dann kam ihm die Idee.

Ein einsamer Flüchtling, der ums Leben kommt. Ein menschliches Schicksal in einer neuen kalten Welt. Etwas in der Art. Genau. Eine Tragödie im auseinanderbrechenden Osteuropa. Perfekt. Vielleicht mit einem Penner als bibberndem Augenzeugen, das würde jedenfalls ein gutes Bild abgeben. Für Bertil Andersson reichte das als Nachricht, und für Meijtens war es harmlos genug, um ihm ein neues Image zu verschaffen. Das konnte funktionieren. Sein Problem war nur, dass er nicht einmal einen Namen hatte.

Es war erstaunlich leicht, Tilas an den Apparat zu bekommen.

»Alles deutet darauf hin, dass der Verstorbene der Mann ist, der in dem Pass in seiner Manteltasche abgebildet ist, der albanische Staatsbürger Aron Bektashi.«

»Aron Bektashi?«, fragte Meijtens und notierte sich den Namen, den Tilas ihm buchstabierte.

»Laut dem Personal des Asylbewerberheims stimmt das Passfoto mit dem Verunglückten überein, ebenso wie Alter und Körpergröße, das hat die vorläufige gerichtsmedizinische Untersuchung ergeben. Geboren wurde er am 11. April 1938 in Tirana, Albanien.«

»Wie lange ist er schon in Schweden gewesen?«

»Nicht lange. Er ist vor ein paar Tagen angekommen und hat sofort politisches Asyl beantragt. Er hat angegeben, als politischer Häftling im Gefängnis gesessen zu haben.« Der Polizeiinspektor senkte die Stimme. »Warum wollen Sie das eigentlich alles wissen?«

Tilas erwartete offensichtlich wirklich eine Antwort, aber Meijtens hatte leider keine gute Erklärung zur Hand. Das schien Tilas zu verärgern, denn danach hörte er kaum noch zu und war gleichzeitig unüberhörbar mit irgendeiner Schreibarbeit beschäftigt.

»Er sei aus dem Gefängnis entlassen, aber überwacht worden und habe Angst gehabt, erneut verhaftet zu werden. Sie haben ihn in das Heim in Vilanda geschickt.« Tilas gähnte demonstrativ. »Dort ist er nach nur einer Nacht abgehauen, bevor sie überhaupt zu einer ersten Befragung gekommen waren. Also wissen wir herzlich wenig über ihn.«

»Weiß man denn gar nichts über seine Vergangenheit?«

Noch eine Pause. »Wie meinen Sie das?«

»Gab es irgendeinen Grund dafür, dass er ausgerechnet nach Schweden abgehauen ist?«

»Warum hätte er in Albanien bleiben sollen?«, lautete Tilas' Gegenfrage.

»Ich meine, gibt es irgendwelche speziellen Umstände, derentwegen er sich gerade nach Schweden abgesetzt hat? Hatte er eine Verbindung zu Schweden? Verwandte in Stockholm?«

Tilas murmelte etwas, was Meijtens als ein Nein interpretierte.

»Hat die Obduktion andere Umstände ergeben, die ...«

Aber Tilas hatte bereits aufgelegt.

7

»Ich darf deine Fragen nicht beantworten. Das weißt du.« Liston ließ zwei Finger über die Schreibtischkante gleiten.

Meijtens dachte, dass er immer noch derselbe gehemmte Junge war wie damals, als sie zusammen in die Schule gingen, auch wenn mittlerweile Dr. Henrik Holmström an der Tür stand.

Den Spitznamen Liston hatte er bekommen, als er ein schüchterner Fünfzehnjähriger war, ein schwieriges Alter, in dem er offenbar hängen geblieben war. Liston hatte nicht die geringste Ähnlichkeit mit dem alten Schwergewichtschampion, trotzdem gab es für den Namen eine gute Erklärung. Damals war er bis über beide Ohren in das schönste Mädchen der Schule verliebt gewesen, ein Mädchen, das sich so hoffnungslos jenseits seiner Reichweite befand, dass der bloße Gedanke lächerlich war. Er brauchte Jahre, um das nötige Selbstvertrauen aufzubauen, um sie anzusprechen. Das klappte dann allerdings erstaunlich gut – bis er sich bückte, um ein paar Bücher aufzuheben, die ihr hinuntergefallen waren. Als er sich aufrichtete, schlug sein Kopf in einem lupenreinen Uppercut gegen ihr Kinn. Für den Rest des Schuljahres hatte sie eine Bandage um das Kinn tragen und Liston seither mit seinem Spitznamen leben müssen.

Sein Büro in der Gerichtsmedizin war vollgestopft mit Berichten, Zeitschriften und Büchern. Durch die schmutzige Fensterscheibe rieselten so wenige Sonnenstrahlen herein, dass seine Schreibtischlampe das meiste Licht im Raum verströmte.

»Wir berichten der Polizei, und die äußert sich in den Medien«, sagte er, ohne den Blick von der Schreibtischkante zu heben.

»Hier sind keine Medien, hier bin nur ich.«

»Du gehörst zu den Medien«, erklärte Liston.

»Ich werde dich nicht zitieren, ich brauche bloß ein paar Hintergrundinformationen, um zu wissen, ob ich auf der richtigen Spur bin.«

»Das klingt für mich eher wie eine redaktionelle Frage. Ich bin Gerichtsmediziner, kein Redakteur.«

Meijtens machte geduldig eine Pause. »Habt ihr die Identität des Mannes festgestellt?«

Liston sagte nichts, kratzte stattdessen an einem unsichtbaren Fleck auf dem weißen Ärmel seines Kittels. Meijtens wartete. Es gefiel ihm nicht, einen alten Freund unter Druck zu setzen, aber am Ende gab er auf:

»Okay, ich weiß, dass er einen albanischen Pass hatte, vor ein paar Tagen nach Schweden kam und mit an Sicherheit grenzender Wahrscheinlichkeit ein albanischer Staatsbürger namens Aron Bektashi war.«

»Dann schreib das doch in deinem Artikel.«

»Ich frage mich nur«, fuhr Meijtens fort, »ob ihr seine Identität und die Todesursache zweifelsfrei klären konntet. War es ein Unfall oder ein Selbstmord? Hatte er Alkohol im Blut?«

Liston schnaubte. »Erstens, eine Identifizierung findet mithilfe von Angehörigen oder des Zahnschemas statt, und im vorliegenden Fall haben wir weder Zugang zu dem einen noch dem anderen. Richtig? Was die Frage Unfall oder Selbstmord betrifft, sind die Verletzungen, wie du sicher begreifen wirst, in beiden Fällen die gleichen. Alkohol? Nur geringe Mengen.«

»Dann hat ihn also der Sturz umgebracht?«

Liston erkannte, dass er zu viel gesagt hatte.

»Ja, das stimmt. Aber darüber hinaus sage ich nichts mehr.«

»Mir ist da gestern etwas durch den Kopf gegangen. Es kommt mir relativ schwierig vor, an dieser Stelle versehentlich hinunterzufallen, zumindest wenn man nüchtern ist. Aber Selbstmord? Warum flieht jemand bis nach Schweden, um dann nach Stockholm zu fahren und sich umzubringen?«

Liston befeuchtete seine Lippen und zuckte mit den Schultern. »Solche Spekulationen stehen natürlich in keiner direkten Verbindung zur Gerichtsmedizin, aber ich verstehe durchaus, was du meinst.«

»Weist der Körper noch andere Verletzungen auf außer denen, die er sich bei dem Sturz zugezogen hat?«

»Das kommt darauf an, was du meinst. Jedenfalls keine Verletzungen, zu denen es unmittelbar vor dem Sturz gekommen sein kann.«

Meijtens ließ Listons Antwort im Raum hängen. Schließlich sagte er leise: »Und was für Verletzungen hatte er? Ich meine diejenigen, die euch aufgefallen sind, die aber nichts mit seinem Sturz zu tun hatten.«

Liston schraubte nervös an einem Stift und starrte auf den Schreibtisch. »Verdammt, Meijtens, du kannst das nicht schreiben. Ich darf eigentlich überhaupt nicht mit dir reden, das weißt du genau. Sprich mit dem ermittelnden Kriminalinspektor.«

»Ich werde nichts schreiben, ohne die Bestätigung einer zweiten Quelle zu haben. Das verspreche ich dir.«

»Kannst du mir versprechen, etwas nicht zu verwenden, wenn ich es dir im Vertrauen erzähle? *Off the record*, wie ihr sagt?«

»Sicher, und wenn es interessant ist, besorge ich mir eine zweite Quelle. Versprochen.«

Liston biss sich auf die Unterlippe und studierte seinen Stift dabei mit noch größerer Intensität. Seine eintönige Stimme war fast beängstigend sachlich.

»Der Mann wies eine ganze Reihe von Verletzungen auf, die nicht mit seinem Sturz zusammenhingen. Schlecht verheilte Frakturen von Rippen und Mittelhandknochen. Charakteristische Narben nach Verbrennungen durch Zigaretten. Auch nach Schürfwunden, als wäre er über unebenen Grund geschleift worden. Platzwunden nach stumpfer Gewalt gegen Hinterkopf und Jochbein.«

Liston blickte zu Meijtens auf. »Meiner vorläufigen Einschätzung nach sind einige dieser Verletzungen viele Jahre alt, während andere neueren Datums sind. Ich schließe das unter anderem aus dem Aussehen der Narben.«

Er machte eine ausgedehnte Pause, als überlegte er, ob er weitersprechen oder es dabei belassen sollte. Schließlich sagte er mit derselben klinischen Stimme: »Ich glaube, dass dieser Aron Bektashi systematisch gefoltert worden ist, und zwar über einen längeren Zeitraum hinweg oder zumindest in mehreren Phasen seines Lebens.«

»Wie sicher bist du dir?«

»Ziemlich sicher. Einige Verletzungen lassen sich einfach nicht durch Unfälle erklären, zum Beispiel die Kombination einer Fraktur des Schulterblatts und von Narben in der Haut am Rücken. Er muss systematisch und schwer misshandelt worden sein. Manche Verletzungen sind ganz offensichtlich ohne medizinische Hilfe verheilt.«

Meijtens machte sich schweigend Notizen.

»Das ist wohl im Grunde das Bemerkenswerte«, meinte Liston.

Meijtens lehnte sich zurück und studierte ihn aufmerksam. Anschließend schob er langsam Stift und Notizbuch in seine Jacketttasche.

»Und weiter?«

»Wie meinst du das? Warum soll es denn noch etwas geben?«

»Ich weiß, dass da noch etwas anderes ist, das sehe ich dir an. Ich kenne dich.«

Liston starrte demonstrativ aus dem Fenster.

»Ich weiß nicht, wovon du sprichst. Das ist nicht mehr mein Fall, ich habe ihn den Rechtsodontologen übergeben.«

»Und warum?«, erwiderte Meijtens schnell.

Liston erklärte umständlich und etwas wirr, welche gerichtsmedizinischen Prozeduren wann angewendet wurden. Meijtens erinnerte sich an früher, als es hieß, dass Liston niemals lüge: Wenn er nicht mit der Wahrheit herausrücken wollte, gab er einem nur unverständliche Antworten.

Plötzlich wurden sie dadurch unterbrochen, dass die Tür aufschwang und eine junge Frau in einem flatternden, untadelig weißen Kittel eintrat.

»Ich habe die Untersuchung gemacht, um die du mich gebeten hast, Henrik.« Sie sprach Englisch mit einem starken osteuropäischen Akzent. »Es steht zweifelsfrei fest, er muss ...«

Liston fiel ihr ins Wort.

»Das hier ist Tobias Meijtens, er ist ... hm, wie soll ich mich ausdrücken ...«

Liston rutschte auf seinem Stuhl herum. Anscheinend wollte er sie davor warnen, zu viel zu erzählen, aber gleichzeitig nicht offen aussprechen, dass Meijtens Journalist war.

»Meijtens ist ein Freund von mir und arbeitet nicht hier«, erklärte er schließlich.

»Elena«, sagte sie mit einem höflichen Lächeln zu Meijtens, der eine Verbeugung andeutete.

»Elena kommt aus Jugoslawien, nun ja, Mazedonien, sollte ich wohl sagen. Sie arbeitet in der Rechtsodontologie. Ich dachte, es wäre sinnvoll, sie angesichts des geografischen Aspekts hinzuzuziehen.« Listons Augen flackerten. »Wir schauen uns das später an, Elena, mein Freund wollte gerade gehen, und ich muss ihn hinausbegleiten.«

»Okay, ich lege dir die Ergebnisse hin.«

Sie ließ eine Aktenmappe auf Listons Tisch fallen. Als sie fast schon wieder im Korridor war, drehte sie sich noch einmal um.

»Kommst du und stößt mit uns auf Dr. Svedberg an, Henrik? Um fünf im Pausenraum.«

Liston hatte wieder zu seinem Stift gegriffen und begonnen, ihn zwischen den Fingern zu drehen.

»Vielleicht, mal sehen, hab gerade viel Arbeit und so. Hm, kommt drauf an.«

Listons Satz schien wie ein Lemming im Abgrund zu verschwinden, ohne Ziel oder Hoffnung auf eine Wiederkehr.

Sie lächelte und kräuselte freundlich die Nase.

»Ach, komm schon, Henrik. Mir zuliebe.«

Liston errötete. Er murmelte etwas, das Meijtens und offenbar auch sie als ein Ja deuteten.

»Schön, dann bis heute Nachmittag. Melde dich, wenn du noch Fragen zu meinem Bericht hast.«

Meijtens beschloss, einen Schuss ins Blaue zu wagen.

»Dann hat Henrik also recht mit seiner Theorie?«, fragte er leichthin, als hätten sie gerade alle drei über das Thema gesprochen. Liston sah ihn mit einer Mischung aus Entsetzen und Missbilligung an, bekam aber kein Wort heraus.

»Allerdings. Einige der Füllungen wurden definitiv in Osteuropa gemacht. Mit Sicherheit in Albanien, so miserabel, wie sie sind.« Sie verzog das Gesicht zu einer herablassenden Grimasse. »Ein paar sind nach Verletzungen angefertigt worden, die durch äußere Gewalt oder einen Unfall entstanden sind.«

Sie ging zu Liston und zeigte auf eine Notiz in den Papieren, die sie ihm gerade gegeben hatte. »Aber mehrere seiner Füllungen haben westeuropäische Qualität und stammen aus einem Land mit einem zahnärztlichen Standard wie Schweden. Ein skandinavisches Land, die Niederlande, die Bundesrepublik Deutschland oder vielleicht auch Großbritannien.«

Sie machte eine Pause, und Liston sackte mit einem flehenden Blick auf Meijtens in sich zusammen. Dann fuhr sie im gleichen beiläufigen Tonfall fort.

»Seltsam ist nur, dass die guten, westeuropäischen Füllungen die ältesten sind. Laut Dr. Svedberg sind sie wahrscheinlich mindestens zwanzig Jahre alt. Daheim in Skopje halten wir nicht viel von Albanern, aber der hier war vielleicht auch kein gewöhnlicher Albaner.«

Ein warmes, aber etwas rätselhaftes Lächeln legte sich auf ihr Gesicht, und sie schüttelte ihr Haar.

»Bis nachher, Henrik.«

Meijtens und Liston blieben schweigend zurück, während man Elenas Absätze auf dem Fußboden des Korridors hörte.

»Von allen Mädchen sind die mazedonischen Mädchen die schönsten«, sagte Liston nach einer Weile mit verträumt eintöniger Stimme. Er schaute in den Korridor hinaus und schien mit sich selbst zu sprechen. Schon in der Schule hatte Liston so vor sich hingemurmelt und war deshalb gehänselt worden, bis ihm die Tränen gekommen waren.

»Wie bitte?«

»Von allen Mädchen sind die mazedonischen Mädchen die schönsten – das ist ein beliebtes jugoslawisches Volkslied. Sie hat es auf unserer Betriebsfeier gesungen.«

Meijtens lachte auf. »Ihr habt hier Betriebsfeiern?«

Liston stierte ihn verärgert an. »Warum sollten wir keine Betriebsfeiern haben? Habt ihr bei eurem Wochenmagazin etwa keine?«

Meijtens hob die Hände in einer entschuldigenden Geste. »Sicher, warum nicht? Ich meine nur, redet ihr über zerstückelte Leichen, während ihr Schnittchen esst und unter dem Tisch füßelt?«

Liston stieß sein patentiertes Schnauben aus. »Wirklich nicht. Redet ihr auf euren Betriebsfeiern etwa über Schriftarten und ... und so was?«

Meijtens hob erneut die Hände und lachte.

»Auf unserer letzten Betriebsfeier habe ich mich mit Elena über slawische Sprachen unterhalten und wie sie miteinander verwandt sind. Du erinnerst dich vielleicht noch, dass ich mich für solche Dinge interessiere. Nicht nur für Pathologie und Gerichtsmedizin.«

Sie schwiegen eine Weile.

»Wenn ich die Person Aron Bektashi mal zusammenfasse«, sagte Meijtens schließlich, »handelt es sich bei ihm also um einen albanischen Staatsbürger, der wahrscheinlich 1938 geboren wurde. In mehreren Phasen seines Lebens wurde er gefoltert, vermutlich im Gefängnis oder woanders, wo er keinen Zugang zu medizinischer Hilfe hatte. Außerdem hat er zeitweise im Westen gelebt, vermutlich vor zwei Jahrzehnten. Er ist durch den Sturz von einer Aussichtsterrasse gestorben, allerdings gibt es keine Anzeichen für Gewaltanwendung im Zusammenhang mit dem Sturz oder andere offensichtliche Ursachen dafür, dass er hinunterfiel. Ist diese Zusammenfassung korrekt?«

Liston seufzte schwer. »Du darfst das nicht schreiben. Du würdest mir schaden. Und ihr.«

»Wie ich schon sagte, ohne eine unabhängige Bestätigung werde ich gar nichts schreiben. Ich will nur wissen, ob ich alles richtig verstanden habe.«

Liston griff nach der braungrauen Mappe und blätterte langsam in Protokollen und Aufzeichnungen.

»Doch, ich denke, das hast du.« Liston überflog ein Dokument. »Der Anzahl der Füllungen nach zu urteilen, scheint er längere Zeit im Westen gelebt zu haben, aber das ist natürlich reine Spekulation.«

Er blickte zu Meijtens auf. »Jetzt musst du mich bitte entschuldigen, ich habe zu arbeiten.«

Während er Meijtens aus dem Gebäude begleitete, warf Liston nervöse Blicke durch den Korridor. Der Himmel hatte sich verfinstert, aber es regnete nicht mehr. Sie verabschiedeten sich mit einem kurzen Kopfnicken, zwei Männer, die sich ihr Leben lang gekannt hatten. Meijtens schlenderte zu seinem Fahrrad und füllte seine Lunge mit der frischen Herbstluft.

Brandwunden von Zigaretten... Platzwunden nach stumpfer Gewalt gegen Hinterkopf und Jochbein.

Es schauderte ihn, und er fuhr etwas schneller.

8

Als es an der Tür klingelte, zuckte sie zusammen, obwohl sie stundenlang darauf gewartet hatte. Mit vorsichtigen und rheumatischen Bewegungen ging sie in den Flur. Leise knarrte das alte Eichenparkett bei jedem Schritt, und sie stützte sich mit der Hand leicht auf der Rokokokommode ab, um sich bei einem unsicheren Schritt auffangen zu können. An der Tür beobachtete sie ihn durch den Spion. Sie wusste, wer er war, denn er hatte sie vor ein paar Stunden angerufen, und sie bekam ansonsten praktisch nie Besuch.

Ihr Besucher sah ungefähr so aus, wie sie es erwartet hatte. Die kühle Stimme, mit der sie telefoniert hatte, passte gut zu dem Mann, der im Hausflur an die altmodische Aufzugtür gelehnt stand. Er trug einen Armeemantel. Sein Gesicht war zerfurcht, zwei tiefe Falten führten von der Nase abwärts an den Mundwinkeln vorbei. Die Haare waren korrekt frisiert. Er stand so, dass die schwache Lampe im Treppenhaus sein Gesicht beleuchtete. Vielleicht wusste er aus Erfahrung, dass ältere Damen ihre Besucher eingehend durch den Spion studieren, und wollte es ihr leichter machen.

Als sie die Tür öffnete, stellte er sich vor und zeigte ihr seinen Dienstausweis. Sie wechselten ein paar einleitende Floskeln, bevor sie ihn ins Wohnzimmer bat. Dort hatte sie bereits Tassen und eine Teekanne auf den Tisch gestellt. Er setzte sich kerzengerade und ohne die Rückenlehne zu benutzen, in einen Sessel. Sie ertappte sich dabei, alles zu tun, um ihren Akzent zu überspielen, und fragte sich, warum. Sie nahm an, dass es ihr Instinkt war, der ihr einflüsterte, bloß nicht aufzufallen. Ein langes und turbulentes Leben hatte sie gelehrt, welche Gefahren dies mit sich bringen konnte.

Schließlich wand er sich verlegen und begann, über sein Anliegen zu sprechen. Er referierte kurz das tragische Ereignis, das ihn zu seinem Besuch veranlasst hatte. Ihr fiel auf, dass er in abgehackten, stakkatoartigen Sätzen sprach, und sie fragte sich, ob er so vermeiden wollte, zu viel zu sagen. Schließlich kam er zu seinem Anliegen. Dem »besonderen Umstand«, wie er es ausdrückte.

»Wie ich bereits am Telefon erwähnte, haben wir auf einem Zettel in der Tasche des Verstorbenen Ihre Initialen und Ihre Telefonnummer gefunden. Ich möchte Sie fragen, ob Sie sich nun, nachdem Sie etwas Zeit zum Nachdenken hatten, an seinen Namen erinnern können. Oder ob Sie eine andere plausible Erklärung dafür haben, warum er diese Notiz bei sich trug.«

Sie sah ihn mit einer Miene an, die, wie sie hoffte, stolz und etwas hochmütig war.

»Ich glaube, ich habe Ihnen schon am Telefon gesagt, Inspektor…«

Sie suchte verzweifelt nach seinem Namen, aber ihr Kopf war leer.

»Tilas, Inspektor Tilas.«

»Ach ja, richtig. Wie ich schon sagte, Herr Tilas, mein Gedächtnis funktioniert trotz dem, was Sie sicher als mein hohes Alter betrachten, ganz ausgezeichnet. Ich bin noch nie jemandem mit diesem Namen begegnet. Meines Wissens habe ich überhaupt noch nie einen Menschen aus Albanien kennengelernt.«

»Und Sie sagen, dass Sie auch niemand angerufen hat?«

»Ich werde durchaus gelegentlich angerufen«, antwortete sie abgeklärt.

»Ich meine, dass niemand Sie angerufen hat, bei dem es sich um diesen albanischen Mann handeln könnte, der einen Zettel mit Ihrer Telefonnummer bei sich trug.«

Sie schüttelte den Kopf. »Nein, es hat niemand angerufen.«

Er nickte nachdenklich. Dann zog er ein Foto aus der Innentasche seines Mantels. »Kennen Sie diese Person?«, fragte er.

Sie musterte das Bild. »Ist er das? Der verunglückte Mann?«

Der Polizist bestätigte es mit einem fast unmerklichen Kopfnicken.

»Nein«, antwortete sie. »Ich bin mir ziemlich sicher, dass ich ihn noch nie gesehen habe.«

Warum klinge ich so unsicher?, dachte sie. Ich sage doch die Wahrheit.

Der Polizeibeamte nickte bedächtig, als würde er ihre Beteuerung nur widerwillig akzeptieren. Erneut saßen sie schweigend zusammen, und sie fragte sich, ob dies eine besondere Gesprächstechnik von ihm war oder ob ihm langes Schweigen einfach nichts ausmachte. Schließlich kam er dann doch auf das zu sprechen, worauf sie bereits gewartet hatte.

»Wir können natürlich nicht völlig außer Acht lassen, dass er aus einem osteuropäischen Land stammt. Die Tatsache, dass er ausgerechnet Ihre Telefonnummer bei sich führte, finden wir natürlich … Wir finden diesen Umstand besonders interessant. Wie Sie verstehen werden.«

Sie schlang die elegante Kaschmirstrickjacke enger um sich. »Nein, Herr Tellus, das verstehe ich, ehrlich gesagt, nicht.«

»Tilas, Inspektor Tilas. Sie finden das nicht bemerkenswert?«

Sie schüttelte den Kopf, aber es fiel ihr zunehmend schwer, ihre überlegene Haltung zu wahren. Er hatte einen härteren Ton angeschlagen, und sie vermutete, dass es ein Fehler gewesen war, ihn bewusst mit einem falschen Namen anzusprechen.

»Haben Sie immer dieselbe Telefonnummer gehabt?«

»Seien Sie nicht albern, Herr Inspektor, ich bin in Breslau geboren.«

Lass ihn kämpfen, dachte sie. Schenk ihm nichts. Sie wusste, welches Ziel seine Fragen verfolgten, hatte aber nicht vor, ihm entgegenzukommen. Ich habe mit vielen von eurer Sorte gesprochen, Inspektor Tilas, ich weiß, worauf ihr hinauswollt.

Er sah sie mit einem überlegenen Lächeln an. »Ich dachte eher, ob Sie seit dem Tod Ihres Mannes immer dieselbe Nummer hatten.«

Sie musste feststellen, dass er direkter zur Sache kam als viele andere Polizisten, mit denen sie im Laufe der Jahre gesprochen hatte.

»Es ist siebzehn Jahre her, dass mein Mann gestorben ist, das sollten Sie wissen. Ich bin mir nicht ganz sicher, ob sich die Nummer seither geändert hat.« Sie dachte nach. »Schon möglich, dass es dieselbe geblieben ist. Wieso?«

Er setzte ein scheinbar verlegenes Lächeln auf, aber es war das selbstsichere Grinsen eines Schulhoftyrannen.

»Wir fragen uns natürlich, ob es sich um ... um einen alten Bekannten Ihres Mannes handeln könnte.«

»Mein Mann war nie in Albanien stationiert.«

Der Polizeiinspektor nickte, das wusste er natürlich schon. »Wir haben überlegt, dass es sich um einen Mann handeln könnte, dem Ihr Gatte außerhalb seiner offiziellen Funktion begegnet ist.« Er sprach jetzt leiser, mit dieser scheinbar rücksichtsvollen Intimität, die sie im Laufe der Jahre so hassen gelernt hatte.

»Unser Bekanntenkreis war recht klein. Und umfasste,

soweit ich mich erinnere, keine Albaner.« Sie spürte, dass ihre Widerstandskraft gegen seine immer aufdringlicheren Fragen langsam schwand.

Er lächelte nicht mehr und kehrte zu seinem früheren harten Tonfall zurück. »Ich dachte, dass die beiden vielleicht den gleichen Kreisen angehörten.« Noch eine Pause. »Oder vielleicht in irgendeiner anderen Weise intim miteinander bekannt waren.«

Der letzte Kommentar traf sie wie ein Peitschenhieb. Sie sah weg wie jemand, der Angst hatte, geschlagen zu werden. Zum Teufel mit Ihnen, Inspektor Tilas, dachte sie. Der Teufel soll Sie holen, Sie und all Ihre Brüder in den Sicherheitsdiensten dieser Welt. Ich bin eurer Sorte so oft begegnet. Der einzige Mann, der mich jemals mit Liebe und Respekt behandelt hat, ist der Mann, den ihr mit euren Unterstellungen verhöhnt.

Laut sagte sie nur: »Ich denke, Sie sollten jetzt gehen. Ich habe Ihnen nichts mehr zu sagen.«

Sie stand am Fenster und sah hinaus, um sich zu vergewissern, dass er auch tatsächlich ging. Nach einer Weile sah sie ihn aus der Tür treten und die Straße hinuntereilen. Sie hatte so nahe am Fenster gestanden, dass die Scheibe von ihrem Atem beschlug. Seufzend wischte sie das Glas mit dem Ärmel ihrer Kaschmirstrickjacke trocken.

Vorsichtig ging sie in die Bibliothek und betrachtete den leuchtenden roten Punkt des Anrufbeantworters. Es war ein Vorschlag des freundlichen Nachbarmädchens gewesen. Heutzutage habe jeder einen solchen Anrufbeantworter, hatte sie ihr versichert. Am Ende hatte sie nachgegeben und dem Mädchen erlaubt, für sie einen zu kaufen. Es war natürlich eine unnötige Ausgabe gewesen, denn es rief ja fast nie jemand an, und sie ging nur selten aus dem Haus.

Als sie kürzlich aus dem Supermarkt nach Hause gekommen war, hatte jedoch dieses Lämpchen geblinkt. Jetzt drückte sie erneut den Knopf und hörte zum sicher zehnten Mal die kurze Nachricht ab. Der Mann nannte seinen Namen nicht und sagte nur, dass er noch einmal anrufen würde. Aber das war schon am Mittwoch gewesen, und jetzt war Samstag. Ihr dämmerte allmählich, dass er sich nicht mehr melden würde. Hätte sie das dem unsympathischen Polizeiinspektor erzählen sollen? Sie schnaubte laut und murmelte vor sich hin, eine Unart, die sie sich angewöhnt hatte.

»Warum sollte ich das tun?«

Außerdem konnte der Anrufer doch gar nicht der Mann sein, den sie gefunden hatten, das ging aus der kurzen Nachricht eindeutig hervor. Sie ließ das Band noch einmal laufen. Doch, sie erkannte die Stimme. Es war dieselbe anonyme Stimme, die sie vor langer Zeit am Telefon gehört hatte, bei dem Gespräch, das sie niemals vergessen würde.

Plötzlich spürte sie instinktiv, dass sie den Mann schützen wollte, der die Nachricht hinterlassen hatte, ihn vor Inspektor Tilas und seinen Konsorten schützen wollte. Sie entsann sich, wie das Nachbarmädchen ihr alle Funktionen des magischen Geräts demonstriert hatte. Mit einem traurigen Seufzer drückte sie entschlossen den kleineren Knopf und löschte die Nachricht.

Die folgende Ausgabe von *7Plus* wurde ganz von Natalie Petrinis Artikeln über die Bankenkrise dominiert. Wer die Seiten zählte, und das taten einige in der Redaktion, stellte fest, dass mehr als ein Drittel des vorhandenen Platzes mit ihrem Namen unterschrieben war.

Auch Meijtens blieb es nicht erspart, sich Sölvebrings empörtes Zischeln anzuhören.

»So läuft das in dieser Redaktion nicht, verdammt noch mal, jedenfalls bis jetzt nicht.«

Es hatte in der Redaktion von *7Plus* einen ziemlichen Wirbel ausgelöst, als man Natalie Petrini eingestellt hatte. Sie war erst Anfang dreißig, aber ihr Aufstieg und Fall am

Medienhimmel war fast kometenhaft gewesen. Als Moderatorin des Nachrichtenmagazins *Exklusiv* hatten ihre Enthüllungen sogar einen eigenen Namen bekommen: Petrini-Journalistik.

Anfangs war viel über Skandaljournalismus, ungesunde Methoden und vereinfachende Schlussfolgerungen diskutiert worden. Aber all diese Machthaber, die insgeheim über sie fluchten, wären im Leben nicht darauf gekommen, sie nicht noch am selben Tag zurückzurufen. Und unter den feinen Chefredakteuren, die sie verachteten, gab es keinen, der nicht im Grunde seines Herzens ihren Namen ganz gern in seiner eigenen Zeitung gesehen hätte.

Doch daran erinnerte sich heute keiner mehr. Man schien sich nur noch an ihre berüchtigten Tränen zu erinnern – den Zusammenbruch, die Aufregung und die Schande. Ein halbes Jahr lang war sie aus dem Scheinwerferlicht verschwunden gewesen, als sie eines Tages in der Redaktion als sensationeller Neuzugang vorgestellt wurde, der *7Plus* aus der Anonymität heben sollte. Die übrigen Journalisten der Redaktion hatten erwartungsgemäß misstrauisch reagiert.

»Investigativen Journalismus nennt sie das, obwohl doch jeder weiß, was sie damit meint«, hatte Sölvebring verkündet. »Den Fuß in die Tür schieben, vereinfachte Thesen in Schwarz-weiß und Behördenparanoia. Jeder kennt doch ihre Geschichte, da wundert es einen nicht, wenn sie ihren Kreuzzug gegen das Rechtssystem weiterführen will.«

Man erzählte sich, sie wolle immer allein arbeiten, aber auch, sie dränge sich anderen auf und mische sich ständig ein. Manche meinten, sie habe den stellvertretenden Chefredakteur um den Finger gewickelt, während andere behaupteten, sie entscheide über seinen Kopf hinweg. Jedenfalls waren sich alle einig, dass Natalie Petrini nicht zu ihnen passte. Eine Kanalratte in Designerkleidung, hatte Sölvebring mit Nachdruck erklärt.

Nun war das Murren auf Orkanstärke angeschwollen, und

Sölvebring legte seine Worte nicht auf die Goldwaage. »Wenn man nicht gerade Natalie Petrini heißt, lohnt es sich offenbar überhaupt nicht, Themenvorschläge zu machen.«

Meijtens hatte eigentlich mehr Anlass, sich zu beklagen, als die meisten anderen. Er hatte auf der Suche nach einem Dokument, das er auf Anweisung von Bertil Andersson finden sollte, zehn Stunden in der staatlichen Investmentbank verbracht. Natalie, die in der Redaktion für ihre Geheimniskrämerei berüchtigt war, hatte ihm nur eine kurze und kryptische Erklärung dafür gegeben, warum das Schriftstück für die Bankartikel benötigt wurde. Er hatte pausenlos gearbeitet und wäre wahrscheinlich wegen Unterzuckerung in Ohnmacht gefallen, wenn sich nicht eine freundliche Bankangestellte seiner erbarmt und ihm einen Teller mit Keksen ins staubige Archiv gebracht hätte.

In der Redaktion hatte Natalie Petrini die Kopien dann mit einem zerstreuten Kopfnicken und einem kaum hörbaren »Danke schön« in Empfang genommen, aber Meijtens hatte alle Aufforderungen, sich darüber aufzuregen, ignoriert. Es war auch nicht schlimmer gewesen, als für Jakub zu arbeiten, und er hatte wirklich größere Probleme als Natalie Petrini.

Erneut studierte er die handschriftliche Notiz auf dem Zettel vor sich. Sven Emanuel hat angerufen. Weder ein Nachname noch eine Telefonnummer, außerdem waren zwei Tage vergangen, bis die Mitteilung ihn schließlich erreicht hatte.

»Ich habe gedacht, das wäre ein Irrer«, hatte Monica mit einem Schulterzucken gesagt. »Außerdem wusste ich nicht, wie lange du noch hier sein würdest.«

Ohne einen Nachnamen würde es viel Zeit in Anspruch nehmen, einen Penner ohne festen Wohnsitz zu finden, und Meijtens war es nicht gelungen, seinen Chef davon zu überzeugen, dass er weitere Zeit in einen Artikel über den Mann aus Albanien investieren musste.

»Es ist schon verlockend, dir ein Rechercheobjekt zu geben, das bereits tot ist. Aber ich sehe da einfach keine Story.«

Meijtens ließ den Blick über das Redaktionsgewimmel schweifen. Die Mitarbeiter standen in kleinen Gruppen zusammen und diskutierten die Kränkungen der vergangenen Woche und die Sonderausgabe der kommenden Woche, die das neue Europa zum Thema hatte. Er war in nichts davon eingebunden. Sein Aushilfsvertrag endete bereits in vier Wochen, bis dahin war *Die vergangene Woche* seine Aufgabe. Keiner erwartete mehr von ihm. Trotzdem gingen ihm zwei Dinge durch den Kopf: eine Bemerkung, die eine junge Rechtsodontologin hatte fallen lassen, und eine Äußerung, die ausgerechnet von Sölvebring gekommen war.

9

Das Asylbewerberheim Vilanda war genauso trostlos, wie Meijtens es erwartet hatte. Der Leiter war ein hagerer Mann mit schütterem Haar und flackerndem Blick.

»Wir wissen im Grunde nichts über Aron Bektashi, nur dass er so hieß und aus Albanien stammte.« Er blätterte in einer Akte, die vor ihm auf dem Schreibtisch lag. Sie enthielt nur zwei Blätter, wovon das eine die Kopie eines Passes war.

»Er wurde letzten Mittwoch hergebracht und verließ am Donnerstagmorgen um halb acht das Haus, um einen Spaziergang zu machen.«

Der Leiter las die Informationen von einem handschriftlich verfassten Blatt in der Akte ab. Offenbar war Bektashi direkt aus Albanien gekommen, um Asyl zu beantragen, hatte aber angegeben, keine Verbindungen zu Schweden zu haben.

»Hat er mit jemandem gesprochen?«

»Wir hatten geplant, ihn diese Woche zu befragen. Außer praktischen Informationen durch den Spätdienst hat es keine weiteren Kontakte gegeben.«

»Ist ein Dolmetscher hinzugezogen worden?«

Der Leiter machte eine kurze Pause und kratzte sich am Kinn. »Wenn ich es richtig sehe, sprach er ausgezeichnet Englisch.«

»Hat er mit anderen Asylbewerbern geredet?«

Der Mann zuckte mit den Schultern. »Keine Ahnung, mit seinen Landsleuten, nehme ich an.«

»Sind hier Albaner?«

»Nur eine Handvoll.«

»Könnte ich mit ihnen sprechen? Um zu hören, was er ihnen gesagt hat?«

Der Leiter strich sich wieder über das Kinn und runzelte die Stirn. »Nun ja, wir verhindern natürlich keine Kontakte der Asylbewerber zur Außenwelt, das gilt auch für Journalisten. Aber das geht natürlich nur, wenn sie auch wollen.«

»Selbstverständlich. Können wir sie nicht einfach fragen?«

Der Leiter der Unterkunft nickte widerwillig. »Ich will mal sehen, ob ich einen von ihnen erwische.«

Meijtens wartete einen Moment im angrenzenden Zimmer, bevor er schnell zurückging und die braune Akte holte. Im Flur fand er einen Kopierer und nickte den anderen Mitarbeitern freundlich zu, während er die Kopie von Aron Bektashis Pass unter der Abdeckung platzierte und auf den grünen Knopf drückte. Er hatte die Akte gerade zurückgelegt und sich wieder hingesetzt, als der Leiter ihn holen kam.

Sie gingen zum Innenhof des Heims, wo einige Asylbewerber Basketball spielten und eine Gruppe von Afrikanern intensiv diskutierte. Die meisten standen jedoch nur herum und warteten auf absolut nichts.

»Wir haben hier lediglich fünf Personen aus Albanien, drei von ihnen habe ich gefunden, und sie sind bereit, mit Ihnen zu sprechen. Aber ich muss Sie warnen. Der Einzige von ihnen, der Englisch zu sprechen scheint, ein gewisser Shefqet Shala, ist ein etwas … wie soll ich mich ausdrücken …«

Wieder strich er sich unwillkürlich über das Kinn.

»Er ist seit Anfang Juni hier, offensichtlich einer der Ersten, die Albanien verlassen haben, als auch dort das politische Tauwetter einsetzte. Shala blickt nicht nur auf eine lange Vergangenheit in albanischen Gefängnissen zurück, sondern ist auch in Italien wegen Raub und Menschenschmuggel verurteilt worden. Er scheint mit einem Fischerboot nach Italien gekommen zu sein und dort im wahrsten Sinne des Wortes illegal gelebt zu haben.«

Er versuchte sich an einem flüchtigen Lächeln, das Meijtens erwiderte, um den Mann zum Weitersprechen zu ermutigen.

»Ob das mit dem stillschweigenden Einverständnis des albanischen Regimes geschah, wollen wir mal dahingestellt lassen. Weiß der Himmel, was hinter Shalas Aufenthalt in Italien steckte.«

Er sah Meijtens an, als versuchte er zu beurteilen, wie seine Geschichte aufgenommen wurde.

»Er hat behauptet, er sei dann nach Albanien zurückgereist, um sich dort um einen kranken Verwandten zu kümmern, und sei bei seiner Ankunft sofort verhaftet worden. Vielleicht gab es für ihn Gründe zu glauben, dass er bei albanischen Gerichten größere Chancen haben würde als bei italienischen, vielleicht ist die ganze Geschichte ein Bluff. Bevor er herkam, wurde ihm in Österreich und Belgien eine Aufenthaltsgenehmigung verweigert, und seine Ausweisung aus Schweden dürfte bloß eine Frage der Zeit sein. Die Italiener üben Druck auf uns aus, und das Außenministerium hat uns angewiesen, die Untersuchung seiner Asylgründe zu beschleunigen. Shala ist so verzweifelt, dass er wirklich alles sagen würde, um in Schweden bleiben zu dürfen. Das sollten Sie immer bedenken. Er ist sehr verschlagen und manipuliert andere. Unseren Mitarbeitern zufolge bestimmmt er über die anderen albanischen Flüchtlinge in der Unterkunft und hat inoffiziell die Rolle als ihr Sprecher übernommen. Nehmen Sie nicht alles für bare Münze, was er sagt.«

Sie kamen zu einer Gruppe von drei Personen. Ein kleiner Mann mit intelligenten, aber unruhigen Augen blickte schon in ihre Richtung. Er verlagerte ständig seinen Körperschwerpunkt vom einen Bein zum anderen und rauchte hastig eine Zigarette. Die beiden anderen Männer wirkten passiver: Der eine lehnte am Zaun, der andere zog träge an einer Zigarette.

Der kleine Mann streckte die Hand zum Gruß aus und stellte sich vor. »Shefqet Shala.« Er nickte zu den beiden anderen hinüber. »Sie sprechen kein Englisch.« Die Mienen der Männer blieben stoisch und desinteressiert.

Shala wollte Meijtens' Presseausweis sehen und zog ein abgegriffenes Notizbuch heraus, in das er sorgsam alle Angaben übertrug. Dem Leiter des Asylbewerberheims warf er misstrauische Blicke zu.

»Ich glaube, wir kommen jetzt alleine zurecht«, meinte Meijtens, und der Leiter nickte den drei Albanern kurz zu, ehe er ging.

Das Interview mit Shefqet Shala verlief zäh. Er sprach gebrochenes Englisch und musste gelegentlich deutsche und italienische Worte einschieben.

Sicher erinnere er sich an Aron Bektashi, er habe bei seiner Ankunft mit ihm gesprochen. Nein, Bektashi habe nicht erzählt, warum er Albanien verlassen habe und warum er ausgerechnet nach Schweden gegangen sei oder dass er beabsichtigt habe, nach Stockholm zu fahren. Er zuckte mit den Schultern, als wären diese Fragen uninteressant, unter seiner Würde. Einmal hatte Meijtens allerdings das Gefühl, dass in den Augen des Albaners etwas aufblitzte.

»Kannten Sie ihn?«

Shala schüttelte den Kopf.

»Wussten Sie, wer er war?«

Der Albaner wackelte mit dem Kopf, als wolle er sagen:

Vielleicht, vielleicht auch nicht. Danach wechselte Shala plötzlich das Thema und begann, über Albanien zu sprechen. Dass er nach Schweden geflohen sei, weil er gehört habe, es sei das großzügigste Land der Welt, jetzt wisse er jedoch nicht mehr, ob das wirklich stimme. Shalas Sätze wurden unzusammenhängend, sein Englisch ließ ihn im Stich. Ein Missverständnis in Italien habe zu seiner Ausweisung geführt. Nun benötige er einen Rechtsanwalt. Er wolle Gerechtigkeit, sonst nichts. Meijtens hörte noch etwas anderes mitschwingen, die Andeutung eines Tauschhandels.

»Was können Sie mir über Bektashi erzählen?«, erkundigte sich Meijtens schließlich, und Shalas Antwort bestand aus einem weiteren zweideutigen Schulterzucken. Er zog lange an seiner Zigarette und sah weg.

»Haben Sie Zigaretten?«, fragte er.

»Nein, tut mir leid.«

Schließlich beschloss Meijtens zu gehen, obwohl die Kopie des Passes das Einzige war, was ihm der Besuch eingebracht hatte. Während er auf den Ausgang zuging, hörte er Shala hinter sich rufen. Meijtens drehte sich um und sah, dass der Mann im Laufschritt auf ihn zueilte.

»Sie müssen mir helfen, einen guten Rechtsanwalt zu finden. Die Anwältin, die man mir gegeben hat, taugt nichts. Junge Frau, hat keine Ahnung. Sie werden mich zu den Italienern schicken oder nach Albanien.« Er schüttelte den Kopf. »Das geht einfach nicht. Helfen Sie mir, und ich gebe Ihnen Informationen über Bektashi, okay? Ich weiß nur ein bisschen, aber ich kenne jemanden, der mehr weiß. Wenn ich sage, dass es okay ist, wird er mit Ihnen sprechen, sonst nicht. Sie müssen mir vorher helfen.«

Seine Art hatte sich verändert. Jetzt war er engagiert und bemüht. »Ich brauche einen Anwalt. Ich kann nicht nach Italien ausreisen.«

Meijtens fragte sich, ob an seiner Behauptung wirklich etwas dran war.

»Mal schauen«, erwiderte er. »Sie haben meine Nummer, falls Sie mir noch etwas erzählen wollen. Ich werde sehen, was ich für Sie tun kann.«

Er wandte sich um und ging Richtung Ausgang.

»*I huaj*«, sagte Shala.

Meijtens drehte sich um.

»*I huaj*. So haben wir ihn genannt. In Albanien ist es nicht wie hier im Westen. Es gibt nicht so viele Nachrichten, nur ein paar Parteifunktionäre stehen in den Zeitungen. Aber wir haben Gerüchte und Klatsch, und zwar jede Menge. Die Menschen reden und spekulieren. So viel sie sich trauen. Er war kein großer Promi, kein offizieller Funktionär. Aber man kannte ihn, man wusste, wer er war. Wusste, dass er früher Macht hatte. Er wurde *i huaj* genannt.«

Meijtens sah ihn fragend an, zog sein Notizbuch heraus und versuchte, es zu buchstabieren. Shala berichtigte ein paar Buchstaben.

»*I huaj*, das bedeutet, wie sagt ihr … Ausländer.«

»Ausländer?«

»Ja, genau, Ausländer. Er wurde der Ausländer genannt.«

Shefqet Shala drehte sich um und ging mit schnellen Schritten zu den anderen zurück. Offenbar hatte er beschlossen, dass dies das Maximum an Gratisinformationen war, die er Meijtens zur Verfügung stellen wollte.

Als Meijtens in die Redaktion zurückkehrte, zog er die Kopie des Passes heraus. Aron Bektashi war, wie er bereits wusste, am 11. April 1938 in Tirana geboren. Das Passbild war eine Schwarz-Weiß-Aufnahme minderer Qualität. Der Mann hatte offenbar helles Haar, aber es war schwer zu sagen, ob es grau oder blond war. Auch die Augen waren hell, im Pass war als Augenfarbe blau angegeben. Seine Haut war zerfurcht. Ein Mann, der früher im Westen gelebt hatte. Meijtens dachte daran, wie Shala ihn genannt hatte: den Ausländer. Jemand, der einmal zur Machtelite gehört hatte.

Daheim in Skopje halten wir nicht viel von Albanern, hatte Elena gesagt, aber der hier war vielleicht auch kein gewöhnlicher Albaner.

Als er Tilas erreichte, klang der Kriminalinspektor wachsam. »Und, Meijtens, was haben Sie zu berichten?«

»Ich habe ein paar interessante Informationen über Aron Bektashi erhalten und wollte nur kurz wissen, ob sie mit Ihren übereinstimmen«, erklärte Meijtens.

»So, so.«

»Ich habe gewisse Informationen bekommen, die darauf hindeuten, dass Bektashi vor seiner Verhaftung eine einflussreiche Person in Albanien war. Möglicherweise ein Diplomat oder Funktionär, der früher im Westen stationiert war.«

Am anderen Ende der Leitung herrschte vollkommene Stille.

»Liegen Ihnen ähnliche Informationen vor?«, fuhr Meijtens fort.

»Nicht direkt. Wo haben Sie das her?«

»Exilalbanische Kreise.« Aus irgendeinem Grund, den er selbst nicht ganz verstand, wollte er seinen Besuch in Vilanda und sein Gespräch mit Shefqet Shala nicht erwähnen.

»Exilalbaner, gibt es so etwas?« Tilas klang skeptisch. Nach einer kurzen Pause fuhr er fort: »Gibt es noch etwas, was Sie mir erzählen wollen?«

Meijtens verneinte.

»Wenn das so ist, habe ich jetzt keine Zeit mehr für Sie«, bemerkte Tilas trocken. »Wir haben nichts gefunden, was auf ein Verbrechen hindeuten würde, jedenfalls nicht in Schweden.«

Meijtens glaubte, dass ihr Gespräch damit beendet war, aber Tilas überraschte ihn.

»Sie sollten Ihren Exilalbanern vielleicht nicht allzu viel Bedeutung zumessen. Vor einer Stunde habe ich mit der albanischen Botschaft gesprochen. Sie behaupten, dass sämtliche Behörden in Albanien dieselbe Auskunft erteilen: Es gibt keinen Aron Bektashi Albanien. Weder vermisst, noch tot oder lebendig.«

10

Meijtens zog seinen Ausweis durchs Lesegerät und betrat den vertrauten Korridor. Es war fast halb acht und das Historische Institut verwaist. Natürlich hätte Meijtens keine Schlüsselkarte mehr haben dürfen, da seine Zeit als Angestellter des Instituts lange zurücklag. Vielleicht hatte er sie aus sentimentalen Gründen behalten, vielleicht auch weil Jakub darauf bestanden und die Sache mit der Institutssekretärin entsprechend geregelt hatte. Für den Fall, dass er irgendwann besondere Hilfe benötigen sollte, hatte er erklärt.

Am hinteren Ende des Korridors sah Meijtens nun Dozent Jakub Bem näher kommen, der mit seinem hüpfenden Gang seine geringe Körpergröße kompensieren zu wollen schien. Wie üblich trug er einen Stapel Bücher unter dem Arm.

»Herr Meijtens, welch unerwartetes Vergnügen! Lass mich nur kurz diese Dokumente ablegen, dann können wir uns unterhalten.« Er ging in eines der Büros, und Meijtens, der ihm folgte, stellte grimmig fest, dass man Jakub Bem erneut degradiert hatte. Im eingeschränkten Leben des Historischen Instituts mit seinen immer spärlicher fließenden Mitteln und den seltenen Belohnungen, die es zu vergeben gab, bildete die Raumverteilung das einzige Machtmittel der Institutsleitung, aus der sie möglichst viel Kapital schlug. Noch vor ein paar Jahren hatte Jakub Bem kraft seines Renommees in einem eigenen, geräumigen Büro gesessen. Je stärker die Zahl der Doktoranden und Studenten, für die er verantwortlich war, aufgrund des – durchaus zutreffenden – Gerüchts zurückgegangen war, dass Jakub Bem ein sehr anspruchsvoller Doktorvater und Dozent sei, desto schwächer war seine Position geworden.

Als der Dekan ihm nahegelegt hatte, seine Prüfungsanforderungen zu überdenken, war Jakub in die Luft gegangen und hatte erklärt, er weigere sich, das Niveau zu senken, um einen Beliebtheitswettbewerb zu gewinnen. Am nächsten Tag hatte er seinen Schreibtisch in einem Zimmer vorgefunden, das er sich mit zwei jüngeren Kollegen teilen musste.

Nun war sein Arbeitsplatz in ein Büro für Doktoranden und Gastforscher verlegt worden. Sein überladener Schreibtisch stand direkt neben der Tür. Meijtens fragte sich, was Jakub diesmal wohl gesagt hatte. Sein alter Doktorvater, dem sein letzter Umzug unübersehbar peinlich war, wühlte in seinen Papieren. Er wich Meijtens' Blick aus und schlug vor, in das Café an der Universitätsbibliothek zu gehen.

Sie plauderten über gemeinsame Freunde und Gegner, und Jakub distanzierte sich philosophisch von den Intrigen des Instituts.

»Ich lasse sie machen, ich lasse sie machen. Ich habe meine Forschung und immer noch ein paar Studenten, obwohl diese für mich eine unerschöpfliche Quelle der Resignation darstellen.«

Er bestand darauf, Meijtens zu einer Tasse Kaffee einzuladen, und sie suchten sich einen etwas abseits stehenden Tisch.

Jakub streckte sich über die Tischplatte und legte seine Hand auf Meijtens' Arm.

»Lieber Tobias, ich habe versucht, den Dekan zu erwischen. Er ist praktisch nie zu erreichen, es ist so hoffnungslos wie eh und je. Aber ich werde ihn bitten ...« Er verstummte und fuhr nach einer Pause mit erhobenem Finger fort: »Ich werde *ihm sagen*, dass er dir eine Stelle geben muss. Irgendwie.«

Meijtens' erstaunte Miene deutete er ganz offensichtlich falsch.

»Eine bezahlte Stelle, ein anständiges Gehalt. Nun ja, für den Anfang werden wir wohl etwas Provisorisches organisieren müssen, du kennst ja diese bürokratischen Winkelzüge. Aber du sollst dich nicht weiter mit solchen Taschenspielertricks abgeben müssen.«

Also betraf es nicht nur die Redaktion, was schon schlimm genug gewesen wäre. Und es ging auch nicht nur um Hannas Mitleid und Listons Misstrauen. Sogar bei Jakub, sogar hier, holten ihn sein Artikel und die Folgen ein. Seine Schuld an Sjöhages Selbstmord war allgegenwärtig.

»Darum geht es gar nicht, Jakub. Ich will meine Arbeit als Journalist nicht aufgeben.«

Als Jakub seinen Irrtum erkannt hatte, trat er schnell den Rückzug an. Er sprach ein wenig verkrampft über die Unantastbarkeit der Pressefreiheit und die Gefahr religiöser Gemeinschaften, die …

»Das ist schon okay. Ich habe das abgehakt. Ich wollte mit dir über etwas ganz anderes sprechen.«

Jakub holte tief Luft, wozu er nicht gekommen war, seit er gemerkt hatte, dass er ins Fettnäpfchen getreten war. »Über einen Artikel?«

»Das weiß ich noch nicht. Mein Chef würde sicher sagen, dass die Sache nichts mit Nachrichtenjournalismus zu tun habe, und wahrscheinlich wird in unserem Magazin nie ein Artikel dazu erscheinen, aber ich muss da einfach etwas begreifen.«

»Was musst du begreifen, Tobias?«

»Ich muss begreifen, warum ein Mann aus Albanien nach Schweden kommt und in weniger als achtundvierzig Stunden verunglückt oder sich das Leben nimmt.«

Jakub Bem lehnte sich zurück, die Hände auf dem Bauch gefaltet. Meijtens erzählte von Aron Bektashi: seinem Pass, den unterschiedlichen Füllungen in den Zähnen und den Spuren, die die Folter hinterlassen hatte. Von dem Interview mit Shefqet Shala und den albanischen Behörden, die die

Existenz eines Aron Bektashi leugneten. Als Meijtens fertig war, schwiegen sie eine Weile. Jakub blickte in seine Kaffeetasse.

»Ich muss sagen, das ist wirklich eine interessante Sammlung von Fakten, die du da zusammengetragen hast«, sagte er nachdenklich.

»Mein Chef bezweifelt, dass die Sache einen Nachrichtenwert besitzt, aber ich will es trotzdem wissen.«

»Ich glaube, dein Chef könnte sich irren.«

»Wie deutest du Shefqet Shalas Kommentar über Bektashi als *i huaj*, den Ausländer?«

»Nun, wenn man die völlige Isolation Albaniens in den letzten Jahrzehnten bedenkt, könnte ein Mann, der viele Jahre im Westen verbringt und dann zurückkehrt, mit Sicherheit *i huaj* genannt werden. Außerdem sollten wir kein allzu großes Vertrauen in Herrn Shefqet Shala mit den Visumsproblemen setzen. Dagegen gibt es da ein paar andere Dinge, die mir wirklich bemerkenswert erscheinen.«

Er machte eine längere rhetorische Pause. Meijtens kannte Jakubs kleine Manierismen und musste innerlich grinsen.

»Ehrlich gesagt, habe ich die Entwicklung in Albanien in den letzten Monaten recht aufmerksam verfolgt. Sie ist nicht ohne Interesse für mich als Forscher und als Mensch. Die Veränderungen sind noch nicht so weit gediehen wie in den ehemals sowjetisch kontrollierten Ostblockstaaten. Bei Weitem nicht. Albanien ist immer noch ein kommunistisches Land. Man hat ein paar politische Gefangene entlassen, das ist wahr. Außerdem gibt es eine gewisse, aber nach wie vor eingeschränkte Pressefreiheit.«

Jakub setzte schon zu einem Exkurs über die Pressefreiheit in Osteuropa an, hielt zu Meijtens' Erleichterung jedoch inne und kehrte zu seinen Kommentaren über Albanien zurück.

»Bislang haben nur wenige Menschen das Land verlassen können. Die meisten von ihnen haben sich nach Italien begeben, einem Land, zu dem historische Verbindungen bestehen. Und nicht nach Schweden, was dein Besuch im Asylbewerberheim bestätigt. Ganze fünf Albaner, unser Mann Bektashi eingeschlossen. Und zumindest einer ist dort gelandet, nachdem er sein Glück zuvor in anderen Ländern versucht hatte. Die anderen könnten wahrscheinlich ähnliche Geschichten erzählen.«

Meijtens versuchte, eine Frage einzuwerfen, aber Jakub erhob die Stimme und sprach weiter.

»Für Bektashi galt das jedoch nicht. Er hat sich direkt nach Schweden begeben. Nicht nur das, schon am nächsten Tag fuhr er schnurstracks nach Stockholm – ohne den Mitarbeitern der Unterkunft etwas davon zu sagen. Nichts deutet auf irgendwelche Kontakte hin, es gibt keine Schwester im Exil oder so, die sich gemeldet hätte, nicht wahr? Er kann noch nicht viele Stunden in Stockholm gewesen sein, als er aus irgendeinem Grund im Park der Diakonie Ersta landet, einem Ort, der trotz seiner schönen Aussicht gänzlich unbekannt sogar vielen Stockholmern ist.«

Jakub sprach inzwischen schneller, und aufgrund seiner fehlerhaften schwedischen Syntax fiel es schwer, Schritt zu halten. Er trank einen Schluck Kaffee und fuhr fort.

»Warum? Warum blieb er nicht und spielte mit den anderen Albanern Canasta? Ein Mann, der auf der Flucht ist, fährt nicht irgendwohin, nur um die Aussicht zu genießen. Ich kann dir erzählen aus eigener Erfahrung«, sprach Jakub mit leiserer Stimme weiter, »wenn ein Mann aus dem Gefängnis entlassen wird, ist sein erster Gedanke, sich in Sicherheit zu bringen. Anschließend, sich Essen und Zigaretten zu besorgen, seine Frau zu sehen. Oder einfach eine Frau. Jedenfalls bestimmt nicht, Sightseeing zu machen. Irgendetwas hat ihn offenbar dazu gebracht, sich so schnell wie möglich nach Stockholm zu begeben, und zwar, ohne jemandem davon zu erzählen. Das ist das Eigenartigste an diesem Bektashi.«

Also bin ich doch nicht völlig auf dem Holzweg, dachte Meijtens.

»Und was könnte ihn deiner Meinung nach dazu gebracht haben, nach Stockholm zu fahren?«

»So wie ich es sehe, muss die Erklärung lauten, dass er eine Verbindung zu Schweden hat. Wenn es kein Verwandter oder Bekannter ist, muss es etwas anderes sein.«

Es war schon nach acht, und in dem Café an der Universitätsbibliothek war Stille eingekehrt. Nur ein paar hohläugige Studenten der Technischen Hochschule saßen noch zusammen und diskutierten darüber, was in der Prüfung in Thermodynamik vorkommen könnte. Jakub Bem lehnte sich zurück und schaute sich um. Vielleicht wollte er sich vergewissern, dass sie ungestört reden konnten.

»Am wahrscheinlichsten scheint mir zu sein, dass er ein albanischer Funktionär mit einer Vergangenheit in Schweden ist. Von der Sorte kann es nicht sehr viele geben. Ich würde schätzen, dass es sich um eine Person mit irgendeiner Form von diplomatischem Status handelt: ein Botschaftsangehöriger oder ein Mitglied einer offiziellen Delegation. Dann ist er beim Außenministerium unter einem Namen registriert, der nicht unbedingt Aron Bektashi sein muss«, ergänzte Jakub mit einem schiefen Lächeln.

Er lehnte sich zurück, als wollte er Meijtens Zeit geben, mit seinen Notizen hinterherzukommen.

»Es gibt noch einen anderen Umstand, der dafür spricht, dass Aron Bektashi seine eigentliche Geschichte verbirgt«, fuhr Jakub fort. »Aron Bektashi besaß nicht nur einen Pass, was an sich schon ein kleines Wunder ist. Hinzu kommt, dass die albanischen Behörden seine Identität komplett leugnen, und das erstaunt mich nun wirklich.«

»Und warum? Willst du etwa sagen, dass er nicht Aron Bektashi heißt, dass er falsche Papiere benutzt hat?«

»Nicht unbedingt. So könnte es natürlich auch sein, aber ich glaube eher an etwas anderes.«

»Meinst du, er ist ein Dissident?«

»Nicht nur das. Ich war, wie du weißt, früher eine *persona non grata* in dem Land, das eigentlich mein Heimatland sein sollte. Aber wenn jemand vor dem Fall des Kommunismus offiziell die tschechoslowakischen Behörden kontaktiert hätte, um sich zu erkundigen, ob ein gewisser Jakub Bem früher einmal dort gemeldet gewesen sei, hätten sie mit Ja geantwortet. Sie hätten geantwortet, dass er ein Verbrecher, ein Konterrevolutionär, ein imperialistischer Lakai war und ... nun ja, das weißt du ja alles. Aber sie hätten meine Existenz niemals geleugnet. Weißt du, warum?«

Jakub wirkte auf einmal sehr ernst und sprach mit gesenkter Stimme weiter. »Weil ich eine unbedeutende Person war, so unbedeutend, dass es keinen Grund gab, meine Existenz zu leugnen. Ich denke, bei Aron Bektashi sieht die Sache ganz anders aus. Ich glaube, dass Aron Bektashi für Albanien in irgendeiner Weise von Bedeutung war. Ich habe kein klares Bild davon, was hinter dieser Geschichte stecken könnte, aber es würde mich sehr wundern, wenn es um etwas Triviales ginge.«

Sie verließen die Universität und machten sich auf den Heimweg. Als sie zu Meijtens' Fahrrad kamen, begann es zu nieseln.

»Morgen werde ich sehen, was ich über albanische Diplomaten herausfinden kann«, sagte Meijtens. »Immerhin habe ich ein Foto. Auch wenn er einen anderen Namen benutzt hat, sollte ich ihn auftreiben können.«

Jakub nickte geistesabwesend. »Vielleicht war er hier, um Kontakt zu linken proalbanischen Gruppierungen zu halten. Davon gab es in den Sechziger- und Siebzigerjahren einige.« Er nannte Meijtens zwei Namen.

»Schatten aus einer Vergangenheit voller Irrtümer«, ergänzte Jakub mit einem traurigen Lächeln. Anschließend drehte er sich mit einem Kopfnicken um und ging mit federnden Schritten durch den Regen zum U-Bahnhof.

11 Eigentlich hatte Tilas keinen Grund, Überstunden zu machen. In Stockholm wurde zwar in einigen Mordfällen ermittelt, aber er war an keiner dieser Ermittlungen beteiligt. Nicht nach dem, was im Frühjahr passiert war. Seither war er ihr Gefangener. Ein Objekt für faselnde Therapeuten, Schnüffler aus der Personalabteilung und herablassend lächelnde Gesichter. Wäre es vor zwanzig Jahren passiert, hätte er sich eine Standpauke anhören müssen und wäre eine Weile suspendiert worden, und damit wäre die Sache erledigt gewesen. Aber im Zeitalter der neuen, alles erstickenden Fürsorge kam man niemals frei.

Mordermittlungen waren völlig ausgeschlossen, das hatten sie ihm klipp und klar gesagt. Nach dem verdammten Zwischenfall hatten sie ihm jedes Mal die Verantwortung entzogen, sobald ein Fall anfing, wirklich interessant zu werden. Keine der kleineren Ermittlungen, die inzwischen sein Los waren, rechtfertigte, dass er so lange im Präsidium blieb, aber das Gespräch mit diesem Meijtens hatte ihn verblüfft, und deshalb hatte er den Abend dem vorerst letzten tragischen Unfall gewidmet, der auf seinem Schreibtisch gelandet war.

Er nahm eine transparente Plastiktüte in die Hand und studierte die kleinen Gegenstände, die der Mann bei sich getragen hatte, den sie heute im alten Hammarbyhafen gefunden hatten. Er war auf einer Baustelle von jemandem totgefahren worden, der anschließend Fahrerflucht begangen hatte. Das vorläufige Gutachten tendierte zu der Annahme, dass er im Schlaf überfahren worden sei, und zwar mitten in der Nacht und von jemandem, der offenbar keine Veranlassung gesehen hatte, den Vorfall zu melden.

Tilas hatte ihn natürlich sogar noch in dem Zustand wiedererkannt, in dem man ihn gefunden hatte, denn entgegen der weitverbreiteten Meinung unter seinen Kollegen und

Vorgesetzten hatte er einen ausgezeichneten Blick und ein hervorragendes Gedächtnis für Menschen. Es war nur wenige Tage her, dass er den Mann auf der Aussichtsterrasse in Ersta vernommen hatte. Einer der Streifenpolizisten hatte beobachtet, wie der abgerissene Obdachlose sich davonzuschleichen versuchte, und ihn zu Tilas gebracht. Der Penner war nicht sehr mitteilsam gewesen. Er hatte verwirrt gewirkt, etwas von Schatten gefaselt, dann behauptet, die Polizei spioniere ihm immer hinterher, und jede Zusammenarbeit verweigert.

Eine Routinekontrolle ergab, dass es zahlreiche Einträge im Polizeiregister zu ihm gab, aber es war nichts Ernstes darunter: Erregung öffentlichen Ärgernisses, einmal Widerstand gegen die Staatsgewalt. Eine zwanzig Jahre zurückliegende Verhaftung wegen der Teilnahme an einer nicht genehmigten Demonstration. Aber solche Aktennotizen gab es schließlich zum halben Regierungskabinett, dachte Tilas. Der Überfahrene hatte zwar mehrfach vor Gericht gestanden, war aber nie verurteilt worden. Wenn der Vorfall auf der Aussichtsterrasse nicht bereits als Unfall oder Selbstmord abgeschrieben worden wäre, hätten sie ihn vielleicht mitgenommen. So aber hatten sie sich damit begnügt, seinen Namen zu notieren und festzuhalten, dass er keinen festen Wohnsitz angeben konnte.

Tilas griff erneut nach der durchsichtigen Tüte mit den Sachen, die in der Tasche des Verstorbenen gelegen hatten: ein paar Busfahrscheine, eine Krankenversicherungskarte und eine Packung Psychopharmaka. So weit nichts Besonderes. Aber dann die Visitenkarte: Tobias Meijtens, *7Plus*. Als Meijtens anrief, hatte er geglaubt, eine Erklärung dafür zu bekommen, aber stattdessen hatte der Journalist nur irgendwelchen Bockmist über Exilalbaner erzählt.

Tilas fluchte und kratzte sich gereizt an der Oberseite seiner Hand. Als er noch große Mordermittlungen leitete, hatten sie alle Schlange gestanden, um seine Gunst zu ge winnen. Jetzt blieb das Telefon stumm, und er musste sich mit Meijtens und seinem Wochenmagazin zufriedengeben. Es widerstrebte ihm, sich von einem wie ihm helfen lassen zu müssen, aber was sollte er machen? Meijtens schien jedoch nicht zu begreifen, wie der Hase lief, und gab ihm nie etwas zurück. Tilas zog die Visitenkarte heraus und musterte sie unzufrieden.

Meijtens trommelte mit den Fingern auf dem Schreibtisch und ging innerlich alles ein letztes Mal durch. Nein, es gab keinen anderen Weg. Bertil Andersson schien ihn mittlerweile zu meiden, wahrscheinlich, weil er es satthatte, ständig Meijtens' Vorschläge abzulehnen. Der stellvertretende Chefredakteur würde es ihm jedenfalls niemals erlauben, der Sache weiter nachzugehen, zumindest nicht ihm alleine.

Er stand langsam auf und ging durch die Redaktion. »Wir sind alle zu gut für das System«, hatte ihm jemand im Možels ins Ohr gezischt. »Lass die kleinen Gehilfen des Teufels den Betrieb in der Hölle schmeißen.« Aber Meijtens' Schritte wurden immer entschlossener. Es wurde Zeit, den Teufel persönlich zum Tanz aufzufordern.

»Natalie, ich würde gerne deine Meinung zu einer Sache hören.«

Er präsentierte seine Geschichte gut, schließlich hatte er sich sorgfältig vorbereitet. Er erzählte von dem Mann aus Albanien, von Tilas' Informationen und Jakubs Reflexionen. Und von dem, was Shefqet Shala angedeutet hatte. Natalie hörte ihm gespannt zu. Als Meijtens zum Ende kam, dauerte es eine Weile, bis sie etwas sagte.

»Ich frage mich nur, warum.«

Meijtens beschloss, die Frage im Raum stehen zu lassen.

»Was ich meine, ist: Warum kommst du damit zu mir?« Sie klang ungeduldig.

»Ich glaube, es könnte mehr dahinterstecken.«

Natalie lehnte sich zurück. »Also, wenn ich ehrlich sein soll, sehe ich da keinen Aufhänger für einen Artikel.«

Sie drehte sich um, aber Meijtens blieb stehen. Er hatte einen aufschlussreichen Abend im Zeitungsarchiv verbracht und sich über etwas ganz anderes schlaugemacht, einen Skandal in der Fernsehanstalt, der allmählich in Vergessenheit geriet. Es war spekuliert worden, dass aus dem Nähkästchen plaudernde Polizisten der jungen und vielversprechenden Moderatorin ein Bein gestellt hatten. Eine Rache für eine ihrer früheren Reportagen, hieß es.

Das war sein letzter Trumpf.

»Es gibt da noch einen Aspekt. Ich habe eine Quelle, die direkten Zugriff auf die Ermittlungen hat.«

Er gab Listons Informationen im Großen und Ganzen korrekt wieder, aber unter Wahrung des Quellenschutzes bekam sein alter Freund aus Kindertagen völlig neue Eigenschaften. Er mutierte zu einem Beamten, der einen größeren Zusammenhang erahnte, aber zu viel Angst hatte, um zu reden, dessen Beobachtungen ignoriert wurden, weshalb er argwöhnisch über die Schulter blickte. Meijtens vermied es tunlichst zu erwähnen, dass Liston schon immer Angst gehabt hatte, zu viel zu sagen, und bereits in der Vorschule besorgte Blicke über seine Schulter geworfen hatte. Darüber hinaus kam Meijtens auf Tilas' seltsame Launenhaftigkeit zurück.

»Es kommt einem fast so vor, als wollte die Polizei etwas vertuschen. Ich frage mich ernsthaft, ob sie nicht Mist gebaut haben.«

Es zuckte in Natalies Mundwinkel. War er zu weit gegangen?

Bertil Andersson verschränkte die Arme vor der Brust und schnaubte gereizt. »Ich sehe da immer noch keine Story!«

Natalie wirkte ungerührt. »Gib uns einen einzigen Tag, Bertil. Wenn wir nichts finden, lassen wir die Sache fallen.«

Der stellvertretende Chefredakteur klopfte mit dem Stift auf den Tisch und runzelte die Stirn. Ab und zu warf er Meijtens, der im Türrahmen stand, wütende Blicke zu.

»Ich verlange volle Konzentration auf die Sonderausgabe. Und auf *Die vergangene Woche*.«

Noch ein Blick in Richtung Meijtens.

»Aber die Geschichte passt doch ganz hervorragend in die Thematik der Sonderausgabe«, meinte Natalie.

»Und wie, verdammt noch mal?«

»Ein menschliches Schicksal im neuen Europa, der staatenlose Mann, von dem keiner etwas wissen will.«

Bertil Andersson ließ ein röchelndes Lachen hören.

»Das zartfühlende Porträt eines hilflosen Menschen, gezeichnet von den allseits bekannten Humanisten Meijtens und Petrini.«

Natalie und Meijtens schwiegen, während Bertil Andersson ärgerlich herumrutschte, als säße er auf einem unbequemen Stuhl.

»Was habt ihr vor?«

»Wir wollen versuchen herauszufinden, ob er eine Verbindung zu Schweden hatte. Ich werde das Verzeichnis akkreditierter Diplomaten durchgehen, und Meijtens wird zu früheren linken Splittergruppen recherchieren.«

Diesmal war der Blick, den Andersson Meijtens zuwarf, regelrecht feindselig. »Ich gebe euch den restlichen Tag, damit ich mir nicht noch mehr von diesem Mist anhören muss.«

Als sie aus Bertil Anderssons Büro kamen, gab Meijtens Natalie eine Kopie von Aron Bektashis Pass. Sie zog ihren Mantel an.

»Ach übrigens, dein Penner. Leute, die oft mit den Sozialbehörden zu tun haben, antworten immer mit Vor- und Nachnamen, wenn sie nach ihrem Namen gefragt werden. Aus alter Gewohnheit. Wusstest du das?«

Das wusste Meijtens nicht.

»Es ist also gut möglich, dass er tatsächlich so heißt. Vorname: Sven. Nachname: Emanuel. Kapiert?«

Sie machte auf dem Absatz kehrt und ging. Als er sicher war, dass sie ihn nicht mehr hören konnte, fluchte Meijtens leise vor sich hin.

Natalie schob die letzte Akte zur Seite und lockerte ihre Schultern mit kreisenden Bewegungen. Die Leseplätze des Landesarchivs waren alles andere als bequem, und sie hatte mehrere Stunden dort verbracht.

Es war reine Zeitverschwendung gewesen. In den knapp zwanzig Jahren, in denen Albanien eine kleine diplomatische Vertretung in Stockholm unterhalten hatte, waren gut dreißig Diplomaten akkreditiert gewesen. Keiner von ihnen hieß Aron Bektashi, und keiner hatte auf den Fotos in den Dossiers auch nur die geringste Ähnlichkeit mit dem Verstorbenen. Sie hätte ebenso gut in die Redaktion zurückkehren können, aber es goss in Strömen, und sie musste ihre Gedanken sammeln.

Immerhin hatte sie jetzt getan, wozu ihre Therapeutin sie schon länger gedrängt hatte, und versucht, mit einem dieser Versager in der Redaktion zusammenzuarbeiten. Zu ihrer eigenen Überraschung hatte sie sich für Meijtens entschieden und tatsächlich geglaubt, dass an der Geschichte etwas dran sein könnte. Ihre journalistische Spürnase ließ sie in letzter Zeit offenbar im Stich. Vielleicht hatte sie sich von der Sympathie beeinflussen lassen, die sie nach der Story über den Baudezernenten für ihn empfunden hatte. Sie hätten einen unerfahrenen Typen wie ihn niemals alleine an einer so großen Sache arbeiten lassen dürfen. Als er jedoch versuchte, sie mit seinem Gerede über das Verhalten der Polizei zu manipulieren, hatte er sich von einer ganz anderen Seite gezeigt. Dieser freche kleine Spinner, dachte sie und lächelte widerwillig vor sich hin.

Plötzlich merkte sie, dass sich eine der Archivarinnen

näherte. Sie hatte graue Haare, wache Augen und trug eine Weste, die selbst gestrickt aussah.

»Verzeihen Sie bitte, wenn ich störe, aber sind Sie nicht diese Natalie Petrini?«

Ihre Stimme war so fad wie lauwarmer Haferbrei.

»Genau die bin ich.«

Die Archivarin begann, sachte den Kopf zu wiegen, und ihre großen Holzohrringe pendelten ein wenig hin und her.

»Ihre Sendung hat uns immer so gut gefallen, meinem Mann und mir.«

Großer Gott.

»Es freut mich wirklich, dass Sie wieder arbeiten«, fuhr die Frau fort und legte den Kopf schief.

Ist es mit mir schon so weit gekommen?, dachte Natalie. Bin ich schon zu einem Objekt vertrauensseligen Mitleids von Fremden mit Holzohrringen verkommen?

»Könnten Sie mir vielleicht ein Autogramm geben? Ich dachte, Sie könnten hier unterschreiben.«

Sie legte eine alte Illustrierte auf den Tisch und schlug einen Artikel auf, den Natalie noch gar nicht kannte. Eingeschoben zwischen Reportagen über Prominente und Neuigkeiten aus dem Königshaus befand sich ein ganzseitiger Text mit der reißerischen Schlagzeile: »Natalie Petrini nach dem Zusammenbruch: Jetzt setze ich ganz auf die Liebe!«

Natalie schloss die Augen und umklammerte die Armlehne. Am liebsten hätte sie sich übergeben.

Die Archivarin beugte sich zu ihr herab und flüsterte beflissen: »Ich habe mir gedacht, Sie könnten schreiben: ›Meiner Freundin Marie-Louise als Dankeschön für die gute Zusammenarbeit‹.«

Natalie atmete tief durch. »Sie wollen tatsächlich, dass ich mein Autogramm in dieses verdammte Käseblatt schreibe? Haben Sie noch alle Tassen im Schrank?«

Die Frau zuckte zusammen und schaute sich nervös um.

»Ich kann Ihnen natürlich auch ein Blatt Papier holen, wenn Ihnen das lieber ist.«

»Vergessen Sie's. Sie sind nicht meine ›Freundin Marie-Louise‹, und wir arbeiten auch nicht zusammen.«

Sie fuhr fort, ihre Notizen durchzugehen und sah aus den Augenwinkeln, wie die Archivarin schluchzend hinter ihrer Theke saß und von einer Kollegin getröstet wurde.

Das musste jetzt reichen, sie hatte Besseres zu tun. Sie ging zum Münzfernsprecher, um Meijtens anzurufen, aber es war besetzt.

»Mist«, murrte sie.

Meijtens warf den Schreibblock von sich. Er hatte mehrere Seiten mit Notizen gefüllt, die für seine Suche nach Aron Bektashi jedoch völlig unbrauchbar waren. Es war nicht weiter schwer gewesen, ein Dutzend früherer Mitglieder linker Organisationen zu finden, die sich zu irgendeinem Zeitpunkt für Albanien begeistert hatten. Aber das hatte ihn nicht weitergebracht.

Er massierte sein schmerzendes Ohrläppchen. Bestimmt hatte er inzwischen die komplette Buchstabensuppe aus Sekten, Freundschaftsbünden und obskuren Splitterparteien durchforstet. Er hätte gern gewusst, was sie darüber dachten, dass jubelnde Menschen die Berliner Mauer niedergerissen und ihre sozialistischen Führer abgesetzt hatten, aber er hatte genug Taktgefühl besessen, sie nicht zu fragen. Es waren nicht die besten Jahre für solche Menschen.

Viele hatten wie erwartet misstrauisch reagiert, als Meijtens sie nach ihren Kontakten zu Albanien fragte, einige hatten sogar aufgelegt. Aber nicht aus Trauer über den Zusammenbruch des Weltkommunismus oder aus Misstrauen gegenüber einem Journalisten des großen Medienkonzerns, sondern wegen der alten Fraktionskämpfe innerhalb der Linken. Die Stalinisten verdächtigten ihn, ein Maoist zu sein, die Maoisten glaubten, dass er ein Vertreter der Reformkommunisten sei, und der verbliebene Kämpfer für die Sache Albaniens deutete an, dass er als Agent für sie alle arbeite, vor allem aber für die Maoisten.

In einem Punkt waren sich jedoch alle rührend einig gewesen: Sie hatten noch nie von einem albanischen Staatsbürger namens Aron Bektashi gehört. Keiner der Diplomaten, Parteifunktionäre oder Kulturpersönlichkeiten, mit denen sie in Kontakt gestanden hatten, trug diesen Namen. Davon waren alle überzeugt, und er sah auch keinen Grund, an ihren Worten zu zweifeln. Seine Beschreibung des Mannes auf Grundlage des Fotos und der Informationen im Pass schien ebenfalls keine Erinnerungen wachzurufen.

Plötzlich wurden seine Gedankengänge von Bertil Anderssons Stimme unterbrochen.

»Na, wie läuft es?«

Meijtens fasste kurz die Gespräche der letzten Stunden zusammen.

»Im Grunde habe ich nichts herausgefunden. Ich kann nur hoffen, dass Natalie mehr Glück hatte als ich.«

»Ich habe gerade mit ihr gesprochen«, sagte Bertil Andersson. Seine Stimme war ungewöhnlich freundlich, fast kameradschaftlich. »Sie hat aus dem Archiv angerufen, um mir mitzuteilen, dass keiner der jemals in Schweden akkreditierten albanischen Diplomaten Aron Bektashi heißt oder auch nur ansatzweise dem Mann auf dem Passfoto ähnelt.«

Meijtens schaute auf seinen Block herab und zog einen langen Strich unter seine letzte Notiz. Er wusste genau: Das war das Aus.

»Meijtens, die Idee war toll, aber jetzt wird es Zeit, die Sache fallen zu lassen.«

Andersson legte die Hand auf Meijtens' Schulter. »Jetzt kümmerst du dich um *Die vergangene Woche*, sieh zu, dass die Spalte fertig wird.«

Meijtens nickte und erklärte, er werde sich eine Demonstration von Tierschützern auf dem Medborgarplatsen ansehen, vielleicht den einen oder anderen von ihnen interviewen. Bertil Andersson klopfte ihm freundlich auf die Schulter und schlug ihm vor, auch gleich noch einen Nerz zu befragen oder warum nicht gleich zwei – einen pro und einen contra Freiheit außerhalb der Nerzfarm. Kichernd ging er davon.

Tobias Meijtens trat in den Regen hinaus. Er schloss alle Knöpfe seines Mantels, schlug den Kragen hoch und spannte seinen Regenschirm auf. Als er zur U-Bahn ging, grimassierte er wegen des Windes, der beißend kalt seine Wangen traf, und fluchte, als er spürte, dass Wasser in seine Turnschuhe drang.

Natalie hatte bei Sven Emanuel natürlich richtiggelegen. Mit seinem Nachnamen hatte er binnen kürzester Zeit die zuständige Sozialarbeiterin aufgetrieben. Verstorben, hatte sie ihm am Telefon mitgeteilt, sich jedoch geweigert, ihm mehr als das Todesdatum zu verraten. Das war nicht weiter schwer gewesen, die Informationslücken mit ein paar Telefonaten zu schließen. Meijtens schauderte es. Das war alles so sinnlos: zwei völlig unnötige Todesfälle. Idiotische Unfälle, aber auch nicht mehr.

Als er in den Gang zur U-Bahn-Station trat, schüttelte er mit einigen entschlossenen Bewegungen den Regenschirm aus und fegte notdürftig das Wasser von den Ärmeln seines Mantels. Sobald er mit den Tierschützern fertig war, würde er etwas anderes – was auch immer – für *Die vergangene Woche* finden. Er hatte noch zwei Tage Zeit. Bertil Andersson würde seine Seite schon bekommen.

Die Kundgebung begann allerdings erst in zwei Stunden, und bis dahin gab es noch eine Sache zu tun, ehe er die Geschichte von Aron Bektashi endgültig zu den Akten legen konnte.

An den Wänden der Buchhandlung standen grobe Lagerregale aus Kiefernholz und Bücherstapel, in einer Ecke lagerten unausgepackte Kartons. Das Sortiment bestand ausschließlich aus linksorientierter politischer Literatur.

»Das ist ein Sauwetter, was?«, platzte Meijtens heraus, aber der Verkäufer hob nur flüchtig den Blick, ohne ihm zu antworten, und las weiter in seinem Buch. Meijtens schätzte ihn auf etwa fünfzig Jahre. Seine Haare sahen aus, als hätte er sie selbst geschnitten. Kurze Stirnfransen und volles Haar an den Seiten. Die Cordhose war eine Spur zu kurz und das Flanellhemd verwaschen. Offenbar ein Spätrevolutionär mit wenig Sinn für Konversation.

Mehrere seiner Gesprächspartner am Nachmittag hatten diese kleine Buchhandlung als beste Bezugsquelle für Bücher über Albanien erwähnt. Vielleicht konnte er in irgendeinem Buch ein Bild von Aron Bektashi finden, als einer von vielen auf einem Gruppenfoto einer albanischen Delegation. Wahrscheinlich war es völlig aussichtslos, aber es sollte ein letzter Versuch sein. Er ließ den Finger über Titel wie *Chinesische Morgengdämmeung* und stapelweise *Sozialistische Liedertexte* gleiten.

»Suchen Sie etwas Bestimmtes?«, fragte der Mann, ohne von seinem Buch aufzuschauen.

»Bücher über Albanien«, antwortete Meijtens.

»Politik, Geschichte oder Wirtschaft? Oder Kultur, Landwirtschaft? Können Sie das Thema etwas eingrenzen?«

Die Stimme des Mannes klang monoton, und er hielt es wohl nicht für nötig, die Lektüre zu unterbrechen.

»Eher Bücher über schwedisch-albanische Kontakte.«

Der Mann im Flanellhemd blickte endlich von seinem Buch auf und erhob sich widerwillig.

»Wir haben nur eine Handvoll Bücher über Albanien, ich weiß nicht, ob das, was Sie suchen, dabei ist.«

Meijtens fragte sich insgeheim, warum er dann nicht einfach auf sie zeigte, statt die vielen Genres aufzuzählen, die es in der reichhaltigen Literatur über die sozialistische Volksrepublik Albanien gab.

»Die Entwicklung Albaniens seit dem Ende der Siebzigerjahre hat dazu geführt, dass wir im Grunde nicht mehr verfolgen, was dort geschieht. Immerhin kann man mit Fug und Recht behaupten, dass man dazu zurückgekehrt ist, einen rein titoistisch revisionistischen Kurs zu verfolgen«, fuhr der Flanellmann mit gleichbleibend monotoner Stimme fort.

Er zeigte ihm ein paar Bücher, die Schweden über Albanien geschrieben hatten. Meijtens überflog sie hastig, betrachtete Fotos und suchte in Personenregistern. Aber es gab natürlich nirgendwo eine Spur von Aron Bektashi. Er beschloss, zwei von ihnen zu kaufen, obwohl er im Grunde nicht wusste, wozu das gut sein sollte.

»Wie kommt es, dass Sie sich für Albanien interessieren?«, fragte der Mann, während er auf einem Zettel umständlich die Endsumme errechnete.

»Ich bin Journalist bei *7Plus*«, antwortete Meijtens und stellte sich vor. »Wir arbeiten an einem Artikel über die Intensivierung der Kontakte zu Osteuropa. Ich sammele Hintergrundinformationen über Albanien und darüber, welche Kontakte Schweden in der Vergangenheit zu dem Land hatte.«

Er hoffte, dass seine Lüge nicht zu durchschaubar war, aber seine Worte schienen eher die Verachtung als das Misstrauen des Mannes zu wecken. Meijtens beschloss, eine letzte Frage zu Aron Bektashi zu stellen, dann musste Schluss sein.

»Wir versuchen unter anderem, einen ehemaligen albanischen Funktionär aufzutreiben, der für Austauschprogramme zwischen Schweden und Albanien zuständig gewesen ist, sein Name ist Aron Bektashi. Sind Sie ihm jemals begegnet?«

Der Mann schüttelte den Kopf und vermied weiterhin jeden Blickkontakt. »Soweit ich mich erinnere, nicht. Ich habe sicher nicht alle Albaner getroffen, die in Schweden gewesen sind, aber die meisten«, ergänzte er mit einem kurzen Grinsen.

»Ich habe ein Bild von ihm«, sagte Meijtens und faltete die Kopie des Passfotos auseinander. Er hatte das Bild vergrößert und die Kopie so beschnitten, dass alles, was auf einen Pass hindeutete, entfernt war.

Nun blickte der Mann auf und musterte das Foto zunächst flüchtig, dann etwas eingehender und mit leicht zusammengekniffenen Augen. Meijtens merkte auf, denn er glaubte etwas im Blick des Buchhändlers zu sehen, ein Wiedererkennen. Aber der Mann gab ihm die Kopie kopfschüttelnd zurück.

»Nein, ich bin nie einem Albaner begegnet, der diesem Mann auch nur entfernt ähnlich sehen würde«, erklärte er.

Meijtens steckte die Kopie in die Innentasche seines Mantels. Als er zur Tür ging, fragte der Mann plötzlich: »Wo haben Sie das Foto her?«

»Wieso?« Die introvertierte Arroganz des Buchhändlers ging ihm allmählich auf die Nerven.

»Ich bin nur neugierig.«

»Wir haben es aus einem Gruppenfoto vergrößert«, log Meijtens. »Eine Delegation, die in den Sechzigern hier war.«

Meijtens ging weiter Richtung Tür.

»Das habe ich mir fast gedacht«, erwiderte der Mann.

Meijtens drehte sich ein weiteres Mal um. Der Buchhändler konnte sich ein irritierendes Schmunzeln nicht verkneifen. Schlagartig wurde Meijtens klar, dass der Mann ihm etwas erzählen wollte.

»Das ist so typisch für die bürgerliche Presse, ihr versteht einfach alles falsch. Jetzt habt ihr es wieder mal versaut und auf dem Gruppenfoto den Falschen vergrößert.«

Mit der Hand auf der Türklinke und einer gespielt ungeduldigen Miene wartete Meijtens auf eine Fortsetzung. Er durfte auf keinen Fall zu viel Interesse zeigen.

»Das ist kein albanischer Diplomat, das ist nicht einmal ein Albaner«, verkündete der Mann triumphierend. »Das ist kein anderer als Erik Lindman.«

12

Als Meijtens Stunden später von der Redaktion nach Hause radelte, war es stockfinster. Er hatte die Tierschützer aus seinem Kopf gestrichen und war stattdessen auf der Suche nach allem, was jemals über Erik Lindman geschrieben worden war, durch das Nachrichtenarchiv gehetzt. In seiner Satteltasche lag jetzt ein ganzer Stapel kopierter Artikel.

Er bog auf den schmalen Weg ein, der unterhalb des Parks Tantolunden am Wasser entlangführte. Es regnete nicht mehr, die Luft war frisch, und die Fahrradreifen sangen auf dem regennassen Asphalt.

Es hatte nur etwa eine Minute gedauert, bis ihm eingefallen war, wen der Mann in der Buchhandlung gemeint hatte, und er sich vage erinnerte, schon einmal etwas über die Geschichte gehört zu haben, die mittlerweile fünfundzwanzig Jahre zurücklag. Als er heimkam, sortierte er das kopierte Material in chronologischer Reihenfolge. Die erste Gruppe von Artikeln stammte aus dem Jahr 1965, die anderen waren kürzere Zeitungsnotizen vom Anfang der Siebzigerjahre. Dann kochte er sich eine Kanne Jasmintee und stellte sie unter den Teewärmer. Es würde eine lange Nacht werden.

Konzentriert las er die Artikel. Anschließend las er sie noch einmal und notierte sich dabei Schlüsselereignisse. Als das Telefon klingelte, zuckte er zusammen und sah auf die Uhr. Es war fast eins. Nicht einmal seine Freunde riefen ihn zu so später Stunde noch an, ohne einen wirklich guten Grund zu haben. Zu seiner Verwunderung war es Hanna, sie klang besorgt.

»Tobias, hast du hier dauernd angerufen?«

Er braucht ein paar Sekunden, bis er begriff, was sie meinte, und mit Nachdruck protestieren konnte.

»Irgendwer hat ein paarmal hier angerufen und dann einfach wieder aufgelegt. Es ist richtig unheimlich. Ich dachte, du wärst vielleicht betrunken und hättest hier angerufen.«

Er hätte sie gerne gefragt, warum sie glaubte, dass er mitten in der Woche betrunken sei, und warum er sie dann anrufen sollte. Aber er ließ es bleiben.

»Das sind bestimmt die besorgten Eltern eines deiner Patienten gewesen.«

Sie seufzte. »Ich stehe mit der Nummer doch gar nicht im Telefonbuch, sondern du.«

Er hatte eine Idee. »Wann war der letzte Anruf?«

»Gerade eben, vor zehn Minuten. Wieso, weißt du, wer es war?«

Nein, der Einzige, den er sich hätte vorstellen können, war inzwischen tot.

»Keine Ahnung, vermutlich ein heimlicher Verehrer.«

»Hör auf. Wenn das einer deiner bescheuerten Kumpels ist, sag ihnen, sie sollen lieber bei dir anrufen. Ich brauche meinen Schlaf.«

Sie legte auf, ehe Meijtens dazu kam, sie darauf hinzuweisen, dass sie ja wohl ihn nachts angerufen hatte. Er blieb eine Weile sitzen und starrte gereizt auf die Straße hinunter. Dann kehrte er zu den Artikeln zurück.

Als er sie alle ein zweites Mal durchgelesen hatte, zog er auf der Suche nach historischen Jahreszahlen ein paar Nachschlagewerke aus dem Regal und notierte die Ziffern parallel zu seinen Notizen über Erik Lindman. Danach setzte er sich an den Computer, um zusammenzufassen, was er wusste. Die Geschichte von Erik Lindman und seine mögliche Rückkehr als Aron Bektashi. Schließlich druckte er seine Zusammenfassung aus und legte sie ganz oben in die Mappe mit Artikeln und Notizen, die er am nächsten Tag mitnehmen würde. Er war bereit.

Nachdenklich trommelte Meijtens mit den Fingern auf der Mappe herum. Sollte er sich Sorgen um Hanna machen? Die Anrufe hatten vermutlich nichts zu sagen. Er schaltete den Computer aus und gähnte.

Danach tat er etwas, was ihn selbst erstaunte, da es ihm ein wenig melodramatisch vorkam. In einem der ersten Artikel hatte es ein Foto von Erik Lindman gegeben, von dem er mehrere vergrößerte Kopien gemacht hatte. Eine davon hängte er an seiner Pinnwand neben das vergrößerte Passfoto von Aron Bektashi. Es mussten mindestens fünfzehn, vielleicht sogar fünfundzwanzig Jahre zwischen den beiden Bildern liegen, und keines war von besonders guter Qualität. Auf dem einen blickte ein junger Erik Lindman breit lächelnd schräg zur Seite. Auf dem nächsten starrte ein ernster Aron Bektashi mittleren Alters direkt in die Kamera.

Man hätte der Ähnlichkeit auf den beiden Bildern vielleicht keine zu große Bedeutung zumessen sollen, aber Meijtens hatte sich entschieden. Er streckte sich und stellte sich ans Fenster. Die Nacht war vollkommen still, und die Turmuhr der Sofia-Kirche stand auf drei.

Das meiste passte unglaublich gut zusammen. Aber wenn Erik Lindman tatsächlich Aron Bektashi war, gab es in den Artikeln auch etwas, was überhaupt nicht zusammenpasste, eine »Wahrheit« über ihn, die all die Jahre wiederholt worden war und sich unmöglich mit der Tatsache in Einklang bringen ließ, dass er fünfundzwanzig Jahre später mit einem albanischen Pass aufgetaucht war.

Meijtens spülte die Kopfschmerztablette in der Redaktionsküche mit schwarzem Kaffee hinunter. Er hatte nur zwei Stunden geschlafen. Anschließend ging er zu seinem Platz und zog seine Zusammenstellung aus der Tasche. Auf dem Schreibtisch entdeckte er die Liste: ein Verzeichnis über akkreditierte albanische Diplomaten mit Jahreszahl, Titel und Kommentaren zu einer möglichen Verbindung zu Aron Bektashi. Ganz unten hatte Natalie geschrieben: *Tut mir leid, kein möglicher AB darunter.*

Er musterte ihre Handschrift. War sie sauer? Meijtens blickte auf und sah Natalie bei Bertil Andersson an ein Bücherregal gelehnt stehen. Mit verschränkten Armen. Worüber sprachen die beiden?

Sein Kopf pochte. Er überflog noch einmal seine Notizen. Es passte, es war möglich. Unglaublich. Doch der nächste Schritt war schwieriger. Wie lange würden sich die beiden noch unterhalten? Bis zum Redaktionsschluss waren es noch zwei Tage, und wenn sie sicher sein wollten, die Ersten zu sein, mussten sie es in der nächsten Ausgabe bringen. Er wagte es nicht, noch länger zu warten. Sollte er erst mit ihr alleine sprechen? Nein, dazu fehlte die Zeit. Alles oder nichts.

Seine Knie zitterten, als er zum Glaskasten ging.

Bertil Andersson sah Meijtens und ließ den Finger innen über den Hemdkragen laufen, als bräuchte er mehr Luft. Es war kein Geheimnis, dass er unzufrieden damit war, wie sich die Sonderausgabe über das neue Europa entwickelte. Meijtens hielt Natalies Zusammenfassung hoch und formte den Mund zu einem stummen Dank, aber sie wirkte eher desinteressiert.

»Meijtens, mein Nerzexperte. Erzähl mir alles über den gestrigen Tag, aber fasse dich kurz. Wir sind hier mitten in einer wichtigen Besprechung.«

»Ich bin, ehrlich gesagt, nicht hingegangen.«

Keiner sagte etwas, und die Luft schien stillzustehen. Er musste von diesen verdammten Nerzen wegkommen.

»Ich bin über etwas ganz anderes gestolpert, etwas Sensationelles, glaube ich.«

Bertil Andersson legte seine Stirn in unzufriedene Falten. Natalie hatte sich hingesetzt und schien Figuren in einen Block zu kritzeln, als wartete sie nur darauf, dass Meijtens wieder gehen würde.

Meijtens beschloss, ohne Umschweife zur Sache zu kommen. »Bertil, ich glaube, dass die Wahrheit über den Mann, der von der Aussichtsterrasse gefallen ist, eine wirklich sensationelle Geschichte ist. Das Topthema für die Samstagsausgabe. Aber die Zeit ist knapp.«

Bertil Andersson lehnte sich zurück und warf einen Stift auf den Schreibtisch. »Großer Gott, kannst du nicht endlich damit aufhören? Hast du denn überhaupt kein verdammtes Urteilsvermögen, wenn ich dir doch sage, dass …«

»Lass ihn aussprechen, Bertil.« Erstaunt schauten sie beide zu Natalie hinüber. Ihre Stimme war ruhig, und sie blickte nicht einmal von ihrem Block auf. »Es geht sicher schneller, ihm zuzuhören, als dass ich mir deine Schimpftirade anhören muss.«

Bertil Andersson faltete die Hände auf seinem Bauch.

»Okay, Meijtens, lass uns hören und staunen.«

Meijtens referierte kurz, was sie bereits wussten, und erzählte anschließend von seinem Besuch in der kleinen Buchhandlung.

»Erik Lindman? Der verschwundene Zeitungsbote?«

Bertil Anderssons Stimme klang immer noch skeptisch, aber in ihr schwang nun auch etwas anderes mit. Ein Instinkt.

»Genau«, antwortete Meijtens.

Natalie blickte von ihrem Block auf und sah vom einen zum anderen. »Welcher Lindman?«

Meijtens holte seine Mappe mit den Zeitungsausschnitten heraus. Nach seiner Nachtschicht wusste er im Grunde alles auswendig, aber vielleicht hatten Jakubs Manierismen im Laufe der Jahre auf ihn abgefärbt, vielleicht wollte er auch nur demonstrieren, wie sorgfältig er recherchiert hatte. Es war seine letzte Chance, und alles hing davon ab, wie er seine Geschichte erzählte.

Im Sommer 1965 meldete sich eine Frau bei der Stockholmer Polizei. Sie war gerade von einer Auslandsreise zurückgekehrt und hatte festgestellt, dass ihr Verlobter verschwunden war, ohne ihr eine Nachricht hinterlassen zu haben. Weder seine Freunde noch seine Eltern hatten eine Ahnung, wo er sich aufhalten könnte.

Sein Pass fehlte, und später fand man heraus, dass er das Land mit einem Zug nach München verlassen hatte, wo sich seine Spur allerdings verlor. Die ganze Geschichte hätte banal erscheinen können, wenn es nicht um Erik Lindman gegangen wäre. Zum Zeitpunkt seines Verschwindens arbeitete er als Zeitungsbote, aber das war eine relativ frische Erwerbsquelle gewesen.

Geboren wurde er 1938 in Sandviken in einer Arbeiterfamilie, das Gymnasium schloss er mit Bestnoten ab, und anschließend ging er nach Uppsala, um dort zu studieren. Er galt als ungewöhnlich talentiert mit einer bemerkenswerten Sprachbegabung. Innerhalb von vier Jahren machte er zwei Abschlüsse, einen in Volkswirtschaftslehre und Staatswissenschaft sowie einen in Modernen Sprachen. Auch die absolvierte er mit besten Noten.

Diese Leistung erschien umso bemerkenswerter, wenn man sich Erik Lindmans sonstige Aktivitäten während seiner Studienzeit ansah. Seit seiner Jugend war er überzeugter Kommunist, und in Uppsala engagierte er sich bereits in seinem ersten Semester in der Studentenvereinigung Veritas. Er wurde allgemein als umgänglich, treu und als ein brillanter Redner beschrieben. In Anbetracht seiner exzellenten Studienergebnisse war es nicht weiter verwunderlich, dass er nach seinem Examen beim Außenministerium zur Ausbildung für den diplomatischen Dienst angenommen wurde, und aus irgendeinem Grund bildeten seine politischen Überzeugungen dafür keinen Hinderungsgrund. Vielleicht übersah man sie bei seiner Überprüfung, weil er niemals Parteimitglied gewesen war, oder man war einfach überwältigt von der Tatsache, dass er seiner Bewerbung Empfehlungsschreiben von nicht weniger als vier Professoren in Uppsala beilegen konnte, die Erik Lindman unisono in den höchsten Tönen lobten. Erstaunlich war dagegen, dass er das Außenministerium kurz nach dem Ende seiner Ausbildung wieder verließ. In der Folge arbeitete er als Zeitungsbote und engagierte sich manchen Informationen zufolge weiter politisch. Ein Jahr später verschwand er.

»Ich kann mich nicht erinnern, dass damals von Albanien die Rede war«, unterbrach Bertil Andersson ihn ungeduldig.

»Nein, und genau das ist das eigentlich Bemerkenswerte«, erläuterte Meijtens und blätterte in seiner Zusammenfassung.

Die Zeitungsmeldungen waren anfangs kurz und zurückhaltend gewesen und hatten den Fall wie eine ganz gewöhnliche Vermisstenanzeige behandelt, aber schon bald wurden die Schlagzeilen größer. Gewissen Quellen innerhalb des Staatsschutzes zufolge stand Erik Lindman im Verdacht, sich nach Moskau abgesetzt zu haben. Anderen Sicherheitsdiensten lagen Informationen vor, dass der KGB unter linksgerichteten Studenten im Westen Spione angeworben habe. Ein Überläufer in Holland behauptete, ein schwedischer Student sei von den Sowjets angeworben worden, um Karriere im Staatsdienst zu machen.

Der schwedische Staatsschutz verdächtigte Erik Lindman, diese Person zu sein. Mancherorts hieß es, Erik Lindman sei von München aus mit dem Zug nach Griechenland weitergereist, und es wurde spekuliert, ob er von dort über die Türkei in die Sowjetunion gelangt sei. Die Vermutung, dass er sich jenseits des Eisernen Vorhangs aufhalte, wurde allerdings nie bestätigt, und so verebbten die Spekulationen in der Presse.

1973 bekam das Thema jedoch neue Aktualität. Ein übergelaufener KGB-Agent namens Sorokin versorgte seine neuen kanadischen Gastgeber mit einer Menge Informationen über Agenten, die der KGB in Westeuropa platziert hatte.

Zwei davon waren schwedische Spione. Sorokin verfügte auch über weitere Angaben zu jenem Agenten, der seinerzeit als Student angeworben worden war. Auf der Basis der laut schwedischem Staatsschutz »gewissen neuen Informationen zur Ausbildung sowie zum Zeitpunkt und zum Ort der Rekrutierung« erhärtete sich die Vermutung, dass diese Person Erik Lindman war.

»Und der zweite Agent, wer war das?«, fragte Natalie.

»Er konnte ziemlich schnell als der Erste Botschaftsrat an der schwedischen Botschaft in Moskau identifiziert werden. Von der Geschichte hast du bestimmt schon mal gelesen. Er wurde zu diskreten Gesprächen in seine Heimat gerufen, doch in der Presse tauchten schon bald Geschichten über homosexuelle Beziehungen in seiner Jugend und Andeutungen über Spionage auf. Man fand ihn tot in seiner Badewanne, Selbstmord.«

»Die Stiernspetzaffäre«, murmelte Bertil Andersson.

Natalie sah Meijtens fragend an. »Und was hatte Stiernspetz mit Erik Lindman zu tun?«

»Im Grunde nichts. Aber weil Sorokins Informationen sich im Falle Stiernspetz als richtig erwiesen hatten, war die Theorie, nach der Erik Lindman als Spion agierte und in einem Ostblockstaat mit Endziel Moskau verschwunden war, für den schwedischen Staatsschutz so gut wie bestätigt. Und für die Presse definitiv nachgewiesen.«

Meijtens machte eine Pause, zog die Fotos von Erik Lindman und Aron Bektashi heraus und legte sie nebeneinander. Bertil Andersson und Natalie lehnten sich vor und studierten sie eingehend.

»Es gibt eine eindeutige Ähnlichkeit«, sagte Natalie schließlich, »aber wenn man die Bildqualität und den Altersunterschied bedenkt, ist es natürlich schwer zu sagen, ob das wirklich derselbe Mann ist.«

Bertil Andersson rieb sich das Gesicht mit beiden Händen. »Lasst uns bloß nicht zu schnell vorpreschen und stattdessen erst einmal zusammenfassen, was wir wirklich wissen und was wir nur zu wissen hoffen.«

Er hob eine Hand und begann an seinen dicken Fingern abzuzählen. »Erstens: Ein Mann namens Aron Bektashi wird tot auf dem Stadsgårdskai gefunden. Er hat einen albanischen Pass, aber seine Existenz wird von den albanischen Behörden entschieden geleugnet. Zweitens: Ein albanischer Flüchtling ohne Visum, Zukunftsaussichten oder Informationen aus erster Hand behauptet, dass unser Freund Bektashi ›der Ausländer‹ genannt wurde. Drittens: Die Füllungen in Bektashis Zähnen deuten darauf hin, dass er längere Zeit im Westen gelebt hat, vermutlich vor vielen Jahren. Viertens: Ein Buchhändler – den ich im Verdacht habe, bei den meisten Fragen unserer Zeit ein etwas getrübtes Urteilsvermögen zu haben – behauptet, es handele sich bei dem fraglichen Mann um einen verschwundenen schwedischen Staatsbürger namens Erik Lindman. Fünftens: Wir drei sind uns einig, dass ein unscharfes Bild von Erik Lindman aus dem Jahr 1965 Ähnlichkeiten mit einem noch schlechteren Bild von Aron Bektashi aufweist, das ungefähr ein Vierteljahrhundert später gemacht wurde. Aber so gern wir es auch wären, ganz sicher können wir uns unserer Sache nicht sein.« Er stierte sie an und ließ ihnen etwas Zeit, seine Worte zu verdauen.

»Und deshalb sollten wir nicht mit voreiligen Schlussfolgerungen vorpreschen«, sagte er dann, stand auf und ging hin und her. »Andererseits lässt sich natürlich nicht leugnen, dass die Sache nach einer verdammt heißen Story riecht, falls sie wider Erwarten wahr sein sollte. Verschwundener Mann unter Spionageverdacht kehrt nach einem Vierteljahrhundert zurück und stürzt sich in den Tod. Exklusiv in *7Plus*! Unsere Abonnenten würden sich vor Aufregung an ihrem Schnittchen verschlucken, und wir könnten endlich auch unsere Auflage im Zeitschriftenhandel steigern.«

Er setzte sich mit verschränkten Armen auf die Schreibtischkante. »Ich denke, ich werde dieser wüsten Spekulation eine Chance geben, jedenfalls fürs Erste. Ihr müsst ackern, was das Zeug hält, um Material zu beschaffen und die Story zu bestätigen.«

Meijtens sah auf die Uhr, und ihm lief ein Schauer über den Rücken.

»Aber ich möchte, dass ihr euch immer genau überlegt, was ihr tut. Seid vorsichtig, und vergesst nicht, dass wir vermutlich einer Fata Morgana hinterherjagen«, sagte Bertil Andersson und hob warnend einen Finger. »Ich möchte euch auch daran erinnern, dass wir noch gut zwei Tage bis Redaktionsschluss haben. Was einerseits wenig Zeit ist, aber andererseits trotz allem so viel Spielraum lässt, dass unsere Freunde von der Boulevardpresse uns noch zuvorkommen könnten, wenn es richtig blöd läuft. Natalie und ich nehmen diskret Kontakt zu Tilas auf und geben ihm den Tipp, das Zahnschema eines gewissen Erik Lindman zu überprüfen. Stimmt es mit dem des Toten überein, dürfte er die Nachricht als kleines Dankeschön achtundvierzig Stunden lang für sich behalten können.«

Er wandte sich an Meijtens. »Du darfst die Angehörigen interviewen, dann haben wir das für den Fall der Fälle schon mal fertig. Hast du Namen?«

»Ja, die Eltern in Sandviken und einen alten Schulfreund, der sich auch damals zum Thema geäußert hat. Irgendwer von ihnen müsste eigentlich noch leben.«

»Okay, gut. Aber kein Wort darüber, dass er möglicherweise in einem Kühlfach in der Gerichtsmedizin liegt, sonst ruft noch irgendein Idiot die Boulevardpresse an, und das war's dann mit unserem exklusiven Knüller. Du schreibst natürlich einen Artikel über Vermisste im Allgemeinen, ohne Verbindung zu dem heruntergepurzelten Albaner auf dem Stadsgårdskai. Dann legen wir los. Es wäre großartig, wenn wir mal eine richtige Neuigkeit als Topthema hätten.«

»Es gibt da noch einen Aspekt bei dem Ganzen, den ich wichtig finde«, sagte Meijtens.

Die beiden anderen sahen ihn fragend an.

»*Wenn* Aron Bektashi tatsächlich Erik Lindman ist und wenn er die Jahre, die er verschwunden war, in Albanien verbracht hat, erscheint es mir wenig wahrscheinlich, um nicht zu sagen unmöglich, dass er als Agent für die Sowjetunion gearbeitet hat.«

»Und warum nicht?«, wollte Bertil Andersson ein wenig ungeduldig wissen. »Wahrscheinlich haben sie ihn nach Albanien verfrachtet, als sie die Nase voll von ihm hatten und merkten, dass er ihnen über Schweden nur erzählen konnte, welche Häuser auf seiner Strecke als Zeitungsbote keinen Aufzug hatten.«

»Na ja, so kann es eigentlich nicht gewesen sein«, widersprach Meijtens ruhig. »Als Erik Lindman verschwand, war der Bruch zwischen der Sowjetunion und Albanien schon nicht mehr zu kitten. Sie unterhielten nicht einmal mehr diplomatische Beziehungen. Albanien hatte endgültig mit der Sowjetunion gebrochen und sich stattdessen China zugewandt. Wenn Erik Lindman mit einem albanischen Pass und einer albanischen Identität wieder aufgetaucht ist, kann das nur eines heißen: Das ganze Gerede, dass er ein KGB-Agent war, der sich in die Sowjetunion abgesetzt hat, entspricht einfach nicht der Wahrheit.«

Bertil Anderssons Kiefer bewegten sich langsam und rhythmisch. Nach kurzem Schweigen sagte er: »Das mag schon sein, aber fürs Erste sollten wir uns darauf konzentrieren, diese Artikel zu schreiben. Anschließend können wir uns nach Redaktionsschluss gerne bei einem Bier mit Herrn Meijtens' Vorlesung beschäftigen.«

Als sie den Glaskasten des stellvertretenden Chefredakteurs verlassen hatten, gab es nicht viel zu sagen und nur sehr wenig Zeit. Natalie wollte schon gehen, als Meijtens Blickkontakt zu ihr suchte.

»Danke, dass du mich da drinnen unterstützt hast. Du hast mich gerettet.«

Sie schien einen Punkt schräg hinter ihm zu fixieren. Als sie endlich etwas sagte, verriet nichts in ihrem Ton irgendwelche Gefühle. »Mal wieder.«

»Wenn du die Diplomaten nicht ausgeschlossen hättest, wäre ich nie im Leben in diese Buchhandlung gegangen.«

»Immerhin etwas. Hoffentlich hast du diesmal recht.«

Das hoffe ich auch, dachte Meijtens.

13

Es war der erste wirklich kühle Herbstabend. Der Regen hatte aufgehört und eine klare, frische Luft zurückgelassen. Langsam senkte sich die Abenddämmerung auf den Fußballplatz herab, auf dem eine unansehnliche Jungenmannschaft in einem ebenso unansehnlichen südlichen Vorort von Stockholm spielte. Der große, korpulente Mann in seiner voluminösen Jacke mit Reklameaufdruck am Rücken rief den Spielern Anweisungen zu. Entweder hatte er Meijtens nicht näher kommen sehen, oder er beachtete ihn absichtlich nicht.

Meijtens schloss das Fahrrad am Zaun ab, und der Mann rief den Jungen zu, das Training sei vorbei. Als die letzten Spieler gegangen waren, sagte er, immer noch ohne den Blick vom Spielfeld abzuwenden: »Ich nehme an, Sie sind der Journalist.«

»Ja, genau«, erwiderte Meijtens, streckte die Hand aus und stellte sich vor.

Åke Sundström gab Meijtens die Hand, nickte ihm aber nur kurz zu und schwieg eine Weile. Dann sagte er: »Wie Sie vielleicht wissen, habe ich im Lauf der Jahre ziemlich oft mit Journalisten gesprochen, aber es scheint nicht geholfen zu haben.«

Zum ersten Mal wandte er sich ganz zu Meijtens um, und seine Augen verengten sich, als würde ihn etwas quälen oder stören, wobei es sicherlich nicht das Licht der Herbstdämmerung war.

»Warum wollen Sie ausgerechnet jetzt etwas über ihn schreiben? Über Erik hat doch seit fünfzehn Jahre nichts mehr in der Zeitung gestanden. Mindestens.«

»Wir arbeiten an einem Artikel über Menschen, die spurlos verschwunden sind, und haben unter anderem an Erik Lindman gedacht, der ja ein recht spezieller Fall ist. Wir sind ein Wochenmagazin und …«

»Ja, ja. Okay.« Åke Sundström wandte sich wieder ab und spuckte auf die Erde. »Haben Sie keine Zeitungsausschnitte, in denen Sie das nachlesen können? Was ich zu sagen habe, steht doch sicher schon irgendwo.«

Meijtens verzichtete darauf, seine journalistischen Methoden zu erläutern. »Wenn ich es richtig verstanden habe, sind Sie und Erik Lindman in Sandviken aufgewachsen?«

»Sie haben richtig gelesen.«

»Und dann haben Sie zusammen in Uppsala studiert?«

Åke Sundström bejahte dies mit einem Kopfnicken.

»Als roten Faden für unseren Artikel stelle ich mir dir Frage vor, *warum* manche Menschen beschließen, sich abzusetzen, und gerade in dem Punkt scheint Erik Lindman ein interessanter Fall zu sein.«

»Aha, das finden Sie also«, erwiderte Åke Sundström, und Meijtens wusste nicht recht, ob das spöttisch gemeint war oder ob Sundström einfach nur wortkarg war.

»Uns interessiert Ihre Meinung zu Erik Lindman. Glauben Sie wirklich, dass er in einen Ostblockstaat gegangen ist, ohne jemandem Bescheid zu sagen? So wurde es jedenfalls in der Presse dargestellt.«

»Was glauben Sie selbst?«, entgegnete Åke Sundström. »Immerhin ist es Ihr Artikel.«

Es war ein wenig, als balancierten sie auf einem schmalen Grat, die geringste Bewegung konnte sie zu Fall bringen. Meijtens hielt sich bewusst zurück. Er wartete ab, ob

Åke Sundström noch etwas sagen würde. Als ihm nichts als nordschwedischer Trotz entgegenschlug, beschloss er, seine nächste Karte auszuspielen.

»Ich glaube nicht, dass er für den KGB gearbeitet hat, und ich glaube auch nicht, dass er in die Sowjetunion gereist ist. Im Gegensatz zu dem, was in der Presse stand, halte ich dieses Szenario für eher unwahrscheinlich.«

Åke Sundström musterte ihn wortlos. Nicht erstaunt, nicht überrascht, nur nachdenklich.

»Wissen Sie, ich gehe immer zu Fuß nach Hause«, platzte er auf einmal heraus. »Soll für Männer in meinem Alter gesund sein. Wenn Sie mir weiter Fragen über Erik stellen wollen, werden Sie mich schon nach Tallkrogen begleiten müssen.«

Sie nahmen Nebenstraßen und Fußwege, und Meijtens überlegte, dass es bis Tallkrogen ziemlich weit war und er folglich genügend Zeit haben würde, um eine ganze Reihe von Fragen zu stellen. Als sie ein Stück gegangen waren und über Fußballtraining und die äußerst bescheidene Leistung der schwedischen Nationalmannschaft bei der WM in Italien geplaudert hatten, ging Åke Sundström unaufgefordert dazu über, von Erik Lindman zu erzählen. Durch die Bewegung schien seine bisherige Schroffheit von ihm abzufallen.

Erik war natürlich das größte Talent der Schule gewesen, und dank seiner Überredungskünste und Hilfe hatte auch der, wie er selbst behauptete, gedanklich langsamere und höchst durchschnittlich begabte Åke Abitur gemacht. Im Herbst 1959 war er wie Erik bereit für den großen Schritt und begann als Erster in seiner Familie ein Studium.

Die kommunistischen Überzeugungen seines Freundes hatte Åke allerdings nie geteilt. In einem nordschwedischen Industriestädtchen wie Sandviken war der Graben zwischen Sozialdemokraten und Kommunisten abgrundtief, nach jahrelangem Streit standen sich die beiden Lager sehr misstrauisch gegenüber. Åke und seine Familie waren Sozialdemokraten, und man wechselte nicht einfach ins andere politische Lager, wie überzeugend der beste Freund auch sein mochte. Eriks Vater wiederum war der in Sandviken berüchtigte Kommunist Arvid Lindman.

Åke Sundström blieb stehen und sah Meijtens grinsend an. »Es muss den alten Knacker gequält haben, den gleichen Namen zu haben wie der frühere Parteivorsitzende der Konservativen. Wenn ihm das überhaupt bewusst war. Ich weiß nicht, woher Erik seine Begabung hatte, aber von seinem verrückten Alten mit Sicherheit nicht.«

Sie gingen weiter, und Åke Sundström fuhr mit seiner Erzählung fort.

In Uppsala waren sie getrennte Wege gegangen. Åke hatte es durch harte Arbeit zu einem Staatsexamen gebracht, das ihm eine sichere Laufbahn als Lehrer bescherte, er hatte in einer Mannschaft aus nordschwedischen Studenten Fußball gespielt und bereits im zweiten Semester das Mädchen kennengelernt, das heute seine Frau war. Erik hatte sich dagegen schon in seiner ersten Woche in Uppsala von seinem neuen Leben mitreißen lassen. Rasch wurde er zur tonangebenden Kraft und zum Motor einer Gruppe kommunistisch orientierter Studenten und umgab sich mit einem Hofstaat aus Freunden, die ihn bewunderten.

All das ereignete sich Jahre vor der großen Studentenrevolte und den Achtundsechzigern. Die studentische Linke hatte zwar einen gewissen Zulauf, stellte aber keineswegs die Mehrheit. Vietnam war damals eine relativ unbekannte ehemalige französische Kolonie. Die Studenten, die zu jener Zeit aktive Kommunisten waren, sahen sich eher als eine Vorhut und weniger als Teil eines Massenaufruhrs. Die Gruppe um Erik Lindman bildete vielmehr einen exklusiven, fast elitären Verbund von Studenten, die ihre marxistischen Überzeugungen mit einem erfolgreichen Studium und wohlerzogenem Verhalten kombinierten. Außer Erik stammten fast alle von ihnen aus gutbürgerlichem Haus, und anders als die nächste Generation linker Studenten taten sie nichts, um ihre Abstammung zu verbergen.

Åke Sundström blickte auf einen vorbeifahrenden Zug hinunter und wirkte auf einmal nachdenklich, fast gequält.

»Im Grunde war es nicht weiter verwunderlich, dass wir uns in Uppsala aus den Augen verloren«, sagte er leise. »Erik hatte ja seine Clique mit dem Diplomatensohn und der Tochter des Herrn Direktor und ihrem flammenden Engagement für die Proletarier aller Länder. Ich war weder an so etwas interessiert, noch wurde ich eingeladen, mich ihnen anzuschließen.«

Ohne den Blick von den Gleisen abzuwenden, sprach er weiter. »Ich werde ehrlich zu Ihnen sein. Sie haben mich gefragt, was er dachte und wie seine Gemütsverfassung war, als er abhaute. Aber ich bin eigentlich nicht der Richtige, um Ihnen das zu beantworten. Wir waren bereits in Uppsala getrennte Wege gegangen, und als wir nach Stockholm zogen, verstärkte sich das. Es lag wohl in erster Linie an mir, ich tat mich schwer mit seinen Freunden und seiner Politik.«

»Aber wenn Sie sich so auseinandergelebt hatten, warum sind Sie dann überall interviewt worden, und warum waren Sie anscheinend der Einzige, mit dem er sprach, bevor er fortging?«

Åke Sundström spuckte auf die Erde.

»Ach, wissen Sie, als plötzlich die Hölle los war in der Presse und einen nachts irgendwelche Vertreter des Staatsschutzes anriefen, da steckten seine salonbolschewistischen Freunde den Kopf so tief in den Sand, dass nur noch die Schwanzfedern herausschauten. Ich war damals vermutlich der Einzige, der zugab, ihn zu kennen. Und ob ich der Einzige war, der wusste, dass er abgehauen war, das weiß der Himmel.«

Åke Sundström sprach schnell und mit Gesten, die eher für ein unsichtbares Publikum als für Meijtens bestimmt zu sein schienen.

»So ist das vermutlich bei alten Freunden. Wir hatten unsere gemeinsame Kindheit und Jugend und unsere alte Freundschaft. Dann geht man getrennte Wege, und das ist natürlich auch in Ordnung. Nicht der Rede wert. Obwohl wir ja diesen Riesenkrach hatten.«

»Sie haben sich gestritten?«

»Ich war so wütend auf ihn. Es war doch völlig absurd und komplett unnötig, sein Talent so zu vergeuden. Egozentrisch, wenn Sie mich fragen.«

»Sie meinen, als er fortging?«

Åke Sundströms plötzliche Armbewegung ließ Meijtens zusammenzucken. »Nein, verdammt – beim Außenministerium zu kündigen und stattdessen Zeitungsbote zu werden natürlich.«

»Er wird seine Gründe gehabt haben. Wer weiß, vielleicht war es für ihn die richtige Entscheidung«, erwiderte Meijtens, der ewige Abbrecher, und dachte an die vielen seltsamen Entscheidungen, die dazu geführt hatten, dass er in diesem Moment versuchte, mit einem erregten Mittelstufenlehrer mittleren Alters Schritt zu halten.

»*Nein*, er hatte *keine* Gründe, und es war *nicht* das Richtige für ihn«, rief Åke Sundström aus. »Sie verstehen das nicht, Erik war kein gewöhnlicher Mensch, kein mittelmäßiger Typ, der sich durchs Leben schlägt, so gut es eben geht, wie Sie und ich. Er war eine herausragende Begabung und ein Vorbild, und das bedeutet verdammt noch mal auch, dass man eine gewisse Verantwortung trägt. Die Verantwortung, etwas aus seinen Fähigkeiten zu machen und anderen zu zeigen, was möglich ist.«

»Hat er Ihnen erklärt, warum er übergelaufen ist? Oder hat man ihn aus politischen Gründen gefeuert?«

Åke Sundströms Wut schien sich ebenso schnell verflüchtigt zu haben, wie sie ihn gepackt hatte, und er schüttelte traurig den Kopf. »Das wollte ich auch von ihm wissen, aber so ist es nicht gewesen. Er hatte von sich aus gekündigt, ohne

Druck von außen. Sein politisches Engagement war nie ein Thema gewesen.«

»Aber warum hat er dann aufgehört?«

Åke Sundström zuckte mit den Schultern. »Das habe ich ihn natürlich auch gefragt, und zwar mehr als einmal. Ohne wirklich eine Antwort zu bekommen, möchte ich behaupten. Wir hatten ziemlich hitzige Diskussionen darüber. Ich fand, dass er ein verdammter Idiot war, der sein Leben vergeudete, und er fand, dass ich mich um meinen Kram kümmern solle, auch wenn er das nicht offen aussprach. Und da hatte er natürlich recht, aber irgendwie auch nicht.«

Schweigend gingen sie nebeneinanderher. Aus den umliegenden Gärten der Eigenheimsiedlung schlug ihnen der Geruch von Äpfeln entgegen. Eine Katze zwängte sich vor ihnen unter einem Zaun hindurch.

»Aber bevor er aufbrach, kam er doch zu Ihnen, oder? Um Ihnen zu erzählen, dass er eine Weile fort sein würde?«, fragte Meijtens schließlich.

»Sicher, das hat er getan. Das hat er tatsächlich getan.«

Meijtens wollte nachhaken, aber sein Instinkt riet ihm, sich zurückzuhalten, und seine Geduld wurde belohnt, als Åke Sundström weitererzählte.

»Er kam spätabends zu mir. Wir saßen in der Küche, tranken Wein und sprachen über alte Zeiten, als wäre nichts passiert. Als hätten wir uns niemals über seine Karriere, seine Freunde und das, was in seinen Augen meine allgemeine Apathie war, gestritten. Er war wieder ganz der alte Erik. Es kam einem fast so vor, als wollte er vergessen machen, was vorgefallen war, als bereute er, was er gesagt hatte. Plötzlich hat er verkündet, dass er eine Weile verreisen werde und nicht wisse, wie lange er fort sein würde. Eventuell zwei Wochen, vielleicht auch Monate, womöglich noch länger. Er meinte, es gebe da etwas, was er tun müsse, etwas, was er herausfinden müsse.«

Er verstummte und wirkte wieder gequält.

»Und wohin wollte er fahren?«, erkundigte sich Meijtens, und zu seinem Erstaunen lachte Åke Sundström. Es war ein kurzes, tonloses Lachen.

»Aus heutiger Perspektive mag es verrückt erscheinen, aber ich habe ihn, ehrlich gesagt, nicht gefragt. Sie finden das vielleicht ein wenig seltsam, aber das ist noch gar nichts dagegen, was die Beamten vom Staatsschutz zu dem Thema gesagt haben. Aber so lief das zwischen Erik und mir. Trotz allem, was geschehen war, kannten wir uns so gut, dass wir irgendwie nicht jedes Detail ausdiskutieren mussten. Ich dachte, wenn er mir hätte erzählen wollen, wohin die Reise gehen würde, dann hätte er das schon getan. Und damit war die Sache für mich erledigt. Erik war es wichtig, mir zu sagen, dass es kein Gerede geben durfte, wenn er fort war. Keine Fragen, keinen Aufstand. Er würde zurückkommen und mir dann mehr erzählen. Das wiederholte er immer wieder. ›Ich komme zurück, und dann erkläre ich dir alles.‹«

Sundströms Blick verfinsterte sich, aber seine Stimme klang weiter ruhig und beherrscht. »Das Ganze war schon ein bisschen merkwürdig und melodramatisch. Ich hätte nie gedacht, dass er für immer verschwinden würde. Aber wenn Erik wollte, dass es möglichst wenig Gerede um ihn gab, dann sollte es eben so sein.«

»Aber dann wurde doch eine Menge geredet«, sagte Meijtens leise.

Er war jetzt in der Rolle des Souffleurs, ermunterte Sundström eher, als dass er ihm Fragen stellte.

»Allerdings«, bestätigte Åke Sundström.

»Wenn ich es richtig sehe, war es seine Freundin, die …«

Aber Åke Sundström überhörte Meijtens' Einwurf. »Als seine Verlobte Sonia aus ihrem Urlaub in der Provence zurückkam, war auf einmal der Teufel los.« Das Wort Provence sprach er mit einer affektierten weiblichen Oberschichtstimme aus.

»Sie fand das Nest ohne ihren Zeitungsboten mit doppeltem Universitätsabschluss vor, rief die Polizei und drehte durch. Ich versuchte, sie zu beruhigen, aber ich war ihr immer schon ein Dorn im Auge gewesen, und was ich ihr zu sagen hatte, interessierte sie nicht. Åke war doch nur dieser bescheuerte Kumpel von Erik aus Nordschweden, der sich nicht vorstellen konnte, dass ihm etwas zugestoßen war. Ich erzählte ihr, was er an jenem Abend zu mir gesagt hatte, aber als sie es endlich begriff, hat etwas oder jemand sie davon überzeugt, dass Erik in Gefahr war und alle Mittel und Wege eingesetzt werden müssten, um ihn zu finden. Als die Zeitungen dann Wind von der Sache bekamen, konnte man das Thema Diskretion natürlich vergessen. Auf einmal war er ein Spion, der womöglich hinter den Eisernen Vorhang geschlüpft war. Ständig riefen die Zeitungen und die Polizei bei mir an, es war ein Zirkus ohne Ende.«

»Aber hatte er seiner Verlobten nicht dasselbe mitgeteilt, dass er verreisen würde und sie sich keine Sorgen machen und es nicht an die große Glocke hängen solle?«

»Das war ja gerade der Mist«, rief Åke Sundström. »Ich habe ihn an dem Abend natürlich auch gefragt, ob er vor ihrer Abreise nach Frankreich mit ihr gesprochen habe. Er meinte, dazu sei er nicht mehr gekommen, aber er habe dafür gesorgt, dass sie es erfahren werde, sobald sie heimkomme. Ich bot ihm an, mit ihr zu reden, aber Erik fand, dass ich das lieber lassen sollte. Sie gehörte nicht gerade zu meinem Fanclub. Und ist auch später nie eingetreten.«

Er machte eine kurze Pause. »Außerdem hatte er ja, wie gesagt, schon dafür gesorgt, dass jemand sie informieren würde.«

»Und wer sollte das übernehmen?«

Åke Sundström zuckte resigniert mit den Schultern.

»Ich habe, ehrlich gesagt, keine Ahnung, Erik war da ein bisschen geheimnistuerisch. Der Zwerg Wijkman, nehme ich an.«

»Carl Wijkman?«, fragte Meijtens nach. Der Name war in einem der Artikel über Erik Lindman aufgetaucht. Åke Sundström nickte, aber Meijtens war sich nicht sicher, ob er die Nachfrage überhaupt gehört hatte.

»Es könnte natürlich auch einer von den anderen Salonbolschewisten gewesen sein, aber Erik, Carl und Sonia hielten zusammen wie Pech und Schwefel. Erik hatte irgendwie dafür gesorgt, dass seine Verlobte von seinem Verschwinden erfahren würde. Darauf ist er in unserem Gespräch mehrmals zurückgekommen. Ihm war mit Sicherheit klar, dass sie nicht Däumchen drehend zu Hause herumsitzen würde, wenn er spurlos verschwand, ohne ihr Bescheid zu sagen.«

Sie hatten Åke Sundströms Haus erreicht, das in einer langen Reihe von Holzbungalows stand.

»Hier wohne ich. Ehrlich gesagt, glaube ich nicht, dass ich Ihnen noch mehr zu erzählen habe. Es war nichts dabei, was Sie nicht genauso gut in alten Zeitungsausschnitten hätten nachlesen können, aber sagen Sie bloß nicht, ich hätte Sie nicht gewarnt. Das ist alles, was ich zu diesem Thema zu sagen habe und immer schon gesagt habe.«

Das stimmte nicht ganz, denn Sundströms Geschichte hatte Meijtens neue Blickwinkel und Anregungen beschert, die er in alten Zeitungsartikeln nie gefunden hätte.

»Wollen Sie auch noch mit anderen Leuten sprechen?«

»Morgen fahre ich nach Sandviken, um mich mit seinen Eltern zu treffen.«

»Ah, mit dem verrückten alten Lindman und seiner Frau. Na, da wünsche ich viel Vergnügen.« Er lachte und ging in Richtung Hauseingang davon. Gerade als Meijtens sich umgedreht hatte, rief Åke Sundström ihm etwas hinterher, und sie trafen sich am Gartentor.

»Also, es gibt da doch noch etwas, was ich bisher niemandem erzählt habe. Vor allem, weil es reichlich vage ist und ich nicht irgendwelche Gerüchte über die Russen und ihre

Machenschaften in die Welt setzen wollte. Es wäre damals bloß falsch interpretiert worden.«

Er holte tief Luft und sprach weiter. »Aber Sie scheinen für einen Pressefritzen ja ganz vernünftig zu sein, und deshalb müssten Sie eigentlich begreifen, dass Eriks Aussagen gegen die These von seiner Flucht nach Moskau sprechen. Er sprach an jenem Abend ziemlich viel über Politik, aber überhaupt nicht wie sonst, ganz im Gegenteil. Er klang zweifelnd und unsicher und meinte, der korrumpierende Einfluss der Macht würde jede gute Idee zunichtemachen. Dann faselte er etwas von dem Recht kleiner Staaten, ihren eigenen Weg zu gehen, und erklärte, der Sozialismus dürfe nie zum Instrument für eine neue Form des Imperialismus werden.«

Åke Sundström versuchte, irgendwelchen Dreck vom Gartentor abzukratzen. »Wir hatten beide einiges getrunken, weshalb ich mich nicht mehr so genau erinnere.« Er lachte auf. »Es war doch derselbe Erik. Dieselben großen Worte und schönen Gedanken. Aber irgendwie hatte sich bei ihm ein Zweifel eingenistet, und seine gute alte Glaubensfestigkeit hatte Risse bekommen. Ich denke bis heute, dass dieser Zweifel irgendetwas damit zu tun hatte, warum er damals fortging.«

Er zuckte lakonisch mit den Schultern. »Aber was weiß ich. Jetzt hat der alte Sundström das Letzte gesagt, was er zu sagen hatte über einen großen Menschen, der leider spurlos verschwand. Jetzt wird es Zeit, Fleischbällchen zu essen und Klassenarbeiten zu korrigieren, denn so unterschiedlich fällt das Los aus, das uns beschieden ist.«

Er ging erneut zum Haus zurück, und Meijtens fluchte, als ihm einfiel, dass er sein Fahrrad am Fußballplatz hatte stehen lassen.

14

Als Meijtens klingelte, öffnete Hanna im selben Moment die Tür. Sie umarmte ihn fest, und er spürte die Feuchtigkeit von Tränen auf ihrer Wange. Dann ließ sie ihn los und schluchzte auf.

»Gut, dass du da bist, das ist wirklich das Schlimmste, was mir je passiert ist.«

Als er nach seinem Interview mit Åke Sundström endlich müde und durchgefroren nach Hause gekommen war, hatte er auf seinem Anrufbeantworter eine Nachricht von Hanna vorgefunden: Jemand sei in ihre Wohnung eingebrochen. Ob er sofort zu ihr kommen könne? Für die Fahrradfahrt nach Vasastan hatte er weniger als zehn Minuten benötigt.

»Sie müssen mitten am Tag gekommen sein«, sagte sie, als sie ihn ins Wohnzimmer geleitete. »Nicht zu fassen, wie dreist diese Typen sind.«

Hanna zeigte ihm, was auf den ersten Blick verschwunden war. Glücklicherweise nicht viel: eine alte Stereoanlage, ein Videorekorder und französische Francs, die sie für irgendeine Tagung in Paris getauscht hatte. Die Polizei hatte ihr mitgeteilt, dass man versuchen werde, an einem der nächsten Tage vorbeizukommen, und ihr geraten, sich ein neues Schloss zu besorgen.

Das Klingeln der Gegensprechanlage ließ sie aufschreien und seinen Arm packen.

»Das ist nur der Bolzen, ich hab dir doch gesagt, dass er vorbeikommt.« Er ging zur Gegensprechanlage und drückte den Türöffner.

Hanna lehnte die Stirn an seine Schulter. »Der Bolzen«, sagte sie mit einem nervösen Kichern. »Bist du dir sicher, dass er ein richtiger Schlosser ist?«

»Der Bolzen ist der Beste.«

»Der Bolzen ist der Beste«, ahmte sie ihn nach. »Wo findest du eigentlich deine Freunde?«

Sie schlang die Arme um seine Taille und presste ihre feuchte Nase gegen seinen Hals.

Der Bolzen hatte bereits die aufgebrochene Tür geöffnet und begutachtete sie. Er grüßte fröhlich, ohne seinen kritischen Blick von dem abzuwenden, was von dem Schloss übrig geblieben war. Fast zwei Meter groß und über hundert Kilo schwer, bildete er für seine Kunden einen beruhigenden Anblick. Vor allem da sie nichts von seinem schillernden Lebenslauf voller Erfahrungen ahnten, die ihn nicht unbedingt zu einem schlechteren Schlosser machten.

»Ihr habt ja nicht einmal ein zweites Schloss«, sagte er und schnalzte missbilligend mit der Zunge.

»Ich mag es nicht, eine Menge Schlösser zu haben«, sagte Hanna.

Der Bolzen warf ihr einen langen Blick zu, blieb aber stumm.

»Bis heute«, ergänzte sie mit einem unsicheren Lächeln, und Meijtens legte den Arm um ihre Schultern.

Hanna bat Meijtens, durch die Wohnung zu gehen und nachzusehen, ob noch etwas fehlte oder kaputtgegangen war. Sie könne das nicht. Als er sich langsam durch die Räume bewegte, die bis vor Kurzem noch sein Zuhause gewesen waren, hörte er, dass der Bolzen bei seiner Arbeit wie üblich in einem fort redete.

»Kein Mensch denkt daran«, drangen seine Worte aus dem Flur an Meijtens' Ohr, »dass es nicht nur auf die Schlösser ankommt, du musst auch dafür sorgen, dass man sie nicht abmontieren kann. Sieh her, mit diesen beiden einfachen …« Meijtens hörte Hanna freundlich etwas einwerfen und ging ins Schlafzimmer.

Er ließ die Finger über die Regale und die Kommode wandern und versuchte sich zu erinnern, wie alles vor dem Einbruch ausgesehen hatte. Die Diebe hatten, wie Hanna ihm bereits am Telefon mitgeteilt hatte, ihren Schmuck nicht angerührt, Stücke von unschätzbarem Wert, die sie von ihrer

Großmutter geerbt hatte. Die geschnitzte Schmuckschatulle stand unangerührt auf der Kommode, von ihrem Inhalt fehlte nichts. Wie hatten sie die nur übersehen können? Er untersuchte Schubladen und Kleiderschränke. Er hatte gelesen, dass bei Einbrüchen häufig Kleider gestohlen wurden, die anschließend in Secondhandboutiquen auftauchten, doch das traf auf diese Einbrecher ganz offensichtlich nicht zu.

Im Wohnzimmer gähnten Löcher, wo Videorekorder und Stereoanlage gestanden hatten, aber der bedeutend neuere Fernseher stand noch an seinem Platz. War er zu klobig gewesen, um ihn mitzunehmen? Sein Blick verweilte bei einem gerahmten Foto im Bücherregal. Ihr Urlaub in Portugal: Rucksäcke, Picknick in den Bergen, eine Flasche Wein. Glückliche Tage.

Hanna kam herein, und Meijtens sah ihr an, dass der Einbau neuer Schlösser eine beruhigende Wirkung auf sie hatte. Sie nahm seine Hand und drückte sie.

»Du hattest recht, sie scheinen nicht viel mitgenommen zu haben«, sagte Meijtens.

Hanna schauderte. »Immerhin etwas. Wahrscheinlich waren sie einfach gestresst, ein paar verzweifelte Junkies vielleicht.«

Meijtens schaute sich um. Wenn das stimmte, waren es jedenfalls behutsame Junkies gewesen, die nichts durcheinandergeworfen hatten. Nicht unbedingt das, was man sonst über diese Art von Einbrüchen gehört hatte. Er dachte an die Anrufe, von denen Hanna ihm erzählt hatte, beschloss aber, lieber zu schweigen.

»Tobias, ich glaube, dass ich diese Nacht doch alleine schlafen kann. Mit den neuen Schlössern fühle ich mich schon viel besser. Und du musst morgen doch so früh raus …«

»Kein Problem, ich habe alles dabei, was ich brauche.«

»Aber ich denke, dass das keine so gute Idee ist, ich meine, wenn wir probehalber getrennt leben wollen und so. Ich muss mich einfach daran gewöhnen, dass ich dich nicht jedes Mal anrufen kann, sobald ich Angst im Dunkeln habe.«

Ihr schiefes Lächeln suchte sein Verständnis und seine Zustimmung.

Meijtens zuckte mit den Schultern.

»Okay, ich schaue mich hier nur noch ein bisschen um, bis der Bolzen fertig ist.« Er versuchte, das Foto im Regal möglichst nicht mehr anzusehen, und öffnete den Schrank, in dem sie Whisky und Cognac verwahrten, die sie von ihrem Vater geschenkt bekommen hatten. Die Flaschen standen alle noch da. Er merkte, dass Hanna ihn von der anderen Hälfte des Zimmers aus beobachtete. Offenbar wollte sie etwas sagen.

»Du, dieser Karton«, meinte sie, verstummte dann jedoch. Er wartete.

»Dieser Karton mit deinen Papieren, den du nicht mitgenommen hast und den du mit auf die Arbeit nehmen wolltest. Meinst du, du könntest ihn bald mal abholen?«

Sie musste seinen Blick gesehen haben und ergänzte schnell: »Ich meine natürlich nicht jetzt, sondern wenn es dir gerade passt.« Anschließend setzte sie sich auf die Couch und seufzte. »Er ist einfach so eine traurige Erinnerung.«

Erinnerung woran?, dachte Meijtens. Daran, dass wir uns getrennt haben? Eine Erinnerung an mich?

Laut sagte er: »Sicher, ich komme am Wochenende vorbei.«

Er ging zu dem Karton und öffnete ihn. In Wahrheit hatte er nie die Absicht gehabt, ihn in die Redaktion zu bringen. Er enthielt Sachen, an denen er zu Hause gearbeitet hatte, vor allem Material zu der Baudezernent-Story. Seine alten schwarzen Notizbücher lagen in einem säuberlichen Stapel aufgeschichtet. Jedes von ihnen mit den Datumsangaben beschriftet, als er sie benutzt hatte. Hanna sagte immer, wenn sein Leben so geordnet wäre wie seine Notizen, würde er es noch sehr weit bringen. Er hatte den Karton so gepackt, dass er ihn leicht durchsehen und einen Teil des Inhalts wegwerfen können würde. Die ältesten Notizbücher aus Berlin und von seiner Anfangszeit bei *7Plus* lagen ganz oben auf dem Stapel. Er griff nach dem ersten. *3. Juni 1990–9. September 1990,* stand auf einem Etikett, das auf dem Umschlag klebte. Er hob das Nächste vom Stapel. *15. April–2. Juni 1990.*

Er drehte und wendete den ordentlich geschichteten Stapel von Notizbüchern, und sein Herz setzte kurz aus. Sie lagen in umgekehrter Reihenfolge. Anschließend blickte er auf die Reihe von Ordnern. Er hatte sie mit dem Rücken nach oben in den Karton geräumt, um das Etikett sehen zu können. Nun standen sie aufrecht, mit dem Rücken zur Seite. Wahrscheinlich, weil es mühsam war, sie auf andere Art ordentlich hinzustellen. Das wusste er aus eigener Erfahrung. Vor allem wenn man es eilig hatte.

Er lehnte sich zurück und musterte nachdenklich den Karton. Natürlich konnte er die Neugier eines Einbrechers erregen. Aber warum hatte er den Inhalt dann nicht einfach auf den Fußboden gekippt? Warum hatte er behutsam jedes einzelne Notizbuch herausgenommen und sie anschließend säuberlich geordnet zurückgelegt? So geordnet, dass nur ein Besitzer mit einem ganz eigenen System merken würde, dass jemand die Symmetrie gestört hatte. Außerdem hatte er den Karton danach wieder verschlossen. Derselbe Einbrecher, dem es nicht gelungen war, Hannas Schmuck zu finden oder den Fernseher mitzunehmen. Der den Schnaps nicht angerührt hatte und diskret ohne zu viel sperriges Diebesgut verschwunden war.

In dem Karton befand sich nichts, was für irgendjemanden von Interesse sein konnte. Das wenige, was eventuell aufschlussreich sein mochte, betraf Sjöhage und war bereits veröffentlicht worden.

Im Flur lauschte Hanna geduldig den Ausführungen des Bolzens über die Wartung von Fahrradgangschaltungen. Meijtens öffnete seine Satteltasche, in die er hoffnungsvoll Kleider und Zahnbürste geworfen hatte. In ihr lagen auch das Notizbuch und der Kassettenrekorder, die er morgen nach Sandviken mitnehmen würde. Er blätterte in dem schwarzen Heft mit dem halb beschrifteten Etikett *10. September 1990 –* .

Meijtens hörte nicht einmal das Geräusch des Bohrers und genauso wenig den Monolog des Bolzens, seine Gedanken waren ganz mit Dingen beschäftigt, die er nicht verstand. Schließlich legte er das Notizbuch sachte in die Tasche zurück.

»Bolzen, kannst du bei mir auch neue Schlösser einbauen, wenn du hier fertig bist?«

»Klar.«

Der Bolzen sah ihn forschend an, kommentierte jedoch mit keinem Wort, dass Meijtens offenkundig ausgezogen war. Das war nicht sein Stil.

15

Meijtens trank einen Schluck von dem Blümchenkaffee und sah aus dem Fenster. Die gestreiften Vorhänge hingen dort wahrscheinlich schon seit den Siebzigerjahren. Das Fenster bot eine Aussicht auf ein dreistöckiges Mietshaus, das genauso düster und grau war wie das, in dem er selbst sich gerade aufhielt. Er nahm an, dass die ganze Siedlung in den Fünfzigerjahren erbaut worden war, um Wohnraum für Sandvikens Industriearbeiter zu schaffen.

Arvid und Lillemor Lindman bewohnten eine unpersönliche Dreizimmerwohnung. Die kleinen Spitzendeckchen waren perfekt gemangelt und die Nippesgegenstände tadellos geordnet. Erik Lindman war mit Bestnoten und Wissenshunger durchs Leben gegangen. Dennoch beherbergte sein Elternhaus ganze fünf Bücher, darunter das Manifest der kommunistischen Partei und einem Probeband eines Lexikons mit den Einträgen von Rotkehlchen bis Sirene.

Arvid Lindman war hager, sein Rücken leicht gekrümmt, und seine grauen Haare lagen in einem ungeordneten Wirbel auf dem Kopf. Seine Frau war genauso dünn, auf ihren schmalen Lippen lag ein geistesabwesendes Lächeln, und ihre Haare hatte sie zu einem Dutt gebunden.

»Darf es noch eine Tasse Kaffee sein?«, erkundigte sich Lillemor Lindman.

»Danke, gern«, antwortete Meijtens und war froh, dass das Schweigen gebrochen wurde, denn bislang hatte das Ehepaar Lindman nicht viel über den verschollenen Sohn zu erzählen gehabt. Er hatte ihnen vor seinem Verschwinden nichts von seinen Plänen gesagt, sie hatten seither nichts mehr von ihm gehört und wussten nicht, was aus ihm geworden war. Ansonsten bestätigten sie stolz das Bild von Erik als einem begabten, beliebten und gut gelaunten Menschens Arvid Lindman war anfangs erstaunlich still. Auf dem Couchtisch vor ihm lagen einige Papierstapel, die aus alten Zeugnissen, Zeitungsausschnitten und Fotokopien zu bestehen schienen. Von Zeit zu Zeit verschob er mit ruckartigen Bewegungen ein Blatt, so als würde er eine Aussage vorbereiten, die jedoch niemals kam.

Das Ehepaar schien nichts dagegen zu haben, ein weiteres Mal von einem Journalisten befragt zu werden, vielleicht auch, weil die letzte Gelegenheit mittlerweile schon so lange zurücklag. Meijtens hatte ihnen dieselbe Geschichte von dem Artikel über verschwundene Menschen aufgetischt wie Åke Sundström. Schließlich stellte er die zentrale Frage. Er hatte auf den richtigen Augenblick gewartet, auf ein Zeichen von Vertrauen bei dem alten Ehepaar.

»Was ist Ihre Meinung zu den Vermutungen, die damals in den Zeitungen standen, dass Erik sich in die Sowjetunion abgesetzt haben soll?«

Sie sagten nichts, schauten nur zu Boden. Lillemor Lindman seufzte.

»Ich meine«, fuhr Meijtens fort, »es kann für Sie ja nicht leicht gewesen sein, so etwas zu lesen.«

Daraufhin explodierte Arvid Lindman plötzlich.

»Sie haben ihn verleumdet«, fauchte er.

Der überraschende Wutausbruch ließ Meijtens zusammenzucken.

»Sie haben ihn verleumdet und verfolgt! Er war zu gut für sie, zu intelligent und zu gefährlich.«

Auf einmal war sein Kopf hochrot, und er richtete sich halb auf, während er seine Papierstapel wieder umschichtete. Lillemor Lindman sah aus dem Fenster und stieß ein verächtliches Schnauben aus, aber es war unklar, ob es denen galt, die Lügen über ihren Sohn verbreitet hatten, oder ihrem cholerischen Gatten. Meijtens war zu verblüfft, um eine Anschlussfrage zu stellen, aber das war auch gar nicht nötig, denn im nächsten Moment legte Arvid Lindman wieder los.

»Und Diplomat durfte er auch nicht werden. Diese Drecksäcke haben ihn verjagt!«

Meijtens fühlte sich verpflichtet einzuwenden, dass Erik doch von sich aus die Ausbildung zum diplomatischen Dienst abgebrochen habe.

»Ausbildung zum diplomatischen Dienst!«, brüllte Arvid Lindman. »Mit seinen Noten und Abschlüssen setzen sie ihn in eine Ausbildung für Anwärter zum diplomatischen Dienst. Hätte er einen vornehmen Namen wie Virgin oder Wallenberg gehabt, hätten sie ihn auf der Stelle zum Botschafter ernannt! Das sind doch alles verdammte Schweinehunde!«

Meijtens lächelte matt und tat so, als würde er sich etwas notieren. Arvid Lindman suchte alte Zeugnisse heraus und berichtete ein weiteres Mal umständlich von den Qualifikationen seines Sohnes. Erik Lindmans Mutter seufzte noch eindringlicher und schüttelte den Kopf. Meijtens erkannte, dass sie wegen ihres Mannes und nicht wegen seiner eingebildeten Feinde seufzte.

»Ach, übrigens, wer hat eigentlich behauptet, Erik habe auf eigenen Wunsch aufgehört?«, murrte Arvid Lindman.

»Åke Sundström, sein alter Schulfreund«, sagte Meijtens und hoffte, dass er einen alten Freund aus dem Viertel als akzeptablen Informanten betrachten würde, aber da irrte er sich gewaltig, denn Erik Lindmans Vater bekam einen noch schlimmeren Wutanfall.

»Åke Sundström«, zischte er, dass der Speichel über den aufgeräumten Couchtisch spritzte. »Sie können Åke doch nicht in einem Atemzug mit Erik nennen. Wissen Sie, was er heute ist?«, trompetete der alte Mann streitlüstern und drohte Meijtens mit dem Finger.

»Ein verdammter Schullehrer! Das ABC, die größten schwedischen Seen und sieben mal sieben! Da haben Sie Ihren Åke Sundström«, schloss er triumphierend. Meijtens dämmerte allmählich, dass Arvid Lindman einen aussichtslosen Kampf gegen den nahenden Wahnsinn ausfocht.

»Er ist weniger wert als der Schmutz unter Eriks Schuhsohlen! Und eins sage ich Ihnen, wenn Erik nicht gewesen wäre, hätte Åke die Schule schon mit zwölf abgebrochen und wäre mit fünfundzwanzig Alkoholiker gewesen, genau wie alle anderen Burschen in seiner verdammten Familie!«

Lillemor Lindman schwieg und flocht ihre Finger ineinander.

»Nein, sie *mussten* Erik sicher nicht feuern«, fuhr ihr Mann fort. »Sie haben ihm einfach das Leben schwer gemacht und ihn vertrieben, so wie die Sozis es in der Gewerkschaft mit mir gemacht haben. Leute wie Erik und mich wollen sie loswerden.«

Jetzt lachte Lillemor Lindman leise glucksend und schüttelte abwesend den Kopf.

»Dann meinen Sie also, dass er in den Osten gegangen ist?«, fragte Meijtens matt. »Dass er übergelaufen ist?«

Der alte Kommunist erhob sich erneut, und seine Stimme bekam einen tieferen Klang.

»Sie nehmen dieses Wort in meinem Haus nicht in den Mund und auch nicht in Ihrer Zeitschrift! Erik ist nirgendwohin übergelaufen.«

Er setzte sich wieder und strich sich mit der Hand über die Haare, als wolle er seine widerspenstige graue Tolle glätten. »Er ist dorthin gegangen, wo man weiß, was man an ihm hat, und wo man ihm die Stellung gegeben hat, die er verdient. Diese Bürokraten in Stockholm sollen sich bloß nicht beklagen. Sie hatten ihre Chance, haben sie aber nicht genutzt«, ergänzte er mit einem würdevollen Kopfnicken.

Meijtens dachte, dass der Kalte Krieg für Arvid Lindman offenbar aus einem internationalen Tauziehen um den Intellekt seines Sohnes bestand.

Der Alte begann, Zeitungen, Magazine, Pressemeldungen und andere Dokumente auf dem Couchtisch auszubreiten. Schon bald zeichnete sich ein Muster ab, das einer bizarren Patience glich – aufgeschlagene und markierte Artikel aus dem farbenfrohen Propagandamagazin *Nachrichten aus der Sowjetunion* wurden von kopierten Artikeln aus alten Ausgaben der Zeitschrift *Veritas* und Publikationen ergänzt, die akademische Aufsätze zu sein schienen.

»Nein, Arvid«, stöhnte Lillemor Lindman. »Wir werden in der Zeitschrift als zwei Verrückte dastehen. Ich werde mich nicht mehr auf die Straße trauen. Beruhige dich doch!«

Aber Arvid Lindman legte weiter seine Patience.

»Nein, Lillemor! Die Welt soll es erfahren. Alle, die getuschelt und schlecht über unseren Erik geredet haben. Jetzt sollen sie sehen, was er geschafft hat!«

Er zeigte mit leicht zitterndem Finger auf einen Artikel in *Nachrichten aus der Sowjetunion*. Meijtens lehnte sich vor und las pflichtschuldig den Vorspann und das erste Drittel des Artikels, in dem es um Rekordernten im Kaukasus dank der Vorteile von Großbetrieben ging. Er blickte wieder auf, um anzuzeigen, dass er fertig war oder jedenfalls nicht weiterlesen wollte. Anschließend bewegte Erik Lindmans Vater seinen Finger vielsagend zu dem Dokument, das er danebengelegt hatte, einem Aufsatz des Studenten Erik Lindman an der Universität von Uppsala, *Effekte staatlicher Maßnahmen für eine rationalisierte Landwirtschaft*.

Meijtens überflog die Einleitung und stellte fest, dass es sich um eine trockene Übersicht über die Produktionsanstiege handelte, die anhand einer Rationalisierung der Landwirtschaft durch Großbetriebe im gemeinschaftlichen Besitz erzielt werden konnten. Er schaute erstaunt zu Arvid Lindman hoch, auf dessen Gesicht ein seliges Lächeln lag. Seine Frau begrub ihr Gesicht in den Händen.

Danach wiederholte sich das Muster. Arvid Lindman zeigte auf den nächsten Artikel in *Nachrichten aus der Sowjetunion*, in dem es um eine Tournee des Bolschoitheaters in Zentralasien ging, und dann auf einen Artikel über Kulturpolitik, den sein Sohn in *Veritas* geschrieben hatte. In gleicher Weise fuhr er mit zwei weiteren Dokumenten fort. Die Verbindungen erschienen Meijtens bestenfalls haarsträubend weit hergeholt, in den meisten Fällen jedoch überhaupt nicht nachvollziehbar.

Arvid Lindman lehnte sich vor und presste einen angespannten Zeigefinger auf die Tischplatte.

»Er ist dort und arbeitet für die Sowjets. Hier durfte er ja kein Botschafter werden, war er ihnen nicht fein genug. Deshalb lebt er heute als Berater des Politbüros in der Sowjetunion und gestaltet den Sozialismus.«

Lillemor Lindman jammerte nicht mehr, sondern sagte ruhig: »Jetzt reicht es, Arvid. Er wird das nicht schreiben. Vielleicht schreibt er, dass Eriks alter Vater wahnsinnig geworden ist, aber er wird nicht schreiben, dass Erik als Berater für die Sowjets arbeitet.«

Meijtens spürte, dass ihre letzten Worte nicht nur an ihren Mann gerichtet waren, sondern zugleich eine an ihn gerichtete Bitte darstellten. Er versuchte, einen anderen Faden aufzugreifen, um von dieser surrealistischen Theorie fortzukommen, und erinnerte sich an das, was Åke Sundström gesagt hatte. Über das letzte Gespräch zwischen den alten Freunden und über Eriks Veränderung.

»Blieben Eriks politische Überzeugungen bis zu seinem Verschwinden unverändert?«, fragte Meijtens und hütete sich diesmal davor, auf Åke Sundström zu verweisen.

Frau Lindman setzte zu einer Antwort an, wurde jedoch von ihrem Mann unterbrochen.

»Unerschütterlich«, erklärte Arvid Lindman. »In seinen Überzeugungen ist Erik immer unerschütterlich geblieben.«

Es entstand ein verlegenes Schweigen. Nach einer Weile ergriff Lillemor Lindman erneut mit ruhiger und eindringlicher Stimme das Wort. Ihr Gatte starrte sie abwartend an.

»Zwei Wochen vor seinem Verschwinden kam Erik uns besuchen. Es war immer wunderbar, ihn hierzuhaben. In den letzten Jahren kam das ja immer seltener vor. Da wirkte er tatsächlich ...«

»Da wirkte er genauso unerschütterlich wie immer!«, erklärte ihr Mann. Er wandte sich an Meijtens und fuhr fort: »Erik war ein Gelehrter und ein einzigartiger Genosse, aber manchmal war es wichtig für ihn, zu mir zu kommen und sich Rat zu holen. Immerhin habe ich mein ganzes Leben für die Partei gearbeitet und im Laufe der Zeit so manches gesehen. Es war eine ganz normale Diskussion unter zwei Genossen, bei der ich Eriks Fragen beantworten und seine Zweifel zerstreuen konnte.«

Er wandte sich wieder seiner Frau zu und sprach mit gellender Stimme weiter: »Aber das begreifst du nicht. Du und Åke Sundström, ihr sitzt da und verleumdet Erik vor den Augen der bürgerlichen Presse. Ihr habt Erik nie verstanden, nur mit mir konnte er so reden.«

Lillemor Lindman seufzte und schüttelte den Kopf. Sie wandte sich an Meijtens. »Ich glaube, das reicht jetzt.«

Meijtens nickte stumm. Arvid Lindman starrte mit leerem Blick vor sich hin.

Ehe er ging, durfte Meijtens noch Eriks altes Kinderzimmer sehen. Offensichtlich war es all die Jahre unverändert geblieben. Ein sorgsam gemachtes Bett und verblichene Plakate von diversen Fußballmannschaften. Auf dem aufgeräumten kleinen Schreibtisch lagen immer noch ein Stift, ein Radiergummi und ein Lineal. Aus dem Wohnzimmer war das Schluchzen des alten Mannes zu hören. Meijtens ertappte sich dabei, sich intensiv zu wünschen, dass Aron Bektashi nicht Erik Lindman war. Dass Erik Lindman sich in diesem Moment unter sicheren und glücklichen Umständen irgendwo auf der Welt aufhielt.

Ich hoffe, du hockst auf Kuba, mein Freund, dachte Meijtens. Mit einem Mojito in der einen Hand und einer Zigarre in der anderen, während das Politbüro dir aus der Hand frisst. Du hast weiß Gott etwas Besseres verdient als das hier.

Auf dem Weg zum Bahnhof war ihm schlecht. Lag es am vielen Kaffee? Er atmete tief durch und ging schneller. Im Bahnhof rief er in der Redaktion an und hatte wenig später Bertil Anderssons polternde Stimme an der Strippe.

»Wo zum Teufel steckst du, Meijtens? Wir haben dich überall gesucht!«

Meijtens wies gereizt darauf hin, dass er nach Sandviken gefahren sei, um mit Erik Lindmans Eltern zu sprechen.

»Ach so, stimmt ja. Na schön, dann setz dich jetzt in den Zug, denn wir müssen bald in Druck gehen, und du und Petrini müsst das Magazin fertig machen. Ich habe hier eine Liste von Artikeln, unter denen dein bescheuerter Name stehen wird. Falls du noch nie hart gearbeitet haben solltest, wirst du es heute Abend jedenfalls tun.«

Es entstand eine kurze verwirrte Stille.

»Richtig«, fuhr Bertil Andersson schließlich fort. »Du

warst ja noch nicht in der Redaktion und weißt gar nicht, was passiert ist. Tilas hat bestätigt, dass Aron Bektashi Erik Lindman ist. Wir haben eine exklusive Nachricht, und ich habe Rydmans Segen, die Sache ganz groß aufzuziehen.«

Meijtens erinnerte sich an das kleine Kinderzimmer, in dem noch Lineal und Stift an ihrem Platz lagen. Åke Sundströms Stimme hallte plötzlich durch seinen Kopf. *Erik war kein gewöhnlicher Mensch, kein mittelmäßiger Typ, der sich durchs Leben schlägt, so gut es eben geht, wie Sie und ich.*

»Ist Tilas sich auch wirklich sicher?«

»Das Zahnschema lügt nicht, mein Freund. Er will sich heute Abend mit den Eltern in Verbindung setzen, das möchte die Polizei selbst übernehmen. Die Eltern müssen ihn sicher auch identifizieren, aber das ist eine reine Formalität. Wir haben das exklusiv, es sei denn, du wirst jetzt rührselig und verplapperst dich bei den Lindmans, sodass sie die Klatschblätter anrufen. Verpass bloß nicht deinen Zug.«

Meijtens versicherte, dass er das nicht tun würde.

»Und noch was, Meijtens«, sagte Bertil Andersson, »nicht schlecht recherchiert, wirklich nicht. Aber jetzt müssen wir die Ausgabe auch schreiben. Außerdem bist du mir noch immer *Die vergangene Woche* schuldig.«

Er verabschiedete sich, und Meijtens blieb noch einen Moment mit dem Hörer in der Hand stehen, bis er ihn langsam einhängte. Im selben Moment kam Lillemor Lindman vom anderen Ende des Bahnhofs auf ihn zu.

»Sie müssen meinen Mann entschuldigen, es ist im Grunde nicht so schlimm, wie es sich anhört. Aber Eriks Verschwinden ist für uns beide sehr schmerzlich gewesen. Ich bin gekommen, weil ich Ihnen noch sagen wollte, dass ich hoffe, Sie schreiben nicht alles, was er gesagt hat, ich meine diesen Blödsinn, dass Erik in Russland als Berater arbeitet.«

Das konnte Meijtens ihr versprechen, aber er wusste, dass er etwas weitaus Schlimmeres würde schreiben müssen. Er vermied es, ihr in die Augen zu sehen.

»Worüber haben Erik und sein Vater bei ihrer letzten Begegnung diskutiert?«

Sie seufzte schwer. »Über die Sowjetunion, wie immer, es gibt ja nichts anderes, worüber man mit Arvid diskutieren kann. Ich habe sie gewähren lassen, wie ich es immer getan habe, weshalb ich mich, ehrlich gesagt, nicht an die Details erinnere. Aber es war eine hitzige Diskussion. Ich denke, deshalb hat es ihn so hart getroffen, als Erik verschwand.«

»Wie meinen Sie das?«

»Dass die letzten Worte Arvids an seinen einzigen Sohn waren, dass Erik ein intellektueller Revisionist sei, der keine Ahnung vom Kampf der Sowjetunion habe.«

16

Hinterher erinnerte sich Meijtens vor allem an das Chaos. Das Ganze hatte damit begonnen, dass Bertil Andersson der Redaktion zwölf Stunden vor Redaktionsschluss mitteilte, dass man die Sonderausgabe über das neue Europa verschieben und durch Artikel von Natalie Petrini und Tobias Meijtens ersetzen würde.

Sölvebring erhielt den Auftrag, *Die vergangene Woche* zu schreiben, und beschwerte sich lauthals: »Die Fernsehprimadonna und ihr Handlanger führen kurz vor Redaktionsschluss einen Putsch durch, und unsere sogenannten Chefs sagen zu allem Ja und Amen.«

Letzteres war jedoch ein ungerechter Vorwurf, denn Bertil Andersson dirigierte die Arbeit an diesem Abend wie ein Kapitän, der sein Schiff durch einen Sturm steuert, mit beiden Händen am Ruder und dem Gesicht im Auge des Sturms. Er trottete zwischen den beiden Hauptpersonen hin und her, mischte sich in jedes noch so kleine Detail ein und kommentierte es oder korrigierte den Artikelentwurf.

Einmal rief er über die Köpfe der restlichen Redaktion hinweg Meijtens und Natalie zu: »Das war Tilas, die Eltern sind verständigt worden, wir können Vollgas geben.«

Irgendjemand wies spitz darauf hin, dass damit die Eltern, wer immer sie sein mochten, weitaus besser informiert seien als die meisten Journalisten in der Redaktion.

Meijtens und Natalie bekamen von der herrschenden Stimmung nichts mit. Sie saßen wie gebannt vor ihren Bildschirmen, tauschten Entwürfe aus und diskutierten in kurz gehaltenen Kommentaren eventuelle Änderungen. Natalie strich einige seiner überflüssigen Nebensätze, Meijtens schlug für ihre Artikel Ergänzungen und Erläuterungen vor.

»Wie zwei verdammte Konzertpianisten, die Noten austauschen und im Duett spielen«, meckerte Sölvebring, während er Notizen aus den Tageszeitungen der vergangenen Woche ausschnitt.

Meijtens hatte sich Natalies Urteil in den meisten Fällen vertrauensvoll angeschlossen. Er hatte sie alle Vorspanne umschreiben lassen und zugelassen, dass seine eigenhändig zusammengestellten Fakten über Albanien wegfielen. Er tat dies teilweise aus taktischen Gründen und aus Zeitmangel, aber auch, weil er allmählich wider Willen eine gewisse Bewunderung für sie empfand.

Sie hatte drei Zeitungsboten aufgetrieben, die sich deutlich an ihren verschwundenen Freund erinnerten. Die drei hatten die Zeitung mit rührenden Zitaten versorgt, von denen Meijtens hoffte, dass sie ohne Natalies Zutun geäußert worden waren. Außerdem hatte sie einen von Lindmans alten Ausbildern im Außenministerium aufgespürt und jedes Dokument herausgesucht, das in irgendeiner Weise Berührungspunkte mit dem übergelaufenen Diplomaten hatte.

In einem Punkt gab Meijtens nicht nach, obwohl Natalie bis zuletzt skeptisch geblieben war. Letztlich hatte sie den Tenor in seinem abschließenden Artikel über Erik Lindman akzeptiert. Jetzt lag der Entwurf in Bertil Anderssons kompetenten und kraftvollen Händen. Meijtens schaute zu seinem Glaskasten hinüber und trank einen Schluck kalt gewordenen Kaffee. Als der stellvertretende Chefredakteur sie zu sich rief, hörten sie an seiner Stimme, dass es Probleme gab.

Bertil Andersson hielt den Artikel vor sich ausgestreckt, als würde er befürchten, dass er jeden Moment Feuer fangen könnte.

»Ihr habt euch auf richtig dünnes Eis begeben, ich hoffe, das ist euch klar«, sagte er und zeigte auf ihren Artikel. »Wenn ihr tatsächlich die These vertreten wollt, dass Erik Lindman kein Spion gewesen sein kann, müsst ihr dafür sehr viel mehr in der Hand haben. Die Umstände, dass seine stalinistischen Ansichten vor seinem Verschwinden ein bisschen ins Wanken geraten waren, dass er ohne Angabe von Gründen seine Stelle im Außenministerium gekündigt hat oder dass Oberstudienrat Meijtens der Meinung ist, er habe sich im falschen Ostblockstaat versteckt gehalten – all das wiegt zu leicht im Vergleich zu einem Vierteljahrhundert absolut sicherer Verlautbarungen des Staatsschutzes.«

Meijtens wollte gerade etwas sagen, wurde jedoch durch den stellvertretenden Chefredakteur unterbrochen, der noch einmal Anlauf nahm. Diesmal mit seiner effektivsten Waffe: seinem trügerisch sanften Sarkasmus.

»Immerhin *könnte* es doch sogar ausnahmsweise einmal so sein, dass die Herrschaften vom Staatsschutz trotz all ihrer Fehler und Mängel tatsächlich – tatsächlich! – etwas wissen, was der Firma Meijtens und Petrini nicht bekannt ist. Aber wenn ihr glaubt, die lassen zu, dass zwei rotzlöffelige Journalisten in einem wackeligen neuen Wochenmagazin die Schuld eines der wenigen Spione infrage stellen, denen sie wirklich mal auf die Schliche gekommen sind, wenn auch bedauerlicherweise ein bisschen spät, nämlich als er offenbar schon in Albanien saß und Datteln mampfte – dann irrt ihr euch gewaltig.«

Er starrte vom einen zum anderen.

»Wenn wir einen derart spekulativen Artikel bringen und nicht mehr zu bieten haben, werden die uns mit Haut und Haaren auffressen!«

Meijtens zog eine Kopie aus einer Mappe.

»Wir haben wirklich noch etwas«, sagte er ruhig. »Erik Lindmans Abschiedsbrief an das Außenministerium.«

Natalie hatte das Schreiben in einer alten Personalakte gefunden, aber Meijtens war es gewesen, der seine Bedeutung erkannt hatte. Es war die Bestätigung für das, was er die ganze Zeit vermutet hatte, das kleine Detail, das nicht ins Bild passte. Das, worauf auch Åke Sundströms Geschichte hindeutete.

Während er ruhig den Inhalt referierte, starrte Bertil Andersson sie mit krampfhaft angespannten Kiefern an.

»Im Großen und Ganzen enthält das Schreiben keine Überraschungen«, sagte Meijtens, »wenn man einmal davon absieht, dass es ein bisschen lang und für ein Kündigungsschreiben verblüffend positiv ist. Er lobt das Außenministerium als Institution in den höchsten Tönen und nennt voller Dankbarkeit mehrere Namen.« Meijtens überflog den Brief und las ausgewählte Sätze laut vor. »Aber das Ende ist dann doch ein bisschen überraschend.«

Er machte eine rhetorische Pause, und Bertil Andersson wies lakonisch darauf hin, dass in einer Dreiviertelstunde Redaktionsschluss sei, was den von Meijtens angestrebten Effekt ein wenig abschwächte. Dennoch nahm er sich die Zeit, den letzten Abschnitt ungekürzt vorzulesen.

Deshalb empfinde ich es als schmerzlich, feststellen zu müssen, dass Umstände, die sich meiner Kontrolle entziehen und keine Berührungspunkte mit meiner Tätigkeit und den Mitarbeitern im Außenministerium aufweisen, dazu führen, dass ich mich veranlasst sehe, meine Anstellung beim Ministerium zu beenden. Ich bin zu dem Schluss gekommen, dass ich den Interessen und der unabhängigen Außenpolitik Schwedens aufgrund dieser Umstände in anderer Funktion besser werde dienen können.

Bertil Andersson breitete die Hände aus. »Und? Was sagt uns das, außer dass er eine schwülstige Art hat, einem zu erzählen, dass er den Verstand verloren hat?«

»Aber Bertil«, flehte Meijtens. »›Ich bin zu dem Schluss gekommen, dass ich den Interessen und der unabhängigen Außenpolitik Schwedens aufgrund dieser Umstände in anderer Funktion besser werde dienen können.‹ Ist das nicht eine seltsame Art, sich auszudrücken? Hat es nicht den Anschein, als wolle er einem etwas zwischen den Zeilen sagen?«

Bertil Andersson wollte erneut das Wort ergreifen, hielt jedoch inne und sah Natalie an. Sie stand schräg hinter Meijtens, wie üblich an einen Aktenschrank gelehnt.

»Natalie?«

Sie verlagerte den Körperschwerpunkt und befeuchtete ihre Lippen. »Tobias hat da vielleicht nicht ganz unrecht. Es scheint einiges gegen diese Spionagegeschichte zu sprechen.«

Aber Bertil Andersson blieb bei seiner Position. »Ihr überschätzt diese Menschen. Sie haben keine tiefsinnigen Analysen von Gott, Lenin und der Unabhängigkeit kleiner Staaten durchgeführt. Das war bloß eine Ansammlung von Kindsköpfen, die allesamt Hasch rauchten und es den Freundinnen ihrer Kumpel besorgten, bevor sie in Papas Firma eintraten.«

Meijtens schüttelte den Kopf. »Ich glaube, Erik Lindman war anders. Und ich glaube, dass in dieser Geschichte noch mehr steckt, viel mehr.«

Bertil Andersson sah ihn ruhig an. »Dieser Brief verändert gar nichts, ihr habt schlicht und ergreifend keinen Beleg für die Behauptung, dass er kein Spion war. Nehmt das, was keine Spekulation ist, und schreibt es in einen Absatz am Ende. Und jetzt seht verdammt noch mal zu, dass ihr endlich fertig werdet.«

Meijtens wollte es gerade noch einmal versuchen, als Natalie an seinem Ärmel zupfte. Es hatte keinen Sinn.

Sie kürzten den Text zu einer kleinen Notiz in einem Kästchen. In seiner endgültigen Form schien er eher eine Frage als eine Behauptung zu formulieren. Das Ergebnis konnte selbst auf sensible Beamte des Staatsschutzes unmöglich provozierend wirken, erst recht nicht, nachdem Bertil Andersson den Text noch etwas nuancierter formuliert hatte.

Als die Zeitung in Druck gegangen war, blieben sie noch eine Weile sitzen und ließen den Puls zur Ruhe kommen. Meijtens musste immer noch an den Brief denken.

»Wir hätten die These vertreten sollen, dass er unschuldig war.«

Sie nickte bedächtig, wich jedoch seinem Blick aus.

»Ja.« Eine kurze Pause. »Vielleicht.«

Dieser Zweifel. Er hatte ihn gehört, als Bertil Andersson sie gefragt hatte, nun hörte er ihn wieder.

»Du bist doch meiner Meinung?«

Noch eine Pause. »Darum geht es nicht.«

»Worum geht es dann?«

»Ich sehe keinen Nachrichtenwert darin. Die Story ist doch, dass er zurückgekehrt ist, nachdem er in Albanien verschwunden war. Lass irgendeinen alten und verstaubten Historiker darüber nachgrübeln, ob er wirklich ein Spion war.«

Im nächsten Moment erkannte sie, was sie gesagt hatte, und biss sich auf die Lippe. »Sorry.«

Meijtens antwortete nicht. Er dachte an Lillemor Lindman. Und an Sjöhage.

Doch als er auf der Straße stand und die Nachtluft sein

überhitztes Gesicht kühlte, wusste er: Es würde auch so ein echter Knüller werden.

Hinter sich hörte er Natalies Absätze auf dem Bürgersteig hallen. Sie winkte ihm zu, ohne sich zu ihm umzudrehen, und eilte Richtung Park davon, als hätte sie eine Verabredung. Er radelte zur Västerbron, als ihm einfiel, dass es noch etwas gab, was er ihr hätte sagen sollen. Er wendete in einem weiten Bogen und schaute sich nach ihr um, aber sie war schon verschwunden.

Zweiter Teil

Die Wohnung am Tegnérlunden

17

Als sie die Nachrichten im Radio gehört hatte, war ihr sofort klar gewesen, dass dieser widerwärtige Polizist sie wieder anrufen würde. Sie hatte sich angezogen und war hinuntergegangen, um im Tabakwarenladen an der Ecke dieses Wochenmagazin zu kaufen. Dann war sie nach Hause geeilt, um am Küchentisch die wichtigsten Artikel zu überfliegen. Nun begriff sie, wer sie angerufen und die Nachricht auf ihrem Anrufbeantworter hinterlassen hatte, obwohl sie nicht wirklich verstand, warum er das getan hatte. Sie grübelte noch darüber nach, ob sie der Polizei von dem Anruf erzählen sollte, als das Telefon klingelte. Inspektor Tilas' Ton war noch immer voller Andeutungen, und sie protestierte genauso nachdrücklich wie beim letzten Mal.

Nein, sie sei diesem Erik Lindman noch nie begegnet. Habe sie ihm das nicht schon neulich erklärt, als er ihr das Foto gezeigt hatte?

Doch, sie erinnere sich vage, dass die Zeitungen über ihn geschrieben hätten. Wenn sie sich nicht daran erinnern würde, wer dann?

Nein, sie habe noch immer keine Ahnung, warum Erik Lindman einen Zettel mit ihrer Telefonnummer in seiner Tasche stecken hatte.

Ja, sie sei sich ganz sicher, dass auch ihr Mann ihn nicht gekannt habe.

Bis zu dem Punkt hatte sie die Wahrheit gesagt und war überzeugt, dass er nichts von ihrer kleinen Notlüge ahnte, die sie zwischen ihren entschiedenen Protesten verbarg. Innerlich kämpfte sie allerdings mit ihrem Gewissen.

Schließlich hatte er ihren inneren Konflikt mit einer seiner unverschämten Formulierungen entschieden. »Und Erik Lindman hat nicht angerufen, um über alte Erinnerungen zu sprechen?«

»Wie gesagt, wir kannten uns nicht. Es gab keine gemeinsamen Erinnerungen«, hatte sie mit aller Selbstbeherrschung entgegnet, die sie aufbieten konnte. »Und jetzt denke ich, dass ich Ihnen nichts mehr zu erzählen habe. Adieu.«

Damit hatte sie aufgelegt.

Nun konnte sie sich endlich in Ruhe die erste Tasse Kaffee des Tages kochen. Sie tat es so umständlich, wie Menschen es zu tun pflegen, für die Zeit das ist, wovon sie am meisten haben. Hätte sie von der kurzen Mitteilung des Mannes erzählen sollen, der ihrer Vermutung nach Erik Lindman gewesen war? Oder von dem anonymen Anruf, den sie vor so vielen Jahren von dem, wie sie inzwischen annahm, selben Mann erhalten hatte? Sie schnaubte lautstark.

»Oh nein, mein lieber Wachtmeister Tellus, diese Information wird die alte Schachtel mit ins Grab nehmen«, murmelte sie vor sich hin, während sie aus alter Gewohnheit ihre Tasse abwusch, sobald sie sie leer getrunken hatte.

Meijtens erwachte pünktlich zu den Frühnachrichten. Die wichtigste Neuigkeit waren die hohen Kursverluste an der Börse, aber unmittelbar darauf folgte ein Beitrag über Erik Lindman, der auf den Artikeln in *7Plus* basierte. Als die Zeitschrift in Druck ging, hatte Bertil Andersson eine Pressemitteilung verschickt, die ganz offensichtlich Wirkung zeigte. Meijtens ging zur Wohnungstür und holte die beiden großen überregionalen Tageszeitungen.

Beide hatten die Nachricht über Erik Lindman aufgegriffen. Die Mutterzeitung von *7Plus* hatte einen kurzen Artikel in der linken Ecke der Titelseite, und auf Seite acht war ein längerer zusammenfassender Artikel abgedruckt, den Natalie geschrieben hatte.

Er las die Artikel mit einem Lächeln auf den Lippen, aber als er die Espressokanne auf den Herd gestellt hatte und in der anderen Tageszeitung blätterte, sah er es. Schlagartig wurde ihm eiskalt. Eine Doppelseite zwischen dem Politik- und dem Sportteil, die sie normalerweise mit Gesellschaftsreportagen füllten.

Meijtens goss sich den Kaffee ein und las langsam den Artikel, der gut geschrieben und ergreifend war. Im Großen und Ganzen bestand er aus einem einzigen langen Interview. Er hatte keine Einwände, im Gegenteil. Der Text stimmte mit seiner eigenen Einschätzung in der Sache überein. Aber er konnte nicht anders, als immer wieder die Schlagzeile zu lesen, und jedes Mal verzog sich sein Gesicht dabei unfreiwillig zu einer Grimasse. *Die Artikel in der Presse trieben meinen Mann in den Selbstmord.* Und darunter das Bild von Sjöhages Witwe.

Vermutlich würde keiner in der Redaktion den Text kommentieren, alle würden über den Wirbel um die neueste Ausgabe von *7Plus* sprechen. Bertil Andersson würde ihm wahrscheinlich auf den Rücken klopfen und sagen, das sei alles kalter Kaffee und vergeben und vergessen. Nun könnten sie den Erfolg ihrer letzten Nummer genießen und nach vorn blicken.

Meijtens beschloss, sich die Redaktion zu sparen und stattdessen ein paar Bahnen zu schwimmen.

Als er im Forsgren-Bad ins Becken sprang, grübelte er immer noch darüber nach, warum keine der Zeitungen kommentiert hatte, was Bertil Andersson am Ende zu einem kleinen Kästchen eingedampft hatte. Dass Erik Lindman aller Wahrscheinlichkeit nach kein Spion gewesen war, der für die Sowjetunion arbeitete. Auch die Boulevardblätter hatten diese These nicht aufgegriffen.

Er versuchte, sich nochmals in Erinnerung zu rufen, was der Obdachlose gesagt hatte, entschied jedoch, dass es vermutlich nicht weiter wichtig gewesen war. Die seltsamen Zusammenhänge, die seit dem Einbruch bei Hanna in seinem Kopf gekeimt hatten, waren bestimmt völlig aus der Luft gegriffen. Seine Schläfen pochten unter Wasser. Aber warum hatte sich Erik Lindman auf diese Aussichtsterrasse begeben? *Ich komme zurück, und dann erkläre ich dir alles.* Er erhöhte die Schlagzahl.

Als er anschließend in der Sauna saß, war sein Körper von der Anstrengung noch ganz matt. Es war schon eine ganze Weile her, dass er so viel geschwommen war. Zwei ältere Herren, die offenbar Freunde und Stammgäste waren, sprachen über aktuelle Themen, und Meijtens lauschte ihnen heimlich amüsiert mit halb geschlossenen Augen. Zu seinem Erstaunen kamen sie irgendwann auf die Neuigkeiten über Erik Lindman zu sprechen. Der eine gab mit pedantischer Genauigkeit die gekürzte Version der Tageszeitung wieder, obwohl offensichtlich beide den Artikel gelesen hatten. Anschließend schwiegen sie eine Weile und gossen mehr Wasser auf die Steine des Saunaofens.

»Eigentlich unglaublich«, meinte der Gesprächigere der beiden.

»Was?«, fragte sein Begleiter.

»Dass jemand sein Land so verraten kann.«

Der andere nickte traurig. »Ja. Zum Kotzen.«

Meijtens sagte nichts, sondern stand einfach auf und ging. Er wollte noch ein paar Bahnen schwimmen.

Im ersten Beitrag der abendlichen Fernsehnachrichten ging es um Streitigkeiten innerhalb der Regierung über das Thema Atomkraft, aber danach folgte gleich ein längerer Beitrag über Erik Lindman. Meijtens steckte das Telefon aus und stellte den Ton lauter.

»Ein Mann, der vor einer Woche tot auf dem Stadsgårdskai gefunden wurde, konnte als der unter Spionageverdacht stehende Erik Lindman identifiziert werden, der 1965 spurlos verschwand. Vorliegenden Informationen zufolge hat Lindman sich in Albanien aufgehalten und ist mit albanischem Pass und neuer Identität nach Schweden zurückgekehrt.«

Der Beitrag gab Erik Lindmans Geschichte mithilfe alter Filmausschnitte aus den Sechzigern und einer Reihe von Zitaten aus *7Plus* wieder. Der Nachrichtensprecher erteilte anschließend dem Kommentator der Redaktion das Wort, einem Herrn mittleren Alters mit schütteren Haaren, der zu fast allen Themen der Sendung etwas beizusteuern wusste.

»Der Staatsschutz dürfte heute mit größter Befriedigung seine Theorie bestätigt sehen, dass der unter Spionageverdacht stehende Erik Lindman sich in einen Ostblockstaat abgesetzt hatte. Damit können die jahrelangen Spekulationen über den Spion, der Anfang der Sechzigerjahre an der Universität von Uppsala rekrutiert wurde, endgültig zu den Akten gelegt werden. Lindman dürfte allerdings nicht in der Lage gewesen sein, Schweden in der Zeitspanne, in der er als Spion aktiv war, größeren Schaden zuzufügen, da er seine Anstellung im Außenministerium als Folge der Ermittlungen gegen ihn beendete.«

Meijtens schüttelte den Kopf.

Der Nachrichtensprecher warf eine Frage ein: *»Ist es nicht überraschend, dass er sich ausgerechnet in Albanien aufgehalten hat, mit albanischer Identität?«*

»Genau«, murmelte Meijtens.

»Im Grunde nicht, es ist offenbar üblich, dass man Überläufern eine neue Identität gibt. Vor allem wenn der Vorgang wie in diesem Fall geheim gehalten wird.«

Meijtens war von seinem Stuhl aufgestanden, hatte die Hände im Nacken verschränkt und starrte auf den Fernsehbildschirm wie jemand, der in einem Länderspiel einen verschossenen Elfmeter sieht.

»Aber der erste Teil der Frage, der erste Teil, Mensch!«

Sein Ausbruch schien Wirkung zu zeigen, denn der Kommentator fuhr fort: *»Wir wissen noch nicht, welche Erklärung es dafür gibt, dass er sich in Albanien aufgehalten hat, und wir werden es nun, da Erik Lindman tot ist, wohl auch niemals erfahren. Man darf nicht vergessen, dass Lindman fünfundzwanzig Jahre verschwunden gewesen ist, in diesem Zeitraum kann vieles geschehen sein.«*

Meijtens stöhnte.

»Was sagt die Polizei zu Erik Lindmans tödlichem Sturz? Könnte es etwas anderes als ein Unfall gewesen sein?«

»Natürlich kann auch Selbstmord nicht ausgeschlossen werden. Wer weiß schon, was in seinem Inneren vorging, als er nach all den Jahren zurückkehrte? Vielleicht ertrug er es nicht, sich der Reaktion von Freunden, Medien und nicht zuletzt der Behörden zu stellen. Wir wollen nicht vergessen, dass er sich eines schweren Verbrechens schuldig gemacht hat, auch wenn es mittlerweile ein Vierteljahrhundert zurückliegt.«

Die Sendung ging mit anderen Nachrichten weiter. Meijtens schaltete aus und blieb mit der Fernbedienung in der Hand sitzen. Der Bericht war weitschweifiger gewesen als die Analyse der beiden Saunagänger, aber das Fazit lautete ungefähr gleich. Und ihre Schlussfolgerungen basierten auf Meijtens' Artikeln.

Er hätte darauf bestehen sollen, die These zu vertreten, dass Erik Lindman kein Spion war, hätte nicht akzeptieren dürfen, dass Bertil Andersson sie zu einem kleinen Kästchen mit einem Fragezeichen hinter der Überschrift eingedampft hatte. Er dachte an das kleine museale Kinderzimmer und an Erik Lindmans Eltern. Jetzt ging für sie wieder alles von vorne los.

Wenn es nicht in Strömen gegossen hätte, wäre er zu einer

Fahrradtour aufgebrochen, um den Kopf freizubekommen. Stattdessen öffnete er eine Flasche Wein der billigen spanischen Sorte, die jemand im Možels Parafino genannt hatte. Hinterher hatte er keine Ahnung, wie lange er am Fenster gesessen, dem Regen gelauscht und unzusammenhängenden Gedanken nachgehangen hatte.

Als es an der Tür klingelte, zuckte er zusammen. Er nahm an, dass es jemand war, der sich über seine Benutzung der Waschküche beschweren wollte, oder ein Zeuge Jehovas, stellte zu seiner Überraschung jedoch fest, dass es Natalie war.

»Warum gehst du nicht ans Telefon?« Ihr Mantel war klatschnass, und ihre Haare hingen herunter wie an einer ertränkten Katze. Er antwortete, dass er das Telefon ausgesteckt habe, und Natalie verzog das Gesicht zu einer Miene, die er in der schummerigen Beleuchtung im Treppenhaus nicht deuten konnte.

»Lässt du mich jetzt herein, oder bist du beschäftigt?«

Sie klang kurz angebunden.

Meijtens zog die Tür auf und mache eine einladende Geste. »Natürlich, komm rein.«

Er half ihr aus dem Mantel, holte ein Handtuch und breitete seine Wolldecke mit Schottenkaros auf dem einzigen Sessel der Wohnung aus. Natalie schlug sie um sich und wickelte sich das Handtuch wie einen Turban um den Kopf.

»Bertil hat sich gefragt, wo du heute gewesen bist. Aber er verzeiht dir.«

»Tatsächlich. Wein?«

Sie nickte. »Ich muss gestehen, dass ich mich das anfangs auch gefragt habe, aber ich habe da so meine Vermutung.«

Natalie ließ den Blick zu der Zeitung schweifen, die noch bei dem Interview mit Sjöhages Frau aufgeschlagen lag. Meijtens holte ein sauberes Glas.

»Du musst das abhaken. Es war nicht deine Schuld.« Ihre

Stimme war ernst, und plötzlich musste Meijtens an ihre Fernsehsendung denken. Er schenkte ihr ein Glas Wein ein, sagte aber nichts.

»Wenn du mich fragst, wirkt sie ein bisschen hysterisch«, sagte Natalie.

Meijtens schüttelte nachdenklich den Kopf. »Sjöhages Frau hat recht. Das ist das Schlimmste daran. Alles, was sie in dem Interview sagt, entspricht der Wahrheit. Er war nicht korrupt. Er war nur ein unfassbar loyaler Berufspolitiker mit einem Jesuskomplex.«

Für einen kurzen Moment erinnerte er sich an das Bibelzitat und schloss die Augen.

»Okay, dann war er eben kein Schurke. Aber dein Artikel ist immer noch makellos. Er hat diese Dinge gesagt. Du hast sie geschrieben. Punkt.«

Sie probierte den Wein und grimassierte.

»Tee?«

Sie nickte. »Tobias, keiner versteht besser als ich, wie man sich in so einer Situation fühlt. Das weißt du.«

»Ich habe nur eine Sorte«, sagte er und hielt die Dose mit Jasmintee hoch.

Sie sagte etwas, aber er unterbrach sie.

»Hast du die Nachrichten gesehen?«

Sie lächelte rätselhaft und nickte.

»Hast du schon einmal einen solchen Bockmist gehört? Der Typ hat ja wirklich alles falsch verstanden.«

Natalie lachte kurz. »Man nennt ihn Prawda, weil seine Analysen immer mit der offiziellen Regierungspolitik übereinstimmen. Egal, wer gerade an der Regierung ist.«

»Aber wo hat er das alles her? Vom Staatsschutz?«

»Vermutlich, aber auch von anderen.« Sie rückte ihren Handtuchturban ein wenig zurecht. »Unter anderem von mir.«

Meijtens starrte sie an. »Von dir?«

Natalie murmelte ein beiläufiges Ja.

»Du hast doch selbst gesagt, du würdest nicht glauben, dass er ein Spion war. Du warst dir nur nicht sicher, was den Nachrichtenwert betraf.«

Er drehte sich um und wärmte die Teekanne vor. Natalie schwieg.

»Hättest du nicht erst mit mir reden sollen?«

»Du warst nicht da, oder?« Er konnte ihr Schulterzucken zwar nicht sehen, glaubte es aber zu hören. »Jetzt mach aus Prawda keine große Sache. Er hatte diese Position schon von offizieller Seite bekommen und wollte sich nur erkundigen, was wir mit unserer kleinen Fragenotiz meinten, wie er sich ausdrückte. Ich habe das nur heruntergespielt, damit er sich sicher genug fühlte, um seine Spionthese herausposaunen zu können. Mehr war da nicht.«

Meijtens wandte sich um.

»Aber warum?«

Sie nahm die Teetasse in Empfang und zog die Beine unter sich. »Das führt die Herde in die falsche Richtung und verschafft uns ein bisschen Zeit.«

»Zeit für was?«

»Zeit für einen neuen Artikel darüber, dass Erik Lindman unschuldig war.«

Meijtens rückte die Stapel von Dokumenten auf seinem Tisch gerade. »Aber für dich hatte die Sache doch keinen Nachrichtenwert.«

Sie streifte den Handtuchturban ab und schüttelte ihr Haar aus. »Du kennst doch den Spruch, dass eine Nachricht etwas ist, was irgendjemand geheim zu halten versucht. Ich stand deiner Theorie ein wenig skeptisch gegenüber, das stimmt. Aber es gibt offenbar eine Reihe von Leuten, denen viel daran gelegen ist, ihre Version von Erik Lindmans Schuld unters Volk zu bringen. Es ist ihnen sogar so viel daran gelegen, dass sie Prawda schon am Erscheinungstag unserer Zeitung damit gefüttert haben. Am selben Tag!«

»Dann willst du weiter mit mir an der Sache arbeiten? Ist es das, was du mir sagen willst?«

Sie fuhr mit der Hand durch ihre nassen Haare. »Es schien mir angemessen, dich zuerst zu fragen. Du hast die Spur gefunden. Außerdem gibt es eine Menge historischer Details, und für die braucht man …«

»Einen verstaubten Historiker?«

Sie lachte. »Das hast du gesagt.«

Bertil Andersson würde ihn mit Sicherheit nicht alleine weiterrecherchieren lassen. Und was hatte sie eigentlich gemeint? Würde sie sonst alleine weitermachen? Vielleicht hatte sie seine Gedanken gelesen, denn es legte sich ein schiefes Lächeln auf ihr Gesicht.

»Also, was sagst du, Meijtens? Partner?«

Das Telefon klingelte, und er sah Natalie erstaunt an.

»Ich habe es wieder eingesteckt«, erklärte sie ruhig. »Ich fand es irgendwie albern, es ausgesteckt zu lassen.«

Meijtens ging an den Apparat und hörte am anderen Ende der Leitung eine vertraute Stimme.

»Herr Meijtens, endlich hast du die Güte, an den Apparat zu gehen. Ich habe schon den ganzen Tag vergeblich versucht, dich zu erreichen, du warst wie vom Erdboden verschluckt. Gibt es noch einen anderen Weg, Kontakt zu seinem alten Lieblingsstudenten zu bekommen, als durch die Lektüre seiner Heldentaten in der Presse?«

Jakub konnte nicht verhehlen, wie aufgekratzt er war, sein slawischer Akzent war markanter als sonst.

»Hör zu, Janka macht hier gerade großen Hausputz, und es gibt da zwei, drei Dinge, die ich dir sagen möchte, also lass uns extravagant sein und essen gehen, in unserem Stammlokal.«

Meijtens schielte zu Natalie hinüber. Sie hatte sich an den Tisch gesetzt und begonnen, sein Material zu Erik Lindman zu sichten. Es hatte den Anschein, als würde sie jeden Artikel auf der Suche nach etwas Bestimmtem überfliegen. Er bemerkte gereizt, dass sie die Artikel in einer ganz anderen Reihenfolge als der ursprünglichen zurücklegte. Ohne ihn zu fragen natürlich.

»Ist es okay, wenn ich meine Kollegin mitbringe?«

18

Meijtens nippte an dem Wein, den Jakub ausgewählt hatte, und spürte, wie die Wärme in seine Wangen zurückkehrte. Draußen hatte ein kalter Wind geweht, aber im Restaurant fühlte man sich von den dunklen Holzpaneelen, den Wappenschilden und dem Licht der Kerzen wohlig umhüllt. Hier gingen sie immer hin, wenn es etwas zu feiern gab – wegen der Atmosphäre und der üppigen mitteleuropäischen Küche, die Jakub bevorzugte. Die einzige Gaststätte weit und breit, in der sie nicht versuchen, dir einen Salat aufzuzwingen, pflegte er zu sagen.

Jakub stieß zum dritten Mal auf das an, was er beharrlich ihren journalistischen Volltreffer nannte. Bisher war der Abend unerwartet gelungen verlaufen. Meijtens hatte sich vorher ein wenig Sorgen gemacht – Jakub wirkte manchmal auf den ersten Blick bizarr, und Natalie war eben Natalie.

Aber er hatte an diesem Abend eine neue Seite von ihr kennengelernt, und sie hatte den alten Herrn um ihren kleinen Finger gewickelt, als wäre er Zuckerwatte. Ihre Fragen hatten ihm geschmeichelt, ihr Lächeln hatte ihn bezaubert, und wenn sie sich über den Tisch beugte und ihre Hand leicht auf seinen Arm legte, schien Jakub völlig zu vergessen, dass Meijtens auch noch da war.

Jakubs unübersehbare Begeisterung darüber, mit einem echten Fernsehstar an einem Tisch zu sitzen, überraschte Meijtens, obwohl er im Grunde wusste, dass Jakub ein treuer Zuschauer all der Fernsehprogramme war, über die er sich so ärgerte.

Als Jakub mit pedantischer Sorgfalt die letzten Tropfen

der cremigen Kastaniensuppe verspeist hatte, sah er mit einem breiten Grinsen vom einen zur anderen.

»Jetzt möchte ich alles darüber hören, wie ihr auf diese Geschichte gestoßen seid.«

Sie führten ihn Schritt für Schritt durch ihre Recherche in den letzten Tagen. Jakub lauschte fasziniert jedem Wort. Ab und zu unterbrach er sie mit kurzen Detailfragen, und Meijtens erkannte, dass er ihre Artikel gelesen haben musste, bis er sie fast auswendig konnte. Wenn Natalie sprach, hörte er ihr so intensiv zu, dass sein Mund begann, ihre Lippenbewegungen nachzuahmen.

Jakub fragte, ob sie den Bericht im Fernsehen gesehen hätten, und Natalie amüsierte ihn mit der Anekdote über den Spitznamen Prawda, die Jakub vor Begeisterung glucksen ließ. Aber sie hat vergessen, ihm zu erzählen, dass auch sie Prawda mit Informationen versorgt hat, dachte Meijtens.

Jakub tat die Kürzung ihres Artikels und den irreführenden Fernsehbericht mit einem Handwedeln ab.

»Ach was, ihr wisst doch, diese Holzköpfe kann man ohnehin nicht überzeugen. Jeder, der ein bisschen Ahnung hat, kann eure Artikel mühelos deuten.«

Jakub, der aus jeder akademischen Fehde, auf die er sich eingelassen hatte, als Verlierer hervorgegangen war, hatte ein besonderes Immunsystem gegen Misserfolge entwickelt. Meijtens fragte sich, ob er deshalb aufgehört hatte, für ihn zu arbeiten. Weil er es damals satthatte, die Niederlagen bei einer Tasse lauwarmem Automatenkaffee herunterzuschlucken und festzustellen, dass alle anderen ohnehin nur Irre waren?

»Aber es soll schwarz auf weiß dastehen, dass er unschuldig war«, sagte Meijtens.

Jakub wirkte für einen Moment traurig.

»Manchmal kann man einfach nicht recht bekommen, Tobias, und dann muss man sich damit begnügen, recht zu haben.«

»Aber warum ist der Staatsschutz seiner Sache so sicher?«, fragte Natalie.

»Nun ja, das Leben hat mich gelehrt, nicht allzu viel Vertrauen in die Sicherheitsdienste zu setzen. Ich habe festgestellt, dass es ein nützlicher Ausgangspunkt ist, sowohl ihre Motive als auch ihre Kompetenz anzuzweifeln.« Er zwinkerte Natalie freundlich zu, die ihm ein Lächeln schenkte.

Jakub trug seine Geschichte immer im Gesicht, dachte Meijtens. Als junger Mann voller Enthusiasmus für die neue Tschechoslowakei war er in die kommunistische Partei eingetreten. Seine Begeisterung hatte sich jedoch rasch abgekühlt, und als sich ihm die Chance dazu bot, war er als Teilnehmer eines Kongresses einfach in Schweden geblieben. Jahrelang behielt er dennoch seinen Glauben an den demokratischen Sozialismus, und als der Prager Frühling kam, kehrte er in seine Heimat zurück.

Jakubs Hoffnung starb endgültig, als er eines Morgens die sowjetischen Panzer sah, die in sein geliebtes Prag rollten. Sein schwedischer Pass verhinderte eine Internierung, konnte ihn aber nicht vor zwei Wochen intensiver Vernehmungen bewahren. Eine Zeit, über die er niemals sprach. Nach seiner Rückkehr nach Schweden widmete er all seine Kraft seiner historischen Forschung und gab den Sozialismus endgültig auf. Zynismus, pflegte er zu sagen, ist der einzige Ismus, mit dem ein anständiger Mensch leben kann.

»Aber wenn er kein Spion war, warum blieb er dann in Albanien?«, fragte Natalie.

Jakub musterte sein Weinglas. »Ich glaube, dazu kann ich euch eine Theorie anbieten, aber ich fürchte, dass ihr dafür ein wenig Geduld mit der umständlichen Art eines alten Mannes aufbringen müsst.«

Er wartete ihre nachdrückliche Zustimmung ab und fuhr dann fort: »Nehmen wir einmal an, dass Erik Lindman sich bereits 1965 nach Albanien begab. Das haben wir zwar noch nicht bewiesen, aber ich halte die Hypothese für durchaus wahrscheinlich. Wie ihr in euren Artikeln erwähnt, war Albanien zu diesem Zeitpunkt ein isoliertes Land.«

Jakub zeichnete ein plastisches Bild von der paranoiden Angst vor russischen Agenten nach dem Bruch mit der Sowjetunion und dem Fehlen der meisten Konsumgüter. Davon, dass die wenigen chinesischen Berater des neuen kommunistischen Bruderlandes den einzigen Kontakt zur Außenwelt bildeten.

»Er muss zu einer Art politischer Begegnung angereist sein, auch wenn sie geheim gehalten wurde. Sonst hätte man ihn niemals ins Land gelassen. Wahrscheinlich schaffen sie ihn mithilfe eines Arrangements ins Land, das keine unnötige Aufmerksamkeit erregt oder zu Problemen in seinem Heimatland führt. Nun, dann hockt er jedenfalls in Tirana, wohin ihn seine albanischen Freunde inkognito und aus Gründen gebracht haben, die wir nicht kennen.«

Jakub Bem legte eine kürzere Pause ein, und Meijtens fiel auf, dass er sein Hauptgericht bereits verspeist hatte, obwohl er seit Betreten des Restaurants ununterbrochen redete.

Jakub betrachtete ein wenig traurig seinen leeren Teller und sprach mit leiser Stimme weiter: »Jetzt stellt euch einmal vor, wie seine albanischen Gastgeber wohl reagieren, als die Zeitungsschlagzeilen in Schweden verkünden, dass Erik Lindman verschwunden ist. Denn wenn sie schreiben, dass es gute Gründe gibt, ihn zu verdächtigen, ein sowjetischer Spion zu sein, möchte ich in Tirana nicht in Erik Lindmans Haut stecken. Für alles Bier in Pilsen nicht.«

Es sei im Grunde nicht weiter seltsam gewesen, dass Erik Lindman sich entschieden habe, heimlich nach Albanien zu reisen, erklärte Jakub. Angesichts des Misstrauens, das in dem Land herrschte, sowie der angespannten internationalen Lage habe er möglichst wenig Aufmerksamkeit erregen wollen.

Nach einer ausführlichen Diskussion mit dem Kellner über die unterschiedlichen Angebote auf der Speisekarte bestellte Jakub einen Nachtisch. Natalie und Meijtens begnügten sich mit einem Kaffee. Solange der Kellner in Hörweite war, machte Jakub Konversation, dann jedoch setzte er seinen Vortrag fort.

»Aber sein Verschwinden erregte Aufmerksamkeit, und für Erik Lindman da unten in Tirana hätte es gar nicht schlimmer kommen können. Ich fürchte, die Frage, warum er nicht einfach zurückkam, lässt sich damit beantworten, dass sie ihn schlichtweg nicht gehen lassen konnten. Und zwar nicht nur wegen der möglicherweise gefährlichen Kontakte des jungen Schweden zu Moskau. Denn was meines Erachtens ursprünglich geplant war, nämlich ihn ebenso unbemerkt wieder in den Westen zu schaffen, wie er gekommen war, ließ sich auch nicht mehr durchführen.«

Der Kellner kam mit dem Kaffee und Jakubs Nachtisch. Diesmal konnte Jakub sich nicht mehr dazu durchringen, seine Ausführungen durch Konversation zu unterbrechen.

»In Schweden hätten ihn die Medien und der Staatsschutz erwartet, und Erik Lindman hätte erklären müssen, wo er gewesen war und warum. Ich glaube nicht, dass das Regime in Tirana diese Art von Aufmerksamkeit und die Probleme, die daraus möglicherweise hätten entstehen können, zu schätzen gewusst hätte.«

Er schüttelte den Kopf. »Vielleicht ist es der Flüchtling in mir, vielleicht sehe ich Komplott und Verrat, wo andere natürliche Umstände und Pech sehen. Aber dieser alte Mann aus Prag hier kann einfach nicht anders, als sich die Frage zu stellen: Warum? Warum kam es auf einmal zu einem solchen Zeitungssturm? Woher rührte das Interesse für diesen jungen Mann, den man mit seinen Ansichten bis dahin doch offenbar in Frieden gelassen hatte? Woher stammten die Informationen über seine angebliche Arbeit für die Sowjets? Informationen, die wir inzwischen als falsch zurückweisen können. Könnte jemand ein Interesse daran gehabt haben, dass Erik Lindman als Gefangener seiner paranoiden Gastgeber in Albanien festgehalten wurde? Der Gedanke quält mich.«

Sie schwiegen eine Weile, dann diskutierten Meijtens und Natalie, wie man herausfinden könnte, was Erik Lindman in Albanien widerfahren war. Jakub lauschte ihrer Unterhaltung, während er mit dem Löffel die letzten Reste seiner Crème brulée zusammenkratzte. Anschließend schob er den Teller von sich und wischte sich mit kurzen, knappen Bewegungen die Mundwinkel ab.

»Ich weiß nicht, ob ihr einen Rat von einem müden, alten Dozenten hören wollt«, sagte er sanft.

Beide betrachten seine Worte als rhetorische Frage und warteten geduldig darauf, dass Jakub weitersprach. Mittlerweile waren sie allein in dem Lokal, und die Bedienung erkundigte sich, ob alles zur Zufriedenheit gewesen sei. Jakub versicherte, das sei der Fall gewesen, und bestand darauf, für jeden einen Cognac zu bestellen. Offenbar hatte er noch mehr auf dem Herzen.

»Es will mir scheinen, als fänden sich die Antworten auf viele der Fragen, die wir hier diskutieren, in der Zeit vor Lindmans Verschwinden. Was hat er in seinen letzten Monaten in Schweden zu seinen Freunden gesagt? Und zwar zu Freunden, mit denen er vielleicht offenherziger über Politik sprach als mit seinem alten Schulkameraden aus Sandviken.«

Der Kellner kam mit den Cognacschwenkern und, gegen jede gute Restaurantsitte verstoßend, auch mit der Rechnung.

»Es könnte sein, dass sie keine große Lust haben, mit uns zu sprechen«, sagte Meijtens und dachte daran, was Åke Sundström erzählt hatte.

»Ich glaube, ich kann euch da einen Rat geben, wenn auch etwas widerwillig«, erklärte Jakub mit einer gequälten Grimasse. »Wie du weißt, Tobias, bin ich in meinen ersten Jahren in Schweden einigen meiner fehlgeleiteten Überzeugungen treu geblieben. Tatsächlich habe ich mich sogar kurze

Zeit im Umfeld der Studentenvereinigung Veritas bewegt. Ich kann mich zwar nicht erinnern, jemals Erik Lindman begegnet zu sein, aber ich glaube, ich kann euch ein paar Hintergrundinformationen geben. Und einen Namen.«

Er drehte seinen Cognacschwenker.

»Zu jener Zeit war Veritas noch ein gemeinsames Forum für alle möglichen linksorientierten Studenten: radikale Sozialdemokraten, Kommunisten, sogar der eine oder andere Liberale war dabei. Nun gut. In der Praxis wurde die Vereinigung von der kommunistischen Partei kontrolliert und funktionierte als eine perfekte Basis für Rekrutierungen, denn man fand bei Veritas nicht nur interessante Kandidaten für die eigenen Reihen, sondern auch sympathisierende linke Studenten, die außerhalb der Partei nützlich sein konnten. Will sagen, den einen oder anderen nützlichen Idioten wie mich. Ende der Fünfziger- und Anfang der Sechzigerjahre hatte die kommunistische Partei, die damals noch mehr oder weniger moskauhörig war, Veritas insgeheim fest im Griff. Und der Mann, der dafür sorgte, dass dies so blieb, hieß Johan Rooth.«

Jakub sprach, als gäbe er Dinge wieder, die er zwar gelesen hatte, zu denen er jedoch keine persönliche Meinung besaß. »Dozent in Soziologie, später Parlamentsabgeordneter und fleißiger Autor. Johan Rooth gelang das Kunststück, gleichzeitig zweien der schlimmsten und scheinbar gegensätzlichsten Laster unserer Zeit zu frönen: dem akademischen Snobismus und der proletarischen Romantik. Übrigens soll er noch ein paar anderen gefrönt haben. Veritas war ihm eine Herzensangelegenheit, und obwohl er eigentlich einer älteren Generation angehörte, behielt er seinen Einfluss auf die jungen Leute bei Veritas. Er war ihr Hohepriester, Beschützer und Freund, und in seiner selbst auferlegten Rolle warb er geeignete Talente für die Partei und weiß der Himmel für wen noch an.«

Jakub machte eine Pause und trank die letzten Tropfen

seines Cognacs. »Johan Rooth ist der Erste, mit dem ihr sprechen müsst. Ich wüsste trotz allem keinen besseren Ausgangspunkt.«

Er saß jetzt in sich zusammengesunken da und wandte sich direkt an Meijtens, als wären seine Worte zu schmerzhaft, um sie an Natalie zu richten.

»Du weißt, dass ich nie verbittert bin, das liegt mir nicht. Die Erinnerungen an meine erste Zeit in Schweden sind nicht nur angenehm. In diesen Kreisen behandelte man mich nicht gut, aber das war meine eigene Schuld. Ich war naiv. Gegen die jungen Studenten, die sich von einer Ideologie mitreißen ließen, die meinem Land und mir selbst so viel Leid zugefügt hat, hege ich nicht den geringsten Groll. Wie könnte ich? Ich habe mich damals doch zum gleichen Tanz auffordern lassen, wenn auch unter etwas anderen Umständen. Obwohl ihre Gründe in meinen Augen naiv gewesen sind, kann ich für sie weder Verachtung hegen noch Wut auf sie empfinden. Bei Johan Rooth liegen die Dinge jedoch anders.«

Das Restaurant war vollkommen verwaist, und die Mitarbeiter hatten demonstrativ begonnen, das Licht zu löschen. Jakub sah Meijtens in die Augen und sagte schließlich leise: »Denn Johan Rooth ist ein extrem unangenehmer Mensch.«

19

Sven-Göran Fahlén winkte Inspektor Tilas mit weit ausholenden Armbewegungen zu sich herein, ohne den Telefonhörer dabei loszulassen. Tilas blieb stehen und schaute den Korridor hinab, trat dann jedoch ein. Fahlén telefonierte weiter, ohne ihm die geringste Beachtung zu schenken. Tilas stellte fest, dass sein Chef mindestens fünfzehn Jahre jünger sein musste als er selbst. Das Familienbild auf dem Schreibtisch bestätigte seine Annahme, denn es zeigte Kinder im Grundschulalter und eine junge Frau, die dasselbe Reiseführerlächeln hatten wie Fahlén. Eine neue Art von Führungskräften für eine neue Zeit, dachte Tilas.

Als Fahlén schließlich den Hörer auflegte, schenkte er Tilas sein blendend weißes Lächeln und platzierte die Handflächen auf dem Schreibtisch, als stünde er im Begriff, sich hochzustemmen. Doch dies war offenbar nur eine Geste, die seine vitalen Führungsqualitäten symbolisieren sollte, denn er blieb sitzen und lächelte weiter.

»Ich habe hier deinen Bericht.« Fahlén schnappte sich das Dokument und hob es enthusiastisch über seinen Kopf. Tilas stellte fest, dass er das Wort gelesen nicht benutzt hatte.

»Nicht schlecht, mit freundlicher Unterstützung der vierten Staatsmacht.« Er strahlte Tilas weiter an. »Jedenfalls bin ich froh, dass wir diese Geschichte jetzt abhaken können.«

Also deshalb haben wir diese kleine Besprechung, dachte Tilas.

»Das ist aber eigentlich nicht das, was in dem Bericht empfohlen wird.«

Fahlén lehnte sich in seinem Stuhl zurück und trommelte mit den Fingern auf der Armlehne.

»Ich hatte eine Koordinierungsbesprechung mit den Kollegen von der Staatsschutzseite. Die habe ich in letzter Zeit immer öfter. Als Teil der neuen Umorganisation.« Er lächelte wieder, und Tilas fragte sich, warum. Staatsschutzseite, was war das überhaupt für ein neuer Begriff?

»Ich muss dir sagen, dass sie über diese These in *7Plus* nicht sehr erfreut waren. Dass dieser Lindman gar kein Spion gewesen sein soll. Sie meinen, dass würde zu einem ziemlichen Durcheinander führen. Ich kann sie verstehen.«

Tilas zuckte mit den Schultern. »Niemand sonst scheint dieser These zuzustimmen.«

Fahlén sah ihn ernst an. »Ehrlich gesagt, waren sie auch nicht sonderlich begeistert über deinen Bericht.«

»Tatsächlich?«

»Sie fanden die Verbindung zu Stiernspetz sehr weit hergeholt. Und unpassend.«

Tilas fragte sich, ob Fahlén selbst eine Meinung dazu hatte, aber das schien nicht der Fall zu sein.

»Zwei Personen stehen im Verdacht, Spione zu sein«, sagte Tilas. »Der eine verschwindet, und der andere bringt sich um. Der verschwundene Mann taucht ein Vierteljahrhundert später unter einem falschen Namen wieder auf. Achtundvierzig Stunden später findet man ihn tödlich verunglückt auf, und in seiner Tasche liegt ein Zettel mit der Telefonnummer der Witwe des anderen Mannes.« Er machte eine kurze Pause. »Also, ich fand das schon bemerkenswert.«

»Du nennst auch Namen.«

»Weil sie in den Ermittlungsakten zu Stiernspetz auftauchen und Verbindungen zu diesem Lindman haben.«

Fahlén schaltete sein einnehmendes Lächeln an. »Natürlich tauchen manche Namen wieder auf. Wir leben in einem kleinen Land. Und die Ermittlungen, auf die du dich berufst, fanden Anfang der Siebzigerjahre statt.«

Tilas entgegnete nichts, es stand ohnehin alles in dem Bericht.

»Du hast doch mit Stiernspetz' Witwe gesprochen. Hatte sie denn eine Erklärung für die Telefonnummer?«

»Nein, sie sagt, er habe nicht angerufen, und behauptet, dass weder sie noch Stiernspetz ihn gekannt hätten. Das kann man nun glauben oder nicht.«

Fahlén strich sich übers Kinn. »Ich hoffe, du bist behutsam vorgegangen. Es ist sicher nicht leicht, die Witwe eines Mannes zu sein, der als Spion enttarnt wurde.«

»Und als Schwuler«, sagte Tilas in einem neutralen Ton.

Fahlén warf ihm einen forschenden Blick zu. »Der Fall ist wohl eher eine Sache für den Staatsschutz, und die Kollegen meinen, dass Stiernspetz und Lindman ein abgeschlossenes Kapitel sind. Es gibt keinen Grund, das zu bezweifeln.«

»Das tue ich auch nicht, es sei denn, es wäre relevant für meine Ermittlungen zu Lindmans Tod.«

»Schön, ausgezeichnet. Jetzt nähern wir uns allmählich dem Kern des Ganzen. Denn wenn ich recht sehe, gibt es keine Veranlassung, im Fall Lindman von einem Verbrechen auszugehen, und damit auch keine Veranlassung für uns, weiter zu ermitteln. Nicht bei der Arbeitsbelastung, die wir im Moment haben.«

Tilas schloss die Augen halb, und sein Gesicht verriet nichts über seine Gefühle oder Ansichten. »Es ist nach wie vor schwer nachzuvollziehen, dass es ein Unfall oder Selbstmord gewesen sein soll.«

»Andererseits gibt es aber auch nichts, was direkt auf einen Mord hindeutet, oder?«

Tilas saß vollkommen still, nur seine Nasenflügel bewegten sich leicht. »Der Knopf«, sagte er schließlich.

Fahlén lächelte.

»Das habe ich in deinem Bericht gesehen. Es mag in der Tat ein bisschen seltsam sein, aber es ist nicht genug, um in einem Mordfall zu ermitteln. Ich kann mir jedenfalls eine Menge ganz natürlicher Erklärungen vorstellen.«

Er schwieg kurz und zog einen Stift aus der Innentasche seines Jacketts, mit dem er leicht auf den Tisch klopfte.

»Könnte es sein, dass dir die Jagd fehlt und du gerne in einem Mordfall ermitteln würdest? Wenn dieser Fall so läuft, wie er soll, können wir ernsthaft in Erwägung ziehen, deine Hilfe in Anspruch zu nehmen, sobald sich eine Gelegenheit dazu ergibt. Zu vergessen, was gewesen ist, eine neue Chance und so weiter.«

Tilas senkte den Blick. Die Luft im Raum kam ihm auf einmal stickig vor.

»Du gehst doch noch zu deinen Terminen? Ich meine, laufen sie gut?«

Tilas brachte ein kaum merkliches Kopfnicken zustande.

»Ich muss dich das fragen, du weißt schon, die Personalabteilung und so. Sonst müssen wir uns etwas anderes einfallen lassen. Ich will doch, dass du wieder mit im Boot bist.«

Tilas streckte den Rücken und sah aus dem Fenster. Er wusste, dass es vorbei war, er hatte nichts entgegenzusetzen.

»Ich habe den Kollegen vom Staatsschutz erklärt, dass du ihnen zur Verfügung stehst, falls sie Fragen haben sollten, aber wir stellen unsere Ermittlungen zu Lindman ein.«

Fahlén war ein großer Freund bürokratischer Kompromisse, sie waren sein Refugium und Lebenselixier. Indem er Tilas zunickte, signalisierte er, dass ihr Gespräch beendet war. Dann griff er erneut nach dem Telefonhörer, als wäre ihre Diskussion eine ungewöhnliche Unterbrechung seiner normalen Arbeitsabläufe gewesen.

Durch das Fenster der Bahn sah Meijtens idyllische Eigenheimsiedlungen vorbeiziehen. Am Vortag war lediglich ein Telefonat erforderlich gewesen, um einen Termin auszumachen. Er hatte Misstrauen erwartet, aber sein Anliegen war freundlich, fast schon begeistert aufgenommen worden.

Er hätte sich natürlich erst mit Bertil Andersson absprechen sollen. In der Welt des stellvertretenden Chefredakteurs war das vermutlich nichts als Zeitverschwendung, das nochmalige Durchkauen einer bereits veröffentlichten Nachricht. Aber Meijtens folgte nicht mehr der Logik von Nachrichtenzyklen. Mittlerweile waren es ganz andere Antriebskräfte, die ihn zu dem verabredeten Treffen gehen ließen.

Er klingelte an der Tür eines alten Reihenhauses. Es hatte Fensterläden und war im englischen Stil erbaut. Die Eberesche in dem kleinen Vorgarten hing noch voller roter Beeren. Er konnte sich eine gewisse Verwunderung darüber nicht verkneifen, was für eine Behausung ein so hingebungsvoller Kommunist wie Johan Rooth gewählt hatte.

Die Tür wurde von einem jungen farbigen Mann mit einem verbindlichen Lächeln geöffnet. Er musste mindestens einen Meter neunzig groß sein, hatte hübsche, markante Gesichtszüge und bewegte sich lässig und elegant. Er rief etwas auf Französisch in das Haus hinein, woraufhin ein älterer Mann zur Tür kam, gestützt auf einen Leichtmetallstock mit drei stabilen Füßen.

»Ah, Tobias Meijtens, nehme ich an.« Der alte Mann strahlte vor Wohlwollen. »Wie überaus nett. Kommen Sie ins Warme.«

Rooth geleitete ihn unter einem steten Strom kurzer Ausrufe in abwechselnd schwedischer und französischer Sprache, je nachdem, mit wem er gerade sprach, ins Haus.

»Haben Sie gut hergefunden? Ich hoffe, es war kein Problem? *Veux-tu débarrasser notre ami de son manteau, s'il te plaît.* So, Jean Claude nimmt Ihren Mantel. Oh, lassen Sie die Schuhe ruhig an, mein Freund. *Ça sera tout. Merci.* Sprechen Sie Französisch?«

»Bedaure«, antwortete Meijtens.

»Wie schade, wirklich schade. Wissen Sie, Jean Claude kommt aus Haiti und hat noch nicht sehr viel Schwedisch gelernt.«

Meijtens machte eine Geste, um sich für seine sprachliche Unwissenheit zu entschuldigen.

»Jean Claude und ich kümmern uns umeinander«, sagte der alte Mann, während er mit einer gewissen Mühe ins Wohnzimmer vorging.

Meijtens' Informationen zufolge sollte Rooth fünfundsiebzig sein. Er bewegte sich zwar schwerfällig, doch seine braunen Haare waren nicht nur sorgfältig gekämmt, sondern auch erstaunlich frei von grauen Strähnen. Meijtens überlegte, ob er sie sich wohl färbte. Rooth trug ein Hemd und einen Cardigan mit einem sorgsam gebügelten Taschentuch, das aus dem Ärmel hervorschaute.

Der Salon wirkte leicht verwohnt, ohne gemütlich zu

sein, und zwischen den schweren Vorhängen sickerten nur schmale Streifen Licht herein. Eine der Wände war vom Fußboden bis zur Decke mit einem Bücherregal bedeckt, das lauter eindeutig gelesene Bücher und Zeitschriftenstapel enthielt. Eingerichtet war das Zimmer ansonsten mit klassischen, aber nicht zusammengehörenden Möbeln. Die Zimmerpflanzen wucherten wild, und ihre Blätter waren wie der Rest des Raumes von einer dünnen Staubschicht bedeckt.

Zwei Sessel standen sich gegenüber, als wären sie für diese Gelegenheit so hingestellt worden. Rooth setzte sich in den einen und zeigte auf den anderen. Auf einem kleinen Tisch lag eine aufgeschlagene Zeitung voller Unterstreichungen und Randnotizen. Es war die aktuelle Ausgabe von *7Plus*.

Rooth folgte seinem Blick und griff mit einem überschwänglichen Lächeln nach ihr.

»Ich habe Ihre Artikel selbstverständlich gelesen. Ich war natürlich zutiefst *erschüttert* über Eriks tragisches Ende, das waren wir alle«, sagte Rooth, ohne näher zu erläutern, wer mit »wir alle« gemeint war. »Dieses unglückselige Verschwinden und nun dieser *wahnsinnige* Verlust. Seine armen Eltern, sie müssen ja völlig von Sinnen sein. Arvid kenne ich flüchtig, ein zuverlässiger Genosse der alten Schule.« Rooth wischte sich etwas vom Hosenbein. »Auch wenn er nicht gerade ein Erik Lindman ist.«

Danach verbrachte er einige Minuten mit freundlicher Konversation über *7Plus* und die Tageszeitung des Konzerns. Er mischte ironische Kommentare über die bürgerliche Presse mit lobenden Worten über Meijtens' Artikel. Meijtens drängte sich das Gefühl auf, dass es sich um eine Vorstellung handelte, die ihm zuliebe inszeniert wurde.

Sie wurden von Jean Claude unterbrochen, der ein Tablett mit Tee, Keksen und – etwas überraschend angesichts der Jahreszeit – einer Schale frischer Erdbeeren hereintrug. In der Mitte des Tabletts lag eine Blüte in einem Eierbecher. Rooth zwitscherte begeistert auf Französisch, und

Jean Claude entfernte sich mit einer leichten Verbeugung. Meijtens suchte in seinem eingeschlafenen Schulfranzösisch verzweifelt nach Höflichkeitsphrasen.

»Wissen Sie, Jean Claude ist eigentlich Bildhauer, und alles, was er tut, wird zu einem kleinen Kunstwerk«, sagte Rooth mit einer Geste zum Tablett. Dann wurde er ernst.

»Bevor wir anfangen, über den armen Erik zu sprechen, würde ich gerne ein wenig über das Motiv für unser Gespräch erfahren. Werden Sie weitere Artikel zu diesem Thema schreiben? Was ist Ihr Blickwinkel, wenn Sie verstehen, was ich meine?« Rooths Lächeln war jetzt schmallippiger.

Meijtens antwortete, die Redaktion diskutiere mögliche weiterführende Artikel über den Menschen Erik Lindman. Das würde nicht Rooths Misstrauen wecken und passte einigermaßen zu den Fragen, die er stellen wollte.

»Wir erfuhren erst vierundzwanzig Stunden, bevor die Zeitschrift in den Druck ging, von seiner Identität. Die Darstellung seiner Herkunft und seines Werdegangs ist uns nicht so vollständig gelungen, wie wir es uns gewünscht hätten.«

Rooth hob die Augenbrauen. »Nun, ich muss Ihnen sagen, es ist Ihnen in lobenswerter Weise gelungen, ein Porträt Eriks zu zeichnen, wenn dies tatsächlich der Zeitraum war, der Ihnen zur Verfügung gestanden hat.«

Dann legte sich dasselbe breite Lächeln auf sein Gesicht wie zuvor. »Es ist im Laufe der Jahre ja so viel Unsinn über Erik geredet worden, dass es trotz der tragischen Nachricht erfrischend war, einmal etwas so Ausgewogenes zu lesen.« Er goss mit leicht zitternden Händen Tee in die beiden Tassen und legte in seine eigene zwei Erdbeeren.

»Eine russische Tradition, die ich wirklich empfehlen kann«, sagte er mit einem Nicken zu den Erdbeeren in der Teetasse. Meijtens folgte seinem Beispiel und fragte sich insgeheim, wie viele Sowjetbürger sich außerhalb der Saison wohl frische Erdbeeren im Tee leisten konnten.

Rooth lehnte sich vor und legte seine Hand auf Meijtens' Arm. »Und wenn Sie Ihre Fragen gestellt haben, möchte ich Ihnen, wenn Sie nichts dagegen haben, im Gegenzug auch ein paar stellen.«

»Kein Problem«, erwiderte Meijtens und probierte mit einem Gefallen signalisierenden Kopfnicken den Tee. Er fragte sich, was Rooth so dringend von ihm erfahren wollte.

Rooth lehnte sich in seinem Sessel zurück und legte die Hände in den Schoß. »Na, dann schießen Sie mal los«, sagte er freundlich.

Meijtens zeigte ihm den Kassettenrekorder und fragte, ob er ihr Gespräch aufnehmen dürfe, womit Rooth einverstanden war.

»Wie gesagt, wir wollen versuchen, ein etwas vollständigeres Bild von Erik Lindman zu zeichnen. Bisher sind wir nicht dazu gekommen, mit seinen alten Genossen von Veritas zu sprechen, aber wir haben begriffen, dass er dort seine engsten Freunde hatte. Ich weiß zudem, dass Sie selbst als Ideologe und Mentor eine zentrale Rolle in der Vereinigung spielten, weshalb es mir wichtig war, als Erstes mit Ihnen zu sprechen. Wenn ich es richtig sehe, haben Sie auch einiges gemeinsam.«

Schmeichle ihm, Tobias, schmeichle ihm, denn seine unglaubliche Eitelkeit dürfte seinen Widerwillen gegen Journalisten überwinden können, hatte Jakub ihm auf dem Heimweg vom Restaurant geraten.

Meijtens wurde wie zur Bestätigung mit einem charmanten Lächeln belohnt.

»Wenn Sie es sagen, mein Freund, sicher.«

Meijtens stellte einige der Fragen, die er vorbereitet hatte, aber sie erwiesen sich im Grunde als überflüssig. Rooth begann von sich aus, ihm von Veritas zu erzählen: Hintergrund, Schlüsselpersonen und Anekdoten. Den Blick auf einen Punkt hinter Meijtens gerichtet und die Fingerspitzen aneinandergelegt, skizzierte er die Stimmung Anfang der Sechzigerjahre. Die Zeit, in der die linken Ideen an Durchschlagskraft gewannen, auch wenn bis zu den großen Studentenrevolten noch mehrere Jahre vergehen sollten.

Meijtens stellte immer wieder weitergehende Fragen, bat um Erläuterungen und Details, aber Rooth beantwortete sie nur ausweichend und nahm seine Erzählung schnell wieder auf, sodass es einem vorkam, als folgte er einem festgelegten Schema. Manchmal hob der alte Revolutionär nur die Hand, als wollte er anzeigen, dass er die Frage später beantworten werde. Nach einer Weile verstummte er kurz und goss ihnen noch etwas Tee ein.

»Ich habe natürlich sofort ihr Potenzial erkannt. Sie kamen alle im selben Semester nach Uppsala, im Herbst 1959, wenn mich nicht alles täuscht. Sie sollen innerhalb weniger Wochen zueinandergefunden haben. Damals arbeitete ich an der Sozialhochschule in Stockholm, besuchte aber natürlich regelmäßig die Veritas-Sektionen an den großen Universitäten. Bei einer Versammlung in Uppsala stellte ich fest, dass unser charismatisches Trio es binnen kürzester Zeit geschafft hatte, die Arbeit von Veritas vollständig zu dominieren.«

»Wen meinen Sie jetzt genau?«

Johan Rooth betrachtete ihn einige Sekunden erstaunt.

»Das charismatische Trio«, präzisierte Meijtens.

»Oh, Entschuldigung, ich vergaß«, meinte Rooth und lachte glucksend. »Verzeihen Sie einem alten Mann, Sie kennen die drei ja nicht. Ich spreche von Carl Wijkman, Sonia Terselius und Erik Lindman. Sie waren der lebende Beweis für meine These, dass talentierte Leute mit komplett verschiedenen, aber lauter legitimen Beweggründen den Weg zu uns finden können. Als Menschen waren sie sehr unterschiedlich und stammten auch aus völlig verschiedenen Milieus, aber als sie in Uppsala eintrafen, waren sie bereits überzeugte Marxisten. Im Übrigen waren alle drei auch helle Köpfe, obwohl Carl natürlich immer Carl war.«

Rooth hielt Meijtens den Teller mit den Keksen hin und nahm sich anschließend selbst einen.

»Ich nehme an, jeder von uns hat seine Dämonen, und in Carls Fall war es sein Vater. Sie dürften Claes Adam Wijkman nie begegnet sein. Er war Botschafter in Paris, Washington und Delhi und verlangte von seinen Söhnen, dass sie die Erwartungen der Familie erfüllten. Es dürfte kaum jemanden in diesem Zweig der Familie Wijkman gegeben haben, der am Ende nicht den Titel eines Botschafters oder Admirals auf seine Visitenkarte drucken lassen konnte. Diese Ahnengalerie diente ihm als Maßstab für seine Söhne. Nun gut, während die älteren Geschwister eine glänzende Karriere machten, wurde der Nachkömmling Carl von Schulen in der Schweiz, Frankreich und England verwiesen.«

Johan Rooth lehnte sich plötzlich vor.

»Sind Sie *sicher*, dass Sie kein Französisch verstehen? Wissen Sie, ich fände es nämlich toll, wenn Jean Claude diese Geschichte auch hören könnte.«

Meijtens schüttelte den Kopf.

»Na gut, das lässt sich nun einmal nicht ändern«, meinte Rooth abgeklärt und erzählte weiter.

An der Internatsschule Sigtuna kam Carl Wijkman schließlich einigermaßen gut zurecht. Der Vater begründete die Wahl der Schule nicht mit der Tatsache, dass sie in seinem Heimatland lag, sondern damit, dass sie am weitesten von Paris entfernt lag, wo er selbst Botschafter war. Obwohl Carl sich nun endlich wohlfühlte und Kameraden fand, die Freunde fürs Leben werden sollten, hatten seine Erlebnisse in den vornehmsten Internatsschulen Europas den Rebellen in ihm zum Leben erweckt. Keiner wusste, woher er die Inspiration nahm, aber schon im Alter von sechzehn Jahren begann er, bei Schuldebatten, im Klassenzimmer und bei jeder sich bietenden Gelegenheit offen für den Marxismus zu plädieren.

»Ich möchte Sie daran erinnern, dass wir hier über die Fünfzigerjahre sprechen, das antikommunistische Jahrzehnt schlechthin. Man hat mir erzählt, dass einige der älteren Jungen irgendwann die Nase vollhatten und ihm mit dem stillschweigenden Segen des Lehrerkollegiums die Kleider vom Leib rissen, ihn rot anmalten und am Fahnenmast hochzogen.«

Meijtens verschluckte sich an einem Ingwerkeks und musste husten.

»Carl soll die Internationale gesungen haben, bis sie ihn wieder herunterholten«, sagte Rooth, und seine Stimme hatte einen stählernen Unterton bekommen.

Meijtens sah für einen flüchtigen Moment einen anderen Johan Rooth, ehe der alte Mann seine verträumte Stimme wiederbekam.

In Uppsala wurde Carl Wijkman bereits in seinem ersten Semester zu einer führenden Gestalt bei Veritas. Kurioserweise behielt er trotzdem seine alten Freunde aus der Internatsschule und war darüber hinaus Mitglied des Trefinerordens, eines losen Verbunds für alte Internatsschüler aus Sigtuna und Lundsberg, dessen Hauptbetätigungsfeld darin bestand, sich jeden Dienstagnachmittag in einem Lokal zu treffen, Rheinwein zu trinken und studentische Lieder zu grölen.

»Er hat in einer dieser grauenvollen Combos Banjo gespielt.« Rooth schüttelte den Kopf und lachte leise in sich hinein.

»Nun, so treu Carl seiner Ideologie blieb, so sprunghaft verlief sein Liebesleben«, fuhr Rooth mit einem Augenzwinkern fort. »Auch auf diesem Gebiet schien er mit einem Fuß in seinem alten Milieu bleiben zu wollen, denn für seine amourösen Eskapaden suchte er sich ausnahmslos politisch desinteressierte Mädchen aus der Oberschicht aus.«

Rooth zupfte die Blättchen von zwei Erdbeeren und legte die Früchte in seinen Tee. Er berichtete von einer festen Freundin, einer jungen Frau, die immer wieder an Wijkmans Seite auftauchte, schien es sich dann plötzlich anders zu überlegen und erzählte stattdessen jede Menge Anekdoten über Wijkmans Eroberungen.

»Und Sonia Terselius?«, warf Meijtens ein, als er genug über Wijkmans Liebesleben erfahren hatte.

»Ach, Sonia hat die kaum wahrgenommen«, erklärte Rooth, der Meijtens Frage offensichtlich falsch verstanden hatte. »Sie interessierten und störten sie nicht weiter.«

Auf einmal erkundigte er sich bei Meijtens' nach der Berichterstattung der schwedischen Presse über die Lage in Kuwait. Meijtens antwortete ausweichend, immer bemüht, seinen Interviewpartner nicht zu reizen. Rooth betrachtete ihn mit halb geschlossenen Augen.

»Sie haben nach Sonia gefragt«, sagte er dann. Er schien Meijtens' Fragen zu registrieren und auf sie einzugehen, wenn er der Meinung war, dass die Zeit dafür reif sei. »Wie Carl Wijkman stammte auch Sonia Terselius ursprünglich aus der wohlhabenden Oberschicht, aber damit enden die Ähnlichkeiten auch schon. Sonias Vater war geschäftsführender Direkter eines Industriebetriebs in einem dieser mittelschwedischen Städtchen gewesen, die mit und von dem einzigen Unternehmen am Ort leben. Dort wohnen die Arbeiter unten im Tal, die Angestellten und Ingenieure in besseren Wohnungen und der Direktor oben auf der Anhöhe in einer prachtvollen Villa. Für mich als Marxisten sind solche Orte Schweden im Miniaturformat. Sonia war Einzelkind und der Augenstern ihres Vaters. Außerdem war sie auffallend hübsch, hatte lange dunkle Haare, ein markantes Kinn und braune Augen. Natürlich war sie auch der Star der Schule und der Mittelpunkt ihrer Clique. Das Leben muss ihr wie ein Traum erschienen sein.«

Johan Rooth sah auf seine Uhr.

»Wissen Sie was, ich glaube, wir müssen uns ein wenig beeilen und uns trotz der frühen Stunde einen Sherry genehmigen. Ich brauche etwas für den Hals, um weitersprechen zu können.«

Während Rooth zwei Gläser holen ging und in einem Sideboard stöberte, stellte Meijtens fest, dass es verblüffend früh für einen Aperitif war. Rooth füllte die beiden Gläser und redete weiter.

Im Sommer vor Sonias letztem Schuljahr hatte sich alles geändert. Es blieb unklar, ob es an der schlechten Auftragslage des Unternehmens oder an Unregelmäßigkeiten lag, jedenfalls wurde Direktor Terselius plötzlich einer Überprüfung unterzogen. Ernste Herren aus Stockholm in dunklen Anzügen statteten ihm mehrere Besuche ab, bis die Situation am Ende offenbar unhaltbar geworden war. Den bevorstehenden Absturz und die Demütigung musste er als unerträglich empfunden haben.

»Es war Sonia, die ihn an einem Junimorgen in seiner geliebten Fliederlaube fand, wo er sich mit einer seiner Jagdwaffen in den Mund geschossen hatte.« Rooth nippte vorsichtig an seinem Sherry. »Es heißt, sie verreist auch heute noch, sobald der Flieder blüht, aber ich weiß nicht, ob das stimmt.«

Rooth zog sein Taschentuch aus dem Ärmel, wischte sich die Mundwinkel ab und war mit seiner Erzählung eindeutig noch nicht fertig.

Meijtens trank einen Schluck Sherry und wartete geduldig.

Sonia und ihre Mutter waren nun in einer vollkommen veränderten Lage gewesen. Die Mutter bekam als Trostpflaster eine schlecht bezahlte Sekretärinnenstelle im Unternehmen, und sie zogen in eine der einfacheren Wohnungen für Angestellte um. Der Konkursverwalter hatte ihnen alles von Wert genommen, und die Verwandten zeigten der entehrten kleinen Familie die kalte Schulter. Es war eine soziale Degradierung, wie sie nur wenige erleben mussten. Sonia machte natürlich ihr Abitur, aber das letzte Schuljahr verlief nicht so, wie sie es sich vorgestellt hatte. Die bewundernde Schar ihrer Freundinnen löste sich auf, und der Besuch von Abiturbällen kam für sie nicht infrage, da es ihr sowohl am nötigen Geld für ein Kleid als auch und vor allem an Einladungen mangelte. Die Welt, in der sie als ungekrönte Königin geherrscht hatte, war nun kalt und unwirtlich geworden, und diejenigen, die früher ihre engsten Freunde gewesen waren, ließen sich nun die raffiniertesten Bosheiten einfallen.

Rooth blickte nachdenklich in sein Glas. »Junge Leute können sehr grausam sein«, sagte er fast zu sich selbst. »Aber Sonia biss die Zähne zusammen und machte ihren Abschluss. An ihrem großen Tag wartete am Schultor nur ihre Mutter auf sie, und gemeinsam gingen sie zu ihrem bescheidenen Zuhause, wo keine Gäste sie erwarteten. Sonia hatte ihr Abitur mit Bestnoten und einem Hass auf die Klassengesellschaft gemacht, den wir, die auf der sozialen Leiter eher nach oben geklettert sind, nicht einmal ansatzweise nachempfinden können. Im Herbst begann sie, in Uppsala Jura zu studieren.«

»Was können Sie mir über Erik Lindmans Engagement bei Veritas erzählen?«, fragte Meijtens.

Rooth schenkte ihnen noch ein Glas Sherry ein. »Das meiste wissen Sie sicher schon«, sagte er in einem wesentlich ungezwungeneren Ton. »Sein Talent, seine Lust am Debattieren und sein unerschütterlicher Optimismus. Ich weiß nicht, wann er und Sonia ein Paar wurden, aber ich kann mich nicht entsinnen, dass sie es jemals nicht waren. Ich nannte sie immer unser Uppsalatrio, war aber gleichzeitig bemüht, sie in die Hauptstadt zu locken und zu größeren Aufgaben zu bewegen, die ich für Genossen ihres Kalibers angemessen fand.«

Er war ihr Hohepriester, Beschützer und Freund, und in sei-

ner selbst auferlegten Rolle warb er geeignete Talente für die Partei und weiß der Himmel für wen noch an.

»Und am Ende gingen sie dann auch alle nach Stockholm, nicht wahr?«

Rooth lächelte. »Mit Pauken und Trompeten. Das muss im Herbst 1963 gewesen sein. Sonia sollte am Amtsgericht arbeiten, Erik war vom Außenministerium zur Ausbildung für den diplomatischen Dienst angenommen worden, und Carl hatte sich entschlossen, Journalist zu werden. Wenn ich mich recht erinnere, hatte er eine Stelle bei der *Stockholmzeitung* bekommen. Man hatte das Gefühl, dass sie die Hauptstadt im Sturm eroberten. Verstehen Sie, was ich meine?«

Meijtens nickte nur, er wollte Rooths Redeschwall nicht unterbrechen.

Die drei waren gemeinsam in die komfortable Wohnung der Familie Wijkman am kleinen, zentral gelegenen Park Tegnérlunden gezogen, die Carl übernahm, nachdem sein Vater beschlossen hatte, dauerhaft in Frankreich zu bleiben. Erik und Sonia wohnten in dem prachtvollen Schlafzimmer mit Erker und Carl im alten Arbeitszimmer seines Vaters mit einem großen Balkon. Er hisste die rote Fahne am Balkongeländer, musste sie nach einem kleineren Proteststurm der Nachbarn jedoch wieder einholen.

Wieder lächelte Johan Rooth verträumt. »Anfang der Sechziger bildete diese Wohnung ein brodelndes Zentrum für die Stockholmer Veritas-Mitglieder. Leute kamen und gingen, und die Gästezimmer waren häufig von Genossen belegt, die aus allen Ecken der Welt zu Besuch kamen. Aber unsere drei waren die Einzigen, die dort permanent wohnten, und bildeten den Kern und Mittelpunkt des Zirkels. In der Wohnung war immer etwas los: Versammlungen, Diskussionen und vor allem rauschende Feste unter Carls Regie. An den Wochenenden habe ich öfter mal unangemeldet vorbeigeschaut, und es waren immer anregende Abende. Oft betrat man den Salon, traf auf zwanzig junge Veritas-Mitglieder und hörte marxistische Analysen der Kubakrise oder faszinierende Berichte von Besuchern aus befreiten Kolonien, und Carl, der auf seinem Banjo spielte. Und man begegnete seiner kleinen Eroberung, die in Tweedrock und Twinset das ganze Spektakel mit einer Mischung aus Begeisterung und Furcht betrachtete. Ich machte ihm bei diesen Gelegenheiten häufig Vorwürfe, weil er sie dorthin mitnahm, aus Sicherheitsgründen, verstehen Sie. Aber was das anging, stieß ich bei ihm auf taube Ohren.«

Rooth gluckste väterlich. »Aber ich rede und rede. Das war der Hintergrund, und Sie wollten mir eigentlich ein paar Fragen stellen.«

»Was können Sie mir über Erik Lindmans Gemütsverfassung in der Zeit vor seinem Verschwinden erzählen?«

Rooth schien einen Teil seines Enthusiasmus verloren zu haben. Er begann, ein wenig umständlich Gläser und Tassen hin und her zu schieben, während er vor sich hinbrummte und nachdachte.

»Ach, Erik war immer auch ein Träumer«, sagte Rooth gekünstelt, als er die Flasche zurückstellte, nachdem er nachgeschenkt hatte.

»In welcher Hinsicht?«

»Er grübelte über alles Mögliche nach, wie man das in jungen Jahren so tut.«

»Können Sie mir ein Beispiel nennen?«

»Ein Beispiel? Das ist alles so lange her. Jedenfalls hatte er Sonia an seiner Seite, und sie war vollkommen unerschütterlich.«

»Was meinen Sie mit unerschütterlich?«

Rooths Antwort war lang und handelte eher von der Bedeutung des Wortes unerschütterlich als von Sonia Terselius. Meijtens' Blick fiel auf das große Wandrelief von Lenin, und er bezweifelte, dass Rooth überhaupt jemals sonderlich viel gegrübelt hatte.

Rooth folgte lächelnd seinem Blick. »Das Einzige in seiner Art diesseits der Bahngleise.«

Sie sahen sich an und lachten.

»Und warum ausgerechnet Albanien?«, fragte Meijtens. »Hat Sie diese Nachricht erstaunt?«

Rooth studierte seine Hand und drehte sie konzentriert in verschiedene Richtungen. »Die Entwicklung in Albanien ist über einen längeren Zeitraum hinweg ausgesprochen unglücklich verlaufen. Der Bruch mit den anderen sozialistischen Staaten, die Isolation …«

Der Satz schien sich aus Mangel an Interesse zu verlieren.

Meijtens wartete. Vielleicht erkannte Rooth, dass er nicht vorhatte, die Frage fallen zu lassen, denn schließlich sprach er weiter, ohne von seiner Hand aufzublicken.

»Es hat im Laufe der Jahre immer wieder Leute gegeben, die sich für das Land begeistert haben, aber meines Wissens gehörte Erik nie zu dieser Schar.« Er sah Meijtens in die Augen. »Meine Antwort auf Ihre Frage lautet deshalb, dass ich nicht die geringste Ahnung habe.«

Die übrigen Fragen wurden ähnlich ausweichend beantwortet. Das wenige, was er über Erik Lindmans Zeit vor seinem Verschwinden sagen konnte, enthielt nichts, was Meijtens nicht schon wusste. Rooths früherer Eifer war wie weggeblasen, und Meijtens begriff, dass er im Moment nicht mehr erfahren würde. Er dankte Rooth und legte den Notizblick fort, ließ das Aufnahmegerät jedoch weiterlaufen.

»Sie hatten auch noch ein paar Fragen an mich?«, meinte er.

Rooth legte ein Bein über das andere. »Was sagt die Polizei zu dem, was seit Eriks Rückkehr nach Schweden passiert ist?«

»Soweit ich weiß, dass es ein Unfall war.«

»Tatsächlich?« Rooth machte eine kleine Pause. »Wissen Sie, ob Erik sich nach seiner Rückkehr mit irgendjemandem in Verbindung gesetzt hat?«

»Nicht, dass ich wüsste, aber ich habe auch noch nicht mit den Leuten gesprochen, die Sie erwähnt haben.«

»Oh, ich dachte eigentlich an jemanden ...«, Rooth suchte nach dem richtigen Wort, »... an jemanden außerhalb unseres kleinen Kreises. An seine Eltern, diesen Jugendfreund ...«

Meijtens schüttelte den Kopf. Worauf wollte er hinaus?

Plötzlich stand Rooth mit einer Geschmeidigkeit auf, die Meijtens erstaunte. »Schön, es war wirklich sehr angenehm, sehr nett. Sie sollen wissen, dass Sie mir immer herzlich willkommen sind, falls Sie noch Fragen haben sollten. Halten Sie mich ruhig auf dem Laufenden, wie Sie vorankommen.«

Als Meijtens zur Bahn ging, merkte er, dass er zu viel Sherry getrunken hatte und dringend etwas essen musste. Irgendetwas an diesem Vormittag war seltsam gewesen, aber er kam einfach nicht darauf, was es war.

20

Als Meijtens in die Redaktion kam, hatte die Wirkung des Alkohols dank einer ordentlichen Mahlzeit und eines langen Spaziergangs nachgelassen. Irgendetwas flößte ihm dennoch ein angenehmes Gefühl ein, als er durch die Tür trat. Vielleicht lag es daran, dass Monica nicht auf die Uhr sah, obwohl er erst am Nachmittag auftauchte. Dann entdeckte er, dass Sverker Rydman der Redaktion einen seiner seltenen Besuche abstattete.

Seit er angefangen hatte, für *7Plus* zu arbeiten, waren Meijtens viele boshafte Gedanken über seinen Chefredakteur durch den Kopf gegangen, aber er konnte nicht leugnen, dass Rydman zumindest wie ein intellektueller Zeitungsmann aussah. Um seinen kahlen Scheitel legte sich eine üppige, zerzauste Mähne, die einen Kontrast zu seinem sorgsam getrimmten Spitzbart bildete. Die Brille hing die meiste Zeit an einem Bändchen um seinen Hals, Gerüchten zufolge handelte es sich um Fensterglas. Als Meijtens erkannte, warum sich der Chefredakteur eingefunden hatte, war es bereits zu spät.

Die Redaktion war normalerweise Bertil Anderssons Revier. Sverker Rydman hatte sein Büro in der elften Etage zwischen den anderen Chefs des Konzerns, aber manchmal tauchte er in der Redaktion auf, um eine seiner Reden zu halten.

Angeblich war es eine Tradition, die er als Chefredakteur einer der größeren Regionalzeitungen begründet hatte, und vielleicht waren sie in einer großen Redaktion weniger deplatziert gewesen als hier, obwohl Meijtens sich da nicht so sicher war. Sie waren ziemlich pompös, manchmal bis zu einer halben Stunde lang und häufig durchsetzt von kleinen literarischen Zitaten, die Rydman sich auf einem Zettel notiert hatte.

Seine Reden schienen die Absicht zu verfolgen, die Moral der Reporter zu stärken, ließ sie aber meistens nur verlegen werden. »Das Gemeinsame verbalisieren«, nannte Rydman es selbst. Es waren unter anderem Phrasen wie diese, die seine Mitarbeiter unangenehm berührt zu Boden starren ließen.

Jetzt zeigte jemand auf Meijtens, und die Miene des Chefredakteurs erhellte sich.

»Ah, unser hauseigener Historiker!«

Rydman legte den Arm um Meijtens' Schultern und versuchte mit dem freien Arm, Natalie zu sich zu winken, die sich jedoch hinter einen Pfeiler schob. Schließlich begnügte er sich mit Meijtens und zog einen Zettel aus seiner Jacketttasche.

»Journalisten!«, begann er wie bei allen seinen Reden. Meijtens spürte die Blicke der gesamten Redaktion und den Stoff von Rydmans Tweedjackett im Nacken.

Der Chefredakteur pries die Artikel über Erik Lindman und sprach darüber, wie wichtig es sei, den einzelnen Menschen im Lichte der großen Ereignisse zu beleuchten. Dass die Artikel eine Metapher für all das seien, wofür *7Plus* stehen sollte. Er würzte seine Ausführungen mit zwei Zitaten des legendären Journalisten Herbert Tingsten, die frei erfunden klangen, und mit freundlichen Worten über Natalie und Meijtens.

»Es ist noch zu früh, die Höhe der Auflage vorherzusagen, aber was den Verkauf im Zeitschriftenhandel betrifft, so haben wir sehr positive Signale erhalten. Bertil hat sich einen großen Beifall dafür verdient, wie er unsere aktuelle Ausgabe gepusht hat. Der Einfluss auf andere Medien war enorm!«

Rydman schien auf einen Applaus zu warten, der jedoch nicht kam, und Bertil Andersson griff rasch ein.

»Jetzt kommt es darauf an, die Ärmel hochzukrempeln und eine neue Ausgabe hinzulegen, die den Erwartungen unserer gewachsenen Leserschaft entspricht.«

Rydman initiierte einen Applaus – für was auch immer –, der schnell verebbte.

Schließlich war nur noch Sölvebring übrig und erzählte Rydman von einer Story, an der er gerade arbeitete, während der Chefredakteur zum Ausgang schielte.

Meijtens schlenderte davon, um sich eine Tasse Kaffee zu holen. Als er zurückkam, saß Natalie an seinem Schreibtisch.

»Warum hast du dich hinter dem Pfeiler versteckt?«, fragte er.

»Solche Reden sind nicht mein Ding.«

»Denkst du etwa, meins?«

Natalie lachte, dann schnupperte sie tadelnd. »Du hast eine Fahne.«

Meijtens lachte. »Das wundert mich nicht.« Anschließend fiel ihm ein, dass Rydman ihm eben den Arm um die Schultern gelegt hatte, und er fluchte.

Sie wollte alles über sein Interview mit Rooth hören und lauschte seinem Bericht schmunzelnd und mit großen

Augen. Als er beschrieb, wie Rooth sich vor Jean Claude gespreizt hatte, kicherte sie. Ihm war schon aufgefallen, dass sie eine Schwäche für Details dieser Art hatte.

»Also gut, dann legen wir mal wieder los«, sagte sie, als er fertig war. »Ich bin beeindruckt, wie viel du aus ihm herausgeholt hast. Das Band würde ich mir gerne einmal anhören.«

Meijtens versprach, es ihr zu geben, ließ die Kassette aber in seiner Tasche liegen.

Sie wühlte in den Blättern vor sich.

»Während du mit deinen neuen Freunden Sherry trinken warst, habe ich Bertil dazu gebracht, uns eine Seite für einen Fortsetzungsartikel zu geben, wenn wir etwas Interessantes herausfinden.« Sie suchte weiter und murmelte gereizt vor sich hin. »Ich werde versuchen, Interviews mit Wijkman und Terselius zu bekommen, und du kannst dieses Asylbewerberheim in Vilanda anrufen.«

Meijtens sah sie fragend an.

»Stimmt ja, das habe ich dir noch gar nicht erzählt.«

Sie fand, wonach sie suchte, und zog einen Zettel hervor, den sie Meijtens gab.

»Shefqet Shala hat den ganzen Vormittag über angerufen. Er sagt, er habe mehr zu erzählen, wolle dafür aber etwas haben. Er meinte, du wüsstest schon, was.«

Als Meijtens nach Hause radelte, war es schon nach acht. Hinter ihm lag ein langer Tag.

Er hatte immer noch Shefqet Shalas heisere Stimme am anderen Ende der Leitung im Ohr: »Ich habe einen Freund, der alles über den Mann weiß, für den sich Ihre Zeitung interessiert.«

Aber ganz so einfach war die Sache natürlich nicht. Meijtens hatte das Gefühl, dass bei Shala wahrscheinlich nie etwas so einfach war. In diesem Fall würde eine Reise nach Belgrad erforderlich sein, aber nicht nur das.

»Er sagt kein Wort, wenn Ihre Zeitung nicht einen guten

Anwalt besorgt, und zwar einen Anwalt für uns beide, der dafür sorgt, dass wir bleiben dürfen.«

Meijtens hatte zunächst protestiert und erklärt, er denke, es gebe offizielle Wege, die eingehalten werden müssten. Ein festgelegtes Regelwerk. Dann hatte er einen Zettel von Natalie bekommen. *Ich regel das schon*. Sie hatte das Gespräch natürlich mitgehört, und die Tatsache, dass sie selbst parallel eine ganze Reihe von Kontakten anrief, hatte sie offensichtlich nicht daran gehindert aufzuschnappen, worum es bei ihrer Diskussion ging.

Sie hatte natürlich gewusst, wer und auch wie. Sie kannte einen Anwalt bei einer der größten Kanzleien im Land, der auf Fälle dieser Art spezialisiert war. Wenn er nicht im Gericht saß, schaute er offenbar fern, denn er hatte ihr eine Zeit lang intensiv den Hof gemacht, nachdem er ihre Sendung gesehen hatte. Er habe sie fast schon belästigt, fügte sie gelassen hinzu, während sie seine Büronummer wählte. Meijtens registrierte, dass sie immerhin seine Nummer in ihrem Kalender notiert hatte. Er hörte Natalie mit einer Stimme gurren, die er von ihr bis dahin noch nie gehört hatte. Zehn Minuten später hatte Shefqet Shala einen neuen Rechtsbeistand, was den Anwalt ein Abendessen und Natalie einen freien Abend kosten würde.

Meijtens fuhr mitten durch eine Pfütze und fluchte.

Aber Natalie hatte auch andere Seiten. So hatte sie Bertil Andersson davon überzeugt, dass eine Reise nach Belgrad unerlässlich sein würde, und obwohl der stellvertretende Chefredakteur protestierte, hatte er fast genauso schnell kapituliert wie der Anwalt. Wenn auch aus anderen Gründen, die sich Meijtens immer noch nicht erschlossen. Und während Meijtens versucht hatte, Wijkman und Terselius auf offiziellen Wegen zu erreichen, Nachrichten bei Sekretärinnen hinterließ und Faxe verschickte, hatte Natalie über eine ganze Reihe von Kontakten versucht, an ihre Privatnummern heranzukommen. Geheimnummern, die nicht einmal in der umfassenden Datenbank der Mutterzeitung zu finden waren. Und bei Wijkman war es ihr tatsächlich gelungen.

»Ich rufe ihn später an«, hatte sie gesagt und sich gähnend gestreckt.

Bei Sonia Terselius hatte sich die Sache schwieriger gestaltet. Sie war mittlerweile Oberlandesgerichtsrätin. Geschieden und kinderlos wohnte sie in der Wohnung am Tegnérlunden, die sie von Wijkman übernommen hatte. Ihre Privatnummer war schwieriger zu ermitteln als die von Wijkman, und ihre Sekretärin klang nicht sonderlich überzeugend, als sie erklärte, die Oberlandesgerichtsrätin werde mit Sicherheit zurückrufen.

Am Stadthaus hielt Meijtens an und ließ den Blick über das Wasser schweifen. Die Neonlichter glitzerten im Wasser der Riddarfjärden, und der Wind wirbelte Herbstlaub vom Bürgersteig auf. Die Zeitung hatte seine Aushilfsstelle bis Ende des Jahres verlängert. Bertil Andersson hatte ihm auf den Rücken geklopft: »Wenn du so weitermachst, werden wir uns danach schon etwas einfallen lassen können.«

Einem spontanen Einfall folgend, wendete Meijtens und entfernte sich rasch in Richtung der Brücke, die zum Stadtteil Vasastan hinüberführte. Warum nicht?, dachte er. Später sollte er Natalie gegenüber stur darauf beharren, dass er sich wirklich nichts dabei gedacht habe.

Der Tegnérlunden lag verwaist da, und in den meisten umliegenden Häusern brannte kein Licht. Sein Blick glitt suchend von Hausnummer zu Hausnummer. Da war das Gebäude. Er stellte sein Rad auf der gegenüberliegenden Straßenseite ab. Lautlos und vorsichtig, denn es kam ihm vor, als würde in dieser Stille jede Bewegung hallen.

Meijtens stellte sich in dem kleinen Park neben die Skulptur von Strindberg und spähte zu dem Haus hinauf. Es war nicht weiter schwer zu erkennen, welche Wohnung Sonia Terselius gehören musste. Es kam nur eine infrage, und die lag im ersten Stock. *Erik und Sonia in dem prachtvollen Schlafzimmer mit Erker und Carl im alten Arbeitszimmer seines Vaters mit einem großen Balkon.* Heute wurden jedoch keine wilden Feten gefeiert, und es gingen auch keine Mitglieder von Veritas ein und aus. Weder Banjotöne noch Gesang drangen auf die Straße hinaus, es gab nichts als Dunkelheit und Stille.

Plötzlich hielt ein Taxi vor dem Hauseingang, und unmittelbar darauf öffnete sich die hintere Tür des Wagens. Meijtens nahm an, dass der Fahrgast häufig mit dem Taxi unterwegs war und den genauen Betrag schon passend bereitgehalten hatte. Er hörte kurz das Geräusch von Absätzen, sah einen flatternden Mantel und eine Kopfbewegung und stellte sich so, dass die Statue ihn fast vollständig verdeckte.

Wenig später ging dort oben ein Licht an, und anschließend wurden in rascher Folge alle Lampen eingeschaltet: im Erkerzimmer, hinter den beiden nebeneinanderliegenden Fenstern und schließlich im Balkonzimmer. Er fragte sich, ob es heute wieder ein Arbeitszimmer war. Die Vorhänge wurden aufgezogen, und er sah eine telefonierende Frau. Sie hatte dunkle Haare, und er konnte deutlich ihr Gesicht erkennen.

Es schien sich um ein wichtiges Gespräch zu handeln, denn sie gestikulierte beim Sprechen und zupfte nervös an dem Vorhang. Dann legte sie auf und massierte ihre Stirn. Hatte sie kürzlich vielleicht auch einen unerwarteten Anruf bekommen? Hatte sie an der gleichen Stelle gestanden, als das Telefon klingelte? Die vertraute Stimme ihres früheren Verlobten: *Ich bin's, Liebling, sie haben mich rausgelassen. Was diese …*

Sie trat auf den Balkon hinaus und zündete sich eine Zigarette an.

Auf einem Tischchen stand ein Aschenbecher bereit, das Rauchen gehörte offensichtlich zu ihrem normalen Tagesablauf. Manche Menschen empfanden Zigarettenrauch als störend, wenn sie nicht gerade selbst aktiv rauchten, und Sonia Terselius gehörte anscheinend zu ihnen. Sie hatte erst ein paar Züge von der Zigarette genommen, als das Telefon klingelte. Offenbar hatte sie das Gespräch erwartet, denn sie hatte den Apparat an die Balkontür gestellt und meldete sich sofort.

Meijtens beschloss, es darauf ankommen zu lassen. Mit federnden Schritten lief er über die Straße und stellte sich in den Hauseingang. Er lehnte sich an die Tastatur für den Türcode und versuchte zu verstehen, was auf dem Balkon eine Etage über ihm gesprochen wurde.

Er hörte nichts und schaute hinauf. Sie wandte ihm den Rücken zu, aber ihre Körpersprache sagte alles. Gespannt wie eine Feder und leicht vorgebeugt, als wäre sie jederzeit bereit, sich auf ihren Gesprächspartner zu stürzen, wenn es denn möglich gewesen wäre.

Dann drehte sie sich plötzlich um, weil sie aschen wollte, und Meijtens wich vorsichtig in den Hauseingang zurück. Jetzt hörte er sie klar und deutlich. Einen aus dem Zusammenhang gerissenen Satz, mehr nicht.

»Das ist nicht unsere Sache, Calle, das weißt du.«

Anschließend verstummte sie. Meijtens konnte deutlich ihr Gesicht erkennen, das vor Wut oder vielleicht auch von Schmerz verzerrt war. Hatte sie schlechte Nachrichten erhalten? Wurde sie überredet, etwas zu tun, was sie nicht wollte?

Als sie schließlich etwas sagte, klang es in Meijtens' Ohren wie eine Explosion.

»Dann musst *du* mit ihnen reden.«

Sie drückte die Zigarette aus. Meijtens wich erneut zurück und glaubte, das Geräusch eines Aschenbechers zu hören, der auf dem Metalltischchen wackelte, als würde jemand eine Kippe mit Nachdruck hineindrücken. Anschließend wurde die Balkontür geschlossen.

Meijtens trat langsam auf die Straße hinaus. Eine Dame

mit einem kleinen Hund an der Leine glotzte ihn misstrauisch an. Er lächelte erst sie und dann den Hund an.

»Der Türcode macht mal wieder Probleme«, sagte er und verdrehte die Augen.

Nach kurzem Zögern erwiderte sie freundlich sein Lächeln.

Genau wie Sonia Terselius telefonierte er, sobald er die Wohnungstür hinter sich zugezogen hatte. Natalie wollte wie üblich eine detaillierte Beschreibung haben und zwang ihn, mehrmals zu wiederholen, was er gehört hatte, und zwar so exakt wie möglich.

»Das erklärt jedenfalls eines.«

Sie verstummte gedankenverloren, und Meijtens erinnerte sie gereizt daran, dass er noch am Apparat war.

»Es geht um Wijkman, erst hat er sich geweigert, mich zurückzurufen, aber vor zehn Minuten hat er dann angerufen und will sich morgen schon mit mir treffen. Er klang fast, als läge ihm wirklich etwas daran, zumindest war er freundlich.«

21

Natalie betrat mit schnellen Schritten das Nationalmuseum und eilte die Treppe zum Museumscafé hinunter. Sie fand, dass Carl Wijkman einen seltsamen Treffpunkt vorgeschlagen hatte. Er hatte sich an einem Tisch in der hinteren Ecke des Raumes niedergelassen, den Rücken zur Wand und mit einem guten Überblick über das fast menschenleere Lokal. Als er sie sah, stand er auf und ließ in einer offenkundig zur Gewohnheit gewordenen Geste eine Hand über sein grafitgraues Jackett gleiten, um sich zu vergewissern, dass es richtig saß.

»Hallo. Ich kenne Sie aus dem Fernsehen.«

Sein Lächeln war warmherzig und sein Händedruck fest. Sie hatte ebenfalls keine Probleme, ihn anhand der Veritas-

Bilder zu identifizieren, die sie gefunden hatten. Carl Wijkman hatte sich seinen jugendlichen Charme bewahrt, obwohl er inzwischen Anfang fünfzig war. Seine Augen waren hellwach, und die dunklen Haare hatte er zu einer jungenhaften Frisur mit Pony schneiden lassen, in dem es nur einzelne graue Haare gab. Er war auffallend klein, trug seinen teuren Anzug jedoch mit selbstverständlicher Eleganz. Du bist mit beeindruckender Leichtigkeit in deine angeborene Hülle zurückgeglitten, dachte sie.

»Mein Büro ist ganz in der Nähe, aber ich fand es besser, dass wir uns hier treffen. Ich möchte nicht, dass die ganze Firma über meinen Interviewtermin mit Natalie Petrini redet«, ergänzte er lächelnd.

Das war clever, dachte sie. Er hatte ihre Verwunderung über den Treffpunkt erkannt und eine unschuldige, mit einer Schmeichelei versüßte Erklärung gefunden. Wahrscheinlich rechnete er damit, dass eine abgehalfterte Fernsehmoderatorin einer Andeutung von Interesse durch den großen Medienkonzern nicht würde widerstehen können.

Wijkman bot ihr an, für sie beide Kaffee holen zu gehen. Offenbar war er ein Mann, dem höfliche Gesten in Fleisch und Blut übergegangen waren. Natalie studierte ihn diskret, während er zur Serviertheke ging.

Als Johan Rooths Geschichte über Carl Wijkman abbrach, war dieser ein lebensfroher Rebell gewesen, der gerade eine Laufbahn als Journalist eingeschlagen hatte. Die kurz gefasste Beschreibung wurde seiner Karriere nicht gerecht, aber Natalie hatte keine Probleme gehabt, die Lücken mithilfe öffentlicher Dokumente und einiger Gespräche mit gut vernetzten Quellen zu schließen.

Carl Wijkman hatte die Zeitungswelt schon bald nach seiner Ankunft in Stockholm zugunsten einer Karriere als politischer Beamter aufgegeben. Erst als Redenschreiber und danach, Ende der Sechzigerjahre, als Pressesprecher für eine Reihe von Ministern und schließlich bis zur Abwahl der sozialdemokratischen Regierung 1976 als Staatssekretär. Der Übergang hatte sich ganz natürlich vollzogen. Er hatte zu einer größeren Gruppe ehemals radikaler Studenten gehört, die in die Partei der regierenden Sozialdemokraten eintraten. Anfangs hatten sie einen linken Flügel gebildet, sich aber schon bald an die Parteimitte angepasst. Ihr Lebensweg war kein Geheimnis, und man war allgemein der Meinung, dass ihre Aufnahme ein kluger Schachzug gewesen war, um die immer höher werdende linke Welle zu integrieren.

In den Oppositionsjahren überwinterte er in Erwartung eines erneuten Regierungswechsels wie viele andere in verschiedenen Verzweigungen der Sozialdemokratie. Er nahm seine journalistische Laufbahn wieder auf und arbeitete einige Zeit als Chefredakteur einer sozialdemokratischen Regionalzeitung. Als die Partei die Macht zurückeroberte, war es ein teilweise neuer Carl Wijkman, der als Staatssekretär in eines der wichtigeren Ministerien zurückkehrte. Mittlerweile galt er eher als ein Vertreter des rechten Flügels innerhalb der Regierung und wurde rasch zu einem der Architekten der neuen Deregulierungspolitik. Sein Einfluss ging in dieser Zeit laut einer von Natalies Quellen weit über sein Mandat als Staatssekretär hinaus, und seine Anwesenheit wurde vor allem bei schwierigen Verhandlungen mit der Privatwirtschaft geschätzt. Böse Zungen behaupteten, dies liege daran, dass auf der anderen Seite des Verhandlungstisches seine alten Schulkamerden saßen, aber die Parteispitze lieh ihm zweifellos ihr Ohr und schenkte ihm ihr volles Vertrauen.

Danach beschloss er, sein Umfeld ein weiteres Mal zu überraschen, indem er nicht auf den Ministerposten wartete, der ihm mit etwas Geduld und harter Kärrnerarbeit sicher gewesen wäre. Stattdessen ging er zu einem neu gegründeten Medienkonzern, dessen Entstehung nicht zuletzt ein Ergebnis jener Deregulierung des Medienmarktes gewesen war, zu der Wijkman persönlich beigetragen hatte.

Als Natalie den gut gekleideten Mann sah, dachte sie, dass sich für Carl Wijkman der Kreis geschlossen hatte. Beim nächsten Ehemaligentreffen an der Internatsschule Sigtuna würde er perfekt ins Bild passen.

»Ich muss Ihnen zu Ihren Artikeln über Erik gratulieren«, sagte er, als er mit den Kaffeetassen zurückkehrte. Er klang neutral, eher wie ein Journalist und weniger wie einer von Erik Lindmans Freunden. »Aber wie kommt es, dass Sie sich jetzt bei seinen alten Bekannten melden, nachdem Sie Ihre Reportage doch längst geschrieben haben?«

»Wir denken, es steckt mehr in der Geschichte.«

»Tatsächlich?« Er betrachtete sie mit halb geschlossenen Augen. »Also, ich fand Ihre Artikel eigentlich erschöpfend.« Wieder diese schnelle Bewegung über das Jackett. »Ich selbst wäre vermutlich der Meinung gewesen, alles Wesentliche gesagt zu haben.«

Kollegial, aber kompetent, ein freundlicher Mann von Welt. Natalie genoss es insgeheim, wie geschickt er agierte.

»Es sind noch viele Fragen offen. Warum ist er seinerzeit verschwunden? Und warum blieb er so lange fort? Die besonderen Umstände seiner Rückkehr.«

Wijkman schien etwas abzuwägen, schließlich lächelte er bemüht. »Das Rätsel Erik Lindman«, sagte er. »Unglücklicherweise auch für mich im höchsten Maße ein Rätsel. Ich glaube leider nicht, dass ich Ihren Artikeln noch viel hinzuzufügen haben werde.«

»Sie haben nie mehr von ihm gehört, nachdem er fortgegangen war?«

Wijkman schüttelte bedächtig den Kopf.

»Obwohl Sie so eng befreundet waren? Uppsala, Veritas, die Wohnung am Tegnérlunden …«

»Wie ich höre, sind Sie gut informiert. Mit wem haben Sie noch gesprochen?«

Natalie berichtete, dass sie mit Åke Sundström, den Eltern und später auch mit Johan Rooth gesprochen hätten. Wijkman nickte, als wolle er bestätigen, wie logisch ihm dies erschien. Als sie Rooth erwähnte, runzelte er allerdings die Stirn.

»Im Moment sprechen wir mit einer Reihe von Personen, die Erik Lindman kannten.« Es war eine Eingebung, eine spontane Idee.

Er betrachtete sie ernst. »Und mit wem?«

Natalie beantwortete seine Frage nicht, und er versuchte erst gar nicht, sie zu bedrängen. Sie nahm einen Funken frisch gewonnenen Respekts wahr. Möglicherweise begriff er, dass er ihr etwas geben musste, um nicht ihr Misstrauen zu wecken.

Wijkman gehörte nicht zu der Sorte Politiker, die alle Türen verschlossen und nichtssagende Pressemitteilungen verschickten. Er sagte Dinge im Vertrauen. Er hatte Charme und Charisma, fühlte sich bei Veritas ebenso heimisch wie im Trefinerorden. Genauso beliebt in der Partei wie von unschätzbarem Wert im Konzern, jemand, der in den Vorstand gewählt wird, weil alle ihn mögen.

Er strich seine Tolle zur Seite und entschied sich für ein besonders ansteckendes Lächeln.

»Sie wollen ein paar Hintergrundinformationen hören?«

Das meiste von dem, was Wijkman ihr erzählte, war Natalie bereits bekannt, aber sie musste zugeben, dass er seine Sache gut machte. Wijkman war voller Wissensdurst und Lust auf Revolte nach Uppsala gekommen und hatte bei Veritas gefunden, wonach er gesucht hatte. Erik Lindman war er bei einem Erstsemestertreffen in der zweiten Semesterwoche begegnet, und sie waren noch am selben Abend enge Freunde geworden.

»Es ist seltsam, aber ich erinnere mich an fast nichts aus jener Zeit. Weder an die Partys noch an meine anderen Freunde. Und schon gar nicht an mein Studium. Aber ich erinnere mich immer noch an alles, was wir bei Veritas machten. Bis ins Detail.«

Der Versammlungsraum war ihr Wohnzimmer und die Diskussionen seine Ausbildung gewesen. Plötzlich war er kein isolierter Rebell mehr, sondern ein Teil von etwas, und Veritas wurde seine Welt.

»Und Erik Lindman?«

Sein Blick bekam etwas Trotziges. »Erik Lindman war der talentierteste Mensch, dem ich je begegnet bin.«

Als Wijkman nach Uppsala kam, war er, seinen eigenen Worten zufolge, selbstsicher, frühreif und belesen. Er hatte die Worte und den unbeugsamen Willen, er beherrschte die Zitate und die ideologische Doktrin.

»Aber die marxistische Dialektik habe ich zu Erik Lindmans Füßen gelernt.«

Sein Ton war kurzfristig etwas weniger distanziert gewesen. Vielleicht hörte er es selbst, denn nun klang er wieder beherrscht.

»Sie müssen alles, was ich Ihnen erzähle, vor dem Hintergrund des damals herrschenden Zeitgeistes sehen.« Er warf einen verstohlenen Blick auf ihr Notizbuch. »Wir ließen uns mitreißen, aber wie alle anderen sollten auch wir uns verändern. Mit den Jahren wird man klüger, wenn auch ein wenig grauer. Wenn Erik nicht verschwunden wäre, hätte er für unser Land von großem Nutzen sein können, davon bin ich fest überzeugt.«

»Aber warum hat er dann das Außenministerium verlassen? Dafür haben wir keine Erklärung gefunden.«

Auf diese Frage war Wijkman offenbar nicht vorbereitet gewesen. Er wischte mit seiner Serviette einen unsichtbaren Fleck vom Tisch. »Nein, das hat vermutlich keiner von uns verstanden.«

»Er scheint auch nicht die Art Mensch gewesen zu sein, der aus romantischen Gründen aussteigt und Zeitungsbote wird. So etwas tun eher Menschen mit Ihrer Herkunft.« Sie fragte sich, ob sie zu weit gegangen war, aber Wijkman grinste nur.

»Ja, das mag sein. Aber diese Flausen kamen erst viel später. Damals haben wir nie in solchen Kategorien gedacht.«

»Und Sonia, was sagte sie zu seinem Ausscheiden?«

»Sonia reagierte bestimmt genauso verständnislos wie jeder andere auch.«

Er klang reserviert, als wollte er mit persönlichem Klatsch nichts zu tun haben. Natalie blätterte mit einem angefeuchteten Zeigefinger in ihren Aufzeichnungen, als wäre sie auf der Suche nach etwas.

»Das geschah also ungefähr zu der Zeit, in der Erik Lindman Zweifel kamen«, erklärte sie, als wollte sie sich lediglich eine weniger wichtige Information bestätigen lassen.

»Wer hat das gesagt?« Seine Stimme war angespannt, offenbar hatte er nicht gesehen, dass ihr Finger willkürlich bei Notizen aus der letzten Redaktionssitzung verharrte.

War es das, worauf er sich am Vorabend mit Sonia geeinigt hatte?, überlegte Natalie. Sprich mit ihnen, finde heraus, was sie wissen? *Dann musst du mit ihnen reden, Calle.* Oder waren das Rooths Instruktionen?

»Ich möchte Ihre Version hören«, sagte sie.

»Wissen Sie, das ist alles sehr lange her.« Er lächelte und breitete die Arme aus, als wollte er den Verfall der Ideologien mit seinem eigenen Anzug illustrieren. Das war charmant, doch so leicht würde er ihr nicht davonkommen.

»Aber in Erik Lindmans Fall war es etwas anderes, nicht wahr? Keine schrittweise Veränderung dem Zeitgeist folgend. Es geschah plötzlich.«

Sie ließ sich jetzt ganz von ihrem Instinkt leiten: dem Text in dem Abschiedsbrief, Åke Sundströms Andeutungen und Rooths Widerwillen, über dieses Thema zu sprechen. Ihrem Bauchgefühl, das ihr sagte: Hier lag ein Hund begraben.

Er hob die Augenbrauen. »Worauf wollen Sie hinaus?«

Natalie blätterte erneut in ihren Notizen.

»Erik Lindmans Veränderung.«

Er wartete auf eine Präzisierung, die nicht kam, und sagte

schließlich mit krampfhafter Beiläufigkeit: »Ich nehme an, Sie meinen dieses Abendessen in unserer Wohnung.«

Natalie betrachtete ihn, blieb aber stumm. Sein Schulterzucken war zu ungerührt, sein Tonfall zu beiläufig gewesen.

Er seufzte. »Das war doch im Grunde nichts.«

Es war eines von vielen Festen gewesen, ein größeres Essen für Gleichgesinnte. Kurz nachdem Erik das Außenministerium verlassen hatte, im Herbst 1964. Wijkman erzählte die Geschichte in kurzen, abgehackten Sätzen ohne Details. Aber Natalie komplettierte das Bild mit dem, was Meijtens ihr über sein Interview mit Rooth erzählt hatte. Sonias Coq au Vin, serviert auf dem edlen Porzellan der Familie Wijkman. Die Diskussionen, die politische Gemeinschaft, das Banjo und Wijkmans Freundin in Tweedrock und Twinset, die sich entrüstete. Bis sich die Stimmung plötzlich änderte.

»Ich nehme an, es lag am Wein. Er wirkte manisch, fiel allen anderen ins Wort. Als hätte er in jeder abweichenden Meinung einen Verrat gesehen. Das sah dem alten Erik nun wirklich überhaupt nicht ähnlich.«

»Er stellte den Marxismus infrage?«, hakte Natalie nach.

Carl Wijkman schüttelte den Kopf. »Eher die Sowjetunion als den Sozialismus als solchen. Erik, der die Treue zu den Sowjets schon mit der Muttermilch aufgesogen hatte, sprach auf einmal von der Gefahr eines neuen sowjetischen Imperialismus.« Er verstummte wieder kurz. »Ich dachte, wie gesagt, es sei etwas Vorübergehendes.«

»Aber das war es nicht, seine Zweifel blieben?«

Sie waren immer noch allein in dem Café, und Wijkmans Blick flackerte zwischen dem Ausgang und den leeren Tischen hin und her. Schließlich bestätigte er, dass sie richtiglag.

Das Arrangement in der Wohnung blieb unverändert, Erik und Sonia wohnten in dem großen Schlafzimmer und Wijkman selbst im Balkonzimmer. Aber die Partys und Diskussionsabende wurden seltener. Eriks verschlossene Art und sein plötzlicher Wutanfall führten dazu, dass ihr geselliges Leben nach und nach zum Erliegen kam.

»Und dann war er plötzlich verschwunden?«, soufflierte Natalie.

Carl Wijkman nickte, aber es dauerte eine Weile, bis er etwas sagte. Er war auf einer einwöchigen Reportagereise gewesen. Als er nach Hause kam, war Sonia völlig hysterisch. Sie war in Frankreich im Urlaub gewesen, und als sie zurückkehrte, war Erik verschwunden, ohne ihr eine Nachricht hinterlassen zu haben. Niemand wusste, wo er steckte.

»Aber Åke Sundström hatte Sonia doch erzählt, dass Erik eine Weile verreisen wollte. Damit sie sich keine Sorgen machte«, warf Natalie ein.

Wieder schwieg er kurze Zeit. »Wenn ich mich recht entsinne, hatte er ihr nur eine ziemlich vage Erklärung geliefert. Außerdem waren sie und Åke nicht gerade die besten Freunde. Sonia kann auf ihre Art ein fürchterlicher Snob sein.«

»Aber hatte Erik ihr nicht auch auf anderem Wege eine Nachricht zukommen lassen, hatte er nicht mit jemand anderem gesprochen, dem Sonia vertraute?«

Zu Natalies Verwunderung stand Wijkman heftig auf und warf seine Serviette auf den Tisch.

»Kommt das jetzt wieder von Åke? Soll das etwa die Grundlage für Ihre Artikel bilden – die Aussagen eines verbitterten Menschen, der Erik in den letzten Jahren kaum noch kannte?« Sie bemerkte eine Ader an seiner Schläfe, die vorher nicht sichtbar gewesen war. »Wenn wir dieses Gespräch fortsetzen wollen, muss es schon seriös zugehen.«

»Wir reden mit allen möglichen Leuten. Nicht nur mit Åke und nicht nur mit Ihnen. Sie wissen, wie das läuft.« Ihre letzten Worte klangen wie ein Vorwurf, und das war durchaus beabsichtigt.

Er ließ sich langsam auf seinen Stuhl zurückfallen.

»Es tut mir leid, Sie haben natürlich vollkommen recht. Es ist nur, die ganze Sache mit Erik ... Nein, wir haben keine Nachricht bekommen, weder Sonia noch ich. Wir wussten von nichts.«

»Und dann war auf einmal die Hölle los«, sagte Natalie.

Ihre Stimme klang leise, beinahe rücksichtsvoll. Sie würde ihn nicht mehr lange so unter Druck setzen können, das wusste sie. Aber er erzählte weiter, als würde dieser Teil der Geschichte ihn selbst genauso verblüffen. Eines Tages waren wie aus dem Nichts die ersten Artikel über Erik erschienen, und danach wurden es täglich mehr. Ständig tauchten neue Details über seine politischen Aktivitäten in den Medien auf. Das Ganze wurde wahnsinnig aufgebauscht. In den Augen der Öffentlichkeit war er schon als Spion verurteilt, und solange keine anderen Informationen vorlagen, gingen alle davon aus, dass Erik sich in Moskau aufhielt.

Wijkman seufzte schwer. »Aber wie Sie in Ihrem Artikel andeuten, stimmte das wohl überhaupt nicht, und das begriffen wir schon damals.«

Keiner von ihnen sagte etwas. Das einzige Geräusch war entlegenes Klappern von Geschirr in der Küche.

»Wir haben uns etwas überlegt«, sagte Natalie nach einer Weile.

Wijkman hob den Kopf. Plötzlich wirkte er müde und wie der Mann mittleren Alters, der er war.

»Könnte es nicht sein, dass die Albaner ihn nach den Artikeln in der Presse nicht mehr ziehen lassen konnten und wollten? Und er deshalb da unten festsaß?«

Jetzt sah Wijkman ihr in die Augen. Sie waren rot unterlaufen, und Natalie nahm ein leichtes, seiner Gemütsbewegung geschuldetes Zwinkern wahr. Offenkundig würde sie keine Antwort auf ihre Frage bekommen, aber sein Gesichtsausdruck sagte ihr ohnehin alles, was sie wissen musste. Natalie ließ ihm etwas Zeit, sich wieder in den Griff zu bekommen, war aber noch nicht ganz fertig.

»Warum ausgerechnet Albanien?« Ihre Frage kam unvermittelt und schien ihn zunächst sprachlos zu machen.

»Ganz ehrlich, ich habe keine Ahnung.«

»Aber er muss doch eine Verbindung zu dem Land gehabt haben, oder nicht?«

Wijkman musterte seine Kaffeetasse. »Mir würde vielleicht eher etwas einfallen, wenn Sie mir erzählen würden, was Sie schon gehört haben.«

Seine Stimme klang sanft tadelnd, aber Natalie antwortete ein weiteres Mal mit Schweigen. Wijkman war jetzt wieder konzentriert und wachsam.

»Hat jemand den Kongress in Bukarest erwähnt?«

»Erzählen Sie mir Ihre Version«, sagte sie und zog das Notizbuch zu sich heran.

»Natalie, lassen Sie uns bitte aus einer Mücke keinen Elefanten machen.«

Es war in ihrem letzten Studienjahr in Uppsala gewesen, ein Jugendkongress in Bukarest. Die Veranstaltung nannte sich Friedenskongress, war jedoch vor allem ein Forum für die kommunistischen Länder und ihre Sympathisanten aus dem Westen. Die Sowjetunion und China hatten im Grunde endgültig miteinander gebrochen. Die Stimmung war deshalb angespannt, fast aggressiv gewesen.

»Waren Sie alle drei dort?«, fragte Natalie.

Er warf ihr einen forschenden Blick zu, dann nickte er.

Die beiden sozialistischen Supermächte hatten während des gesamten Kongresses einen Stellungskrieg ausgefochten. Es wurden Artikel und Proklamationen mit Spitzen gegen die andere Seite verfasst, Gerüchte verbreiteten sich wie Ringe auf dem Wasser.

»Die ganze Situation war deprimierend«, fasste Wijkman zusammen.

Er wirkte nachdenklich. Natalie fragte sich, ob er versuchte, sich zu erinnern, oder ob er darüber nachdachte, wie viel er ihr erzählen sollte.

»Mitten in diesem Chaos haben sie sich angefreundet«, sagte er schließlich. »Seinen Nachnamen weiß ich nicht mehr, aber ich meine mich zu erinnern, dass wir ihn Behxet nannten. Er war etwas älter als wir, ein Albaner, der in Leningrad studiert hatte, nach dem Bruch mit der Sowjetunion jedoch in sein Land zurückgekehrt war. Nun war er ein Teil der albanischen Delegation, die natürlich zum chinesischen Lager gehörte. Aber genau wie Erik war Behxet in erster Linie Visionär. Die beiden hatten sich gesucht und gefunden.« Er schwieg einen Moment. »Das alles ist so unglaublich lange her.«

»Sie meinen, dieser Behxet ist die Verbindung? Der Grund dafür, dass Erik nach Albanien gefahren ist?«

Carl Wijkman zuckte mit den Schultern. »Ich weiß es nicht, aber es ist das Einzige, was mir einfällt, die einzige Verbindung, die Erik jemals zu Albanien hatte.« Er sah auf die Uhr. »Ich muss jetzt gehen.«

»Hatte Behxet etwas mit Erik Lindmans Veränderung zu tun?«

Wijkman blickte in Richtung Ausgang. »Das denke ich nicht. Sie sollten nicht alles glauben, was Sie hören.«

Was hören? Von wem? »Was meinen Sie, was hat er gesagt?«

Er war jetzt ungeduldig, vielleicht hatte er sie auch durchschaut und erkannt, dass sie keine Ahnung von dem Kongress in Bukarest gehabt hatte, bis er selbst davon anfing.

»Ich fand, dass es vor allem viel melodramatisches Gelaber war, und das finde ich heute noch.«

Sie verabschiedeten sich vor dem Museum, und Carl Wijkman hielt ihre Hand eine Spur zu lange in seiner, wandte sich dann um und ging mit schnellen Schritten davon. Ein eleganter Herr auf dem Zenit seiner Laufbahn. Der ehemalige Staatssekretär mit einem Spitzenposten in der Wirtschaft. Deine Wege sind verschlungen gewesen, Carl Wijkman, aber wenn dein Vater dich jetzt sähe, wäre er wahrscheinlich stolz auf dich, dachte Natalie.

Tilas stieg aus dem Wagen und schaute zu der umzäunten Baustelle hinüber. Es handelte sich um eines von Stockholms alten, am Wasser gelegenen Industriegebieten. Das Gaswerk war vor langer Zeit stillgelegt worden, und die Grundstücke sollten saniert werden, um Platz für Mietshäuser zu schaffen. Ungefähr hundert Meter weiter unten hatte man für die Sanierungsarbeiten einen mehrere Meter breiten Streifen abgesperrt. Durch einen hohen Zaun auf der einen Seite, das Wasser auf der anderen und eine alte Backsteinmauer am hinteren Ende der Absperrung ähnelte das Gelände einer Sackgasse.

Es war eine typische Gegend für Obdachlose, das ließ sich nicht leugnen. Aber es war ein verdammt seltsamer Ort für einen Verkehrsunfall mit tödlichem Ausgang. Das hatte er von Anfang an gedacht. Er ging an der Baustelle entlang und blieb an der Stelle stehen, an der sie den Mann gefunden hatten. Die Polizeiabsperrungen waren inzwischen verschwunden, aber Tilas erinnerte sich noch gut, an welcher Stelle sie die Leiche gefunden hatten.

»Ein wirklich abscheulicher Vorfall«, hatte Fahlén gesagt. »Irgendein Arschloch ist am späten Abend auf das Gelände gefahren und hat das arme Schwein niedergemäht, das dort schlief. Und ist anschließend abgehauen. Da wollte bestimmt jemand ein krummes Ding drehen, sonst fährt man doch nicht mitten in der Nacht da herum.«

Tilas hatte schon damals Einwände gehabt, sie aber, so wie die Dinge zwischen ihm und Fahlén nun einmal lagen, lieber für sich behalten. Deshalb hatte er nicht darauf hingewiesen, wie seltsam es doch war, dass man die Habe des Penners, in ein paar alte Plastiktüten gepresst, fünfzehn Meter näher an der Mauer gefunden hatte. Wenn jemand den Mann angefahren hatte, hätte doch eher sein Körper in Richtung Mauer geschleift werden müssen. Die Kriminaltechniker hatten ihre Hände in Unschuld gewaschen: In der besagten Nacht habe es in Strömen gegossen, und der Regen habe bereits alle Spuren weggespült, als sie den Toten fanden.

Er war zunächst Fahléns Anweisungen gefolgt und hatte in einem Fall von Fahrerflucht mit tödlichem Ausgang ermittelt. Hatte sich mit den Überfällen auf Läden in der Umgebung befasst. Niemand sollte behaupten, Inspektor Tilas könne sich nicht unterordnen.

Doch dann war der Bericht des Gerichtsmediziners gekommen und hatte alles verändert. Als Todesursache war darin Genickbruch angegeben. Verursacht dadurch, dass der Verstorbene angefahren worden war, als er aufrecht stand. Wahrscheinlich war er über das Autodach geschleudert und anschließend überfahren worden. Jedenfalls war er zu diesem Zeitpunkt bereits tot. Tilas hatte mit diesem nervösen Holmström in der Gerichtsmedizin gesprochen. Man könne definitiv ausschließen, dass er überfahren worden sei, während er schlafend auf der Erde gelegen habe. Im Augenblick der Kollision habe die Geschwindigkeit des Fahrzeugs bei mindestens siebzig Stundenkilometern gelegen.

Tilas blickte auf den Weg zurück, den er gekommen war. Kein Mensch fuhr hier nachts mit siebzig Sachen herum, so viel stand fest. Stattdessen wandte er sich in die andere Richtung, zu der Backsteinmauer am Ende der Absperrung. Dort hinten stand noch ein alter, rostiger Radlader. Er ging langsam näher und stellte sich dann zwischen Radlader und Mauer. Anschließend blickte er auf die Strecke zurück, die er gekommen war, und dachte nach. Es war möglich. Es war eindeutig möglich.

Er ging zurück und stellte einen Kegel von der Baustelle an die Stelle, an der sie den Obdachlosen gefunden hatten, und einen zweiten dorthin, wo seine Plastiktüten gelegen hatten. Anschließend fuhr er im Rückwärtsgang bis zum Ende der Baustelle. Mit einer routinierten Bewegung schwenkte er hinter den Radlader und stellte sich zwischen ihn und die Mauer. Kein Problem. Er schaltete den Motor aus und stellte fest, dass er den hinteren Kegel sehen konnte. Vor allem aber konnte er durch eine Lücke zwischen Vorderrad und Karosserie des Radladers den fünfzehn Meter entfernt stehenden Kegel sehen, wo man die Tüten gefunden hatte.

Tilas atmete tief durch und konzentrierte sich einige Sekunden. Dann ließ er den Motor an und bog mit einem Kavalierstart um den Radlader. Sicherheitshalber warf er einen Blick zum Wasser. Der Abstand war beruhigend. Der erste Kegel wurde mit einem dumpfen Knall weggeschlagen, und als der andere sich unter das Auto bog, sah Tilas auf den Tacho. Nur etwas über fünfzig. Er hielt an und stieg aus. Er war zu vorsichtig gewesen. Außerdem hatte ihn der erste Kegel abgelenkt.

Er stellte den hinteren Kegel wieder auf, warf den anderen jedoch über den Zaun. Anschließend parkte er seinen Wagen erneut hinter dem Radlader, stellte das Auto diesmal jedoch ein wenig schräg. Nur so viel, dass er etwas schneller hinter ihm würde herausfahren können. Er schaltete den Motor aus und schloss für einige Sekunden die Augen. So müssen es die Täter gemacht haben, dachte er. Sie sind vorher schon einmal hier gewesen und haben es ausprobiert. Außerdem mussten sie sich keine Gedanken über einen ersten Kegel machen.

Und der Mann namens Sven Emanuel hatte nicht geschlafen. Er hatte an der Stelle gewartet, die sie vereinbart hatten. Wahrscheinlich hatte er in die andere Richtung geschaut. Er hatte ja nicht ahnen können, dass hinter dem Radlader jemand in einem Auto saß. Jemand, der die Scheinwerfer ausgeschaltet hatte und den richtigen Moment abpasste.

Tilas drehte den Zündschlüssel, gab Vollgas und bog im zweiten Gang um den Radlader. Sein Blick war stur nach vorn gerichtet. Er hatte kein anderes Ziel, als mit möglichst hoher Geschwindigkeit den Kegel zu treffen. Links von ihm war es ein Meter bis zum Wasser, rechts genauso weit bis zu dem hohen Zaun.

Hatte er versucht, den Zaun hochzuklettern? Hatte er überlegt, sich ins Wasser zu stürzen? Tilas glaubte es nicht. Sven Emanuel hatte getan, was die meisten anderen an seiner Stelle auch getan hätten: Er war in Panik geraten. War vor dem Auto fortgerannt, so schnell er konnte, auf den Punkt zugelaufen, an dem der Zaun endete. Er war nicht mehr dazu gekommen, darüber nachzudenken, wie hoffnungslos das war. Der Wagen traf mit einem Knall den Kegel, der über das Autodach flog. Der Tacho zeigte fünfundsiebzig Stundenkilometer an. Er bremste, stieg aus und blickte zur Mauer zurück. So musste es sich abgespielt haben.

22

Meijtens öffnete das Fenster und blickte auf Belgrad hinaus. Jakub hatte ihm das Hotel Moskau empfohlen.

»Wenn die Zeitung die Rechnung übernimmt, würde ich nicht zögern«, hatte er gesagt. »Das Hotel Moskau ist das beste Haus am Platz. Und in dem großen Café im Erdgeschoss umweht einen ein Hauch des alten Europa, und man kann etwas abseits und ungestört sitzen.«

Bertil Andersson hatte der Reise widerwillig zugestimmt, war aber bis zuletzt skeptisch geblieben. »Woher wissen wir, dass dieser neue Albaner glaubwürdig ist?«, hatte er gesagt. »Auf dem ganzen Balkan wimmelt es doch von Gestalten, die von sich behaupten, der beste Freund von Bektashi Schrägstrich Lindman gewesen zu sein, wenn man sie nur zu einer Tasse Kaffee und einer Zigarette einlädt.« Aber Shefqet Shala hatte überzeugend geklungen, und die kleinen Details, die sie als Kostprobe erhalten hatten, waren faszinierend gewesen.

Meijtens hatte noch am selben Tag die Nachmittagsmaschine nach Belgrad genommen. Von seinem Fenster aus schaute er die Terazije-Avenue hinab. Mittlerweile war es dunkel, und die Bürgersteige füllten sich mit Passanten. Die ratternden Oberleitungsbusse waren vollgestopft mit Menschen, und an den achteckigen Zeitungsständen drängelten sich die Passanten. Woher stammte nur dieser spezielle Geruch? Er war ihm schon bei früheren Besuchen in Osteuropa in die Nase gestiegen, und Meijtens nahm an, dass ihn die vielen Kohleheizungen erzeugten. Er schaute auf die Uhr, bis zu seinem Treffen mit Dr. Pecanin hatte er noch eine halbe Stunde Zeit.

Seit die Artikel erschienen waren, hatte er nicht mehr mit Hanna gesprochen, und er beschloss, sie kurz anzurufen. Sie klang gut gelaunt, fragte ihn aber nicht von sich aus nach der letzten Ausgabe. Er erkundigte sich, ob sie das Magazin gelesen habe.

»Habe ich«, antwortete sie fröhlich. »Ich wusste gar nicht, dass du mit Natalie Petrini zusammenarbeitest. Wie ist sie denn so?«

Wo sollte er anfangen?

»Ich bin jetzt in Belgrad, um einer Sache nachzugehen.«

»In Belgrad, bist du verrückt? Führst du etwa ein Auslandsgespräch, nur um ein bisschen mit mir zu plaudern?«

Meijtens erklärte, dass er einfach hören wolle, wie es ihr gehe.

»Ach, übrigens«, sagte sie. »Ich kann dich damit erfreuen, dass die Polizei Wohnungseinbrüchen sehr wohl nachgeht. Ein Streifenpolizist ist vorbeigekommen und hat einen Bericht geschrieben.«

»Das machen sie immer. Wegen der Versicherung.« Er zog den Vorhang noch etwas mehr zur Seite und blickte auf die Straße hinab. Warum hatte sich vor einer kleinen Buchhandlung eine Schlange gebildet?

»Mag sein, aber jetzt höre und staune, kurz danach hat

mich nämlich ein Polizeiinspektor angerufen, und wir haben uns bestimmt zwanzig Minuten lang unterhalten.«

Meijtens ließ den Vorhang los. »Wirklich?«

»Er hat mir alle möglichen Fragen gestellt. Was gestohlen wurde und was sie nicht mitgenommen haben. Und zu diesen Telefonanrufen. Für deinen Karton hat er sich ganz besonders interessiert. Er fand es auch seltsam, dass sie ihn durchwühlt haben.«

»Was wollte er denn über den Karton wissen?«

»Ach, nach dem hat er sich bestimmt nur erkundigt, weil er dich kannte. Irgendwo habe ich mir den Namen notiert. Ich habe nicht ganz kapiert, ob es ein Vor- oder Nachname war.«

Tilas, dachte Meijtens. Was zum Teufel hatte er denn jetzt wieder im Visier?

Eigentlich hatte er vorgehabt, sich einen Platz an der Wand zu suchen, aber dann konnte er einfach nicht der Versuchung widerstehen, einen Tisch an den hohen Fenstern zur Straße zu wählen. Es war ein großer Raum, an dessen Decke Kronleuchter hingen. Einige der Menschen in dem Café schienen Hotelgäste zu sein, aber die meisten waren offensichtlich Belgrader. Alte Freunde, die in lange Gespräche bei mehreren Tassen starkem türkischen Kaffee vertieft waren. Ein verliebtes Paar und einige Familien, die sich an den berühmten Backwaren gütlich taten.

Es fiel ihm nicht weiter schwer, seinen Besucher zu identifizieren, als Dr. Pecanin den Raum betrat. Er trug einen langen, abgewetzten Mantel, der für den lauen Herbstabend eindeutig zu warm war. Seine Brille hatte dicke Bügel aus Bakelit, und sein ergrauter Bart war sorgsam getrimmt. Er bewegte sich wie ein Mann, der sich verlaufen hatte und nun befürchtete, dass er störte. Als er sah, dass Meijtens aufstand, zog er den Hut und lächelte freundlich. Begleitet wurde er von einer jungen Frau.

»Ich hoffe, Sie haben nichts dagegen, dass ich meine Nichte mitgebracht habe«, sagte er, nachdem er sich am Tisch niedergelassen hatte. »Mein Englisch ist nicht besonders gut, und sie kann für mich dolmetschen, falls wir Probleme mit der Verständigung haben sollten.«

Sie bestellten Kaffee, und Dr. Leonard Pecanin erläuterte etwas genauer, wer er war und wie es kam, dass er sich in Belgrad aufhielt, als in seiner knappen Erklärung über die rauschende Telefonleitung am Vortag. Sein Englisch war in Wahrheit ganz ausgezeichnet, auch wenn er etwas förmlich und mit starkem Akzent sprach. Zweifellos das Ergebnis einer lebenslangen akademischen Karriere an der isolierten Universität von Tirana.

Als einer der Experten für angewandte Naturwissenschaften hatte er nicht nur einen Platz im Wissenschaftsrat des Landes erobert, sondern war auch in das Zentralkomitee der herrschenden kommunistischen Partei Albaniens gewählt worden.

»Meine Arbeit über die Herstellung von Phosphat wurde in einer internationalen Publikation veröffentlicht, sind Ihnen meine Artikel eventuell bekannt?«

Meijtens schüttelte höflich den Kopf.

Dr. Pecanin hatte die Säuberungen Anfang der Achtzigerjahre überstanden. Dass er später in Ungnade fiel, hatte nichts mit irgendwelchen politischen Umwälzungen zu tun. Wie so viele andere Menschen in Diktaturen war er ein Opfer des Zufalls geworden. Ein Student seiner Fakultät wurde verhaftet, als er versuchte, das Land zu verlassen. Im Gefängnis hatte man ihn gefoltert und dazu vernommen, welche Regimekritiker er kannte.

»Der arme Junge kannte nur leider gar keine Regimekritiker, da er im Grunde kein Oppositioneller war, sondern nur der Armut entfliehen und sein Glück im Westen versuchen wollte. Als er die Folter nicht länger ertrug, nannte er Namen, damit der Leiter der Vernehmungen seine Schmerzen linderte. Ich hatte ihn einmal bei einer Prüfung durchfallen lassen, deshalb gehörte mein Name zu den Ersten, die ihm einfielen.«

Dr. Pecanin lächelte milde, und als seine Nichte empört etwas auf Albanisch ausrief, nahm er ihre Hand in seine und wiegte sie ruhig. »Ach, wir wollen diesen Jungen nicht zu hart verurteilen. Nachdem mir die gleiche Behandlung zuteilgeworden ist, hege ich keinen Groll mehr gegen ihn.«

Nachdem Pecanin während des politischen Tauwetters als einer der Ersten entlassen worden war, war er nicht nach Italien oder in die BRD gegangen wie die meisten anderen, sondern nach Jugoslawien, da er in Priština viele albanische Freunde hatte. Doch als er in Belgrad eintraf, musste er feststellen, dass die örtlichen Behörden inzwischen wie besessen von der ethnischen Herkunft der Asylsuchenden waren. Nach Priština zu reisen erwies sich als unmöglich.

»Sie meinten, sie hätten schon mehr als genug Albaner im Kosovo«, sagte er, aber in seiner Stimme lag keine Spur von Verbitterung. »Dann kam es zu den Unruhen, und das Provinzparlament wurde aufgelöst. Im Moment ist es völlig ausgeschlossen, dorthin zu fahren. Seither habe ich bei meiner Nichte gewohnt, kann aber leider nicht mehr lange in Belgrad bleiben, weil mein Visum abläuft. Man wird mich bald aus dem Land werfen.«

Meijtens wollte etwas sagen, aber der freundliche Mann legte seine Hand auf Meijtens' und schüttelte den Kopf.

»Ich habe ein paar Kontakte in England, Verwandte, die schon lange dort wohnen. Sie werden sehen, ich komme schon zurecht. Lassen Sie uns lieber darüber sprechen, was Sie hergeführt hat.«

Sie bestellten jeder noch eine Tasse Kaffee, und Pecanin lehnte Meijtens' Angebot, ihm etwas zu essen zu bestellen, dankend ab.

»Ich hoffe, dass Sie die weite Reise nach Belgrad nicht umsonst gemacht haben, Mr Meijtens. Ich habe wirklich nicht viele Informationen über den Mann, den wir Aron Bektashi nannten, aber ich werde Ihnen selbstverständlich alles erzählen, was ich weiß.«

Meijtens sollte schon bald feststellen, dass Dr. Pecanin wie viele Menschen, die über einmalige Informationen verfügen, den Wert seines Wissens unterschätzte.

»Als sich die Gerüchte über den Mann verbreiteten, der sich Aron Bektashi nannte, hatte er sich schon seit Jahren heimlich in Albanien aufgehalten. Manche sagten, er sei als Student gekommen, andere meinten, durch einen Austausch der Partei. Man wusste jedenfalls, dass er aus einem westlichen Land stammte, aber niemand schien zu wissen, aus welchem. Als Herkunftsland wurde immer wieder die BRD genannt, aber ebenso oft England oder Skandinavien. Später sollte mir dann die, wie ich glaube, korrekte Version zu Ohren kommen.«

Pecanin war der perfekte Informant, dachte Meijtens. Er war weder zu gefühlsbetont noch zu fantasievoll und schien eine Abneigung dagegen zu haben, persönliche Ansichten einfließen zu lassen. Sein Englisch wurde immer besser, und seine gelangweilte Nichte warf nur noch vereinzelte Worte ein, wenn sie gefragt wurde.

Aron Bektashi habe einen albanischen Freund gehabt, fuhr Pecanin fort, ein in der Sowjetunion ausgebildetes Parteimitglied. Sie waren beide jung gewesen, als Bektashi kam. Das war Mitte der Sechzigerjahre gewesen, und Bektashi traf unter seinem richtigen Namen ein, dem Namen, der von da an jedoch zu einem wohlgehüteten Geheimnis wurde. Er sei auf inoffiziellen Wegen gekommen, hieß es, wahrscheinlich über Griechenland. Sie hatten seine Einreise geheim gehalten, um die Behörden in seinem Heimatland nicht zu beunruhigen. Sein Freund hatte natürlich die notwendigen Formalitäten erledigt, die seine Einreise ermöglichten, aber einige hohe Parteifunktionäre, die man eigentlich hätte informieren müssen, waren im Vorfeld nicht um Rat gefragt worden.

»Es waren zwei junge Idealisten, die viel zu wenig von den Verhältnissen in der Führungsriege der Partei verstanden. Das sollte sich als ein verhängnisvoller Fehler erweisen.«

Zwei Wochen nach der Ankunft des jungen Mannes erreichten beunruhigende Informationen aus seinem Heimatland die albanischen Behörden. Es ging darin nicht nur darum, dass seine Abwesenheit für einigen Wirbel gesorgt hatte, was schon schlimm genug gewesen wäre.

»Wissen Sie«, erklärte Pecanin, »Albanien war zu jener Zeit sehr darauf bedacht, relativ gute, wenn auch distanzierte Beziehungen zum Westen zu unterhalten. Nach dem Bruch mit der Sowjetunion benötigten wir dringend neue Handelspartner. Das Letzte, was unser Land gebrauchen konnte, war ein Skandal um junge Kommunisten, die heimlich aus dem Westen eingereist waren.«

Meijtens nahm das Gespräch auf Kassette auf, machte sich aus alter Gewohnheit aber auch Notizen, und Pecanin wartete freundlich, bis er sich alles notiert hatte, ehe er weitersprach.

»Aber etwas anderes war viel schlimmer. Die Zeitungen im Heimatland des jungen Mannes hatten geschrieben, er sei ein Spion. Ein Spion für die Sowjetunion! Sie müssen verstehen, Mr Meijtens, dass diese Nachricht in der Parteizentrale in Tirana wie eine Bombe einschlug. Es dauerte natürlich nicht lange, bis der Sigurimi die beiden verhaftete.«

Meijtens blickte von seinen Notizen auf. »Der Sigurimi? Was ist das?«

»Die albanische Geheimpolizei.«

Meijtens bot dem älteren Mann eine Zigarette an, er hatte am Flughafen sicherheitshalber eine Schachtel gekauft. Pecanin zündete sie sich mit langsamen Bewegungen an, als wollte er so seine Wertschätzung signalisieren, und setzte seine Erzählung anschließend in der gleichen präzisen Weise fort.

»Der junge Mann aus dem Westen konnte keine akzeptable Erklärung für die Zeitungsartikel vorbringen. Sein Freund soll noch schlechter behandelt worden sein. Die Tatsache, dass er einen Ausländer ins Land geholt hatte, der in seinem Heimatland unter dem Verdacht stand, ein Spion zu sein, war natürlich ein ungeheuerliches Vergehen.«

»Wie hieß dieser albanische Freund von Bektashi?«

Pecanin durchforstete sein Gedächtnis und rauchte dabei langsam seine Zigarette. »Wissen Sie, ich habe das alles ja erst viel später in Form von Gerüchten gehört. Ich bin mir deshalb nicht sicher. Halitaj, glaube ich. An den Vornamen erinnere ich mich im Moment nicht.«

»Behxhet? Hieß er vielleicht Behxhet Halitaj?«

Der alte Mann nickte ruhig. »Stimmt, das könnte sein Name gewesen sein. Behxhet Halitaj. Sie haben ihn natürlich später erschossen«, sagte er und zog besonders lange an seiner Zigarette.

»Bektashi aber nicht?«

Pecanin schüttelte den Kopf. »Nein, Bektashi nicht. Er war zu wertvoll. Vielleicht verfügte er über weitergehende Informationen, vielleicht wollte man ihn für einen zukünftigen Tauschhandel benutzen. Jedenfalls war er nun ein geheimer Gefangener des Sigurimi, abgeschnitten von der Außenwelt und rund um die Uhr in der Gewalt dieser Leute. Vermutlich hat er nicht selten gedacht, dass seinen Freund trotz allem ein besseres Schicksal ereilt hat.«

Er drückte mit nachdenklicher Miene seine Zigarette aus. Meijtens bemerkte, dass die Nichte der Geschichte des alten Mannes mittlerweile mit der gleichen Faszination lauschte wie er selbst.

»Aber eigentlich ist das der Punkt, an dem die Geschichte von Aron Bektashi allmählich zu etwas ganz Besonderem wird«, erklärte Pecanin.

Zwischen den Vernehmungen hatte Bektashi den Verstand behalten, indem er systematisch die albanische Sprache studierte. Er lernte sie von einem Insassen, mit dem er sich die Zelle teilte, einem kleinen Dieb aus Shkodra, der wegen Schmuggels zu lebenslanger Haft verurteilt worden war.

»Als ich Bektashi viele Jahre später begegnete, wies sein Albanisch, das im Großen und Ganzen perfekt war, immer noch Merkmale eines etwas grobschlächtigen, nordalbanischen Dialekts auf. Er muss unglaublich sprachbegabt gewesen sein.«

Meijtens nickte.

Einige Zeit darauf hatte sich eine hochstehende Persönlichkeit innerhalb des Sigurimi, ein enger Vertrauter von Premierminister Mehmet Shehu, für den jungen Ausländer interessiert. Später hieß es, er sei dazu übergangen, die Vernehmungen persönlich durchzuführen. Dabei sei es immer öfter um sehr unterschiedliche Fragestellungen gegangen. Irgendetwas in diesen Verhören hatte das Vertrauen und den Respekt des Sigurimi für seinen Gefangenen geweckt.

»Er wurde schließlich freigelassen, ich glaube, Ende der Sechzigerjahre. Es war natürlich keine Freiheit, wie Sie sie verstehen, nicht einmal Freiheit nach unseren Maßstäben, sondern eher eine Form von …«

Pecanin schien zu überlegen und beriet sich mit seiner Nichte.

»Hausarrest«, sagte er dann lächelnd. »Inzwischen hatte er den Namen Aron Bektashi bekommen. Die Partei war vermutlich der Ansicht, dass es so sicherer war und es leichter sein würde, seine Anwesenheit im Land geheim zu halten, wenn er eine albanische Identität besaß.«

»Warum haben sie ihn freigelassen? Gelang es ihm, sie davon zu überzeugen, dass er kein sowjetischer Spion war?«

»Davon ist auszugehen. Das war eine grundlegende Voraussetzung, dürfte aber kaum ausgereicht haben. Die albanischen Gefängnisse sind voller Menschen, deren Unschuld dem Sigurimi sehr wohl bewusst ist, die aber trotzdem festgehalten werden, weil dies aus anderen Gründen geboten scheint. Oder wegen unserer ziemlich langsamen Bürokratie.«

Er sah auf die Straße hinaus und fuhr im gleichen neutralen Ton fort, als spräche er zu den Vorbeieilenden dort draußen über ganz alltägliche Dinge.

»Er muss in ihren Augen einfach wertvoll gewesen sein. Unter den hohen Funktionären der Partei ging das Gerücht, dass er als eine Art Sonderberater für den Zirkel um Premierminister Shehu arbeitete. Man erzählte sich, dass der Parteivorsitzende Hoxha persönlich eine sehr hohe Meinung von den analytischen Fähigkeiten des jungen Mannes gehabt habe und sein Rat unter anderem bei besonders heiklen Verhandlungen über Handelsabkommen gesucht worden sei. Aber das alles sind, wie Sie sicher verstehen werden, nur Gerüchte.«

Pecanin machte eine Pause und klopfte mit routinierter Geste eine neue Zigarette aus der Schachtel, die Meijtens ihm reichte. »Sehen Sie, Mr Meijtens, als Albanien gegen Ende des Zweiten Weltkriegs befreit wurde, waren wir das unterentwickeltste Land Europas. Eine überwältigende Mehrheit der Bevölkerung war Analphabeten.«

Es habe immer noch ein himmelschreiender Mangel an gut ausgebildeten Experten geherrscht, erzählte er, und die internationale Isolation habe die Lage nicht besser gemacht. Mit seiner Ausbildung, seinem regen Intellekt und seinem Wissen aus einer Welt, von der Albanien abgeschnitten war, erwies sich Bektashi als extrem nützlich. Die Tatsache, dass er die Sprache gelernt und sich an das Land angepasst hatte, wenn auch unter Zwang, stand in einem scharfen Kontrast zu den früheren sowjetischen Beratern, die getrennt von den Albanern ein privilegiertes Leben geführt und als arrogant gegolten hatten.

»Dann lebte Bektashi von da an also als ein privilegierter Berater?«, erkundigte sich Meijtens erstaunt.

Pecanin schüttelte energisch den Kopf. »Berater ja, privilegiert nein. Sein Käfig mag vergoldet gewesen sein, aber es blieb ein Käfig. Seine Freiheit war stark beschnitten, und es war ihm selbstverständlich nicht erlaubt, mit der Umwelt zu kommunizieren. Gleichzeitig genoss er gewisse Vergünstigungen, was den Bezug von Konsumgütern betraf. Sie sollen ihm sogar erlaubt haben, eine Albanerin zu heiraten, ein Mädchen aus Korça, das in der Partei war. Ich nehme an, dass sie dem Sigurimi angehörte, aber so leistete ihm zumindest jemand Gesellschaft. Es war auch einmal die Rede von einem Kind, aber ich weiß nicht, ob das stimmt. Bektashi war natürlich bewusst, dass jeder noch so kleine Fehltritt, zum Beispiel der Versuch, Kontakt zu seinem Heimatland aufzunehmen, oder ein Gespräch mit einer falschen Person, verhängnisvoll für ihn gewesen wäre und zu seiner Verhaftung geführt hätte. Oder zu einem noch schlimmeren Schicksal. Ich gehe davon aus, dass der Sigurimi ihn rund um die Uhr bewachte. Der Druck, unter dem er stand, muss furchtbar gewesen sein. Hinzu kam, dass er wusste, sie würden ihn nur so lange am Leben lassen, wie er als Berater nützlich für sie war.«

Meijtens lehnte sich zurück und strich sich nachdenklich durchs Haar. Er zweifelte nicht eine Sekunde am Wahrheitsgehalt von Dr. Pecanins Geschichte, erkannte jedoch, dass Bertil Andersson eine Bestätigung durch eine weitere Quelle verlangen würde, ehe sie die Story über Erik Lindman als inhaftierten Berater des albanischen Premierministers veröffentlichen konnten.

»Wie kommt es, dass Ihnen so viele Details über Aron Bektashi bekannt sind, wenn seine Existenz geheim war?«

Pecanin lächelte. »Oh, wenn Menschen sich treffen, wird

geredet. Selbst im Zentralkomitee der albanischen Kommunistischen Partei. Außerdem bin ich Aron Bektashi ja, wie gesagt, einmal begegnet.«

Sie hatten beide einer großen Delegation bei einem Staatsbesuch in Peking im April 1974 angehört. Es waren insgesamt etwa fünfzig Teilnehmer gewesen, sowohl Forscher als auch verschiedene Experten, Vertreter des Militärs und Politiker. Und natürlich eine größere Anzahl von Sigurimioffizieren. Bektashi gehörte zu einer Gruppe, die mit den Chinesen über ein Handelsabkommen verhandeln sollte, und wurde die meiste Zeit isoliert. Seine bloße Anwesenheit in der Delegation verdeutlichte jedoch, wie wichtig er geworden war.

»Wir hatten bei zwei etwas informelleren Treffen innerhalb der Delegation die Möglichkeit, uns ein wenig zu unterhalten, und ich fand ihn sowohl äußerst liebenswürdig als auch brillant.«

Doch plötzlich hatte helle Aufregung geherrscht. Bektashi war verschwunden. Der Sigurimi suchte jedes Hotel in der näheren Umgebung nach ihm ab. Nach ein paar Stunden fanden sie ihn im Park, wo er an einem der kleinen Stände Tee trank. Er meinte, er habe sich ein wenig die Beine vertreten müssen und seinen Sigurimioffizier, der sich hingelegt hatte, nicht stören wollen. Der unglückliche Junge durfte danach vermutlich in den Bergen auf Patrouille gehen. Die restliche Zeit in Peking verbrachte Bektashi jedenfalls unter strenger Überwachung in seinem Zimmer.

»Wenn ich heute auf diesen Zwischenfall zurückblicke, glaube ich, dass man befürchtete, er könne sich mit seinem Heimatland in Verbindung gesetzt haben. Er tauchte ein paar Monate später wieder auf, um vor dem Zentralkomitee einen Vortrag zu halten. Offenbar wollte man sich vergewissern, dass er wirklich nur ein paar Schritte in Freiheit gehen und eine Tasse Tee trinken wollte. Manchmal sind wir blind für die einfachen Erklärungen.«

»Dann kam er damals also nicht ins Gefängnis?«

Pecanin schüttelte den Kopf. »Nein, das passierte viel später.«

Nach dem Bruch Albaniens mit China begannen die üblichen Säuberungen. Diesmal gerieten Premierminister Mehmet Shehu und seine Getreuen ins Visier des Sigurimi. Als Bektashis Wohltäter im Staatsapparat inhaftiert wurde, war es nur noch eine Frage der Zeit, bis man auch ihn verhaften würde.

»Ich hörte, man habe einen gewissen Aron Bektashi verhaftet, dem vorgeworfen werde, ein Spion für die Westmächte zu sein. Komischerweise jedoch, ohne zu erwähnen, dass er selbst aus einem westlichen Land stammte. Ich hörte nie wieder von ihm und ging bis zu Ihrem Anruf davon aus, dass er gestorben war.«

»Und seine Familie, seine albanische Frau und das Kind?«

Pecanin lächelte traurig. »Ich fürchte, diese Art von Bestrafungen trifft in meinem Land nicht nur den Einzelnen, sondern die ganze Familie.«

Dann erklärte er, das sei alles, was er wisse, und sie verabschiedeten sich auf der Straße vor dem Hotel.

»Shefqet hat gesagt, dass er mir helfen wird, sobald er selbst seine Aufenthaltsgenehmigung bekommen hat, vielleicht sehen wir uns also demnächst in Ihrem Land«, meinte Pecanin, ohne sonderlich überzeugt zu klingen.

Meijtens konnte sich die Frage nicht verkneifen, die ihm schon den ganzen Abend auf der Zunge gebrannt hatte.

»Wie kommt es, dass Sie sich kennen, ein Akademiker im Zentralkomitee und ein Mann wie Shefqet Shala?«

Dr. Leonard Pecanin lächelte freundlich. »Ach, wie Aron Bektashi und der kleine Gauner aus Shkodra. Wir haben uns einmal eine Zelle geteilt.«

23 Der Besprechungsraum hatte keine Fenster und erfüllte Tilas mit Unbehagen. Die anderen drei schienen sich in dem Raum sichtlich wohler zu fühlen. Der Vertreter des Staatsschutzes hatte die Gruppe zusammengerufen. Es gehe um eine notwendige Koordinierung ihrer Aktivitäten. Um den Austausch von Informationen und die Vermeidung von Scherereien, hatte er betont.

Die beiden Repräsentanten der Sicherheitsabteilung beim Generalstab schienen den Darlegungen des Staatsschutzbeamten mit gespannter Erwartung zu folgen. Keiner von ihnen sagte etwas, bis die umständliche Einleitung überstanden war, aber Tilas wusste, dass dieses Treffen auf ihre Initiative hin anberaumt worden war.

»Wir haben gewisse Informationen über die Ermittlungen zu Erik Lindmans Tod erhalten«, sagte der Ältere von ihnen, der sich Hansson nannte. Er sprach mit einem leichten schonischen Dialekt und trug ein kariertes Jackett und eine erdfarbene Krawatte – als käme er direkt von einer Treibjagd auf seinem Landgut. »Einen Bericht oder vielmehr Teile eines Berichts«, fuhr er fort.

Tilas sagte nichts, saß nur mit geradem Rücken und gefalteten Händen da. Er hatte gehört, dass Hansson einer der wenigen Politruks war, der die Skandale in den Siebzigern überlebt hatte und im Nachrichtendienst des Generalstabs geblieben war. Von ihm hieß es außerdem, dass er hinter der Enttarnung von zwei der größten Spione der Nachkriegszeit gestanden habe. Tilas dachte sich, dass der eine nach Albanien verschwunden war und der andere sich das Leben genommen hatte, sodass er sich darauf vielleicht lieber nicht zu viel einbilden sollte.

»Es ist selbstverständlich wichtig, dass polizeiliche Routineermittlungen nicht die operative Arbeit innerhalb der Gegenspionage komplizieren. Ich denke, in dem Punkt sind wir uns alle einig.« Er lächelte Tilas an, der dieses Lächeln jedoch nicht erwiderte. Spürbar irritiert von Tilas' Schweigen machte Hansson eine Pause. Mit glotzenden Augen und hochgezogenen Schultern saß sein junger Begleiter da, als befände er sich in einem Zustand chronischer Unzufriedenheit, und nickte intensiv.

»Ich will nicht lange um den heißen Brei herumreden. Es wäre uns sehr lieb gewesen, wenn die Polizei zunächst uns kontaktiert hätte, bevor man die Witwe eines der größten schwedischen Spione aller Zeiten vernahm«, fuhr Hansson fort.

Tilas spürte, dass sich seine Kiefermuskeln anspannten. »Die Polizei ermittelt. Wir brauchen nicht die Küstenartillerie zu rufen, um eine alte Schachtel zu befragen, die in einer Verbindung zu unserem Fall steht.«

Hansson lächelte freundlich. »Das ist der springende Punkt. Wir sehen keine Verbindung.«

»Es *gibt* keine Verbindung«, verdeutlichte der Glotzäugige.

Hansson lehnte sich vor. »Es gibt eine Menge denkbarer Erklärungen dafür, dass Lindman den Zettel mit der Telefonnummer bei sich trug. Das muss gar nichts heißen.«

»Und die Namen, die in beiden Fällen auftauchen?«, fragte Tilas.

»Sie kannten Lindman und tauchten am Rande der Ermittlungen in der Stiernspetzaffäre auf. Wie gesagt, am Rande. Ihnen sind nicht alle Fakten bekannt, Sie können sie nicht kennen.«

»Sie dürfen sie nicht kennen«, ergänzte der Glotzäugige. Danach wandte er sich demonstrativ dem Staatsschutzbeamten zu, obwohl sein wahrer Adressat Tilas sein musste.

»Das alles steht in dem Schreiben, das vor mehr als fünfzehn Jahren von uns an die Polizei ging, das haben wir verifiziert. Wir haben damals *erklärt*, dass kein Zweifel an Stiernspetz' Schuld besteht, und *versichert*, dass die Personen, die jetzt erneut herangezogen werden, mit der Sache nichts zu tun hatten.« Er hob resigniert die Hände. »Warum werden dann wieder Fragen gestellt?«

Tilas ging in die Luft. »Weil ein Mann von einem Felshang gestürzt und gestorben ist und wir nicht erklären können, wie es dazu gekommen ist. Uns ist es völlig egal, ob er für die Russen, die Chinesen oder die Heilsarmee gearbeitet hat. Ob er das allein oder zusammen mit einem anderen getan hat. Aber falls einer dieser Menschen etwas mit Erik Lindmans Tod zu tun haben sollte, ist es unsere Pflicht, den Zusammenhang zu untersuchen.«

Hanssons Lächeln kehrte plötzlich zurück. »Wir begreifen einfach nicht, warum sein Tod die Polizei interessiert. Es scheint doch eindeutig festzustehen, dass es sich um einen Unfall handelt.«

Tilas starrte ins Leere. Man hatte ihn gezwungen, sich auf dieses Treffen einzulassen, aber insgeheim betrachtete er jede Information, die er den anderen vorenthalten konnte, als einen Etappensieg. Es herrschte längeres Schweigen, das schließlich von dem Staatsschutzbeamten gebrochen wurde.

»Tilas, ich glaube, Sie sollten ihnen von dem Knopf erzählen.«

Tilas starrte den Mann wutentbrannt an, denn davon hatte in dem Bericht, der an die Sicherheitsabteilung des Generalstabs gegangen war, nichts gestanden.

»Das bleibt unter uns«, sagte der Staatsschutzbeamte, »aber sie müssen die Gründe dafür erfahren, dass Sie ein Verbrechen nicht gänzlich ausschließen wollen. Wir müssen in dieser Runde mit offenen Karten spielen, Fahlén ist damit einverstanden.«

Tilas hatte Fahlén angefleht, die Mordtheorie nicht ganz abzuschreiben, weder was Lindman noch was den Obdachlosen betraf. Sein Chef hatte jedoch eine Gegenforderung gestellt: Er musste mit diesen Geheimniskrämern zusammenarbeiten. Fahlén hatte etwas von seiner kecken Pfadfinderstimme verloren, als er Tilas mit einer letzten Ermahnung losschickte: »Gib diesen Leuten eine Chance. Tu dir selbst einen dringend benötigten Gefallen, und sei ausnahmsweise einmal zu einer Zusammenarbeit bereit.« Jetzt wand Tilas sich und ergriff widerwillig das Wort.

»Neben Lindmans Leiche haben wir einen Knopf gefunden, auf dem seine Fingerabdrücke waren, aber keine anderen. In dem Knopf gab es noch Fadenreste, als sei er von einem Kleidungsstück abgerissen worden. Aber er passt nicht zu Lindmans Mantel und auch nicht zu den wenigen Kleidern, die er in der Flüchtlingsunterkunft zurückgelassen hatte.« Er verstummte und schenkte sich aus der Thermoskanne, die bisher unangerührt in der Tischmitte gestanden hatte, einen Kaffee ein. »Wir glauben deshalb, dass er den Knopf einem Angreifer abgerissen haben könnte, als er von der Aussichtsterrasse gestoßen wurde.«

»Und warum waren dann keine Fingerabdrücke des Angreifers auf dem Knopf?«, wollte Hansson wissen. Seine Frage kam so schnell, dass sich bei Tilas augenblicklich der Verdacht einstellte, dass sie schon alles wussten. Hier ging es nur um weiterführende Fragen.

»Wahrscheinlich, weil es einer dieser Knöpfe war, die man nie benutzt, zum Beispiel der oberste am Mantel oder einer dieser Zierknöpfe an Trenchcoats. Er ist von besserer Qualität, aber dennoch ziemlich weitverbreitet. Unsere Kriminaltechniker konnten uns nicht einmal sagen, ob er von einem Herren- oder einem Damenmantel stammt. Aber er kommt definitiv nicht aus Albanien.«

Hansson lächelte nachsichtig. »Nichtsdestoweniger gibt es doch sicher andere denkbare Erklärungen für diesen … Knopf.« Tilas öffnete den Mund, um etwas zu entgegnen, aber Hansson hob abwehrend die Hand. »Lassen wir die Frage eines Verbrechens als theoretisch mögliche Erklärung einmal offen. Wenn es so wäre, würde der Verdacht wohl als Erstes auf Lindmans sowjetische Auftraggeber fallen. Vielleicht hatten sie Angst vor dem, was Lindman ausplaudern könnte, und wollten kein Risiko eingehen. In dem Fall müssen selbstverständlich die verantwortlichen Nachrichtendienste einbezogen werden.«

»Müssen die verantwortlichen Nachrichtendienste *voll und ganz* einbezogen werden«, echote der Glotzäugige.

In Tilas' Gesicht rührte sich kein Muskel. »Es ist nach wie vor ein Mordfall, in dem ermittelt werden muss. Theoretisch natürlich.«

»Ein Mordfall, den Sie weiterverfolgen werden?«

»Wenn dies erforderlich ist.«

»Und das bedeutet weitere Gespräche mit Frau Stiernspetz?«

»Möglicherweise.«

»Und auch mit anderen?«

»Anderen?« Jetzt konnte Tilas sich ein Grinsen nicht mehr verkneifen.

An diesem Punkt reichte es dem Staatsschutzbeamten offenbar. »Ich habe Fahlén so verstanden, dass weder diese Frau Stiernspetz noch sonst jemand mit Verbindung zu Lindman kontaktiert wird, ohne dass man uns vorher informiert.« Er sah Tilas an. »Nicht wahr?«

Tilas zuckte mit den Schultern. Schließlich mussten die anderen einsehen, dass dies die einzige Antwort war, die sie von ihm bekommen würden.

»Uns wäre es sehr recht, wenn diese Personen überhaupt nicht von der Polizei kontaktiert würden«, erklärte Hansson.

»Das wäre Ihnen recht?«

»Wir sehen mit Sorge«, fuhr Hansson fort, »dass es Unschuldige gibt, denen Schaden zugefügt werden könnte, falls in dieser heiklen Angelegenheit zu viel Staub aufgewirbelt werden sollte.«

»Staub?« Tilas hatte diese Leute allmählich satt.

»Personen, die unserem Land große Dienste erwiesen haben, könnten hineingezogen werden. Es erscheint mir angemessen, dies in Betracht zu ziehen, wenn im Todesfall Erik Lindman weiterermittelt wird.«

Im Raum kehrte Stille ein, bis Hansson schließlich seufzte. »Wenn Sie weiterermitteln wollen, gibt es ein paar Dinge, die Ihnen bewusst sein sollten«, sagte er und öffnete die vor ihm liegende braune Mappe.

24

Als Meijtens in die Ankunftshalle des Stockholmer Flughafens trat, entdeckte er zu seinem Erstaunen zwischen erwartungsvollen Angehörigen und Taxifahrern mit Namensschildern in erster Reihe Natalie. Sie nickte ihm zu, als sie ihn sah, machte auf dem Absatz kehrt und ging mit schnellen Schritten Richtung Ausgang.

»Wir haben es eilig«, rief sie ihm über die Schulter hinweg zu.

Meijtens holte sie ein. »Ich hatte eigentlich vor, heute Pecanins Informationen nachzugehen.«

»Dazu hast du jetzt keine Zeit. In einer halben Stunde haben wir einen Interviewtermin mit Terselius.«

Sie warfen sich in einen verlagseigenen Wagen, und Natalie fuhr schnell los, um der wartenden Schlange von Fahrzeugen zuvorzukommen. Anschließend schob sie sich mit beachtlicher Präzision zwischen zwei Taxis hindurch und verließ den Parkplatz. Er war beeindruckt.

»Wie ich sehe, ist es dir gelungen, eines der Autos zu buchen.«

»Muss man die buchen?« Sie war ganz auf die Zufahrt zur Autobahn konzentriert. Das wird Sölvebring so gut ausschlachten, wie es nur geht, dachte Meijtens.

Sie schossen in der linken Spur voran, und Natalie lehnte sich zurück und lenkte mit zwei Fingern auf dem unteren Rand des Lenkrads. Am Vorabend hatten sie mehrfach telefoniert, aber von einem Treffen mit Sonia Terselius hatte

Natalie nichts gesagt, nur erwähnt, wie schwer es gewesen sei, sie zu einem Gespräch zu bewegen.

»Wie hast du es denn geschafft, ein Interview mit Terselius zu bekommen?«, fragte er.

»Das war ein hartes Stück Arbeit, und ich dachte schon, dass ich nie an ihrer schnippischen Sekretärin vorbeikommen würde. Heute Morgen habe ich die Sache dann auf eine ganz neue Art angepackt, und das hat funktioniert. Vor einer Stunde kam die Bestätigung.«

Natalie überholte mit einem ungeduldigen Zungenschnalzen ein Taxi auf der rechten Spur. »Die Oberlandesgerichtsrätin ist sehr beschäftigt, die Oberlandesgerichtsrätin gibt keine Interviews, die Oberlandesgerichtsrätin dies und die Oberlandesgerichtsrätin das. Ich hätte sie umbringen können.«

Meijtens konnte sich schon denken, was Terselius' Sekretärin umgekehrt von Natalie hielt. Er schaute auf die vorbeirauschenden offenen Felder hinaus. »Erik Lindmans alte Verlobte hat es weit gebracht im Leben.«

»Nicht wirklich. Oberlandesgerichtsrätin ist keine schlechte Position für eine juristische Karriere, aber ich bilde mir ein, dass Sonia Terselius höhere Ambitionen hatte.«

Natalie steckte eine Hand in die Tasche, ohne den Blick vom Verkehr abzuwenden, und zog ein Paket Kaugummis heraus. Sie hielt es Meijtens hin und nahm sich dann selbst einen.

»Während du in Belgrad warst, habe ich ein bisschen zu unserer Freundin recherchiert. Nach ihrem Referendariat hat sie eine konventionelle juristische Karriere eingeschlagen, vermutlich mit dem Ziel, Richterin zu werden. Aber genau wie Wijkman und ungefähr zur selben Zeit wie er wurde sie als politische Beamtin angeworben und ging ins Justizministerium. Dort machte sie eine steile Karriere. Alle, die jemals mit ihr zusammengearbeitet haben, heben sie in den Himmel. Anfang der Siebzigerjahre gehörte sie zu den Architekten der damals verabschiedeten Flut neuer Gesetze und setzte sich für eine veränderte Sicht auf den Strafvollzug ein. Nach ein paar Jahren ist sie ans Gericht zurückgekehrt und hat seitdem sowohl für sozialdemokratische als auch für bürgerliche Regierungen in wichtigen Enquetekommissionen gesessen.«

»Und du meinst, Oberlandesgerichtsrätin ist ihr nicht fein genug?«

»Sonia Terselius ist ein ungewöhnlicher Fall, weil sie alle formalen juristischen Meriten mitbringt und zugleich über ein großes Kontaktnetz in der sozialdemokratischen Partei verfügt. Deshalb ist es im Grunde erstaunlich, dass sie keinen Spitzenposten in einem Ministerium oder in der Regierungskanzlei innehat. Einer von den Leuten, mit denen ich gesprochen habe, glaubt allerdings, dass sie nur auf die passende Gelegenheit für einen richtigen Spitzenposten wartet. Vielleicht als Oberlandesgerichtspräsidentin oder als Richterin am Obersten Gericht.«

»Sie findet es bestimmt ganz toll, dass zwei Journalisten sie zu ihrer revolutionären Jugend befragen wollen«, kommentierte Meijtens.

Natalie grinste, und Meijtens fragte sich, woher sie nur ihre ganzen Quellen nahm.

»Ein paar Jahre nach Erik Lindmans Verschwinden hat sie geheiratet. Irgendeinen Berufspolitiker aus der Regierungskanzlei. Die beiden ließen sich später scheiden, und seither lebt sie allein.«

Sie warf einen Blick auf die Uhr und fuhr nach ein paar Flüchen noch schneller. Von Meijtens wollte sie Details über sein Gespräch mit Dr. Pecanin hören. Als sie die nördliche Stadtgrenze erreichten, begann Natalie, laut darüber nachzudenken, was der schnellste Weg zum Gericht sein könnte.

»Ich habe eine Bitte an dich«, sagte sie mitten in einem gesetzeswidrigen Spurwechsel. »Ich würde gerne das Interview mit Terselius übernehmen.«

»Aber dann kann ich doch genauso gut Pecanins Informationen durchgehen. Wenn du mich hier an der Ecke rauslässt, kann ich …«

Natalie machte eine abwehrende Handbewegung.

»Du musst dabei sein, es war eine Bedingung dafür, dass wir sie treffen dürfen. Ich erkläre es dir später. Aber ich möchte, dass du mich reden lässt, bis ich dir ein Zeichen gebe, okay?«

Er wartete auf eine Erklärung, die jedoch nicht kam, und als das Nachmittagslicht durch die getönte Windschutzscheibe hereinfiel, wirkten ihre Augen noch dunkler als sonst.

»Ich habe vor, mit Sonia Terselius ein ernstes Wörtchen zu reden«, sagte sie.

Sie eilten im Laufschritt über die menschenleere Insel Riddarholmen.

»Weißt du, in welchem dieser Häuser sie sitzt?«, fragte Meijtens und blickte zu den alten Palästen hoch.

Natalie nickte, und ihre Absätze klapperten über das Kopfsteinpflaster. Sie führte Meijtens durch eines der Torgewölbe und über einen Innenhof. Bald nachdem sie sich im Empfang angemeldet hatten, tauchte eine Frau mittleren Alters in einem eleganten Kostüm mit einem ledergebundenen Schreibblock unter dem Arm auf.

»Natalie Petrini? Wir haben telefoniert«, sagte sie, machte aber keine Anstalten, Natalie die Hand zu geben.

Natalie stellte Meijtens vor. Die Assistentin lächelte ihn an, als wollte sie demonstrieren, dass sie auch freundlich sein konnte. Zu den richtigen Personen.

»Oberlandesgerichtsrätin Terselius kann Sie jetzt empfangen, aber ich muss Sie bitten, sich kurz zu fassen. In einer Viertelstunde hat sie bereits den nächsten Termin.« Sie schwieg kurz. »Ich musste dieses Gespräch sehr kurzfristig einschieben.«

Sie ging vor ihnen die Treppe hinauf und anschließend einen Korridor entlang, der zu einer Doppeltür aus Eichenholz führte. Dort klopfte sie vorsichtig an und horchte auf eine Reaktion. Es dauerte fast eine halbe Minute, bis jemand »Herein!« rief.

Die Sekretärin geleitete sie hinein, und Meijtens hörte, dass sie Natalie zuraunte: »Fünfzehn Minuten, nicht mehr!«, während sie an ihr vorbeigingen.

Der Raum war riesig. Zwei große Fenster ließen Licht herein, das auf dunkle Möbel fiel. Am hinteren Ende saß Sonia Terselius an einem Schreibtisch und schrieb. Sie blickte nicht auf, sondern bedeutete ihnen lediglich mit einer Geste, dass sie Platz nehmen sollten.

Nach einer Weile hob sie den Kopf und setzte rasch ein professionelles Lächeln auf, das allerdings genauso schnell wieder verschwand. Ihr dunkles Haar wies eine graue Strähne auf, die wie ein einzelner, perfekter Pinselstrich wirkte. Das Gesicht wurde von ihren hohen Wangenknochen und dem markanten Kinn dominiert.

»Was kann ich für Sie tun?«, fragte sie und schraubte ihren Füller zu.

»Wir sind gekommen, um Ihnen einige Fragen zu Erik Lindman zu stellen«, sagte Natalie.

Sonia Terselius verriet mit keiner Meine, ob dieses Gesprächsthema sie berührte. Natalie fasste kurz zusammen, woran sie arbeiteten und was in der letzten Ausgabe von *7Plus* gestanden hatte.

»Haben Sie die Artikel gelesen?«, erkundigte sich Natalie.

»Ich habe sie flüchtig überflogen.«

»Wir denken über einen weiteren Artikel nach und möchten Ihnen gewisse ergänzende Fragen zu Erik Lindmans Leben in Schweden stellen«, erklärte Natalie.

Sonia Terselius' Lippen wurden ein wenig schmaler, aber ansonsten behielt sie ihre Gesichtszüge unter Kontrolle.

»Ich nehme demnach an, dass Sie gekommen sind, um

mit mir über Persönliches zu sprechen, und nicht, um Fragen zu stellen, die das Oberlandesgericht betreffen.«

Natalie nickte, aber Meijtens merkte, dass sie genauso verblüfft war wie er selbst. Dies war genau wie Terselius' frühere Behauptung, ihre Artikel nur flüchtig überflogen zu haben, eine seltsame Aussage.

Dann begann Sonia Terselius zu erzählen, oder besser gesagt, sie erstattete Bericht, denn ihre Schilderung war so formell gehalten, dass sie eher einer Aussage vor Gericht als einer persönlichen Geschichte ähnelte. Als würde sie die Zusammenfassung des Lebenslaufs eines anderen Menschen verlesen. Erik Lindman, die Jahre in Uppsala, der Umzug nach Stockholm. Meijtens fiel auf, dass alles Private – ihre Beziehung, das politische Engagement und sein Verschwinden – in kurze, neutrale Nebensätze gepackt wurde.

»Entschuldigung, aber das wissen wir alles schon«, sagte Natalie.

Meijtens nahm ein freundliches, fast einschmeichelndes Lächeln wahr. Was machte sie da?

»Sie haben gesagt, dass Sie nur wenig Zeit haben, deshalb dachte ich, wenn Sie nichts dagegen haben, könnten wir direkt zu den Dingen kommen, die uns beschäftigen. Worauf wir keine Antwort haben«, fuhr sie fort.

Zum ersten Mal schien Terselius die Beherrschung zu verlieren. Sie nickte abwartend.

»Wie kam es, dass Sie die Polizei riefen, als Erik Lindman verschwunden war? Hatten Sie nicht seine Nachricht bekommen, dass er verreisen wollte?«

Natalies Stimme klang hilfsbereit, als versuchte sie, jemandem mit klugen Fragen zu helfen, einen Schlüsselbund zu finden.

Sonia Terselius schaute misstrauisch vom einen zum anderen. Um ihre Augen waren kleine Zornesfältchen aufgetaucht.

»Ich habe mit dem Mann zusammengelebt, in dessen Privatleben Sie jetzt herumwühlen. Er war ein Teil meines Lebens, meiner Jugend. Und *das* ist es, was Sie wissen wollen? Das Einzige, was Sie interessiert? Warum ich die Polizei gerufen habe?«

Wenn es Natalies Absicht gewesen war, Terselius aus der Fassung zu bringen, war ihr dies jedenfalls gelungen. Jetzt klang Natalie so wohlwollend wie eine Immobilienmaklerin.

»Wir möchten Ihre Zeit nicht unnötig beanspruchen, und das wäre das Puzzleteil, das uns fehlt.«

Sonia Terselius gelang es, sich zu beherrschen, aber ihre alte Selbstsicherheit gewann sie nicht zurück. »Das ist alles schon so lange her, ich erinnere mich nicht einmal richtig.«

»Dieser Punkt hatte aber offenbar eine gewisse Bedeutung für die weitere Entwicklung der Ereignisse.«

Sonia Terselius' Augen verengten sich, als hätte sie Schmerzen. Sie schien genau zu begreifen, was Natalie meinte.

»Was hätte ich denn tun sollen?« Dabei richtete sie sich anscheinend ebenso sehr an sich selbst wie an Natalie und Meijtens. »Er war doch verschwunden.«

»Aber hatte er nicht seinem Freund Åke Sundström gesagt, dass er wegfahren würde? Hat Åke Sundström Ihnen das nicht ausgerichtet?«, beharrte Natalie.

Terselius lehnte sich zurück. Sie hatte sich darauf vorbereitet, ihnen eine geschönte Version ihrer revolutionären Jugend zu liefern. Nicht auf diese Fragen. Sie schüttelte den Kopf.

»Ich konnte doch nicht bloß auf Åke hören. Meiner Ansicht nach war sein Urteilsvermögen nicht immer das Beste, und in den letzten Jahren hielt Erik nur noch sehr sporadisch Kontakt zu ihm.«

»Nicht *bloß* auf Åke hören«, wiederholte Natalie. »Heißt das, es gab andere, die Sie gedrängt haben, stattdessen die Polizei zu rufen?«

Sonia Terselius antwortete nicht.

»Carl Wijkman? Wollte Carl Wijkman, dass Sie die Polizei rufen? Johan Rooth? Wer?« Natalie klang immer noch freundlich, aber in ihrer Stimme schwang ein neuer Unterton mit.

Als Rooths Name fiel, verschränkte Terselius die Arme und starrte auf den Schreibtisch. »Ich kann mich nicht mehr an alle Details erinnern, aber es erschien mir einfach vernünftig, die Polizei zu rufen, als mein Verlobter verschwunden war.«

»Und er hat sich nie wieder gemeldet, nicht einmal nach seiner Rückkehr?«, fragte Natalie.

Sonia Terselius schüttelte den Kopf.

»Finden Sie es nicht seltsam, dass er unter seiner albanischen Identität zurückgekehrt ist, ohne sich zu erkennen zu geben?«

Über das Gesicht von Sonia Terselius huschte ein Schatten. Meijtens wusste nicht, ob Schmerz oder Wut die Ursache war. Sie ging zum Fenster und starrte auf den Hof. Sie konnten ihren Gesichtsausdruck nicht sehen.

»Ich weiß es wirklich nicht. Sie müssen verstehen, das alles ist zwar lange her, aber es war auch ein schreckliches Ereignis in meinem Leben. Mein Verlobter ist damals spurlos verschwunden. Am Ende verdrängt man einige Dinge, um damit abschließen zu können. Ein paar Jahre später lernte ich den Mann kennen, den ich dann heiraten sollte. Ich habe versucht, das alles hinter mir zu lassen. Mittlerweile sind wir seit vielen Jahren geschieden. Das Leben geht weiter, was immer auch geschieht.«

Sie sah auf ihre Armbanduhr, drehte sich aber nicht zu ihnen um.

»Ich habe nicht mehr viel Zeit, gleich habe ich den nächsten Termin. Sie haben gegenüber meiner Sekretärin erwähnt, dass Sie Informationen darüber haben, wie es Erik in Albanien ergangen ist. Wie Sie vielleicht verstehen werden, würde ich gerne mehr darüber erfahren, bevor Sie gehen.«

Deshalb hatte er also hier herumsitzen und zuhören müssen, während Natalie sich in Terselius verbissen hatte wie ein kleiner Jagdhund. Obwohl er eigentlich lieber nach Informationen gesucht hätte, die Pecanins Geschichte bestätigten. Natalie hatte Terselius versprochen, dass Meijtens ihr erzählen würde, was er über Erik Lindmans Leben in Albanien herausgefunden hatte.

Er befeuchtete seine Lippen. Es war ihm wichtig, ihr nicht noch mehr wehzutun, weshalb er kurz und ziemlich verharmlosend zusammenfasste, was Pecanin ihm erzählt hatte. Er erwähnte die Folterungen mit keinem Wort und spielte auch die langen Phasen im Gefängnis herunter.

»Dann ist das Leben für ihn also trotz allem nicht völlig unerträglich gewesen?«, fragte Sonia Terselius.

»Zeitweilig nicht, das ist richtig. Andererseits hat er sich dort natürlich auch nicht freiwillig aufgehalten.«

»Danke, das habe ich begriffen.«

Alle schwiegen für einige Sekunden.

»Sie sagen, er hat dort eine Familie gegründet? Weiß man, was mit seiner Frau und seinem Kind passiert ist?«

Meijtens schüttelte den Kopf, erkannte dann jedoch, dass diese Geste sinnlos war, da Terselius mit dem Rücken zu ihnen am Fenster stand.

»Nein, das wissen wir nicht«, sagte er.

Sonia Terselius senkte den Kopf und lehnte sich gegen den Fensterrahmen.

»Ich muss Sie jetzt bitten zu gehen.«

Sie verabschiedeten sich, aber Sonia Terselius drehte sich nicht mehr zu ihnen um.

25 Als sie in die Redaktion zurückkamen, konnte Meijtens sich nicht mehr bremsen. »Wozu sollte das denn jetzt gut sein?«

»Was denn?«

»Du hast sie provoziert. Was wolltest du damit bezwecken?«

»Ach, das hält die schon aus.«

»Aber wir haben absolut nichts aus ihr herausgeholt.«

»Das wäre uns so oder so nicht gelungen. Wir können diesen Leuten nicht immer nur harmlose, höfliche Fragen stellen, sonst lügen sie uns an und lügen immer weiter. Manchmal muss man den Baum schütteln und schauen, was herunterfällt.«

Natalie warf ihre Tasche auf den Schreibtisch. »Ich habe Bertil einen neuen Artikel für die nächste Ausgabe versprochen. Er wollte, dass wir sofort etwas liefern. Das war seine Bedingung dafür, uns weiter an der Story arbeiten zu lassen.«

»Für die nächste Ausgabe! Warum hast du denn nichts gesagt?«

Natalie machte eine abwehrende Handbewegung. »Dazu war keine Zeit. Kannst du aus dem Interview mit Pecanin etwas machen?«

»Ich muss uns eine Bestätigung durch eine unabhängige Quelle besorgen. Sonst können wir nicht schreiben, dass er als Berater für die albanische Regierung gearbeitet hat.«

»Wie lange dauert das?«

»Sicher eine Woche.«

Sie verdrehte die Augen, aber Meijtens beschloss, das zu ignorieren.

»Es ist ein isoliertes Land, und es geht hier nicht gerade um offizielle Informationen. Wahrscheinlich sollte man versuchen, nach Tirana zu fahren, aber dort herrscht im Moment Chaos.«

»Bertil wird dich niemals nach Tirana fahren lassen, solange wir nicht mehr in der Hand haben.«

Sie wurden von Sölvebring unterbrochen, der mit ausgebreiteten Armen auf sie zukam, eine Geste, die vermutlich ungläubiges Erstaunen ausdrücken sollte.

»Da seid ihr ja! Ihr wurdet überall gesucht. Hier ist mächtig was los gewesen. Bertil und Rydman warten im elften Stock auf euch. Ich habe das ganze Haus nach euch durchkämmt«, sagte Sölvebring.

»Okay, wir kommen«, erwiderte Meijtens und wandte sich an Natalie. »Worum mag es gehen?«

Er war noch nie zu einer Besprechung mit Rydman gerufen worden.

»Ich habe, ehrlich gesagt, Besseres zu tun, als nach euch zu suchen«, meckerte Sölvebring, aber Natalie ignorierte ihn und wandte sich an Meijtens.

»Ich finde, wir sollten die Gelegenheit nutzen, um den beiden zu erzählen, was wir herausgefunden haben.«

»Da ist noch etwas.« Sölvebring ließ nicht locker. »Ihr wisst nicht zufällig, was mit einem unserer Redaktionsautos passiert ist? Es ist nämlich spurlos verschwunden, obwohl es keiner gebucht hat. Ich wollte zu einem Termin und …«

Natalie warf ihm die Schlüssel zu, ohne in seine Richtung zu sehen.

»Meijtens, ich glaube, wir gehen jetzt besser«, sagte sie.

Sie ließen Sölvebring stehen, der die Schlüssel mit geradezu wollüstiger Empörung anstarrte.

Als sie zu Rydmans Büro in der elften Etage kamen, spürte Meijtens augenblicklich, dass etwas nicht stimmte. Der Chefredakteur saß steif an einem großen, ellipsenförmigen Konferenztisch. Ihm gegenüber hatte ein zerknirschter Bertil Andersson Platz genommen. Meijtens und Natalie wurden mit einem Kopfnicken hereingebeten und setzten sich.

Rydman sah vom einen zum anderen, als erwartete er, dass sie etwas sagen würden. Als er schließlich das Wort ergriff, war seine Stimme angespannt.

»Wir möchten, dass ihr zwei uns erklärt, was ihr da eigentlich treibt.«

»Was wir da treiben?«, entgegnete Natalie.

Sie hatte die Deckung schon oben, noch ehe Meijtens überhaupt reagieren konnte. Bertil Andersson begutachtete seine Hände.

»Ich denke eigentlich schon, dass ich eine unabhängige und furchtlose Wochenzeitung herausgebe«, fuhr Rydman fort. »Ich *rühme* mich sogar der Freiheiten, die ich meinen Mitarbeitern lasse. Das ist immer schon mein Stil gewesen.« Bertil Andersson nickte zustimmend. »Und deshalb *erwarte* ich, dass meine Mitarbeiter mir dieses Vertrauen *danken*, indem sie sich bei ihrer journalistischen Arbeit jederzeit ethisch korrekt verhalten.«

Meijtens fragte sich, wohin das führen sollte, und hörte Natalie tief durchatmen.

»Uns ist zu Ohren gekommen, dass ihr euch unter den alten Bekannten von Erik Lindman tummelt, haltlose Behauptungen aufstellt und wüste Unterstellungen vorbringt.«

Natalies Antwort kam wie ein Peitschenhieb. »Schwachsinn! Wer behauptet das?«

»Das tut hier nichts zur Sache, Natalie Petrini«, erwiderte Rydman und streckte sich. »Ich will einfach nur wissen, ob das wahr ist und warum ihr eine so sensible Recherche in Angriff nehmt, ohne sie vorher von Bertil absegnen zu lassen.«

Bertil Andersson nickte mit Grabesmiene, und es gelang ihm, so traurig auszusehen wie ein tief enttäuschter Vater, der gezwungen ist, seinen Sprössling aus der Arrestzelle abzuholen. »Wir haben darüber gesprochen, dass man jemanden aus Albanien interviewen sollte, von etwas anderem war nie die Rede.«

»Wir haben lediglich zwei alte Freunde von Lindman interviewt, um Hintergrundinformationen zu bekommen«, sagte Natalie, »und in diesen Gesprächen wurden keine sensiblen Punkte angesprochen.«

»Und warum werde ich dann von hochgestellten Persönlichkeiten angerufen, die sich über Verhöre und Methoden wie in der McCarthy-Ära beschweren?«, entgegnete Rydman.

Diesmal war Meijtens schneller. »Aber unsere Theorie ist doch gerade, dass Erik Lindman *kein* Spion war. Wie zum Teufel kann es dann um McCarthy gehen?«

»So einfach liegen die Dinge nicht, Meijtens«, erklärte Bertil Andersson.

Rydman nickte. »Es geht um eine sensible und komplizierte Geschichte, und ihr habt nicht das Gesamtbild vor Augen.«

»Schön, und was ist das Gesamtbild?«, fragte Meijtens. »Was ist es, was wir offensichtlich nicht wissen?«

»Ihr habt keine Ahnung, was bei dieser Geschichte alles passiert ist. Wir *wissen*, dass der Staatsschutz die Ereignisse untersucht hat. Und zwar mit äußerster Sorgfalt. Ihr müsst begreifen, dass wir uns lächerlich machen, wenn wir versuchen, einen alten Spion zu rehabilitieren, und Lindmans Schuld ist eindeutig belegt.«

Es entstand ein angespanntes Schweigen. Sie alle kannten die Geschichte des sogenannten Almerydmannes, eines Busfahrers, der angeklagt worden war, seine Frau ermordet zu haben. Die Polizei hatte lediglich Indizienbeweise, dennoch wurde der Mann in erster Instanz verurteilt. Die Lokalzeitung vor Ort, deren Chefredakteur Rydman damals war, brachte daraufhin eine Reportagereihe über die zahlreichen Fehler der Polizei bei den Ermittlungen. Die Artikel entwickelten sich zu einer regelrechten Kampagne, und in der nächsten Instanz wurde der Mann tatsächlich freigesprochen.

Noch bevor der Jubel verklungen war, wurde wegen einer defekten Wasserleitung auf dem Grundstück des Mannes eine Grube ausgehoben, in der man die Leichen von zwei Frauen fand, die ein paar Jahre zuvor verschwunden waren. Daraufhin brach der Almerydmann zusammen und gestand insgesamt drei Morde, darunter auch den an seiner Frau. Sie hatte ihm gedroht, ihn zu verraten, und er hatte sie zum Schweigen gebracht. Das Bild, auf dem Rydman die Hand des freigelassenen Almerydmannes zu einer Siegergeste in die Höhe riss, war in allen Zeitungen des Landes auf der Titelseite gewesen.

»Wir haben natürlich niemals vorgehabt, etwas zu veröffentlichen, was wir nicht sicher belegen können«, sagte Natalie.

Meijtens begann darzulegen, was sie bisher herausgefunden hatten, aber Rydman unterbrach ihn gereizt. »Begreifst du nicht, dass ihr Gefahr lauft, eine Menge Dinge aufzuwirbeln, wenn ihr in dieser Geschichte herumstochert?«

»Was denn aufzuwirbeln?«, beharrte Meijtens.

Bertil Andersson räusperte sich. »Es geht hier nicht zuletzt um das Personal, das uns zur Verfügung steht. Immerhin sind wir nur eine kleine Redaktion, und ich kann nicht verantworten, dass zwei meiner Journalisten so viel Arbeitszeit auf ein Thema verwenden, über das in meinen Augen bereits alles gesagt worden ist.«

»Das ist ein weiterer wichtiger Aspekt, den Bertil völlig zu Recht aufgreift«, sagte Rydman und zeigte auf seinen Stellvertreter, als gäbe er bei einer Quizsendung den Gewinner bekannt.

Die Diskussion ging weiter, aber dabei wurde nur deutlich, dass ihr Chefredakteur sich entschieden hatte. Er lehnte sich zurück und setzte seine Brille auf.

»Bertil und ich haben beschlossen, die Sache vorerst auf

Eis zu legen. Sollte etwas Neues herauskommen, werdet ihr das mit Bertil besprechen, der sich anschließend mit mir berät. Diesmal tun wir nichts ohne meine ausdrückliche Genehmigung.«

Rydman fuhr in einem gespielt gleichgültigen Ton fort: »Darüber hinaus haben wir Folgendes beschlossen: *Wenn* wir die Sache weiterverfolgen, werden wir andere Mitarbeiter darauf ansetzen.«

Natalie protestierte, aber Bertil Andersson legte seine Hand auf ihren Arm.

»Wenn wir einer so sensiblen Geschichte weiter nachgehen, möchte ich dafür meine erfahrensten und umsichtigsten Journalisten einsetzen. Ich hoffe, das versteht ihr«, sagte Rydman.

Bevor sie dazu kamen, ihm zu antworten, griff Bertil Andersson ein. »Ich denke, es ist alles gesagt worden, was gesagt werden musste. Die Details bespreche ich mit den beiden unten in der Redaktion.«

Er nickte Natalie und Meijtens zu, um ihnen zu signalisieren, dass die Besprechung für sie vorbei war.

Im Aufzug fluchte Natalie leise vor sich hin, Meijtens hingegen blieb stumm. Die Wut über Rydman fiel bereits von ihm ab. Er dachte über Dr. Pecanins Geschichte nach, über kleine Details, die er zu einem noch unvollständigen Muster sortierte.

»Woran denkst du?«, fragte sie leise.

Er schaute zur Decke. »Ich frage mich, was aus Rydmans Worten über ›unseren hauseigenen Historiker‹ geworden ist.«

Die Aufzugtüren gingen auf, und Natalie musste trotz allem lachen.

Eine halbe Stunde später kehrte Bertil Andersson in die Redaktion zurück. Als sie in sein Büro kamen, griff er sie augenblicklich an. »Ich habe nichts dagegen, mich vor meine

Journalisten zu stellen, nicht einmal in ihren weniger umsichtigen Momenten. Aber dann möchte ich im Vorfeld darüber informiert werden, was sie tun.«

»Dazu war einfach keine Zeit, Bertil«, sagte Natalie. »Und was soll das überhaupt heißen, einen anderen auf die Story anzusetzen?«

Bertil Andersson breitete die Arme aus. »Du hast ihn gehört. Er meint es ernst. Wenn etwas Neues auftaucht, setzt er einen von den anderen Klugscheißern darauf an.«

Er erstickte ihre Proteste mit einer neuen Tirade.

»Das habt ihr ganz allein euch selbst zuzuschreiben. Ihr seid nicht besonders geschickt gewesen. Man kann nicht einfach zu dieser Art von Leuten gehen und sie fragen, was sie denn in den fröhlichen Sechzigern so getrieben haben, ohne dass es anschließend Probleme gibt.«

Natalie schüttelte den Kopf. »Es will mir nach wie vor nicht in den Kopf, dass sie sich über unsere Interviews beschwert haben. Und noch weniger, warum Rydman sich so über irgendwelche Telefonanrufe von Wijkman oder Terselius aufregt.«

»Das haben sie nicht. Und das hat er nicht. Um deine beiden Fragen der Reihe nach zu beantworten.«

Er merkte offenbar, dass sie nur Bahnhof verstanden, und konnte sich ein wölfisches Grinsen nicht verkneifen.

»Ihr hättet ein bisschen genauer recherchieren sollen, meine Freunde. Dann hättet ihr nämlich gewusst, dass Terselius später mit Peter Laurén verheiratet war.«

»Das wussten wir«, sagte Natalie, »aber was ist an diesem Laurén denn so besonders?«

Andersson lehnte sich vor und hob die Augenbrauen.

»Peter Laurén? Der Mann gilt als die graue Eminenz in unserer dauerregierenden sozialdemokratischen Partei, kennt sich aus in den Fluren der Macht und ist seit Neuestem vorgesehen für den Posten als Gesandter bei der Europäischen Gemeinschaft, um dort den Weg für einen Beitritt

Schwedens zu ebnen. Er ist kein Mann für große Schlagzeilen, sondern arbeitet lieber hinter den Kulissen. Wenn die Kamerablitze die üblichen Dauergrinser einfangen, die das Band durchschneiden, kann man sicher sein, dass Laurén längst da gewesen ist und seinen Beitrag geleistet hat.«

Er schaute die beiden nacheinander an und war offensichtlich hochzufrieden damit, dass sie Lauréns Werdegang und Position nicht kannten.

»Er ist denkbar weit von einem Revolutionär entfernt, ein Mann des rechten Parteiflügels, der bestimmt noch nie auf einer Demonstration gewesen ist, die nicht vorher von einem einstimmigen Parteivorstand und dem Staatsschutz befürwortet worden ist. Ein Mann wie Laurén will um jeden Preis verhindern, dass seine Exfrau in der Presse als Salonbolschewistin und frühere Verlobte eines Meisterspions auftaucht. Das sähe nämlich gar nicht gut aus.« Bertil Andersson warf zielsicher einen Portionsbeutel Kautabak in den Papierkorb.

»Okay, aber warum wird Rydman so hysterisch, weil wir Lauréns früherer Frau harmlose Fragen stellen? Das verstehe ich immer noch nicht«, sagte Natalie.

»Weil Rydman ein Wolf im Schafspelz ist.«

Sie starrten Andersson an. Er blieb noch einige Sekunden stumm, um seine Überlegenheit auszukosten. Dann sprach er mit halb geschlossenen Augen und gefalteten Händen weiter.

»Er ist ein verkappter Sozi, äußerlich konservativ, aber im Kern ein Genosse. Es ist ein offenes Geheimnis, dass Rydman ein Mann der Partei ist, der in den Konzern eingetreten ist, weil die Besitzer einen guten Kanal zur Arbeiterbewegung haben wollen. Rydman und Laurén haben die Art von persönlicher Verbindung, die vor jede moderne Zeitrechnung zurückreicht, und als sein alter Freund ihn anrief und ihm erzählte, dass er etwas gegen zwei ungezogene *7Plus*-Reporter hat, die in Terselius' revolutionärer Vergangenheit herumschnüffeln, da hat Rydman ihm wie ein gut abgerichteter Schäferhund gehorcht. Wie ihr eben erleben durftet. Das ist die Recherche, die ihr hättet machen müssen.«

Er verstummte in dem Moment, als Rydman ausnahmsweise persönlich bei ihnen auftauchte. Der Chefredakteur ging mit entschlossenen Schritten durch die Redaktion zu Anderssons Glaskasten und schloss die Tür hinter sich.

Zum Erstaunen aller wandte er sich direkt an Meijtens.

»Dir scheint nicht wirklich klar zu sein, wie ernst das ist, was ihr da in Gang gesetzt habt. Offenbar begreifst du nicht, welche Risiken es mit sich bringt, wenn eine Story nur auf losen Theorien basiert. Das ist höchst bedauerlich.«

Meijtens merkte, dass Natalie aufstand und ihre Hand auf seine Rückenlehne legte. Sie wollte etwas sagen, aber Rydman hob die Hand und sprach weiter.

»Du wolltest das Gesamtbild kennenlernen, und das sollst du bekommen. Ich habe ein außerordentliches Treffen für dich arrangiert. Aber vorher möchte ich dir Folgendes einschärfen: Dieses Treffen darf in unserer Zeitung niemals zitiert oder auch nur erwähnt werden. Sollte deine Anstellung bei *7Plus* enden, gilt dieses Verbot auch über das Ende deiner Beschäftigung bei uns hinaus. Das sind die Regeln, verstanden?«

»Mit wem sollen wir uns treffen?«, fragte Natalie.

»Die Übereinkunft gilt nur für Meijtens«, antwortete der Chefredakteur, ohne sie anzusehen.

»Ausgeschlossen, so etwas Absurdes habe ich ja noch nie gehört. Außerdem können wir nicht akzeptieren, dass …«

Aber Meijtens unterbrach sie. »Ist schon okay. Ich bin einverstanden.«

Natalie stampfte mit dem Fuß auf. »Scheiße, Tobias, kapierst du nicht, was die vorhaben?«

Es blieb unklar, auf wen sich ihre Worte bezogen. Wahrscheinlich meinte sie, dass der mysteriöse Informant lieber mit einem unerfahrenen Journalisten wie Meijtens als mit ihr sprechen wollte, wenn er seine Version der Ereignisse schilderte.

Nun mischte sich sogar Bertil Andersson ein und versuchte gemeinsam mit Natalie Rydman davon zu überzeugen, dass dies keine gute Idee war.

Aber Meijtens hatte sich auf eine Art vorbereitet, die Natalie und Bertil Andersson niemals nachvollziehen können würden. In seinen Nächten im Taxi und bei unzähligen Diskussionen mit Jakub. Durch seine unveröffentlichten Artikel aus Berlin und die Grübeleien nach Sjöhages Selbstmord. Es interessierte ihn nicht die Bohne, warum Rydmans Kontakt verlangte, mit Meijtens unter vier Augen sprechen zu dürfen. Er wollte einfach nur hören, was dieser mysteriöse Mann zu sagen hatte.

»Ich mache es.« Meijtens gelang es irgendwie, Bertil und Natalie zu übertönen, ohne die Stimme zu heben. Sie verstummten und starrten ihn verblüfft an.

»Es spielt keine Rolle, warum er verlangt, mich allein zu treffen«, fuhr Meijtens fort. »Wenn das seine Bedingung ist, haben wir ohnehin keine andere Wahl. Oder?«

Rydmans Blick begegnete für ein paar Sekunden dem von Meijtens, dann hob der Chefredakteur den Hörer ab und wählte eine Nummer.

Tilas bückte sich und öffnete die unterste Schreibtischschublade. Nach einem schnellen Blick zur Tür holte er die drei Mappen heraus, die unter einem Heftapparat und einer drei Tage alten Zeitung lagen.

Natürlich sollten sie dort nicht liegen. Es ging darin um Dinge, mit denen er sich nicht beschäftigen durfte, es waren Kopien, die er nicht hätte anfertigen sollen. Verhaltensregeln, die genauso strikt waren wie die Forderung, jede Woche zu diesen Treffen zu gehen, die Geheimniskrämer zu informieren und sich nicht mit abgeschlossenen Mordermittlungen zu befassen.

Er öffnete die erste Mappe – scheinbar so zerstreut wie ein Mann, der in einer öffentlichen Bibliothek Zeitung liest. Er studierte die Liste der Dinge, die Sven Emanuel zum Zeitpunkt seines tragischen Unfalls bei sich getragen hatte. Eine Decke, ein paar Kleider, einige Zeitungen. Eine Büchse Sardellen, geöffnet. Eine Konservendose Ravioli, ungeöffnet. Die Kleider, die er am Leib trug.

Zu dem Punkt gab es ein interessantes Detail. Die stinkende Jacke hatte eine Innentasche gehabt, die Sven Emanuel offenbar immer mit einer Sicherheitsnadel verschlossen hatte. Eine wenig überraschende Maßnahme für einen paranoiden Mann, der auf der Straße lebte. Als sie seine Leiche fanden, war die Sicherheitsnadel allerdings geöffnet gewesen und hatte lose an der leeren Tasche gehangen. Was sich als Wertsachen bezeichnen ließ, war in eine Außentasche gestopft worden.

Dies hatte das Interesse des verantwortlichen Kriminaltechnikers geweckt, der Tilas vorgeschlagen hatte, dass es sich um einen Raubüberfall handeln könnte. Jemand hatte den Mann überfahren, nach Geld gesucht, seine geheime Innentasche gefunden und alles, was nicht verwertbar war, in Sven Emanuels Außentasche gestopft. Zu diesem Zeitpunkt hatte Fahlén den Fall jedoch bereits zu den Akten gelegt und wollte nichts von neuen Ausgangspunkten hören. »Kein Mensch überfährt einen Penner, um ihn anschließend auszurauben«, hatte er gesagt. »Wir sollten uns alle bemühen, uns wenigstens ein bisschen Kontakt zur Realität zu bewahren.«

Tilas hob die durchsichtige Tüte an. Sie enthielt die wenigen Dinge, die man als Sven Emanuels Wertsachen betrachten konnte. Sowie Meijtens' Visitenkarte. Dann griff er zu der zweiten braunen Mappe. Keine Referenznummer, keine Quittung über den Erhalt. Er hatte sie selbst erstellt. *Tobias Meijtens* hatte er auf die obere Ecke geschrieben. Bisher enthielt sie nur ein Blatt Papier und ein paar Notizen.

Er hatte eine Kriminalanwärterin gebeten, die Straftäterkartei nach Meijtens' Namen zu durchkämmen. Nichts, nicht einmal Volltrunkenheit oder die Teilnahme an einer verbotenen Demonstration. Aber die junge Kriminalanwärterin, die sich von ihrer besten Seite zeigen wollte, hatte nicht so schnell aufgegeben.

Er nahm den kurz gefassten Bericht in die Hand, der nach Wohnungseinbrüchen erstellt wurde. Es war ein Standardformular, dessen einzige Funktion darin bestand, die Forderungen der Versicherungen zu erfüllen und den Opfern der Straftat gelegentlich das Gefühl zu vermitteln, dass etwas getan wurde. Tilas hatte allerdings festgestellt, dass auch die Bürger in diesem Punkt immer zynischer geworden waren.

Dieser Bericht hatte jedoch sein Interesse geweckt. Das Telefonat mit Meijtens' Verlobter oder Lebensgefährtin oder was immer sie war, hatte seinen Verdacht bestätigt. Er hatte im Laufe der Jahre schon vieles gesehen. Vandalisierte Wohnungen, in denen Drogensüchtige auf den Perserteppichen ihre Notdurft verrichtet hatten. Diebe, die es auf Briefmarkensammlungen abgesehen hatten und Fernsehapparate stehen ließen. Hier war er jedoch zum ersten Mal auf einen Einbruch gestoßen, bei dem man eine Schmuckschatulle übersehen, aber einen Haufen wertloser Notizbücher minutiös durchgesehen hatte.

Tilas trommelte mit den Fingerspitzen gereizt auf der Visitenkarte herum. Irgendwo da draußen stolperte Meijtens durch die Gegend. Begriff er eigentlich, was um ihn herum geschah? Tilas glaubte es nicht. Die Artikel hatten den wichtigsten Zusammenhang übersehen, zu dem Tilas nicht mehr weiterermitteln durfte. Meijtens musste dagegen keine Rücksicht auf Leute wie Fahlén oder die Geheimniskrämer nehmen, die ihm sagten, was er alles nicht tun durfte.

Tilas schaute sich noch einmal um und griff nach der dritten Mappe.

26

Der Wind wehte durch den Park, und vom Erdboden des Amphitheaters wurden Herbstblätter aufgewirbelt. Die kahlen Steinstufen waren nass und dem Wind schutzlos ausgeliefert. Kein Mensch würde auf die Idee kommen, hier um diese Jahreszeit irgendetwas aufzuführen.

Es dämmerte. Sie würden diesen Ort ganz für sich alleine haben, dachte Meijtens, als er sich auf den einsamen Parkwegen näherte. Unten am Ufer der Riddarfjärden sah er ein paar Menschen, die mit ihren Hunden Gassi gingen, und von den Schaukeln in einiger Entfernung drang das Geräusch spielender Kinder an sein Ohr.

Es konnte nur der ältere Mann in Öljacke und einem unförmigen Hut aus Tweedstoff sein, der bereits wartete. Hier oben, auf dem höchsten Absatz des Freilichttheaters, hatte er Aussicht auf den Park, und niemand würde sie stören.

»Tobias Meijtens, nehme ich an«, sagte er in einem sanft melodischen schonischen Dialekt und streckte die Hand aus. »Hansson.«

Als sie sich die Hand gaben, lächelte er freundlich. Die Abwesenheit von Vorname und Titel ließ den Namen »Hansson« frei erfunden klingen, aber Meijtens machte sich über den Grad der Vertraulichkeit keine Gedanken. »Sie haben sich zu dieser äußerst ungewöhnlichen Ausnahme bereit erklärt«, hatte Rydman ihm mitgeteilt, und seine Stimme hatte ehrfürchtig, fast unterwürfig geklungen. »Du wirst jemanden treffen, der die ganze Wahrheit über Erik Lindman kennt.«

Der Mann, der sich Hansson nannte, sah Meijtens forschend an, richtete seinen Blick dann jedoch auf den Park.

»Zunächst möchte ich Ihnen zu Ihren Artikeln über Erik Lindman gratulieren und dazu, dass Sie geholfen haben, ihn zu identifizieren. Obwohl wir das ohnehin bald selbst getan hätten.«

Meijtens bedankte sich für das halbherzige Kompliment.

»Hat Rydman Ihnen die Voraussetzungen für unser Gespräch genannt?«

»Sie meinen, dass wir Sie nicht zitieren dürfen? Das hat er.«

Hansson wandte sich wieder Meijtens zu. »Ich bin hier, um Sverker einen Gefallen zu tun. Wir kennen uns schon seit ewigen Zeiten.«

Meijtens schob seine Hände tief in die Taschen seines Mantels und zog ihn enger um sich. Hansson strich mit langsamen Bewegungen über seinen Schnauzer und schien zu überlegen, wie er am besten anfangen sollte.

»Wissen Sie, die Arbeit der Nachrichtendienste ist kompliziert und in vieler Hinsicht undankbar. Information, Wissen – das ist es, womit wir arbeiten. Das ist, wenn Sie so wollen, unsere Währung. Das Fehlen von Informationen birgt oft Gefahren. Dasselbe gilt, wenn ein Außenstehender über Wissen verfügt, das unserem Land Schaden zufügen kann. Das ist der Ausgangspunkt jeder Gegenspionage.«

Meijtens hörte zu und blies Luft in seine gewölbten Hände.

»Aber es gibt etwas, was noch gefährlicher ist«, fuhr Hansson fort, »und das ist Desinformation. Unrichtige Informationen führen dazu, dass Staaten gegen ihre eigenen Interessen handeln, sich vor ihren Gegnern entblößen und die falschen Entscheidungen treffen. Das kann auch unschuldigen Menschen schaden.«

Er musterte Meijtens einige Sekunden und fuhr anschließend im gleichen dozierenden Tonfall fort: »Diese Tatsache wird von den Geheimdiensten in aller Welt, vor allem im Osten, ausgenutzt. Falsche Informationen zu verbreiten ist in gewisser Weise genauso wichtig wie das Sammeln von Erkenntnissen. Manchmal werden die einheimischen Behörden und Medien in dem Land genutzt, indem man falsche Informationen zu verbreiten versucht, wobei ungeheuer geschickt vorgegangen wird. So kann es beispielsweise darum gehen, eine bestehende Bedrohung zu verharmlosen oder staatliche Institutionen zu bekämpfen. Die Maßnahmen können sich aber auch gegen Personen richten, denen man aus irgendeinem Grund schaden möchte.«

Hansson machte eine Kunstpause. »Wir glauben, dass jemand Sie zu diesem Zweck benutzt.«

Meijtens sah ihm in die Augen. »Niemand benutzt uns. Alles, was wir geschrieben haben, ist wahr.«

Hansson hob in einer beschwichtigenden Geste die Hand.

»Ihre Artikel waren hervorragend, investigativer Journalismus par excellence. Aber Sie stellen Thesen auf, die nicht nur falsch sind, sondern auch den Interessen unseres Landes und unschuldigen Menschen schaden können.«

»Wir stellen keine Thesen auf, wir präsentieren nur Fakten.«

Hansson schüttelte entschieden den Kopf. »Nein, in dem Punkt bin ich leider ganz und gar nicht Ihrer Meinung. Unter Ihren Artikeln gab es einen ausgesprochen spekulativen Text, der noch dazu durch ein kleines Kästchen hervorgehoben wurde. Sverker sagt, dass Sie die Absicht haben, diese Theorie weiterzuverfolgen.«

»Das stimmt, wir sind in der Tat auf eine ganze Reihe interessanter Informationen gestoßen.«

Hansson wiederholte sein nachdrückliches Kopfschütteln, als müsste er eine stärkere Reaktion auf Meijtens' Worte unterdrücken. »Das wäre verantwortungslos von Ihnen. Sie schwingen sich zum Richter auf, obwohl Ihnen wichtige Fakten zum Fall nicht vorliegen. Außerdem fürchte ich, dass alles, was Sie Informationen nennen, genau die Art von Desinformation ist, von der ich spreche.«

Er klang erneut belehrend. »Wissen Sie, Meijtens, die Menschen, von denen Sie Ihre Informationen beziehen, können sehr wohl im guten Glauben gehandelt haben. Oft wissen sie selbst nicht, dass sie hinters Licht geführt wurden. So funktioniert das in der Welt der Geheimdienste.«

»Sie stellen infrage, dass unsere Informationen korrekt sind, bieten selbst jedoch herzlich wenig in dieser Richtung an.«

Hansson lächelte. »Oh, ich fürchte, Sie werden vieles von dem, was ich Ihnen sage, als wahr annehmen müssen, ohne eine Bestätigung dafür bekommen zu können. Alles, was den Fall Erik Lindman betrifft, unterliegt nämlich vorläufig noch der Geheimhaltung.«

Mittlerweile war es dunkel geworden, und in dem unter ihnen liegenden Park war kein Mensch mehr zu sehen.

»Aber so viel kann ich Ihnen immerhin sagen: Wir sind uns vollkommen sicher, dass Erik Lindman von der Sowjetunion als Spion angeworben wurde.«

Sie gingen gemächlich zur Uferpromenade hinunter, unter dem riesigen Brückenkopf entlang und um die kleine Landzunge herum. Trotz seiner militärischen Haltung bewegte Hansson sich langsam. Er sprach ruhig und in allgemein gehaltenen Formulierungen über die schwedischen Geheimdienste, als wolle er Meijtens von seiner eigenen Glaubwürdigkeit überzeugen.

»Haben Sie die Ermittlungen des Staatsschutzes im Fall Erik Lindman geleitet?«, erkundigte sich Meijtens in dem Bemühen, ihr Gespräch auf das eigentliche Thema zurückzubringen.

Hansson schüttelte den Kopf. »Ich bin kein Angehöriger des Staatsschutzes, sondern in anderer Funktion für unsere Nachrichtendienste tätig.«

»Beim militärischen Geheimdienst?«

Hansson lächelte. »So könnte man es formulieren. Aber ich denke, das braucht uns nicht weiter zu interessieren.«

Meijtens sagte nichts, ahnte jedoch, welche Abteilung

Hansson meinte. Er würde sich darum bemühen müssen, diese Details auf andere Art bestätigt zu bekommen.

»In Ihren Artikeln haben Sie Informationen zitiert, die früher in der Presse über Lindman standen. Aber wissen Sie, das Bild, das die Zeitungen damals zeichneten, umfasste nicht alles, was uns bekannt war. Die Medien haben sich auf die eingeschränkten Informationen berufen, die wir ihnen gegeben hatten, und wir stellten lediglich die Fakten bereit, die uns absolut notwendig erschienen.«

»Dass Erik Lindman der Agent war, den man bereits als Student angeworben hatte, damit er die schwedische Staatsverwaltung infiltrierte?«

Hansson nickte. »Es dürfte ein offenes Geheimnis sein, dass Schweden immer schon mit anderen westlichen Nachrichtendiensten zusammengearbeitet hat, und von Zeit zu Zeit bekommen wir von dieser Seite Tipps zu Bedrohungen für unsere Sicherheit. Anfang der Sechzigerjahre tauchten Informationen auf, nach denen der KGB unter linksgerichteten Studenten im Westen Agenten rekrutierte. 1964 erhielten wir dann von den Holländern einen konkreten Hinweis. Ein als Diplomat getarnter KGB-Mann war in Den Haag übergelaufen. Sie hatten ihn in eine klassische Falle gelockt: Eine junge Frau, die für den niederländischen Geheimdienst arbeitete, hatte ihn verführt und schnell von der Vortrefflichkeit der westlichen Demokratien überzeugt.«

Er blieb stehen und blickte aufs Wasser hinaus. Vielleicht überlegte er, wie viel er Meijtens erzählen konnte.

»Schon bald stellte sich allerdings heraus, dass er nur ein kleiner Fisch war, der herzlich wenig zu erzählen hatte. Ein Laufbursche. Aber einen kleinen Krümel hatte er anzubieten: Er sollte nach Schweden versetzt werden, um dort als Kontaktmann eines jungen schwedischen Agenten zu arbeiten. Er hatte knappe Instruktionen bekommen, denen zufolge es darum ging, dem verantwortlichen KGB-Mann in der Botschaft als eine Art Mädchen für alles zur Hand zu gehen. Der schwedische Agent sollte in den nächsten Jahren noch nicht aktiv genutzt werden, sondern erst nachdem er eine Position mit Einblick in die Staatsverwaltung erreicht hatte. In erster Linie würde es also darum gehen, den Rettungsring zu spielen, falls etwas schiefgehen sollte, und ansonsten abzuwarten. Ob nun zu Recht oder zu Unrecht – jedenfalls bildete dies in den Augen des KGB-Mannes einen Rückschritt in seiner Karriere, und seine Verbitterung darüber war einer der Gründe dafür, dass er überlief.«

Sie hatten das Ufer bei Smedsudden erreicht, und Hansson wartete, bis eine Frau mit einem Foxterrier an ihnen vorbeigegangen war. Er warf einen kurzen Blick über die Schulter.

»Wie sich herausstellte, wusste er darüber hinaus sehr wenig. Im Prinzip nur so viel, dass es sich um einen jungen Schweden handelte, dem eine glänzende Zukunft prophezeit wurde. Und seinen Decknamen: Tristan. Ein Deckname sagt uns natürlich nichts, wir können nicht einmal sicher sein, dass es sich um einen Mann handelt, weil der Agent Tristan genannt wird. Wir konnten nur bedauern, dass die Holländer davon nichts wussten, bevor er überlief, denn sonst hätten sie ihn vielleicht als Doppelagenten benutzen und er hätte uns direkt zu Tristan führen können. Trotzdem gab es ein paar Dinge, denen wir nachgehen wollten, auch wenn wir das Netz etwas weiter spannen mussten.«

»Wie meinen Sie das?«

»Der Staatsschutz hat sich auf informellem Wege mit – nun ja, mit der speziellen Sektion innerhalb des Generalstabs in Verbindung gesetzt, für die ich damals arbeitete. Wir verfügten zu der Zeit über erstklassiges Material zur Teilnahme der Kommunistischen Partei an internationalen Kongressen und zu möglichen Fällen von Industriespionage.«

»Sie meinen die Personenkarteien des Staatsschutzes, in denen Menschen mit kommunistischen Überzeugungen registriert wurden?«

»Nennen Sie es, wie Sie wollen. Ich selbst bin immer der Meinung gewesen, dass wir keine Überzeugungen registrieren, sondern Handlungen.«

Meijtens wischte die Wortklaubereien ungeduldig beiseite, ihm war wichtig, dass Hansson weitererzählte.

»Mit dem Ausgangspunkt, dass Tristan ein junger Akademiker war, der die Absicht hatte, innerhalb des Staatsapparats Karriere zu machen, und anhand unserer eigenen Informationen konnten wir mit etwas Mühe eine Liste möglicher Kandidaten zusammenstellen. Sie war deprimierend lang und umfasste gut zehn Personen.«

»Sie meinen, dass diese Personen alle Mitglieder in irgendeiner kommunistischen Organisation waren?«

»Überhaupt nicht. Eine solche Liste wäre trotz allem bei Weitem nicht so lang geworden, jedenfalls nicht Anfang der Sechzigerjahre. Außerdem war es wahrscheinlicher, dass die Sowjets dafür gesorgt hatten, Tristan außerhalb der Partei zu halten. Es ging eher um die Teilnahme an irgendeinem Friedenskongress oder die Mitgliedschaft in einer breiter aufgestellten linksgerichteten Vereinigung wie Veritas. Dort herrschte unserer Erfahrung nach eine günstige Atmosphäre für Rekrutierungsversuche.«

»Und Erik Lindman stand auf dieser Liste?«

»Allerdings. Er passte perfekt zu Tristans Profil. Ein radikal denkender Student, der im Außenministerium soeben seine Ausbildung für den diplomatischen Dienst angetreten hatte. Er war nie Mitglied einer Partei gewesen, hatte sich aber, wie Sie wissen, in verschiedenen politischen Organisationen engagiert.«

Ein Windstoß wirbelte Müll vom Erdboden auf. Meijtens schloss für ein paar Sekunden die Augen und konzentrierte sich. Er wollte sicher sein, sich später an jedes kleine Detail in der Geschichte des Mannes erinnern zu können.

»Ich möchte, dass Sie eines verstehen«, fuhr Hansson fort. »Wer auf dieser vorläufigen Liste landete, war nicht automatisch ein Sicherheitsrisiko. Viele von diesen Leuten haben später äußerst verdienstvolle Karrieren gemacht. Keiner von ihnen steht in dem Verdacht, etwas Ungesetzliches zu tun, im Gegenteil. Sie landeten zufällig auf einer Liste, als wir nach Tristan suchten, nach Erik Lindman. Das ist alles.«

Meijtens nickte, und sie flanierten weiter am Wasser entlang.

»Wir konnten die Zahl der Namen auf unserer Liste nach einigen Nachforschungen auf fünf reduzieren und beschlossen, mit jedem der Betroffenen ein kleines Gespräch zu führen.«

»Sie haben die Verdächtigen verhört?«

Hansson lachte kurz in sich hinein. »Nun, Verhör ist nicht unbedingt das Wort, das ich wählen würde. Es handelte sich um sehr informelle Kontakte. Kein Wort über Tristan, über Tipps oder Sicherheitsüberprüfungen. Routinegespräche nannten wir sie. Vorsichtig. Diskret.«

Er betonte jedes Wort mit einem kurzen Kopfrucken.

»Dennoch muss Erik Lindman begriffen haben, was los war. Wir gerieten ins Grübeln, als er das Außenministerium so plötzlich verließ, und wussten nicht, wie wir das deuten sollten. Die Ermittlungen liefen noch, und keiner der Leute, die auf der kurzen Liste standen, war gestrichen worden. Dann verschwand er plötzlich spurlos, und uns dämmerte allmählich, wer unser Tristan war.«

Er studierte Meijtens' Gesicht, aber nichts in dessen Miene enthüllte, ob diese Schlussfolgerung in seinen Augen logisch erschien.

»Da haben Sie Ihre Erklärung. Das, was Sie nicht verstehen konnten: Warum er seine Karriere im Außenministerium aufgab, warum er verschwand. Er spürte unseren Atem im Nacken. Vielleicht geriet er in Panik, vielleicht holten ihn die Russen heim, um einen Skandal zu verhindern. Jedenfalls war Erik Lindman Tristan, das steht zweifelsfrei fest.«

»Die Russen holten ihn nicht heim«, bemerkte Meijtens. »Er verschwand nach Albanien, in ein Land, das damals schon …«

»Ich weiß, was Sie behaupten, und sicher, es gibt einige lose Enden und Fragezeichen in Detailfragen, aber das Gesamtbild ist eindeutig.«

Sie setzten sich auf eine Bank mit Aussicht auf einen Bootsverein. Es war vollkommen still, und in dem ungemütlichen Herbstwetter schien niemand Lust zu haben, um die kleine Landzunge zu spazieren.

Hansson sprach leise weiter. »Außerdem erhielten wir später Bestätigungen durch andere Quellen.«

»Sie meinen Sorokin?«

»Sieh einer an, Sie wissen davon. Vladimir Sorokin war ein Überläufer von einem ganz anderen Kaliber als der russische Botschaftsbedienstete in Den Haag. Als er 1973 in Kanada um Asyl bat, diente er als Oberst beim KGB und blickte auf eine lange Karriere im Geheimdienst zurück. Es dauerte allerdings ein halbes Jahr, bis die Kanadier seine Informationen über Spionage in Schweden herausrückten. Sie hatten ihn monatelang ausgequetscht und ihn natürlich auch einige Zeit ihren Freunden in Langley überlassen. Wie auch immer, die Informationen waren jedenfalls sensationell.«

In ihrer Nähe kreischte über ihnen eine Möwe. Meijtens blickte auf das Wasser und den kleinen Bootshafen hinaus, denn er hatte gemerkt, dass Hansson offener sprach, wenn sie keinen Augenkontakt hatten.

»Es gab einen hochrangigen Spion in Schweden, der seinen sowjetischen Kontakten streng geheime Informationen von entscheidender sicherheitspolitischer Bedeutung übergeben hatte. Sorokin waren unter anderem topaktuelle Angaben über Schwedens Kurs bei den Verhandlungen vor dem KSZE-Abkommen zugespielt worden, Informationen, zu denen nur eine begrenzte Zahl von Beamten im Außenministerium und in ein paar anderen Ministerien Zugang hatte.«

Er wandte sich Meijtens zu und betrachtete ihn ernst.

»Ich erzähle Ihnen das nicht, damit Sie eine tolle Schlagzeile bekommen, im Gegenteil. Ich will vermeiden, dass Sie dummes Zeug verbreiten, das wir anschließend dementieren müssen.«

»Das habe ich begriffen.«

Ein Bootsbesitzer kam, um nach einem der großen Motorboote zu sehen, die noch an dem Anleger vertäut lagen. Hansson verstummte kurz, sprach jedoch weiter, sobald der Mann außer Hörweite war.

»Wir konnten schnell ermitteln, dass der Spion ein Beamter an der schwedischen Botschaft in Moskau sein musste, und bestellten ihn zu einem Gespräch nach Stockholm. Aber dann muss irgendetwas schiefgegangen sein, denn noch ehe wir dazu kamen, ein ernstes Wörtchen mit ihm zu reden, tauchten in den Illustrierten Informationen über seine, sagen wir, über seine Neigungen in der Jugend auf. Aber ich nehme mal an, die Geschichte ist Ihnen bekannt.«

»Henric Stiernspetz. Er nahm sich das Leben.«

Hansson seufzte.

»Ja, es war wirklich eine scheußliche Geschichte. Ich denke, der Grund für seine Tat waren die Zeitungsartikel. Wir hatten doch nicht einmal ein erstes Gespräch über Sorokins Anschuldigungen geführt. Mithilfe der Polizei gingen wir darüber hinaus der Möglichkeit nach, dass jemand ihn ermordet hatte. Wir dachten, die Russen hätten ihn vielleicht zum Schweigen bringen wollen, aber das war nicht der Fall. Aufgeschnittene Pulsadern in der Badewanne, die Tür von innen abgeschlossen. Ein glasklarer Selbstmord.«

Meijtens sah Hansson erstaunt an. »Heißt das, Sie glauben, dass Stiernspetz mit Tristan in Verbindung stand? Mit Erik Lindman?«

»Nicht wirklich. Aber Sorokin versorgte uns auch mit

Informationen zu Tristan, und die Tatsache, dass er uns half, Stiernspetz zu enttarnen, zeigte, dass er eine glaubwürdige Quelle war.«

Er machte eine Pause und schien ein weiteres Mal abzuwägen, wie offenherzig er sein konnte.

»Sorokin hatte eine Zeit lang einer Einheit angehört, deren Aufgabe in der Infiltrierung der Friedensbewegungen und anderer linker Gruppierungen im Westen bestand. Dabei war er in Kontakt zu Informationen des schwedischen Agenten Tristan gekommen. Er wusste nicht, wer sich hinter dem Decknamen verbarg, erinnerte sich jedoch an erstaunlich viele Details aus den Berichten, die er über Tristans russischen Führungsoffizier bekommen hatte. Tendenzen innerhalb der schwedischen Linken und Veritas, Leute, die potenziell mit dem Kommunismus sympathisierten, aber kein Parteibuch besaßen. Dinge dieser Art. Natürlich nicht besonders sicherheitsrelevant, fast schon Klatsch und Tratsch. Interessant aber insofern, als es typisch für das war, was Erik Lindman berichtet haben könnte.«

»Er und Hunderte andere«, wandte Meijtens ein.

Hansson streckte den Rücken. »Aber Sorokin verfügte über weitere Informationen zu Tristan. Nachdem er an der Universität von Uppsala von einem ihrer Talentscouts ins Visier genommen worden war, wurde er bei einem sogenannten Friedenskongress in Bukarest angeworben. Das war für uns der Schlüssel, da es das Feld der Verdächtigen entscheidend eingrenzte.«

Hansson muss kurz vor seiner Pensionierung stehen, dachte Meijtens. Ein Überlebender in den Fluren des Geheimdienstes, unberührt von Machtwechseln und Skandalen. Die Namen der Abteilungen änderten sich, das Handwerk dagegen nicht, und der Mann, den er vor sich hatte, war einer von denen, die es ausübten.

Meijtens erkannte plötzlich, dass die Enttarnung von Erik Lindman und Stiernspetz vermutlich seine größte Lebensleistung war. Vielleicht war er in seinen Kreisen eine lebende Legende. Vielleicht wurde in der Welt der Nachrichtendienste ehrfurchtsvoll über Hansson getuschelt oder wie auch immer sein richtiger Name lauten mochte. Vielleicht bedrohten ihre Artikel nicht nur etablierte Wahrheiten und den Schlaf hochgestellter Persönlichkeiten, sondern auch den Ruf und die Eitelkeit eines alten Mannes.

»Die Information, an welcher Universität er studiert hatte, engte die Zahl möglicher Kandidaten ein, und wir fanden schnell eine Bestätigung dafür, dass Erik Lindman wie erwartet an diesem Kongress teilgenommen hatte. Das letzte Puzzleteil war an seinem Platz.«

Es wurde still, und Meijtens entging nicht, dass Hansson vorsichtig zu ihm herüberlinste, als versuchte er herauszufinden, wie gut es ihm gelungen war, Meijtens von Erik Lindmans Schuld zu überzeugen.

»Sorokin irrte sich im Grunde nur in einem Detail. Seine ursprüngliche Version lautete, der Spion, der die Informationen über die Verhandlungen in Helsinki geliefert habe, und Tristan seien ein und dieselbe Person. Die Kanadier baten ihn jedoch auf unseren Wunsch hin, dies im Lichte dessen, was wir selbst über Tristan und Lindman wussten, näher zu erläutern. Daraufhin gab er zu, dass die Informationen über Tristan und den Botschaftsspion von zwei verschiedenen Quellen stammten und er selbst sie miteinander in Verbindung gebracht hatte. Von Zeit zu Zeit machen wir uns wohl alle gewisser unbewusster Spekulationen schuldig«, ergänzte Hansson lächelnd.

»Wie haben Sie reagiert, als Erik Lindman wiederaufgetaucht ist?«, fragte Meijtens.

»Wir waren wohl alle ein wenig erstaunt. Das gebe ich bereitwillig zu.«

»Was denken Sie, warum ist er zurückgekommen?«

Hansson zuckte mit den Schultern und bürstete mit energischen Bewegungen etwas von seiner Öljacke.

»Warum kehren Agenten zurück? Heimweh, Probleme im Land seiner Gastgeber, was weiß ich? In Lindmans Fall könnten natürlich auch die Umwälzungen im Ostblock eine Rolle gespielt haben. Immerhin deutete Ihr Artikel an, dass es ihm in seinem neuen Heimatland nicht immer gut ergangen ist.«

»Aber in den vierundzwanzig Stunden, die er sich in Schweden aufhielt, setzte er sich weder mit seinen Eltern noch mit seinen engsten Freunden in Verbindung. Dann starb er.«

»Wir werden uns wohl eingestehen müssen, dass wir niemals alle Details erfahren werden.«

Er stand auf, um zu gehen, und Meijtens deutete dies als ein Signal, dass dieses Interview oder das, was eben kein Interview sein durfte, beendet war. Sie gingen durch den Park zurück und sprachen nicht mehr über Tristan, Erik Lindman oder die Stiernspetzaffäre. Meijtens wusste, dass er auf die Fragen, die er noch hatte, keine Antworten bekommen würde.

Hansson reichte ihm die Hand. »Ich wünsche Ihnen viel Glück. Die Identifizierung Erik Lindmans war ausgezeichnete Arbeit. Ich bin froh, dass wir dieses Gespräch geführt haben.«

Meijtens gab ihm die Hand und kehrte in die Redaktion zurück. Er musste mit Natalie sprechen.

27

Sie wohnte in einer kleinen Seitenstraße auf der Insel Kungsholmen, in unmittelbarer Nähe des Stadthauses. Auf dem Türschild stand, wie sie ihm vorher verraten hatte, der Name »Ehrensvärd«, und darunter klebte ein säuberlich beschrifteter Zettel: »Petrini«. Meijtens fragte sich, ob ihr Freund zu Hause war, aber dann fiel ihm wieder ein, dass er derzeit in London wohnte. Er klingelte an der großen

Doppeltür und war ein wenig überrascht, als sich eine schmale Tür daneben öffnete.

»Wenn Lars verreist ist, benutze ich immer den Kücheneingang, ich weiß auch nicht, warum.«

Als er in die Redaktion gekommen war, hatte auf seinem Schreibtisch eine Nachricht gelegen: *Ruf mich zu Hause an, Natalie.* Sie waren sich einig gewesen, dass sie das Thema Erik Lindman lieber nicht in der Redaktion diskutieren sollten.

Natalie führte ihn durch einen schräg verlaufenden Serviergang mit eingebauten Regalen und Schränken bis zur Decke. Im Esszimmer blieb sie stehen.

»Kann ich dir etwas anbieten?«

»Eine Tasse Tee wäre nicht schlecht.«

Sie machte eine Geste in Richtung Wohnzimmer und kehrte in die Küche zurück.

»Ich bin es nicht gewöhnt, die Gastgeberin zu spielen«, rief sie ihm zu.

Das Wohnzimmer bestand aus zwei hintereinanderliegenden Räumen, die jeder für sich genommen größer waren als Meijtens Wohnung. Es lagen keine persönlichen Gegenstände herum, und die Sitzgruppe war mit einem Schonbezug versehen. Die sparsame Beleuchtung warf trübes Licht auf Mahagonimöbel und orientalische Teppiche.

Eine Ecke des Raums schien jedoch von Licht und Farben durchflutet zu sein: An einem französischen Fenster stand ein großer, leuchtend gelber Sessel mit einem dazugehörigen Fußschemel. Er wurde von einer modernen bogenförmigen Stahllampe beleuchtet. Daneben lagen Bücher- und Zeitschriftenstapel, und auf einem kleinen Klapptisch standen eine Teetasse, eine Obstschale, Honig und Zwieback.

Der Sessel stand schräg, vermutlich um während der hellen Stunden des Tages möglichst viel von dem Licht abzubekommen, das zum Fenster hereinfiel. Er kam Meijtens viel zu privat vor, um sich hineinzusetzen, so dass er sich stattdessen auf einem Stuhl niederließ.

Natalie betrat mit einer Teekanne und einer Tasse für Meijtens den Raum. Sie trug keines ihrer üblichen tailliert geschnittenen Kleidungsstücke, sondern einen viel zu großen Collegesweater mit der Aufschrift *Princeton University*.

»Willkommen in meinem bescheidenen Heim«, sagte sie und goss ihnen Tee ein.

»Na ja, so bescheiden ist es nun auch wieder nicht.«

»Kommt ganz darauf an, was du meinst. Wenn Lars verreist ist, wohne ich mehr oder weniger in dem Sessel. Er ist das Einzige hier, was mir gehört. Lars hat die Wohnung geerbt, und alles darin stammt noch von seinen Eltern. Keiner von uns hat Zeit gehabt, sich hier einzurichten.«

Sie setzte sich in den Sessel und ließ langsam Honig von einem Löffel in die Tasse rinnen.

»Aber jetzt möchte ich alles über dein Treffen im Park hören«, sagte sie.

Meijtens gab sein Gespräch mit Hansson wieder, erzählte von dem Überläufer in Den Haag und Sorokin und dem Verdacht, der auf Erik Lindman gefallen war. Natalie hörte ihm aufmerksam zu und notierte sich gelegentlich etwas.

»Habe ich es nicht gesagt«, meinte Natalie, als er fertig war. »Manchmal muss man den Baum schütteln und schauen, was herunterfällt.« Sie schälte mit schnellen und etwas unsanften Bewegungen eine Orange. »Nachdem du gegangen warst, hat Rydman seine Ermahnungen noch einmal wiederholt.«

Natalie hob den Kopf.

»Orange?«

Sie reichte ihm zwei Schnitze und sah ihn ernst an.

»Eines muss dir klar sein: Ich kann es mir nicht leisten, noch einmal gefeuert werden.«

»Das Fernsehen hat dich gefeuert?«

»Tu nicht so, liest du keine Zeitungen?«

»Weil du bei dieser Reportage befangen warst?«

»Weil ich verdammt unbequem war, weil ich in einer Livesendung die Beherrschung verloren habe und weil sie *behaupten*, dass ich bei dieser Reportage befangen gewesen sei.«

Meijtens hob die Hände. »Ich glaube dir.«

»Mir ist scheißegal, was die Leute glauben.«

Dann erzählte sie es. Ihre Stimme klang mal neutral, mal erregt, manchmal auch traurig. Ihre Geschichte war anders, als Meijtens sie aus der Hysterie in den Boulevardblättern in Erinnerung hatte, aber das war nicht weiter verwunderlich. Ihre Reportage war an sich makellos gewesen: die Entlarvung zweier Bauunternehmer, die ihre Arbeiter schwarz bezahlten und auf krummen Touren zu ihren Aufträgen kamen.

Die Medien feierten den Bericht als weiteren Triumph für die Sendung und für Natalie Petrini – bis eine Boulevardzeitung die Nachricht verbreitete, dass Natalies Vater und ihr Onkel in der gleichen Branche ein konkurrierendes Unternehmen betrieben und von ihren Enthüllungen unter Umständen profitieren würden. Als sie in einer Nachrichtensendung mit Fragen bombardiert worden war, hatte sie die Beherrschung verloren und war vor laufender Kamera in Tränen ausgebrochen.

»Es war weder der Druck noch Resignation. Ich war einfach wütend«, sagte sie. »Die Geschichte kam natürlich nicht von meiner Familie, ich weiß doch nicht einmal, was die eigentlich machen.«

Sie zwinkerte etwas aus dem Augenwinkel fort.

»Stammst du aus einer reichen Familie?«

»Ach was, wir sind Kesselflicker und Stallknechte, aber mein Großvater hat ein paar clevere Geschäfte gemacht, und jetzt hockt der ganze Familienclan in Häusern im Nobelvorort Saltsjöbaden, die mit teuren und hässlichen Möbeln vollgestopft sind.«

Sie zog die Beine an und legte das Kinn auf die Knie. »Ich brauche diesen Job.«

Meijtens stellte seine Teetasse ab. »Was willst du mir eigentlich sagen? Dass du die Sache zu den Akten legen willst?«

Sie schüttelte den Kopf. »Nie im Leben. Wir werden nicht aufhören, und ich habe auch keine Lust, unseren Job irgendeinem von Rydmans Lakaien zu überlassen. Hast du verstanden?«

»Sicher.«

»Aber ich will auch nicht gefeuert werden. Und deshalb müssen wir uns gut überlegen, wie wir vorgehen.«

»Keine nächtlichen Gespräche mit Erik Lindmans Freunden?«

»Gar keine Gespräche mit ihnen. Wir müssen uns etwas anderes einfallen lassen.«

Sie stand auf und öffnete das französische Fenster. Der Himmel war sternenklar. Sie zündete sich eine Zigarette an.

»Lars will nicht, dass ich in der Wohnung rauche.«

Meijtens strich sich mit der Hand durchs Haar und massierte seine Schläfen.

»Ich weiß nicht mehr, was ich glauben soll«, sagte er. »Vielleicht hat dieser Hansson ja recht, vielleicht war Erik Lindman Tristan. Im Grunde können wir das nicht wissen.«

»Ich bin fest davon überzeugt, dass du die ganze Zeit richtiggelegen hast. Das bin ich mehr denn je.«

Sie setzte sich auf den Fußboden und hielt die Zigarette zum offenen Fenster hin.

»Ich habe da über etwas nachgedacht«, meinte sie schließlich und blies eine Reihe kleiner Rauchringe aus. »Wir reden, als hätten wir gerade eine Menge widersprüchlicher Fakten bekommen, aber im Grunde ist es genau umgekehrt. Erst jetzt passt alles zusammen.« Sie drehte sich zu ihm um, und er hob fragend die Augenbrauen. »Ich glaube, das meiste von dem, was wir gehört haben, entspricht der Wahrheit.

Lass uns fürs Erste annehmen, dass die russischen Überläufer, der Botschaftsbedienstete in Den Haag und, wie hieß er noch gleich …«

»Sorokin«, soufflierte Meijtens.

»Danke, Sorokin. Nehmen wir mal an, die beiden hatten vollkommen recht: Es *gab* einen Tristan, der ein schwedischer Student war und bei dem Kongress in Bukarest angeworben wurde. Warum nicht?«

Sie sah ihn an, und Meijtens nickte langsam.

»Aber lass uns anschließend – im Unterschied zu deinem Freund im Park – annehmen, dass nicht Erik Lindman Tristan war, sondern eine andere Person unter seinen engsten Bekannten. Dann liegen auf einmal alle Puzzleteile an der richtigen Stelle.«

Ihre Stimme klang traumverloren, und ihr Blick war auf die Straßenlaterne vor dem Fenster gerichtet.

»Erik Lindman ging zum Studieren nach Uppsala und war ein genauso überzeugter Kommunist, wie sein Vater behauptet, und genau der charmante Bursche, den alle beschreiben. Dort läuft alles wie geschmiert, und er findet sich selbst, Freunde fürs Leben und ein hübsches Mädchen, mit dem er sich verlobt.«

Meijtens goss sich noch eine Tasse ein und machte es sich möglichst lautlos bequem.

»Kein Wölkchen in Sicht. Sicher, da ist dieser Kongress in Bukarest, auf dem der tiefe Graben zwischen den beiden kommunistischen Giganten offenbar wird, aber ich glaube nicht, dass ihn das verunsichert hat. Ich glaube vielmehr, dass sein neuer Freund Behxet eine Bemerkung machte, deren Bedeutung Lindman erst später erkennen sollte.« Sie drückte ihre Zigarette aus. »Ich hätte Wijkman stärker unter Druck setzen sollen«, murmelte sie. »Dann beginnt Lindman die Ausbildung im Außenministerium, und ihm steht eine glänzende Karriere offen, aber eines Tages kommt ein anonymer Mann im Trenchcoat und stellt ihm Fragen zu diesem Kongress in Bukarest. Unser Freund Hansson hat dir versichert, dass es dabei diskret zuging, aber ich frage mich, ob das wirklich stimmt. Ich glaube nämlich, dass bei diesem Gespräch irgendetwas gesagt wurde, was Erik Lindman auf die Idee brachte, dass es in seinem Bekanntenkreis einen Spion geben musste. Einen engen Freund, vielleicht sogar seine Verlobte. Jemanden, der sich heimlich hatte anwerben lassen, während Erik Lindman sich seine Unschuld und seinen Idealismus bewahrt hatte. Und weißt du, was ich noch glaube?«

Meijtens sah, dass ihre Augen feucht waren, als würde sie von ihrer eigenen Stimme hypnotisiert. War das das Geheimnis ihrer berühmten Fernsehreportagen gewesen?

»Ich glaube, er begriff, dass diese Person ihn benutzte. Erik Lindman war der leuchtende Stern, dem eine Laufbahn als Diplomat offenstand. Wir dürfen nicht vergessen, dass Sonia Terselius und Carl Wijkman damals eine Juristin und ein Journalist ohne Zugang zu irgendwelchen Geheimnissen waren. Wer immer der Spion war – Erik Lindman erkannte jedenfalls, dass er selbst unwissentlich Tristans beste Quelle war.«

»Das sind jetzt aber ganz schön wüste Spekulationen, oder?«

»Mag sein, aber sie würden einiges erklären. Deshalb fing Lindman an, sich verdächtig zu benehmen, und deshalb verließ er das Außenministerium. Er wollte nicht länger Tristans unfreiwillige Quelle im diplomatischen Korps sein. Also kündigt er und wird Zeitungsbote. Er sucht keine offene Konfrontation mit seinen Freunden, weil er nicht weiß, wer von ihnen der Spion ist. Vielleicht traut er sich auch nicht. Deshalb trägt er Zeitungen aus und wartet auf den richtigen Moment. Nach ein paar Monaten erkennt er, dass es vielleicht jemanden gibt, der ihm helfen kann: sein Freund Behxet in Albanien. Er hatte etwas gesagt, was Wijkman seinerzeit als melodramatisch abgetan hatte. Vielleicht hoffte Erik

Lindman jetzt, dass Behxet ihm den letzten fehlenden Hinweis liefern würde?«

»Oder Erik Lindman wollte ein kommunistisches Land sehen, das nicht unter der Kontrolle der Sowjetunion stand, um zu seinem Glauben zurückzufinden.«

»Vielleicht beides. Jedenfalls verreist er, wie wir wissen. Und aus irgendeinem Grund erzählt er keinem, wohin oder aus welchem Grund.«

Natalie schob den Aschenbecher von sich und schien ihre Gedanken zu ordnen, ehe sie weitersprach.

»Aber Tristan ahnte, wohin und warum Lindman verschwunden war. Vielleicht hatten seine russischen Freunde die Sache untersucht, oder Tristan begriff es auch so. Die Nachricht, dass Erik Lindman für einige Wochen verreisen würde, erreichte ihn – oder sie. Tristan tat daraufhin jedoch so, als wüsste er von nichts, und sorgte stattdessen dafür, dass die Sache an die große Glocke gehängt wurde. Gleichzeitig spielte jemand der Presse Informationen über Erik Lindmans politische Aktivitäten zu, in denen seine Kontakte zur Sowjetunion betont wurden. Daraufhin posaunten die Zeitungen das Gerücht aus, Erik Lindman sei ein sowjetischer Spion.«

»Woraufhin die Albaner Unrat witterten.«

»Genau, das war genial. So genial, dass es wahrscheinlich nicht Tristans Idee war, sondern die seiner sowjetischen Führungsoffiziere. Aber Tristan spielte treu seine Rolle und tat das Seinige dazu, seinen Freund zu einem Leben in albanischen Gefängnissen zu verdammen. Das Geniale daran war, dass sie nicht nur eine lästige Person loswurden, die auf der Suche nach der Wahrheit war, sondern dem Staatsschutz gleichzeitig den Spion im Staatsdienst lieferten, von dem der Überläufer in Holland berichtet hatte. Auf die Art konnte Tristan seine Karriere ungestört fortsetzen.«

Meijtens sah es jetzt ebenso deutlich vor sich wie Natalie und konnte den Rest mühelos ergänzen: »Kein Mensch rechnete jedoch damit, dass Erik Lindman Hoxhas Gefängnisse überleben und eine Phase politischen Tauwetters seine Flucht ermöglichen würde. Er kehrt zurück, aber unter seiner albanischen Identität. Er sucht die Konfrontation mit Tristan und will Klarheit in seine Verdächtigungen bringen, die in all den Jahren der Folter an ihm genagt haben. Vielleicht ist sich Erik Lindman seiner Sache schon sicher, aber es gibt etwas, was er noch wissen muss, und er muss Tristan in die Augen sehen, wenn er ihm die entscheidende Frage stellt. Danach kann er sich unter seinem richtigen Namen bei der Polizei melden. Also fährt er nach Stockholm und bittet seinen alten Kameraden oder seine Verlobte, sich mit ihm auf der Aussichtsterrasse zu treffen. Ein abgeschiedener Ort, an dem man sich ganz hervorragend unterhalten kann.«

Sie schwiegen eine Weile, bis Natalie schließlich nickte. »Ja, so ungefähr muss es sich abgespielt haben.«

»Und dann bleibt nur noch eine Frage.«

»Genau.«

Dritter Teil

Tristan

28

Ein weiteres Mal blätterte sie mit schmerzenden Händen in der Zeitung, aber vergeblich. In den letzten Tagen hatte sie das Blatt bereits mehrmals gelesen, ohne zu finden, wonach sie gesucht hatte. Ein Teil von ihr hatte gehofft, dass sich die beiden Journalisten bei ihr melden würden, die in der letzten Ausgabe über diesen armen Mann geschrieben hatten. Dann hätte sie endlich die Chance bekommen, die Sache zu erklären. Warum schrieben sie einen Artikel, der seine Unschuld andeutete, um anschließend ohne jede Erklärung zu verstummen?

Sie ging zum Fenster und zog fröstelnd ihre Kaschmirstrickjacke enger um sich. Im Hauseingang gegenüber hatte ein Mann Schutz vor dem Regen gesucht. Er kam ihr bekannt vor, und sie fragte sich, ob sie ihre Wohnung wieder überwachten.

»Unsinn, jetzt drehst du langsam durch«, murmelte sie vor sich hin. Es war bestimmt zehn Jahre her, dass sie zuletzt einen von ihnen gesehen hatte.

In diesem Moment klingelte es an der Tür, und sie schaute erstaunt auf die Uhr. Die Einzige, die sie unangekündigt besuchte, war das Nachbarmädchen, das um diese Uhrzeit aber eigentlich in der Schule sein musste. Mit vorsichtigen Schritten ging sie zum Spiegel im Flur und richtete ihre Frisur. Als sie zur Tür kam, warf sie einen Blick durch den Spion.

Es war nicht dieser widerwärtige Polizist, wie sie kurz befürchtet hatte, sondern ein älterer Herr. Er trug einen Hut und stützte sich auf einen Metallstock mit drei Füßen. Er kam ihr irgendwie bekannt vor, und in ihr regte sich ein unangenehmes Gefühl. Erst nachdem sie die Tür bereits geöffnet hatte, fiel ihr jedoch wieder ein, wer er war, und da war es schon zu spät, um es sich anders zu überlegen. Er hob den Hut und lächelte fein.

»Ich weiß nicht, ob Sie sich noch an mich erinnern?«

»Ich erinnere mich nur zu gut. Was kann ich für Sie tun?«

Er warf über ihre Schulter hinweg einen Blick in die Wohnung. »Wenn Sie mich hereinbitten würden, könnten wir uns vielleicht ungezwungener unterhalten als hier im Treppenhaus.«

»Ich bin eigentlich beschäftigt. Worum geht es?«

Johan Rooth lächelte weiter, als wolle er verdeutlichen, wie unangemessen es wäre, solche Angelegenheiten im Treppenhaus zu diskutieren. Schließlich ließ sie ihn herein.

»Worum es auch gehen mag, Sie können nicht lange bleiben.«

Sie ging ins Wohnzimmer und hörte das Geräusch seines Stocks, als er ihr folgte. Nachdem er in einem Sessel Platz genommen hatte, strahlte er sie wohlwollend an. Sie machte keine Anstalten, ihrem ungebetenen Gast etwas anzubieten, stattdessen wartete sie mit den Händen im Schoß und trotzig gestrecktem Hals ab.

»Ich wollte nur mal schauen, wie es Ihnen geht«, sagte Rooth. »Wegen der Dinge, die in der Presse standen, habe ich mir ein wenig Sorgen gemacht. Ich dachte, dass dadurch vielleicht auch bei Ihnen die Vergangenheit wiederaufgewühlt worden ist.«

Sie schnaubte, aber das schien er gar nicht zu bemerken.

»Ich möchte nur – nochmals – betonen, dass wir immer, *immer* für Sie da sind, wenn Sie uns brauchen.«

»Herr Rooth, Sie wissen ganz genau, dass ich Ihre Hilfe niemals in Anspruch nehmen wollte.«

Sie machte eine Pause und sah ihm unverwandt in die Augen.

»Und als mir diese Hilfe gegen meinen Willen aufgedrängt wurde, war das Ergebnis höchst unglücklich.«

Er lehnte sich zurück, und sein Lächeln verhärtete sich.

»Wir hatten stets Henrics Bestes im Blick.«

Sie konnte sich nicht länger beherrschen und drohte ihm mit der Faust. »Nennen Sie ihn nicht Henric. Sie kannten ihn nicht. Es war nie einer der Ihren, und das wissen Sie ganz genau.« Sie spuckte die Worte geradezu aus. »Als Sie diesen Artikel in Ihrer Parteizeitung schrieben, in dem Sie Henric als ein Opfer in Schwedens Kaltem Krieg darstellten, was dachten Sie denn, wie die reagieren würden? Sie hätten auch gleich schreiben können, dass er schuldig war. Er war kaum für tot erklärt worden, als Sie und Ihresgleichen mit Blumen zu mir kamen und am Telefon verlogen kondolierten. Während der Staatsschutz Tag für Tag vor meiner Tür stand und das Telefon abgehört wurde. Was sollten diese Leute denn glauben?«

Er ignorierte ihre Fragen. »Sind Sie zurückgekommen?«

Sie sah ihn verständnislos an.

»Die Beamten des Staatsschutzes, sind sie nach Erik Lindmans Auftauchen wieder hier gewesen?«

Sie breitete die Arme aus. »Warum sollten sie zu mir kommen? Henric kannte diesen Lindman doch gar nicht.«

»Oh, ich fürchte, unsere Freunde vom Staatsschutz analysieren nicht näher, wie die Dinge wirklich liegen«, sagte Rooth und lachte glucksend. »Sie gehen sicher davon aus, dass sich zwei Spione für die Sowjetunion des Öfteren treffen und gemeinsam Kaviar essen.«

»Henric war kein Spion.«

Rooth hob in einer beschwichtigenden Geste die Hand.

»Das behaupte ich ja gar nicht, und ich glaube auch nicht,

dass der sowjetische Nachrichtendienst jemals gegen strikt schwedische Interessen gearbeitet hat. Mir ist durchaus bewusst, dass ich mit dieser Einschätzung immer öfter allein stehe, was aber möglicherweise daran liegt, dass ich besser informiert bin als die meisten anderen Menschen.«

Er lächelte selbstsicher, aber seine außenpolitischen Analysen interessierten sie nicht.

»Warum tun Sie das alles? Warum schreiben Sie Artikel, kommen hierher und bringen alles durcheinander? Begreifen Sie denn nicht, dass es Henric damals geschadet hat und dass es jetzt mir schadet? Wir haben mit Ihrer Sache nichts zu tun.«

Er strich sich über das Kinn. Während die Uhr auf dem Kaminsims viermal schlug, schwiegen sie. Danach verabschiedete er sich gemessen.

Sie sorgte dafür, dass hinter ihm die Tür ins Schloss fiel, und ging mit schnellen Schritten zum Fenster. Vorsichtig schob sie mit einer Hand die Gardine zur Seite und lugte auf die Straße hinunter. Als Rooth auf den Bürgersteig hinaustrat, blieb er stehen, als wäre er ratlos und wüsste nicht recht, in welche Richtung er gehen sollte. Im Hauseingang gegenüber stand immer noch dieser Mann. Es war bestimmt wieder einer von ihnen, aber was wollten diese Leute von ihr? Entsetzt musste sie feststellen, dass Rooth immer noch vor ihrem Haus stand.

»Nun geh schon, Mensch. Steh da nicht herum«, zischte sie vor sich hin.

Der Mann im Hauseingang schien Rooth entdeckt zu haben. Er zog eine Zeitung heraus, und zu ihrer Verzweiflung sah sie, wie Rooth seinen Hut zog und zu ihr hochblickte. Sie versuchte, sich hinter der Gardine zu verstecken, aber es war bereits zu spät. Er winkte ihr mit großen, rudernden Bewegungen zu.

Sie ließ die Gardine los, als hätte sie sich an ihr verbrannt.

Durch den schmalen Spalt sah sie, wie Rooth ein Taxi anhielt.

Dann ließ sie sich in den Sessel fallen, nahm die *7Plus* vom Zeitungsstapel und blätterte zum Impressum. Sie unterstrich die beiden Namen, bevor sie die Zeitung wieder auf den Couchtisch legte. Das musste noch warten, sie würde sich die Sache gut überlegen.

Natalie legte den letzten der drei roten Bände zur Seite und fegte den Staub vom Tisch. Draußen war es dunkel, und es hielten sich nur noch wenige Besucher im Lesesaal der Königlichen Bibliothek auf. Sie legte die Hände in den Nacken, streckte sich und drückte den Rücken durch.

Ein Blick auf die Uhr an der Wand ließ sie aufschrecken. Fast fünf Stunden hatte sie in der Bibliothek verbracht. Das Ergebnis ihrer Mühen lag ausgebreitet vor ihr: Kopien von ausgewählten Artikeln und Meldungen aus der Zeitschrift *Veritas* der Jahre 1959 bis 1963. Sie begann, die Kopien in chronologischer Reihenfolge durchzugehen. Es waren keine revolutionären Brandreden, wie sie insgeheim gehofft hatte, eher biedere und etwas phantasielose Artikel. Politische Kommentare über unterschiedlichste Themen von der Berliner Mauer bis zur schwedischen Bildungspolitik wechselten sich mit Rezensionen von Büchern und Kunstausstellungen ab. Dazwischen standen Annoncen für Reisen in die Ostblockstaaten und Anzeigen für Zeitungen wie *Nachrichten aus der Sowjetunion*.

Aber nichts über den Friedenskongress in Bukarest. Weder Artikel noch Referate, er wurde nicht einmal erwähnt.

Sie las einige Zeilen aus der dritten Ausgabe des Jahrgangs 1959.

Bericht aus der Ortsgruppe Uppsala
Am Donnerstag, den 24. September, veranstaltete Veritas einen Empfang für Studienanfänger. Johan Rooth

hielt vor einem andächtig lauschenden Auditorium aus frischgebackenen Studenten und Veritas-Anhängern einen Vortrag über Indochina. Mehrere neue Mitglieder konnten gewonnen werden, die sich enthusiastisch an der nachfolgenden Debatte beteiligten.

Die enthusiastischen neuen Mitglieder schienen sich rasch zurechtgefunden zu haben. Nur drei Ausgaben später wurde berichtet, dass man in Uppsala einen neuen Vorstand gewählt habe: Vorsitzender wurde stud. phil. Erik Lindman, Schriftführerin stud. jur. Sonia Terselius und Schatzmeister stud. phil. Carl Wijkman. Diese Posten tauschten sie in den folgenden vier Jahren untereinander. Die neuen Vorstandsmitglieder der Ortsgruppe Uppsala beteiligten sich mit Artikeln, Kritiken und Nachrichtennotizen auch aktiv an der Zeitschrift.

Carl Wijkman zeichnete sich durch ein hingebungsvolles, aber rastloses Engagement in wechselnden Bereichen aus. Im ersten Jahr verfasste er mehrere Augenzeugenberichte über das brutale Vorgehen der französischen Polizei gegen algerische Demonstranten, um sich anschließend in die amerikanische Politik zu stürzen. Natalie nahm an, dass mehrere dieser Artikel während der Besuche bei seinem Vater in den Botschafterresidenzen in Paris und Washington entstanden waren. Wijkman war ein spöttischer Polemiker, und sie entsann sich seines ironischen Lächelns im Café des Nationalmuseums, als sie seinen Beitrag las.

Die Befreiung Algeriens hat in Frankreich eindeutig faschistische Gegenbewegungen hervorgebracht, die mit Terror- und Gewaltakten gegen einzelne Algerier drohen. Die schwedische Regierung hat sich deshalb allerdings nicht zu einer Stellungnahme bemüßigt gefühlt. In dieser Frage, genau wie im Falle der amerikanischen Aggression gegen Kuba, bilden die schwe-

dischen Minister stattdessen den getreuen, wenngleich unsauber singenden Kirchenchor der reaktionären Konterrevolution.

Sonia Terselius' Beiträge waren wesentlich dogmatischer. Meistens handelte es sich um Notizen über die Anwerbung von Mitgliedern oder über den Verkauf der Zeitung. Einige Artikel waren politische Kommentare, die um die Situation in den beiden deutschen Staaten und den Status von Berlin kreisten.

Notizen von der Ostseewoche in Rostock
Wie üblich nahm eine große Zahl von Studenten aus sämtlichen Ostseeanrainerstaaten außer der Bundesrepublik Deutschland an der alljährlich stattfindenden Ostseewoche teil. Außer den üblichen Diskussionsveranstaltungen und dem Kulturaustausch, beides wie immer höchst interessant, wurde den Teilnehmern die Möglichkeit geboten, sich mit eigenen Augen von der phantastischen Entwicklung der deutschen Volksrepublik zu überzeugen. Für jedes Individuum mit klarem Blick dürfte eindeutig feststehen, dass die DDR ihren Nachbarn im Westen in allen Belangen überholt hat, eine Tatsache, die von schwedischen Zeitungen hartnäckig ignoriert wird. So lässt sich beispielsweise festhalten, dass die DDR heute einen höheren Pro-Kopf-Verbrauch von Speisefett, Butter und Zucker aufweist als die BRD.

Die meisten ihrer Beiträge waren im gleichen Stil gehalten. Erik Lindmans Artikel hingegen deckten ein weiteres Feld ab. Die Innenpolitik, die Situation in Südostasien, wirtschaftspolitische Fragen, aber auch Filmkritiken. Nichts entging Lindmans energischem Stift. Sie dachte an das Jugendbild von Erik Lindman mit dem gläubigen Lächeln, das Meijtens an seine Pinnwand geheftet hatte.

Die letzte Veranstaltung des Frühjahrs war die begeistert aufgenommene Vorlesung Erik Lindmans zum Thema »Der Marxismus als Wissenschaft und der schwedische Weg zum Sozialismus«. Wir konnten feststellen, dass dieses Thema eine rekordverdächtig große Zuhörerschar anlockte, die den Vortragenden mit donnerndem Applaus belohnte. Der Abend wurde durch einen etwas unterhaltsameren Vortrag über den »Jazz im sozialistischen Europa« unseres wie immer energischen Carl Wijkman abgerundet, der im Übrigen für noch bessere Stimmung sorgte, indem er sich selbst auf dem Banjo begleitete.

Aber kein Wort über Albanien, nichts, was darauf hingedeutet hätte, dass gerade dieses Land Lindmans Interesse geweckt hatte. Natalie seufzte schwer. Im Großen und Ganzen war es ein ziemlich vergeudeter Nachmittag gewesen.

Um sich selbst ein wenig aufzuheitern, griff sie erneut nach den Kopien, auf deren oberen Rand sie »T!« geschrieben hatte. Die Artikel selbst waren nichts Besonderes. Es handelte sich fast ausschließlich um prätentiöse und ausgesprochen dogmatische Betrachtungen über Kunst. In einem Text ging es um Neuigkeiten aus der Ortsgruppe Lund, aber es war auch ein Artikel über die Notwendigkeit einer Verstaatlichung des Immobilienbestands darunter, den Natalie besonders amüsant und vor allem verwendbar fand. Die Artikel waren mit einem Namen unterzeichnet, der ihr die Möglichkeit bot, Rydmans Verbot zu umgehen.

Ein Bibliothekar kam vorbei und schlug einen Gong. Natalie stellte fest, dass es schon kurz vor acht war. Sie zog die Papierstreifen aus den Büchern, auf denen sie notiert hatte, worum es im jeweiligen Artikel ging. Nachdem sie pflichtschuldig, aber vergeblich nach einem Papierkorb Ausschau gehalten hatte, schob sie die Papierstreifen vor sich auf dem Tisch zusammen und ging.

Von der Empore des Lesesaals bewegte sich eine schattenhafte Gestalt lautlos die Treppe herab. Wäre der Besucher wider Erwarten jemandem aufgefallen, wäre derjenige vermutlich zu dem Schluss gekommen, dass es sich um eine ausgesprochen pedantische Person handeln musste, die geradezu akribisch die Regeln der Bibliothek befolgte. Wer sonst würde an einem Leseplatz vorbeigehen und sorgfältig die liegen gebliebenen Papierstreifen einsammeln und studieren, um sie sich schließlich in die Tasche zu stecken?

29

Meijtens radelte mit hoher Geschwindigkeit die Åsögatan im Stadtteil Södermalm hinab. Es war dunkel und ruhig. In den Fenstern der Häuser sah er Familien beim Abendessen und flimmernde Fernsehapparate, aber auf der Straße bewegte sich kein Mensch. Er war lange im Büro geblieben und hatte die zahlreichen kleinen Aufgaben erledigt, die ihm der stellvertretende Chefredakteur übertragen hatte, aber seine Gedanken hatten dabei ununterbrochen um den Umschlag gekreist, der in seiner Satteltasche lag. Natalie war den ganzen Tag nicht in der Redaktion aufgetaucht, weil sie irgendeiner Sache nachgehen wollte.

In seiner kleinen Wohnung angekommen, legte er den Umschlag auf den Tisch und kochte sich eine Kanne Tee. Es bestand kein Grund zur Eile, er wollte das Schreiben lieber in aller Ruhe lesen. Bisher hatte er nur einen kurzen Blick auf den Inhalt geworfen, aber lang genug, um zu erkennen, dass die Redaktion nicht der richtige Ort war, um es näher zu studieren.

Nun setzte er sich mit seiner Teetasse und einer Lupe hin und atmete tief durch. Es handelte sich um einen ganz gewöhnlichen braunen C4-Umschlag ohne irgendeinen Aufdruck, der etwas über seine Herkunft hätte verraten können. Auf der Vorderseite hatte jemand in Druckbuchstaben

»Tobias Meijtens« und die vollständige und korrekte Adresse von *7Plus* geschrieben. Der Absender war anonym. Vorsichtig zog er den Inhalt heraus: zwei Dokumente und einen Zettel mit einer maschinengeschriebenen Mitteilung.

Das erste Dokument war ein auf den 11. Februar 1974 datierter Bericht. Das Blatt war mit dem Briefkopf des Generalstabs versehen. Der Text stammte aus der Feder des *Gemeinsamen Büros für Nachrichtendienste* (GBN), aber mehrere Schwärzungen verbargen weitergehende Informationen über die Quelle sowie Hinweise auf Aktenzeichen und Informationen über den Adressaten.

Meijtens zwang sich, langsam zu lesen und sich aller Spekulationen zu enthalten. Erst die Fakten, dann die Analyse, wie Jakub immer betonte.

Der folgende Bericht wurde aufgrund von Anfragen anlässlich der Ermittlungen zur Spionagetätigkeit und zum Tod von Botschaftsrat Stiernspetz erstellt. Der Botschaftsrat wurde nach einem Bericht der kanadischen RCMP über Spionage gegen Schweden vernommen, [redacted]*. Inzwischen dürfte zweifelsfrei feststehen, dass Stiernspetz der vom Überläufer Sorokin genannte Spion war, der Informationen an den sowjetischen Geheimdienst* [redacted] *weitergegeben hat, die der Geheimhaltung unterlagen. Stiernspetz hatte vollen Zugang zu allen relevanten Informationen für die Verhandlungen im Vorfeld der Konferenz in Helsinki, auf die Sorokin verwiesen hatte, und sein Selbstmord muss als Schuldeingeständnis betrachtet werden.*

Was die drei Namen betrifft, die anfangs in den Ermittlungen auftauchten, so kann mittlerweile definitiv ausgeschlossen werden, dass es sich bei einem davon um den hochrangigen Agenten handelt, auf den Sorokin sich bezog. Die betreffenden Personen gehörten ausnahmslos jener Gruppe von Beamten an, die wie

Stiernspetz aus den unterschiedlichen Ministerien hinzugezogen wurden, um 1970–1972 in verschiedenen Funktionen an den schwedischen Vorbereitungen der Konferenz zu arbeiten.

Bei Frau L. aus dem Außenministerium, die in ihrer Eigenschaft als Expertin für Völkerrechtsfragen zu den Vorbereitungen stieß, gab es anfänglich Unklarheiten wegen des Engagements ihres Mannes in der Friedensbewegung und zweier Besuche auf Kuba. Frau L. selbst steht jedoch in keinerlei Verbindung zu einer kommunistisch beeinflussten Bewegung, und ihre Rolle bei den Vorbereitungen war so peripher, dass sie als die Quelle, auf die Sorokin verweist, nicht in Betracht kam. Frau L. ist inzwischen auf einen Posten innerhalb der internationalen Entwicklungshilfe ohne Sicherheitsstufe versetzt worden.

Bei einer früheren, gesonderten Untersuchung bezüglich der Staatsbeamten W. und T., Sachverständige im Industrie- beziehungsweise Justizministerium, wurde anfänglich der Tatsache Aufmerksamkeit geschenkt, dass beide enge Freunde des verschwundenen Erik Lindman waren, der sich in die Sowjetunion abgesetzt hat, T. war zudem eine Zeit lang mit Lindman verlobt. Trotz der Verbindung zu Lindman und der Informationen über ihr Engagement in der Studentenvereinigung Veritas konnte der Verdacht, dass W. und T. Sicherheitsrisiken darstellen, hundertprozentig entkräftet werden. Diese Einschätzung stützt sich nicht zuletzt auf eine besonders zuverlässige Quelle mit dem Decknamen »Revisor«, die jahrelang aus den linken Organisationen der Studenten Bericht erstattet hat. So berichtete diese Quelle 1966 [redacted], dass W. und T. in ihrer Studienzeit der radikalen Linken angehörten (allerdings ohne in die kommunistische Partei einzutreten). »Revisor« zufolge waren beide jedoch so aufgebracht über

Lindmans Verschwinden und Verrat, dass sie mit dieser Bewegung brachen und inzwischen politisch fest in der Sozialdemokratie verwurzelt sind.

Die drei genannten Staatsbeamten stehen unter keinerlei Verdacht und sind mittlerweile nicht mehr Bestandteil der Ermittlungen. Was Botschaftsrat Stiernspetz betrifft, so muss seine Schuld als eindeutig nachgewiesen betrachtet werden, obwohl er vor Sorokins Aussage bei keinem der verschiedenen Geheimdienste aktenkundig geworden war. Dies lässt sich allerdings teilweise dadurch erklären, dass Stiernspetz aller Wahrscheinlichkeit nach nicht von ideologischen Motiven geleitet wurde. In seinem Fall ging es wohl eher um Erpressung.

Die Angelegenheit darf damit als abgeschlossen gelten.

Meijtens goss sich noch eine Tasse Tee ein und las anschließend das zweite Dokument. Es war einen Monat später datiert und noch verblüffender. Dabei schien es sich um eine offizielle Antwort in einem Schriftwechsel zwischen verschiedenen Sicherheitsbehörden zu handeln, möglicherweise zwischen dem Staatsschutz und dem Sicherheitsdienst des Generalstabs. Alle Informationen über Empfänger und Absender sowie Aktenzeichen waren geschwärzt.

Betreff: Antrag auf eine Zusammenkunft mit der Quelle »Revisor«
Bei den Sicherheitsbehörden ist die Anfrage eingegangen, ob der Quelle »Revisor« direkte Fragen gestellt werden können [redacted]. Dieses Ansinnen wird kategorisch abgelehnt, da »Revisor« heute eine hohe Position bekleidet und nicht wünscht, mit der brisanten Debatte der letzten Zeit über die Sicherheitsbehörden in Verbindung gebracht zu werden. Es liegen darüber

hinaus eher persönliche Gründe für eine Rücksichtnahme vor. Wir verweisen auf unseren früheren Bericht [redacted] *und möchten betonen, dass der Fall Stiernspetz abgeschlossen ist.*

Meijtens trommelte mit den Fingern. Das ursprüngliche Dokument schien länger gewesen zu sein, ganz so, als hätte die Person, die es kopiert hatte, den Schluss verbergen wollen oder gar für überflüssig gehalten. Außerdem musste der Briefwechsel mehr Schreiben enthalten haben, also warum ausgerechnet dieses Fragment? Und warum wurde es ihm anonym geschickt? Er musste an Hanssons Bemerkung darüber denken, dass die Medien gern für Desinformation missbraucht wurden. Wohin wollte die anonyme Quelle sie führen?

Womöglich bildete das letzte Blatt einen vagen Hinweis auf die Motive des Absenders. Es war ein Zettel mit einer einzigen maschinengeschriebenen Zeile:

Warum schreiben Sie nichts über Stiernspetz?

30

Natalie warf einen Blick auf die Uhr und eilte die Allee hinab. Es war fast sechs. Mit raschen Schritten überquerte sie die Rasenfläche, und ihre Schuhsohlen rutschten auf den bunten Herbstblättern. Vor der Kunstgalerie brannten zwei Partylichter, und hinter der Tür erahnte man einen Tisch, auf dem zahlreiche geleerte Weingläser standen. Offenbar hatte eine Vernissage stattgefunden. Als sie die Tür öffnete, ertönte das leise Klingeln eines Glöckchens, und sie hörte die letzte Besucherin begeistert zwitschern: »Phantastisch, meine Liebe, ganz wunderbar. Irgendwie so wahnsinnig vital. Ich finde das so … Ja, wirklich!«

Die Galeristin murmelte eine freundliche Antwort und drehte sich zur Tür um.

»Wir schließen gerade, aber Sie können morgen …« Sie starrte Natalie an und hielt inne. Ihre Stimme erstarb und nahm das liebenswürdige Lächeln gleich mit. Natalie versuchte, etwas zu erwidern, hatte sich aber gerade ein Kanapee in den Mund geschoben.

Die Galeristin kehrte in den hinteren Raum zurück, wo die Besucherin ihren entzückten Monolog wieder aufnahm.

Natalie inspizierte ein Glas, kam zu dem Schluss, dass es sauber war, und füllte es mit Rotwein. Die Galeriebesucherin betrat den vorderen Raum und lächelte unsicher, als sie Natalie erblickte, die grüßend ihr Weinglas erhob. Die Frau ging zu einem der ausgestellten Bilder.

»Ich finde, das hier ist besonders eindrucksvoll.« Sie zeigte auf den kleinen roten Punkt, der markierte, dass das Bild bereits verkauft war, und seufzte. »Typisch. Ich hätte früher hier sein sollen. Sie hätten wissen müssen, dass ich dieses Bild lieben würde, und es für mich reservieren sollen.« Scherzhaft klopfte sie der Galeristin mit dem Ausstellungsprospekt auf den Arm.

»Sollte der Käufer es sich doch noch anders überlegen, dann melde dich bei mir, ja?«

»Die Punkte werden bestimmt nur hingeklebt, um Ihr Interesse zu wecken«, mischte Natalie sich ein. »Sie werden sehen, Sie kommen noch zu Ihrem Bild.«

Die Besucherin drehte sich um und sah Natalie erstaunt an.

»Das erscheint mir eher unwahrscheinlich«, fuhr die Galeristin fort, als hätte sie Natalies Kommentar gar nicht gehört. »Das kommt nur selten vor, und dieses Bild ist wirklich etwas Besonderes.«

Die Augen der Frau flackerten nervös, dann schenkte sie Natalie ein überschwängliches Lächeln.

»Es fängt so wunderbar das Licht ein, finden Sie nicht?«

Natalie hob ihr Glas an die Lippen und betrachtete das Gemälde mit gerunzelter Stirn.

»Ich weiß nicht, aber ich finde, da fehlt etwas. Es gibt gute Gründe, sich zu fragen, ob Kunst, die nicht die Fragen unserer Zeit widerspiegelt, überhaupt eine Existenzberechtigung hat.«

Die Besucherin sah unglücklich von der einen zur anderen, während die Galeristin einen Punkt auf der Straße fixierte. Natalie trank noch einen Schluck Wein und fuhr im gleichen dozierenden Ton fort: »Jedem aufgeklärten Menschen ist heute bewusst, dass die konventionelle Kunst in dem bewussten Versuch produziert wird, die Aufmerksamkeit von den historischen Ungerechtigkeiten abzulenken. Es liegt im Interesse des Kapitals, Kunst zu unterstützen, die diese Funktion erfüllt.«

Die Besucherin lächelte zwar noch, aber mittlerweile schien das Lächeln zu schmerzen. Sie wandte sich wieder der Galeristin zu.

»Ich werde dann mal gehen, meine Liebe. Es war großartig. Danke!«

Als sie gegangen war, schloss die Galeristin von innen ab und hängte ein Schild mit der Aufschrift *Geschlossen* an die Tür. Dann drehte sie sich auf dem Absatz um und betrachtete Natalie, die die übrig gebliebenen Kanapees in Augenschein nahm.

»Ich schließe jetzt, Natalie. Wolltest du etwas Bestimmtes?«

»Ich war nur neugierig auf die Ausstellung, Tantchen. Hast du noch welche von denen mit Pilzen?«

»Ich wusste gar nicht, dass du dich für Kunst interessierst. Das hast du doch bisher nie getan.«

»Die mit Schinken sehen ein bisschen suspekt aus, aber ich habe wirklich einen Mordshunger, ich muss etwas essen.«

Sie stopfte sich eines in den Mund und kaute nachdenklich.

»Ich habe keine Zeit für deine Kapriolen.«

»Nicht schlecht. Aber wenn du noch welche mit Pilzen hast, dann …«

»Natalie, was willst du? Was soll dieser Unsinn? Du kannst hier nicht einfach auftauchen und mit deinem idiotischen Gerede meine Kunden verschrecken.«

Natalie setzte sich in einen Sessel, ließ den Arm auf der Lehne ruhen und hielt das Weinglas in einem lässigen Griff.

»Du verletzt mich, Tantchen, ja wirklich. Nur mein leidenschaftliches Kunstinteresse und unsere engen familiären Bande haben mich veranlasst, diesem ungemütlichen Herbstwetter zu trotzen.«

Die Galeristin verschränkte die Arme vor der Brust. »Für so etwas habe ich keine Zeit.«

»Ich hatte, ehrlich gesagt, gehofft, dass dich meine hochintelligenten Kunstkommentare ansprechen würden.«

»In meinen Ohren hörte sich das eher wie totaler Schwachsinn an. Hast du getrunken?«

»Nur ein Glas, aber ich bin ja auch gerade erst gekommen.« Sie hielt ihr Glas der Galeristin hin, die es mit einem Blick zur Tür ignorierte. Natalie zuckte mit den Schultern und ging zum Tisch, um sich Wein nachzuschenken. »Wenn du etwas aufmerksamer zugehört hättest, wäre dir nicht entgangen, dass es sich um fast wörtliche Zitate handelte.«

»Tatsächlich? Ich freue mich über dein frisch erwachtes Interesse an Kunst, aber ich fürchte, wir werden uns ein anderes Mal darüber unterhalten müssen.« Sie stellte die leeren Gläser auf ein Tablett, während Natalie sich wieder in den Sessel setzte und keine Anstalten machte, ihr zu helfen.

»Die Zeitschrift *Veritas*, frühe Sechzigerjahre. Kunstkennerin Tantchen, damals mit einem adligen Nachnamen, mittlerweile jedoch eingeheiratet in die neureiche Kesselflickerfamilie Petrini. Fällt der Groschen langsam?« Ihre Stimme war freundlich.

Die Galeristin kehrte ihr den Rücken zu, hörte jedoch auf, die Gläser einzusammeln.

»Natalie, du bist grauenhaft«, sagte sie und drehte sich plötzlich mit wutverzerrtem Gesicht um. »Warum schnüffelst du mir hinterher?«

Natalie schüttelte traurig den Kopf. »Du verletzt mich. Ich bin gestern rein zufällig über deine Artikel gestolpert und konnte es nicht erwarten, deine Erkenntnisse mit dir zu teilen. Wir Petrinis brauchen Bildung, da haben wir echten Nachholbedarf. Ich kann es kaum erwarten, beim nächsten Familienfest ausgewählte Passagen vorzulesen. Auch deine Artikel über die Verstaatlichung des Immobilienmarktes dürften meinen Vater und meinen Onkel interessieren. Dann würde es ihnen endlich erspart bleiben, ständig Mietshäuser zu kaufen und zu verkaufen.«

»Kein Mensch interessiert sich für diese alten Geschichten.«

»Da wäre ich mir nicht so sicher. Es ist eine ebenso anerkannte wie bedauerliche Tatsache, dass neureiche Emporkömmlinge wesentlich weniger tolerant sind als die alteingesessene Oberschicht, aus der du stammst. Wir finden diese Art von Jugendsünden nicht charmant. Kleinbürgerlich? Aber ja. Intolerant? Absolut. Spießbürgerlich? Ich fürchte, wir Petrinis müssen uns in jedem einzelnen Punkt schuldig bekennen.«

»Warum wühlst du in meinen alten Jugendsünden herum?«

»Du überschätzt deinen Unterhaltungswert. Deine früheren Ansichten sind mir völlig egal. Sie amüsieren mich, aber ich habe keine Verwendung für sie.« Natalie trank etwas Wein und studierte anschließend skeptisch ihr Glas. »Aber mir ist klar geworden, dass du vielleicht über Informationen verfügst, die für mich von Nutzen sein könnten.«

»Das bezweifle ich sehr.«

»Über Erik Lindman, Sonia Terselius und Carl Wijkman.«

Die Galeristin sah sie sekundenlang erstaunt an, wirkte dann aber erleichtert.

»Deine Artikel. Ich habe sie gelesen.« Sie setzte sich auf einen Küchenstuhl und schenkte sich ebenfalls etwas Wein ein. »Ich kannte die drei im Grunde nicht. Sie studierten in Uppsala, ich in Lund. Und egal, was du glaubst, ich war nicht besonders aktiv. So war das damals eben.«

Und du bist immer so gewesen, wie man gerade sein sollte, dachte Natalie.

»Ich meine, ich war doch keine Kommunistin, das musst du verstehen.«

»Waren sie es denn?«

Natalies Tante zuckte mit den Schultern. »Ich denke schon. Wie gesagt …«

»Du kanntest sie nicht so gut, das habe ich gehört. Aber ein bisschen wirst du ja wohl über sie sagen können. Immerhin wart ihr alle im gleichen Verein.«

»Ich weiß nicht. Die Jungs waren nett, vor allem Erik. Jeder von ihnen war auf seine Art charmant. Calle kannte ich besser, wir hatten viele gemeinsame Freunde. Sonia war bildhübsch, aber auch eine richtige Hexe, fand ich jedenfalls.«

»Und warum?«

»Sie war fanatisch, sah auf andere herab, die sich in politischen Dingen nicht so gut auskannten wie sie. Außerdem war sie gemein zu anderen Mädels.« Sie zündete sich eine Zigarette an. »Nein, Sonia war kein sympathischer Mensch.«

Natalie konnte sich lebhaft vorstellen, was Sonia Terselius von dem oberflächlichen Oberschichtmädchen aus Lund gehalten hatte, das sich vor allem für Kunst interessierte.

»Aber die Kerle waren verrückt nach ihr. Sie rannten ihr hinterher wie junge Welpen.«

Sie stand auf, um die letzten Gläser einzusammeln, und ging in die Küche.

»Mehr weiß ich nicht. Wolltest du etwas Bestimmtes wissen?«

Ohne eine Antwort abzuwarten, ließ sie Wasser einlaufen

und spülte die Gläser. Natalie übte sich in Geduld. Als ihre Tante zurückgekommen war, sagte sie: »Es gibt tatsächlich etwas Bestimmtes, was ich dich fragen möchte.«

Die Galeristin lehnte sich gegen den Türrahmen und wartete.

»1963 in Bukarest, ein Friedenskongress für linke Studenten. Warst du dort?«

Sie explodierte so heftig, dass Natalie sich fragte, ob sie beim Spülen das eine oder andere Glas gekippt hatte.

»Bukarest! Warum zum Teufel soll ich nach Bukarest gereist sein? Was ist nur in dich gefahren, Natalie? Ich war eine dumme Studentin mit ein paar Flausen im Kopf, keine verdammte Revolutionärin.«

»Viele Mitglieder von Veritas sind damals auf diesen Kongress gefahren, und ich weiß, dass unser Trio aus Uppsala in Bukarest war. Ich möchte mit jemandem sprechen, der auch dort gewesen ist.«

»Ich jedenfalls nicht!« Sie machte auf dem Absatz kehrt und ging in den hinteren Raum. Natalie hörte, wie ein Schrank zugeschlagen und ein Mantel von einem Bügel gezerrt wurde. Anschließend erklang ein leiser Fluch. Als die Galeristin zurückkehrte, hielt sie demonstrativ die Schlüssel in der Hand, aber Natalie stand trotzdem nicht auf.

»Wie kann ich herausfinden, wer damals dort war?«

»Keine Ahnung.«

»Gibt es kein Verzeichnis ›Genosse so und so war da und da‹, das du irgendwo auf dem Speicher versteckt hast?«

Sie sah Natalie mit schief gelegtem Kopf und hochgezogenen Augenbrauen an. »Sei nicht albern. Ich muss jetzt wirklich gehen.«

»Nenn mir einen Namen. Wer könnte auf einen solchen Kongress gefahren sein?«

»Das ist doch lächerlich.«

»Einen Namen, Tantchen, dann vergessen wir dieses Gespräch.«

Sie beobachtete Natalie mit angespanntem Blick. »Ich will nicht, dass du diese Dinge …«

»Ich verspreche es, keiner von uns erzählt irgendwem davon.«

Die Galeristin ließ ihre Schlüssel um den Finger kreiseln. »Olof Salling von der Stockholmer Ortsgruppe. Der arme Kerl ist auf jede Veranstaltung dieser Art gefahren.«

Die Neonröhren warfen ein kaltes Licht auf die grünen Bänke. Weiter hinten in dem lang gestreckten Korridor lärmten ein paar Studenten vor der Tafel mit den Prüfungsergebnissen. Es erstaunte Meijtens, wie fremd ihm das alles vorkam. Was auch geschehen mag, hierher werde ich jedenfalls nicht zurückkehren, dachte er.

Sie hatten den ganzen Abend zusammengesessen und jedes Detail von allen Seiten beleuchtet. Ausnahmsweise hatte vor allem Meijtens geredet. Jakub hatte kurze Fragen eingeworfen und vor sich hingebrummt. Zwischendurch war ein Student zum Kaffeeautomaten einige Meter weiter gegangen, und sie hatten beide geschwiegen, während der Apparat zischte. Jakub hatte sich noch einmal die Dokumente durchgelesen und währenddessen das Leitmotiv aus einer alten Operette gesummt. Schief, wie Meijtens feststellte.

Als der junge Mann am Kaffeeautomaten gegangen war, hatte Jakub gesagt: »Dann glaubt ihr also, einer von ihnen ist Tristan?«

Meijtens hatte mit den Schultern gezuckt. »Jedenfalls ist das eine Theorie, die ganz gut zu den Fakten passt.«

Jakub betrachtete seinen Kaffeebecher, musste jedoch erkennen, dass er unwiderruflich leer war. »So viel zum Thema Freundschaft, so viel zum Thema Liebe. So viel zum Leben in Arkadien.« Er blickte mit einem schiefen Lächeln auf. »Aber vielleicht liegt dort der Schlüssel zur Lösung des Rätsels.«

»Wie meinst du das?«

»Ich meine, dass Tristans Motiv dafür, Erik Lindman zu verraten, etwas darüber aussagt, wer von ihnen es ist«, erläuterte Jakub.

»War das Motiv nicht einfach, sich selbst zu schützen?«

»Doch, sicher, aber reicht das? Ist das wirklich genug, um seinen besten Freund oder seinen Verlobten in einen qualvollen Tod in Hoxhas Gefängnissen zu schicken?«

Jakub schüttelte sachte den Kopf, zuckte dann jedoch mit den Schultern und beantwortete seine Frage selbst. »Vielleicht, zumindest für einen Menschen wie Tristan.«

Sie schwiegen eine Weile.

Jakub verzog das Gesicht zu einer gequälten Grimasse. »Dieser … Brief, Tobias.«

»Ja?«

»Er beunruhigt mich, und damit meine ich nicht nur den Inhalt.« Er hob den Kopf und starrte Meijtens an. »Warum? Warum hat dir jemand diese Kopien geschickt? Wir sollten vielleicht nicht davon ausgehen, dass der Absender gute Absichten verfolgt.«

»Wie meinst du das?«

»Weder Wijkman noch Terselius haben im Grunde viel Material aus erster Hand in die Finger bekommen, aber ihr Netzwerk muss hervorragend sein. Wenn man Tristan enttarnt, wird das die Machtelite gehörig durchschütteln. Dann fällt nicht nur Tristan, sondern es fallen alle, die ihm oder ihr unwissentlich geholfen haben. Mächtige Menschen mit Feinden. Feinden, die vielleicht sogar geahnt haben, wie die Dinge liegen, bisher jedoch nichts sagen konnten, nun aber ihre Chance gekommen sehen.«

Irgendwo hörte man fröhliche Rufe, und einige Studenten liefen lachend davon. Jakub hatte in einem beiläufigen, fast gleichgültigen Ton weitergesprochen.

»Was weißt du über Peter Laurén?«

»Nicht viel, zwei Jahre nach Erik Lindmans Verschwinden lernte er Sonia Terselius kennen. Die beiden heirateten, ließen sich aber wenige Jahre später wieder scheiden. Unsichtbarer Strippenzieher in der Partei. Ein Vollblutpolitiker.«

Jakub lächelte milde. »Dann glaube ich, dass ich dir ein wenig mehr erzählen kann. Peter Laurén ist in jeder Hinsicht eine völlig andere Spezies als unser Trio aus Uppsala. Und zwar so anders, dass man kaum glauben mag, dass sich ihre Wege jemals gekreuzt haben. Laurén machte seine ersten, tastenden Schritte in die Politik in der kleinsten, aber vielleicht auch einflussreichsten politischen Studentenvereinigung: der sozialdemokratischen Sektion an der Stockholmer Wirtschaftshochschule. Sie lockt aus jedem Jahrgang nur zwei, drei Studenten an, aber die finden dafür früher oder später über das Finanzministerium den Weg in die Flure der Macht.«

Jakub stapelte langsam und systematisch ihre leer getrunkenen Kaffeebecher ineinander.

»Er ist auf dem klassischen Weg aufgestiegen, durch emsige Arbeit hinter den Kulissen und elegante Sprünge zwischen der Rolle eines Beamten und der eines politischen Funktionärs. Nachdem er zwischen verschiedenen Ministerien hin und her gewechselt hatte, gehörte er Anfang der Siebzigerjahre zu den Beratern des Außenministers. In der zweiten Hälfte der Sechzigerjahre engagierte er sich politisch in der Studentenschaft. In dieser Eigenschaft lernte ich ihn damals kennen.«

Meijtens starrte Jakub erstaunt an.

»Du kennst Laurén?«

»Kennen ist zu viel gesagt. Ich bin ihm ein paarmal begegnet, allerdings unter weniger angenehmen Umständen.«

Jakub meinte, es sei 1966 oder 1967 gewesen, erinnerte sich aber nicht mehr genau. Ein Kongress der sozialistischen Jugend in Kopenhagen, auf dem über Vietnam diskutiert wurde. Ein paar Studenten von der sozialdemokratischen

Studentenvereinigung machten sich Notizen und schossen Fotos. Es herrschte eine angespannte Atmosphäre. Jeder wusste, dass Informationen über linke Sozialdemokraten gesammelt wurden, aber niemand wusste, aus welchem Grund. Es wurde allgemein angenommen, dass sie die Angaben für ihre eigenen Zwecke nutzen wollten. Der Zusammenhang zwischen dem rechten Parteiflügel und der Registrierung politisch Andersdenkender durch den Inlandsgeheimdienst wurde erst Jahre später aufgedeckt.

»Ich weiß noch, dass sie zu dritt waren. Sie hatten kleine Notizbücher dabei und verbreiteten Flüsterpropaganda gegen Leute, die als Sympathisanten des Kommunismus oder einfach nur als unzuverlässig galten. Ich hielt selbst, wie du weißt, nicht viel von den Kommunisten, aber von solchen Machenschaften hatte ich in meinem Leben auch schon mehr als genug gesehen.«

»Und Peter Laurén war einer dieser drei?«

Jakub nickte. »Allerdings.«

Unglaublich, dachte Meijtens. Laurén machte Karriere als einer der heimlichen Wächter von Staat und Partei, als Laufbursche des Inlandsgeheimdienstes, und heiratete dann eine Frau, die sie eventuell als Agentin des KGB entlarven würden. Kein Wunder, dass er in Panik geriet, als sie anfingen, in der Vergangenheit von Sonia Terselius herumzuschnüffeln.

»Ich begegnete ihm ein, zwei Jahre später bei einer öffentlichen Debatte«, fuhr Jakub fort. »Er meldete sich mit einem wirren Redebeitrag zum Thema Vietnam zu Wort, in dem er meinte, in Schweden habe man den Konflikt und die Rolle der USA missverstanden, es gehe in Wirklichkeit um die Expansion Chinas. Wenn ich mich recht erinnere, wurde er ausgebuht, denn zu diesem Zeitpunkt hatte sich die öffentliche Meinung gedreht, und es hatte einen Linksruck gegeben.«

»Aber wie hat er überhaupt Sonia Terselius kennengelernt, und was sagt ein Mann wie Laurén zu ihrer Vergangenheit?«

Jakub breitete die Arme aus. »Wie begegnen sich die Menschen? Wir leben in einem kleinen Land. Und die Liebe überwindet alles. Außerdem wissen wir doch gar nicht, wie viel sie ihm eigentlich erzählt hat. Als die beiden sich kennenlernten, hatte sie ihre Vergangenheit bestimmt längst unter den Teppich gekehrt. Vielleicht hat sie ihm nichts erzählt, vielleicht war es ihm auch egal.«

Mit einem triumphierenden Leuchten in den Augen lehnte Jakub sich zurück.

»Was ist, Jakub?«

»Ich muss dir etwas gestehen. Als du letzte Woche Sonia Terselius und Carl Wijkman erwähntest, habe ich eigene Nachforschungen angestellt. Es bedurfte nur weniger Auflagen des ›Wer ist wer‹, um zu entdecken, dass sie mit Laurén verheiratet war. Und das rief mir die Begebenheit in Erinnerung, die ich gerade beschrieben habe.«

Er schien seine Worte sorgsam abzuwägen.

»Ehrlich gesagt, habe ich einen alten Freund von damals angerufen, um mir meinen Eindruck bestätigen zu lassen.«

Jakub hob beruhigend die Hand, als er Meijtens' Reaktion sah.

»Mach dir keine Sorgen, ich habe eure Recherchen mit keinem Wort erwähnt. Ich wollte nur meine Erinnerungen bestätigen lassen.«

»Und das konnte dein Freund?«

Jakub nickte. »Nicht nur das, er hatte damals einen wesentlich besseren Einblick in diese Kreise als ich und konnte mir mehr erzählen.«

Jakub ließ sich wie üblich nicht hetzen, die fortgeschrittene Uhrzeit schien ihn nicht weiter zu stören.

»Der Wind von links, von dem ich erzählt habe, wehte Ende der Sechzigerjahre stärker denn je, nicht nur unter den Studenten, sondern in der gesamten Partei. Und zwar so stark, dass sich kalte Krieger wie Laurén unmöglich machten. Meinem Freund zufolge geriet Lauréns politische Karriere ins Stocken, und er bekam keinen der hohen Posten, auf die er gehofft hatte. Doch dann nahte von höchst unerwarteter Seite Hilfe.«

Meijtens lehnte sich vor, und Jakub setzte seine Geschichte in einem persönlicheren Tonfall fort.

»Niemand begriff, warum Carl Wijkman den kantigen Laurén unter seine Fittiche nahm. Offenbar flüsterte er die richtigen Worte in die richtigen Ohren, denn die linke Anti-Laurén-Lobby gab nach, und er wurde in die Gruppe radikaler Berater um den Außenminister aufgenommen. Dank Wijkman standen ihm nun alle Türen offen. Seine alten Gönner aus der Geheimdienstzeit konnten bestätigen, dass er auf der richtigen Seite stand, gleichzeitig wehrte Wijkmans Fürsprache den Widerstand des immer einflussreicheren linken Parteiflügels ab. Und auf dieser Welle ist er seither geritten.«

»Das heißt, ganz gleich, ob nun Wijkman oder Terselius …«

»… ist Laurén mit Händen und Füßen an Tristan gefesselt gewesen. Entweder als Ehemann oder als ein Freund, der einem anderen zu großem Dank verpflichtet war.« Jakub lächelte, aber als er weitersprach, verschwand sein Lächeln. »Ich fürchte, ihr seid da auf etwas sehr Kompliziertes gestoßen. Vielleicht zu kompliziert, um es in eurer Zeitschrift zu veröffentlichen, zumindest zum jetzigen Zeitpunkt.«

Er verblüffte Meijtens damit, die gestapelten Plastikbecher treffsicher in den Papierkorb zu werfen.

»Die Geschichte Erik Lindmans, wie sie vor seiner Rückkehr und vor seinem Tod erzählt wurde, war die Geschichte, die alle hören wollten. Der einsame Fanatiker, der sein Land verriet und von den Geheimdiensten enttarnt wurde, ehe er größeren Schaden anrichten konnte. Diese Version finden wir alle faszinierend, gleichzeitig können wir aber auch

Zuversicht aus ihr schöpfen. Tristan wurde enttarnt und ist tot.«

Erneut verzog er das Gesicht zu einer gequälten Grimasse.

»*Eure* Theorie ist dafür umso unangenehmer. Wenn Wijkman oder Terselius schuldig sind, gibt es wahrscheinlich viele, die unwissentlich als Informanten, als nützliche Idioten missbraucht wurden. Nicht nur Laurén. Männer und Frauen, die heute vermutlich den Zenit ihrer Karrieren erreicht haben, Karrieren, die womöglich abrupt enden könnten, wenn ihre Verbindung zu Tristan bekannt würde. Vergiss nicht, dass diese Leute in ihren eigenen Augen unschuldig sind und für ihre Ehre kämpfen werden. Ihr wisst nicht, wie viele von ihnen da draußen herumlaufen. Außerdem denke ich, dass es ein noch größeres Problem gibt.«

Jakub zog seinen Mantel an, erhob sich und sah Meijtens an. Seine Stimme klang plötzlich düster, fast resigniert.

»Das kollektive Selbstbild von Schweden als einem guten und gerechten Land. Von einem Schweden, das neutral zwischen West und Ost und stets auf der Seite der Schwachen steht. Aber wenn Tristan unser Inneres nach außen gekehrt hat, unsere Staatsverwaltung und unsere Neutralitätspolitik … Wenn er – oder sie – unsere Staatsgeheimnisse in das Ohr seiner Auftraggeber geflüstert und seine Kontakte innerhalb der gesellschaftlichen Elite missbraucht hat, um uns heimlich im Interesse einer anderen Macht zu steuern … Wenn Tristan uns in die Suppe gespuckt hat und wir sie gehorsam ausgelöffelt haben … Was sind wir dann? Heißt das womöglich, dass alles, was wir für heilig und wahr gehalten haben, eine Lüge gewesen ist?«

Jakubs Seufzer hallte durch den mittlerweile verwaisten Korridor.

»Diese Geschichte will mit Sicherheit niemand lesen.«

31 Der Aufzug fuhr mit einem leise jaulenden Geräusch in den siebten Stock. Es handelte sich um eines der gelungeneren Gebäude des Baubooms in den Sechzigern. Auf der Fassade gab es weder Spuren von Graffiti noch von mutwilliger Zerstörung. Meijtens hatte darauf bestanden, alleine zu dem Termin zu fahren, ohne eigentlich zu wissen, warum. Vor der Tür blieb er stehen und atmete tief durch. Jetzt überschritt er definitiv die Linie, die Rydman gezogen hatte. Ich kann ja wieder Taxi fahren, dachte er und klingelte.

Es surrte dumpf, und er hörte, wie sich jemand mit schnellen Schritten näherte. Unmittelbar darauf wurde die Tür ohne Vorbehalte oder Vorsicht weit aufgerissen.

»Tobias Meijtens? Herzlich willkommen.«

Olof Salling lächelte breit und nahm Meijtens mit ungelenken Bewegungen den Mantel ab. Das wenige schüttere Haar, das er noch hatte, stand vom Kopf ab. Seine Hose wurde von Trägern gehalten, und seine Füße steckten in Lammfellpantoffeln. Die freundlichen Augen, die hinter dem etwas zu großen Brillengestell hervorblinzelten, zeigten keine Spur von Misstrauen. Meijtens schätzte, dass Olof Salling nur selten diese Art von Gefühlen verspürte.

»Ich habe was auf dem Herd stehen, warten Sie bitte einen Moment.«

Er ging in die Küche, und Meijtens stieg der Geruch von gekochtem Fleisch und roter Bete in die Nase. Auf Sallings Bitten ging er schon mal zum Wohnzimmer, blieb aber in der Türöffnung stehen. Das Bücherregal an der Wand war mit Reihen von Taschenbüchern und Dokumentenmappen gefüllt. Auf den Stühlen und auf dem gesamten Fußboden standen Papptüten mit vergilbten Blättern und Zeitschriften verteilt. Auf der Couch lagen neben einer Reihe von Aktenordnern zwei schlafende Katzen.

»Ich habe meine Papiere ein bisschen geordnet«, erklärte Salling, als er aus der Küche kam. »Ich bin seit ein paar Wochen damit beschäftigt, die Dokumente zu ordnen. Eigentlich schon seit dem Frühjahr.«

Salling verstummte, als wäre ihm der lange Zeitraum gerade erst bewusst geworden. Er trug die Katzen in einen angrenzenden Raum und bat seinen Gast, Platz zu nehmen.

»Als Historiker sind Sie es sicher gewöhnt, von Papierstapeln umgeben zu sein.« Er hob einen Haufen Blätter von einem alten Bürostuhl und setzte sich Meijtens gegenüber. »Das war wirklich eine freudige Überraschung, als Sie mir von Ihrem Forschungsprojekt erzählt haben. Ich nehme an, dass es innerhalb der Geschichtsschreibung ein relativ unerforschtes Thema ist?«

Meijtens zog seinen Notizblock heraus. »Das stimmt. Zu den Friedensbewegungen der Nachkriegszeit ist sehr wenig geforscht worden, was einem seltsam vorkommt, wenn man bedenkt, wie sie die politische Entwicklung beeinflusst haben. Nehmen Sie nur den Vietnamkrieg …«

Salling nickte enthusiastisch. »Der Kampf gegen Atomwaffen in Westeuropa. Der Druck aus der Bevölkerung gegen das Wettrüsten …«

Er zählte Beispiele und persönliche Erinnerungen auf. Wir unterschätzen zu oft den menschlichen Faktor, dachte Meijtens. Als er seinen Termin am Vorabend mit Natalie und Jakub vorbereitet hatte, waren sie sich nicht sicher gewesen, wie Salling reagieren würde. Würde er herumtelefonieren, um sich zu erkundigen, ob es das Forschungsprojekt »Westeuropäische Friedensbewegungen in den Jahren 1945–1990« tatsächlich gab? Aber der freundliche kleine Mann zeigte keinerlei Anzeichen von Misstrauen. Veritas war ganz offensichtlich Sallings Leben gewesen.

»Manchmal versuche ich, mit meinen Kollegen im Museum über diese Dinge zu sprechen, aber dort interessiert das keinen. Schon seltsam.«

Er sah Meijtens an, als würde er aufrichtig nach einer Antwort suchen, stand dann mit einem Ruck auf und ging zu einem Bücherregal voller Dokumentenmappen.

»Am Telefon haben Sie gesagt, Sie hätten konkrete Fragen zu dem Kongress 1963 in Bukarest.« Er hob einen Stapel vergilbter hektografierter Blätter herab und blätterte mit gerunzelter Stirn darin herum. »Ich habe in meinen Unterlagen gesucht und versucht, mich zu erinnern. Ich habe mein eigenes System.«

»Heißt das, Sie glauben, dass Sie an dem Kongress teilgenommen haben?«

»Hier habe ich das Material über Friedensinitiativen zwischen Ost und West. Dazu müssten eigentlich auch die Unterlagen über den Kongress in Bukarest gehören.«

Er verlas mit lauter Stimme die ersten Zeilen jedes Dokuments. »Der Marsch gegen Atomwaffen England 1960, Anweisungen an die Teilnehmer. Das Weltjugendforum in Moskau 1961, die Botschaft der Kommissionen an die Jugend der Welt ...«

»Wir sind daran interessiert, mit Schweden zu sprechen, die damals dabei waren«, sagte Meijtens und räusperte sich.

Salling wandte den Blick nicht von seinen Dokumenten. »Das Abrüstungsseminar in Krakau, die Friedensarbeit in den europäischen Studentenorganisationen ...«

»Wir würden gern wissen, was Ihre Eindrücke vom Dialog zwischen den Delegierten aus dem Osten und dem Westen waren, von den Konflikten zwischen Chinesen und Russen. Solche Dinge.«

»Ich versuche, die Abschlusserklärung zu finden. Bei jedem Kongress gab es eine Abschlusserklärung, die müssen Sie eigentlich sehen.« Salling war freundlich, aber bestimmt, als würde er Museumsbesucher zu Ausstellungsstücken lotsen, die sie in seinen Augen auf gar keinen Fall verpassen durften.

»Wenn ich Sie richtig verstanden habe, waren Sie selbst dort.«

»Oh, diese Kongresse hatten einen unschätzbaren Wert, es nahmen immer ein paar Mitglieder von Veritas teil. Immer. Die sozialistischen Staaten haben in der schwedischen Presse niemals die gebührende Anerkennung für ihre großartige Friedensarbeit bekommen.«

»Was waren Ihre persönlichen Eindrücke?«

Plötzlich hielt Salling eine Broschüre in einem fröhlichen Vierfarbendruck hoch. »Die Koreaner, ganz wunderbare Menschen.« Dann setzte er glücklich seine Durchsicht fort.

Meijtens blickte auf seinen Notizblock herab. Die Seite war immer noch leer. Neben Salling standen mehrere randvolle Papptüten, und Meijtens schwante allmählich, dass sie niemals Informationen über den Kongress in Bukarest finden würden, wenn er nicht ein bisschen Druck machte.

»Waren viele auf dem Kongress?«

»Oh, es kamen häufig Tausende Delegierte zusammen. Ich erinnere mich nicht mehr, aber ...«

»Ich meinte eigentlich eher Schweden. Mitglieder von Veritas.«

Salling hatte sein Material inzwischen in zwei Stapel aufgeteilt und ließ den Blick vom einen zum anderen schweifen.

»Hier haben wir das Protokoll von der Tagung in Sofia im Jahre 1969. Ich glaube, das könnte eigentlich noch interessanter für Sie sein.«

»Lassen Sie uns mit dem Kongress in Bukarest beginnen.« Meijtens verlor langsam die Geduld.

Salling sah weiter seine Dokumente durch, aber als er zum letzten Blatt des Stapels kam, schüttelte er resigniert den Kopf.

»Unbegreiflich, die Unterlagen müssten eigentlich hier sein. Ich *weiß*, dass ich da war, es war im März 1963.« Er ließ den Finger über das Bücherregal gleiten und steckte anschließend den Kopf in verschiedene Papptüten. »Seltsam. Wenn Sie schon einmal da sind, möchte ich natürlich …« Er klang aufrichtig betrübt.

»Das ist schon in Ordnung, vielleicht kann ich Ihnen ja einfach ein paar Fragen stellen …«

Lächelnd richtete sich Salling auf. »Möchten Sie meine Tomatenpflanzen sehen?«

Als Meijtens ihm auf den Balkon hinaus folgte, stellte er fest, dass dies der ordentlichste Platz in der gesamten Wohnung war. In den Blumenkästen wuchs noch immer üppig sprießende Kresse, und an der einen Kopfseite stand ein Regal mit Tomatenpflanzen. Auf den beiden Stühlen lagen abgewetzte Wolldecken.

»Setzen Sie sich, dann lade ich Sie zu einem Glas Ginseng ein«, sagte Salling. Er kehrte gleich darauf mit zwei Gläsern und einer Flasche mit einer klaren Flüssigkeit und einer Art Wurzel darin zurück. »Die Koreaner sind wirklich zu herrlich«, sagte er und hob die Flasche hoch. »Legen Sie sich die Decke um, wenn Ihnen zu kalt ist, ich sitze bis in den November hier draußen.«

Salling erzählte von seinen Pflanzprojekten. Die Tomaten waren sein Ein und Alles, und er leierte Sorten und Tipps für die Haltung mit der gleichen Begeisterung herunter, mit der er kurz zuvor über Friedenskongresse in Osteuropa gesprochen hatte.

Sie stießen mit Ginsengwodka an, und Meijtens unterdrückte einen Würgereflex.

Draußen war es dunkel, und im Hochhaus gegenüber brannte in fast jedem Fenster Licht. Auf dem Hof unter ihnen hörte man Kinder spielen und das Geräusch von Fahrrädern und Eltern, die hinunterriefen, dass das Essen fertig sei.

Sie schwiegen. Meijtens überlegte, wie er das Gespräch auf Veritas und den Kongress in Bukarest zurückbringen sollte, aber schließlich war es Salling, der das Schweigen brach.

»Veritas war mein Leben, meine Jugend.« Sein Ton war neutral, als beantwortete er Fragen bei einer Passkontrolle. »Ich war natürlich auch in der Partei, dort allerdings nicht sehr aktiv. Es war nicht ganz einfach, sich mit den verschiedenen Fraktionen und Flügeln auszukennen, das fand ich ermüdend. Aber Veritas war etwas anderes.«

Er hatte mehrere Jahre in Stockholm studiert, den Großteil seiner Zeit jedoch der Politik gewidmet. Am Ende hatte er ein zusammengeschustertes Examen in verschiedenen Orchideenfächern absolviert.

»Die perfekte Ausbildung für einen niederen Museumsangestellten, für alles andere dagegen nicht zu gebrauchen.« Er lächelte in sich hinein und ließ den Blick über die grauen Hochhäuser schweifen. »In den Medien tauchen häufiger ehemalige Mitglieder von Veritas auf, aber ich treffe sie nur selten.«

Er murmelte einige mehr oder weniger bekannte Namen. Meijtens warf Fragen ein und versuchte, das Gespräch auf Erik Lindman und seinen Kreis zu bringen. Nach einer Weile entdeckte er erstaunt, dass sein Glas leer war. Salling schwieg kurz und füllte die beiden Gläser erneut. Anschließend schloss er die Augen.

»Ich glaube, in Bukarest waren damals nicht viele von Veritas dabei. Ehrlich gesagt, nur ich und die Clique aus Uppsala. Und Rooth natürlich. Der war fast immer mit von der Partie.«

Ein Windstoß ließ die Blätter der Tomatenstauden rascheln. Meijtens wollte gerade eine Frage stellen, als Salling sich umdrehte und ihn traurig beobachtete.

»Hat er Sie geschickt?«

Meijtens starrte ihn verblüfft an. »Was meinen Sie?«

»Ich meine Rooth, hat er Sie geschickt, um mir diese Fragen zu stellen?«

»Johan Rooth? Natürlich nicht, warum sollte er das getan haben?«

»Es war doch nur eine unschuldige Glosse, sonst nichts.«

Salling betrachtete seine Tomatenpflanzen und danach die Vorortlandschaft. Für eine Weile schien er völlig in Gedanken versunken zu sein. Er hatte sich regelmäßig aus der Flasche bedient, und Meijtens stellte fest, dass sein Gastgeber inzwischen ziemlich betrunken sein musste.

»Eine Glosse, sagten Sie?«

»Wenn ich bei internationalen Veranstaltungen gewesen war, schrieb ich anschließend immer einen Artikel für Veritas, aber ich schrieb auch andere Sachen, Buchkritiken und so.«

Er füllte sein Glas ein weiteres Mal und schmatzte nachdenklich, als würde er eine Suppe abschmecken.

»Und damals haben Sie eine Glosse geschrieben?«

»Rooth wies mich an, nichts zu schreiben. Ich glaube, er fand es unangemessen, weil der Kongress von den wachsenden Differenzen zwischen der Sowjetunion und China geprägt war.«

Der Wind hatte sich gelegt. In der ganzen Hochhaussiedlung herrschte vollkommene Stille. Als Salling weitersprach, hatte seine Stimme einen flehenden Unterton bekommen, so als könnte Meijtens alles wieder ins rechte Lot bringen.

»Ich habe trotzdem eine Glosse geschrieben. Darin ging es überhaupt nicht um diese Differenzen. Eines Abends während des Kongresses war ich mit zwei Polen in der Stadt unterwegs, und danach bin ich den beiden immer wieder begegnet. Das war lustig, weil ...« Er verstummte abrupt und starrte unglücklich vor sich hin. »Ich weiß gar nicht mehr, was so lustig daran war, worum sich der Artikel drehte. Aber es war nur eine Glosse, es ging darin gar nicht um den eigentlichen Kongress!«

»Aber Rooth nahm Ihnen den Text trotzdem übel?«

»Ich schickte ihn ein und dachte nicht mehr daran. Plötzlich rief Rooth mich an und war außer sich vor Wut. Er schrie mich an, ich sei ein schlechter Genosse und Verräter. Ein paar Tage später begegnete ich ihm, und da war er noch wütender, auch wenn er nicht so viel sagte. Sie ließen mich nie wieder etwas schreiben.«

»Was meinte er damit, Sie seien ein Verräter?«

Aber Salling schien ihn nicht gehört zu haben.

»Wurde die Glosse in *Veritas* gedruckt?«

Salling schüttelte den Kopf. »Rooth hatte den Artikel in letzter Minute entdeckt und herausgenommen.«

»Haben Sie das Manuskript noch?«

»Nein, und ich bezweifle sehr, dass es sich im Archiv von Veritas befindet.«

Das bezweifelte Meijtens allerdings auch.

»Worum ging es noch mal in dem Artikel?«

Aber Salling gehörte offensichtlich zu den Menschen, die einem nicht mehr zuhörten, wenn sie betrunken waren. Er schien die Frage nicht gehört zu haben und erzählte stattdessen weiter. Nach dem Zwischenfall mit der Glosse hatten ihn viele plötzlich nicht mehr gegrüßt. Menschen, die von der Geschichte im Grunde gar nichts wissen konnten und die sie wohl auch kaum interessiert hätte. Er ging davon aus, dass sie etwas völlig anderes gehört hatten.

»Wissen Sie, es war so, als hätte mir jemand den Boden unter den Füßen weggezogen. Plötzlich waren alle Freunde bei Veritas verschwunden, und ich hatte doch keine anderen.«

Auf einmal fiel ihm der Topf ein, der immer noch auf dem Herd stand, und er richtete sich auf, um in die Küche zu gehen, stolperte und musste sich am Balkongeländer festhalten.

»Ich mache das«, sagte Meijtens. Salling schien weder in der Verfassung zum Kochen noch für ein Interview zu sein.

In der Küche musste Meijtens feststellen, dass das Essen angebrannt war. Er zog den Topf von der Herdplatte und rührte in dem vergeblichen Versuch, noch etwas zu retten, darin herum. Überall standen schmutziges Geschirr und geöffnete Konservendosen, die einmal billige Fertiggerichte enthalten hatten. In einer Ecke befanden sich mehrere Flaschen bulgarischer Rotwein. Er fragte sich gereizt, wie viel Vertrauen er überhaupt in etwas setzen konnte, woran Salling sich nach fast drei Jahrzehnten erinnerte.

Als er auf den Balkon zurückkehrte, entdeckte er entsetzt, dass Salling auf einem Stuhl herumbalancierte, um an eine Tomatenpflanze auf dem obersten Regalbrett heranzukommen.

»Ich dachte, dass Sie vielleicht meine letzten Tomaten für dieses Jahr probieren möchten. Die habe ich mir für einen ganz besonderen Besucher aufgehoben.«

Meijtens gelang es, Salling davon zu überzeugen, dass dies nicht nötig sei, und half ihm vom Stuhl. Dann bedankte er sich für alles. Als Salling ihn zur Tür begleitet hatte, forderte er ihn auf, bei ihm anzurufen, falls ihm noch etwas zu dem Kongress in Bukarest einfallen sollte.

»Ich würde mich wirklich sehr für diese Glosse interessieren, falls sie doch noch auftauchen sollte. Als Beispiel für die Atmosphäre und den Zeitgeist. Oder wenn Sie sich daran erinnern, worum es in ihr ging.« Meijtens sagte dies möglichst beiläufig und war bemüht, nicht das Misstrauen des Mannes zu wecken. Aber Salling schien vor allem die Unordnung in seinen Papieren und sein schlechtes Gedächtnis zu bedauern.

»Die anderen, die mit Ihnen dort waren«, sagte Meijtens, als er seinen Mantel angezogen hatte. »Das waren die drei aus Uppsala und Rooth, stimmt's?«

Salling wirkte abwesend, und Meijtens wiederholte ihre Namen.

»Ja, das waren sie. Die Clique aus Uppsala war da.«

Salling nickte, und noch ehe Meijtens sich von ihm verabschieden konnte, stolperte er in Richtung Schlafzimmer davon.

32 Meijtens schob den Teller mit Naan-Brot zu Natalie hinüber, die ein Stück davon abriss und in eine Schale mit Lammcurry tunkte. Aus den Boxen schepperte indische Musik, und auf dem Tisch und den benachbarten Stühlen lagen braune Dokumentenmappen verteilt. In letzter Zeit hatten sie sich jeden zweiten Abend in dem Restaurant getroffen.

An den langen Arbeitstagen befolgten sie minutiös Bertil Anderssons Anweisungen und Rydmans Ermahnungen. Natalie war darauf angesetzt worden, die schwierige wirtschaftliche Entwicklung zu verfolgen, und eilte von einer Großtat zur nächsten. Meijtens war für den stellvertretenden Chefredakteur wieder das Mädchen für alles und in erster Linie für *Die vergangene Woche* zuständig. Keiner bei *7Plus* erwähnte noch Erik Lindman, und sie hatten beide beteuert, die Idee fallen gelassen zu haben.

Meijtens griff nach der dünnsten Mappe auf dem Stapel, die Frucht seiner Nachtschichten in den letzten Tagen. Er hatte immer wieder mit Natalie telefoniert, aber auch Jakub hatte zu den unterschiedlichsten Uhrzeiten angerufen, sich nach Neuigkeiten erkundigt und Ratschläge gegeben.

»Okay, was haben wir?«, sagte Natalie.

Er reichte ihr das Dokument. Es war weniger als zehn Seiten lang, eine Zusammenfassung von zwei erfolgreichen Karrieren. Informationen, die ein interessantes, aber unvollständiges Puzzle bildeten.

Es war nicht weiter schwierig, wenn auch ein wenig zeitraubend gewesen, eine Bestätigung dafür zu finden, dass Carl Wijkman und Sonia Terselius zu der Gruppe von Beamten gehörten, die Schwedens Position und Teilnahme an der KSZE-Konferenz in Helsinki vorbereitete. Zu jenem Komitee, in dem es dem Überläufer Sorokin zufolge einen Maulwurf gegeben hatte, der seine geheimen Auftraggeber vom KGB mit allen Details versorgt hatte. Und eventuell auch die Verhandlungsführung beeinflusst hatte.

Als die Sowjetunion und ihre Alliierten verlangten, dass gewisse Themen im Bereich Wirtschaft und Handel als eine eigene Sektion der Konferenz behandelt werden sollten, übernahmen die neutralen Staaten unter der Führung Schwedens die Aufgabe, die Vorbereitungen zu koordinieren. »Staatssekretär Carl Wijkman vom Industrieministerium dürfte angesichts seiner Erfahrung im Bereich des internationalen Handels und der industriellen Entwicklung als in besonderem Maße geeignet gelten«, hieß es in einer respektvollen Formulierung, die aus dem ansonsten staubtrockenen Schriftstück herausstach. Die Empfehlungen für Terselius fielen nicht weniger enthusiastisch aus.

»Jedenfalls wissen wir, wovor Laurén solche Angst hat«, murmelte Natalie, ohne von dem Blatt aufzuschauen.

Meijtens nickte. Es ging um mehr als die Verbindung zu einer früheren Frau oder einem alten Freund. So etwas konnte Laurén kaum zur Last gelegt werden, obwohl es für ihn peinlich sein würde. Aber sie hatten noch etwas anderes entdeckt. Bei einem Machtkampf zwischen den Beamten im Außenministerium und den politischen Beratern des Außenministers hatten sich Letztere durchgesetzt. Alle Berichte aus dem ministerienübergreifenden Komitee gingen direkt an Laurén, und er zeichnete für die begeisterte Empfehlung Wijkmans verantwortlich. Einer seiner Mitarbeiter hatte das Schreiben über Terselius verfasst, vermutlich um den Eindruck einer Begünstigung zu vermeiden.

»Ein klassisches Beispiel für einen Austausch von Gefälligkeiten«, hatte Jakub gemeint. »Wijkman besorgt Laurén über seine politischen Kontakte einen Job und fällt im Gegenzug nur zu gern die Karriereleiter hoch. Laurén hat nichts Ungewöhnliches oder Ungesetzliches getan, aber die Sache würde natürlich wesentlich pikanter, falls sich herausstellen sollte, dass sein alter Freund ein KGB-Agent ist.«

Lauréns fortgesetzter Einfluss ließ sich auch daran erkennen, welche Posten Terselius und Wijkman bekamen. Die Zusammenhänge waren zwar nicht ganz so eindeutig, aber Jakub hatte in endlosen nächtlichen Gesprächen auf die Verbindungen zwischen ihren Karrieren und dem, was er als Lauréns Einflusssphäre betrachtete, hingewiesen. Eines stand zweifellos fest: Der Mann, der als einer der Hüter von Partei und Land galt, war gleichzeitig unwissentlich Tristans nützlicher Idiot gewesen. Lauréns Kontakt zu Terselius und Wijkman schien nach seiner Scheidung jedoch abgebrochen zu sein.

»Ich glaube nicht, dass wir viel weiterkommen werden«, sagte Natalie schließlich und legte die Zusammenfassungen in die braune Mappe zurück. »Nicht im Helsinki-Archiv.«

Meijtens trommelte mit den Fingern auf dem Tisch. »Sie können beide Tristan sein.«

Jakub hatte gesagt, man müsse sich die Reifenprofile ansehen, das heißt ihren Karrieren nachspüren und schauen, welche Abdrücke sie hinterlassen hatten. Die Spuren waren deutlich, führten aber in eine Sackgasse. Es brauchte mehr als ein paar auffällige Zusammenhänge im Archiv, unterstützt von Sallings alkoholmarinierten Erinnerungen. Wäre es nur um ihn selbst und seine eigene unsichere Zukunft bei der Zeitung gegangen, hätte Meijtens sich durchaus vorstellen können, sich über Rydmans Verbot hinwegzusetzen und die Konsequenzen zu tragen. Doch so lagen die Dinge, wie sie nun einmal lagen.

Natalie teilte seine Begeisterung über den geheimen Bericht nicht und schüttelte jedes Mal den Kopf, wenn er darauf zurückkam.

»Von solchen Quellen halte ich nicht viel.«

Er rief sich in Erinnerung, was er über die Affäre gelesen hatte, die Natalies Fernsehkarriere beendete. Dass es eine anonyme Quelle gegeben hatte, die nicht namentlich genannt werden wollte. Oder vielleicht auch nicht namentlich genannt werden konnte?

»Wenn diese Quelle sich nicht meldet, müssen wir eben auf eine andere Art nachweisen, dass die Dokumente echt sind«, sagte er, gab einen großen Klecks Chilipickles auf einen Happen Naan-Brot, den er sich in den Mund steckte, und schloss genießerisch die Augen.

Natalie musterte ihn mit einem amüsierten Funkeln in den Augen und nahm sich die letzten Reste vom frittierten Blumenkohl.

»Und du bist ein richtiger Pianist?« Anscheinend wollte sie das Thema wechseln.

»Ich hätte vielleicht einer werden können.«

»Wie meinst du das?«

»Mir hat etwas gefehlt.«

»Was? Talent? Geduld?«

Meijtens zuckte mit den Schultern und füllte sein Glas.

»Ein Klavier?«

Er lachte, trank einen Schluck Bier und lehnte sich zurück. Vielleicht lag es am Alkohol, vielleicht auch an ihren dunklen Augen und der plötzlichen Aufmerksamkeit. Jedenfalls erzählte er ihr die ganze Geschichte. Er begann mit Madame Esterházy, der cholerischen Klavierlehrerin seiner Kindheit. Die mit ihrer Forderung, zu üben und sich zu konzentrieren, bei dem etwas verträumten Jungen, der in jeder anderen Hinsicht als faul und träge galt, paradoxerweise den richtigen Ton getroffen hatte.

»*Madame* Esterházy?«

»Sie bestand darauf, ich habe sie niemals anders genannt.«

Während sonst keiner etwas von ihm forderte und alles unverbindlich blieb, waren die Stunden bei Madame Esterházy ein fester Punkt, und ihre Kompromisslosigkeit wie ein harter Stuhl gewesen, von dem man wusste, dass er gut für den Rücken war, und den man mit der Zeit schätzen lernte. Sie akzeptierte keine Entschuldigungen, pries Disziplin als

Lebensform und konnte sich nur vorstellen, eine bestimmte Sorte Tee zu trinken.

Natalie schien etwas fragen zu wollen, überlegte es sich dann aber anders und gab ihm zu verstehen, dass er weitersprechen solle.

Wenn er einmal vergessen hatte zu üben, schimpfte sie nie. Stattdessen setzte sie sich neben ihn und erzählte ihm Geschichten aus ihrer Jugend in Budapest. Dort hatte sie ihr Studium an der Akademie abbrechen müssen, da man der Meinung war, ihre Familie gehöre zur alten Bourgeoisie. Dort hatte sie in Restaurants gespielt, um über die Runden zu kommen und weil man ihr versprach, dass sie in den Morgenstunden würde üben dürfen. *Kommunismus oder nicht, ich übte meine sechs Stunden am Tag.*

»Ich vergaß fast nie, meine Stücke zu üben.«

Natalie lächelte, und Meijtens kam es so vor, als hätte diese Geschichte immer schon bis ins kleinste Detail fertig formuliert in seinem Inneren gelegen, in Erwartung der richtigen Gelegenheit und des richtigen Zuhörers.

Seine Mutter hatte sich gefragt, warum er so viel übte, wusste aber nichts von seiner Angewohnheit, sich zur Strafe den Klavierdeckel auf die Finger zu pressen, wenn er sich verspielt hatte. Sobald er die Tür zu Madame Esterházys Klassenzimmer öffnete, betrat er eine geheime Welt, über die er nie mit jemandem sprach. Wenn er ihren prüfenden Blick auf sich spürte, streckte er sich jedes Mal unwillkürlich und versuchte, die Flecken vom Fußballspiel in der Mittagspause von der Hose zu bürsten.

»Plötzlich war ich ziemlich gut in etwas, während ich in allem anderen nicht besonders gut war. Also machte ich weiter.«

Der gleichen Logik folgend, war er mit einundzwanzig so weit gewesen, sich um die Aufnahme an der Musikhochschule zu bewerben. Für die Abschlussprüfung hatte er ein Stück von Liszt ausgewählt.

»Eine seiner frühen Klavierkompositionen, ein technisch anspruchsvolles Stück, das …«

Natalie wedelte ungeduldig mit der Hand, um ihm zu signalisieren, dass er die musikalischen Ausführungen überspringen solle.

»Ich wartete darauf, an die Reihe zu kommen, und hätte mich wirklich nicht besser vorbereiten können. In den Monaten davor hatte ich wie ein Besessener geübt. Und dann hörte ich es.«

»Was hast du gehört?« Natalie fehlte wie üblich die Geduld für Pausen.

Vor ihm war ein rundlicher Junge mit einem schweißverklebten Hemd an der Reihe gewesen, und Meijtens hörte ihn vor dem Auswahlkomitee spielen. Schlagartig wurde ihm klar, was Madame Esterházy mit ihrer Ermahnung gemeint hatte. *Du musst das Stück interpretieren, Tobias, es empfinden – es nicht nur spielen.* Er wusste mit absoluter Sicherheit, dass er niemals so spielen können würde wie dieser verschwitzte Dicke.

Meijtens trank langsam einen Schluck.

»Dann wurde ich hineingerufen, und es lief eigentlich auch gar nicht schlecht. Ich spielte, so gut ich konnte, und machte keine Fehler. Aber nach einer Weile war der abgrundtiefe Unterschied zwischen mir und diesem Fettwanst einfach zu offensichtlich. Deshalb hörte ich auf zu spielen.«

Sie sah ihn mit unverstellter Verblüffung an. »Wie meinst du das?«

»Nachdem ich ungefähr drei Viertel des Stücks absolviert hatte, begriff ich, dass es keinen Sinn hatte. Ich hörte auf zu spielen. Atmete tief durch und schloss langsam den Klavierdeckel. Man hörte keinen Laut, was mir aus irgendeinem Grund wichtig war.«

»Den Klavierdeckel?«

»Anschließend nickte ich dem Auswahlkomitee zu und

ging.« Er unterdrückte einen Curryrülpser. »Seither habe ich nur noch Evergreens gespielt.«

Natalie starrte ihn an. »Du hast einfach aufgehört?«

»Warum nicht? Ich wusste, dass ich das Produkt von Disziplin, einer guten Lehrerin und etwas zu viel Freizeit war. Ich hatte dort nichts zu suchen.«

»Und Madame Esterházy?«

Meijtens verzog das Gesicht zu einer gequälten Grimasse. »Ich hatte ihr versprochen, sie anzurufen, sobald ich wissen würde, ob man mich angenommen hatte. Aber da ich mir nie die Mühe machte, das herauszufinden, war ich der Meinung, rein technisch nicht mehr an dieses Versprechen gebunden zu sein.«

»Und dir ist niemals klar geworden, wie idiotisch diese Argumentation war?«

»Sicher, aber da waren schon ein paar Monate vergangen, und es wäre mir absurd vorgekommen, sie anzurufen. Sie muss das begriffen haben. Wir haben uns nie mehr gesprochen, und vor ein paar Jahren habe ich ihre Todesanzeige gelesen.«

Natalie warf ihm einen langen Blick zu und schüttelte den Kopf. Anschließend bestellte sie noch zwei Bier.

»Was war das für ein Gefühl, als du da weggegangen bist? Hast du dich nicht selbst verflucht?«

»Ganz und gar nicht, ich war einfach nur erleichtert. Erleichtert darüber, dass es endlich vorbei war. Dass ich tun und lassen konnte, was ich wollte, und keine Erwartungen mehr erfüllen musste. Ich nahm mir eine mehrjährige Auszeit, in der ich für nichts verantwortlich war, und fühlte mich großartig dabei.«

Es war das erste Mal, dass er jemandem die ganze Wahrheit erzählte. Selbst Hanna hatte nur eine geschönte Version gehört, vermutlich, weil er befürchtete, dass sie ihm die wahre Geschichte bei ihren regelmäßigen Streitigkeiten vorgehalten hätte.

Als sie fröstelnd auf der Straße standen, sah Natalie ihn nachdenklich an.

»Meijtens, diese Story, an der wir arbeiten. Unser Duett, wenn du so willst.« Sie suchte nach der richtigen Formulierung. »Diesmal wirst du verdammt noch mal bis zum letzten Akkord durchspielen.«

Als er nach Hause kam, blinkte sein Anrufbeantworter und zeigte zwei neue Nachrichten an. Die erste kam von Hanna. »Wir müssen reden«, sagte sie, »uns über alles aussprechen.« Etwas in ihrer Stimme ließ ihn aufhorchen, und er legte die Hand auf den Hörer, um sie anzurufen.

Dann hörte er die zweite Nachricht ab und erkannte augenblicklich, dass sich durch sie alles ändern und sich ein Neuanfang abzeichnen würde, denn Rydmans Verbot konnte unmöglich für Menschen gelten, die ausdrücklich darum baten, interviewt zu werden. Er vergaß Hanna und rief stattdessen Natalie an.

33

Meijtens überließ Natalie die einleitenden Fragen und schaute sich in dem riesigen Zimmer um. Es waren nicht die antiken Möbel oder Kunstwerke, die sein Interesse weckten, sondern einige Porzellanfiguren auf dem Kaminsims. Sie stellten eine Gruppe von Musikanten dar und waren auffallend ramponiert. Er begegnete dem Blick der alten Dame, und sie lächelten beide.

»Als Sie uns anriefen …«, begann Natalie und ließ den Satz in einer unausgesprochenen Frage offen.

Frieda Stiernspetz stellte behutsam ihre Teetasse ab, als wollte sie die leiseste Andeutung eines Klirrens vermeiden.

»Als ich Ihre Artikel über den verunglückten Mann las, war ich mir fast sicher, dass Sie mich anrufen würden.«

»Und warum?«, fragte Natalie.

»Weil Sie geschrieben haben, dass man Erik Lindman möglicherweise zu Unrecht der Spionage beschuldigt hat.«

Die alte Dame schien zu erwarten, dass sie begriffen, was sie meinte, um anschließend selbst die Lücken auszufüllen und die Fragen zu stellen, die sie ihrer Meinung nach stellen sollten. Aber Natalie entschied sich dafür, stumm zu bleiben, und Meijtens verließ sich ganz auf ihren Instinkt.

»Es erschien mir sehr naheliegend, danach auch über andere Fälle zu schreiben, in denen sich der Staatsschutz geirrt hat.« Frieda Stiernspetz' Stimme klang auf einmal trotzig.

»Wenn wir es richtig sehen, ist der Staatsschutz nicht nur von Erik Lindmans Schuld, sondern auch von der Ihres Mannes überzeugt«, sagte Meijtens.

Frieda Stiernspetz murmelte leise ein paar Worte auf Deutsch und sprach dann mit lauter Stimme weiter: »Diese Gestalten könnten doch nicht einmal ein gestohlenes Fahrrad finden. Die ganze Sache war so unglaublich dumm.«

Sie saß kerzengerade in ihrem Sessel. Es hatte ganz offensichtlich keinen Sinn zu versuchen, das Gespräch mit Fragen zu lenken, denn Frieda Stiernspetz war in einem Alter, in dem das Einzige, was man ihr schenken konnte, Zeit war, und sie hatte die Absicht, ihre Geschichte auf ihre Art zu erzählen.

Sie war als Frieda Hauptmann in einer Stadt geboren worden, die damals Breslau hieß. Als die Front näher kam, floh sie nach Berlin.

»Wir wurden in ein Lager für Menschen gebracht, für die kein Platz mehr war, als die Landkarte Europas neu gezeichnet wurde. Displaced persons nannte man uns, und es gibt keinen Begriff, den ich mehr verabscheue.«

Sie versuchte, vom einen Tag zum nächsten zu überleben. Am Ende gab sie auf und verkaufte das Einzige, was sie noch besaß, einige Ziergegenstände, die sie aus ihrem ausgebombten Zuhause gerettet hatte. Ein britischer Soldat gab ihr dafür ein paar Armeedollar, mit denen sie sich einen Laib Brot kaufte, vor das Lager setzte und weinte.

»Dann stand er auf einmal vor mir. Als Erstes kam mir in den Sinn, dass er keine Uniform trug, aber viel zu unbeschadet und gut gekleidet aussah, um ein Deutscher zu sein. Um den Arm trug er eine Binde des Roten Kreuzes.«

Im Gegensatz zu den alliierten Offizieren, die das Lager gelegentlich inspizierten, sprach er fast perfekt Deutsch und hatte nur einen leichten Akzent, der ihr sofort gefiel, auch wenn sie ihn nicht einordnen konnte.

»Das war Henric Stiernspetz?«, fragte Natalie.

Sie nickte. »Er war im Auftrag des Roten Kreuzes dort.«

Etwas in seiner freundlichen Art ließ ihre Verteidigungswälle einstürzen. Während ihrer unzusammenhängenden Erzählung sagte er nicht viel, holte nur etwas sauberes Wasser und eine Konservendose. Hinterher meinte er, dass er wieder nach ihr sehen werde. Das glaubte sie ihm nicht, aber drei Tage später stand er tatsächlich wieder vor dem Lager und fragte nach ihr. Er hatte den britischen Soldaten ausfindig gemacht und ihm die Porzellanfiguren wieder abgekauft.

Sie schaute zum Kaminsims und lächelte.

»Das war typisch für Henric. Andere Männer wären mit Zigaretten oder Schokolade zurückgekommen, die auf dem Schwarzmarkt jeder kaufen konnte, wenn er nur ein paar Dollar hatte. Aber Henric besaß ein intuitives Verständnis für den Schmerz anderer Menschen. Am erstaunlichsten fand ich, dass er im Gegenzug nichts zu begehren schien, wovon wir damals leider immer ausgingen.«

Er hatte ihr Essen und Kleider gegeben und sogar dafür gesorgt, dass sie ein kleines Zimmer mieten konnte, war aber stets der perfekte Gentleman geblieben.

»Er brachte mich sogar zu einem Arzt, wo ich unter anderem Penizillin gegen die beschämenden Krankheiten bekam, die sich so viele von uns jungen Frauen zugezogen hatten. Er fragte mich nie danach, weder damals noch später.«

Sie hatte nie daran gezweifelt, dass sie ihn liebte, und als er um ihre Hand anhielt, weinte sie still, es erschien ihr überflüssig, überhaupt mit Ja zu antworten. Henric Stiernspetz kehrte auf seinen Posten im Außenministerium in Stockholm zurück, und sie passte sich nach und nach an ein normales Leben in ihrem neuen Heimatland an.

»Unser erster Außenposten war Rom. Die vier Jahre in Italien waren die schönsten unseres Lebens. Von dort aus ging es nach Madrid und Wien, ehe Henric nach Moskau versetzt wurde.«

Natalie lehnte sich vor und goss allen vorsichtig und diskret, um die Geschichte nicht zu unterbrechen, Tee nach. Meijtens staunte über ihre Fähigkeit, sich dem Rhythmus und Temperament ihrer Interviewpartnerin chamäleonartig anzupassen. Wenn sie es wollte.

»Danke, Liebchen, ich glaube fast, dass ich meine Pflichten als Gastgeberin vernachlässige«, sagte Frieda Stiernspetz und trank einen Schluck Tee, ehe sie weitersprach.

»Das Leben in Moskau war im Grunde gar nicht so übel. Ich persönlich tat mich zwar schwer mit den Russen, aber die Kontakte innerhalb des diplomatischen Korps in Moskau waren anregend, und Henric liebte seine Arbeit. Wir waren glücklich. Bis zu jenem Tag 1973, an dem Henric zum Botschafter gerufen wurde.«

Im Büro des Botschafters hatte sich ein anderer Mann aufgehalten, ein kleiner Herr vom Staatsschutz, der schon bald die verblüffendsten Fragen gestellt hatte.

»Henric begriff schnell, dass der Verdacht im Raum stand, es gebe einen hochrangigen Spion. Als er nach Hause kam, war er erschüttert und erregt.«

»Weil er sich beschuldigt fühlte?«, fragte Meijtens.

Frieda Stiernspetz sah ihn trotzig an. »Aber nein. Henric ging davon aus, dass man ihn als zuverlässige Informationsquelle befragt hatte, und nicht als Verdächtigen. Er regte sich darüber auf, dass es einen Spion gab und es womöglich jemand war, den er kannte.«

Man hatte von ihm wissen wollen, wer besonders intensiv mit den Vorbereitungen der Konferenz in Helsinki beschäftigt gewesen war. Es handelte sich um eine Handvoll von Beamten aus dem Außenministerium und anderen Ministerien.

»Als Henric in Stockholm postiert war, leitete er diese Arbeit, fühlte sich aber schon bald von einer Gruppe politischer Berater innerhalb und außerhalb des Außenamts ausmanövriert. Sie warfen ihm beispielsweise vor, die schwedische Neutralitätspolitik nicht zu begreifen und sich zu einem Sprachrohr der bürgerlichen Opposition zu machen. Jedenfalls war das einer der Gründe, warum er sich auf die Stelle in Moskau beworben hatte. Er wollte weg von all dem. Aber Henric arbeitete auch von der Botschaft aus weiter an den Vorbereitungen.«

Der Kassettenrekorder lief, und diesmal machte Meijtens sich keine Notizen. Auch Natalie hatte das schwarze Notizbuch in ihrem Schoß nicht angerührt. Als wollte sie sich nicht bewegen, dachte Meijtens. Als wäre Frieda Stiernspetz' Geschichte genauso zerbrechlich wie die Frau selbst.

»Er machte sich auch keine Sorgen, als er zu einem Gespräch nach Schweden gerufen wurde, war lediglich geschockt darüber, dass es in seinem Umfeld einen Spion geben sollte. Als er mich anrief, klang seine Stimme ruhig, und er sagte bloß, er habe ihnen alle Informationen gegeben, über die er verfüge, und rechne damit, innerhalb von zwei Tagen nach Moskau zurückzukehren. Am Tag nach unserem Telefonat erschien dann diese Illustrierte.«

Sie stellte ihre Teetasse zurück, aber diesmal gelang es ihr nicht, dies lautlos zu tun. Das Blatt hieß *Schwedenrundschau* und hatte nur wenige Jahre überlebt. Eine bunte Publikation der, gelinde gesagt, seichtesten Art, die sich auf Kriminalfälle und die weniger appetitlichen Geheimnisse von Prominenten spezialisiert hatte.

»Dieses Magazin war einfach grauenvoll«, fasste sie nüchtern zusammen.

Die Information, dass es im Außenministerium einen Spion gab, tauchte seltsamerweise als Erstes in einer Klatschspalte auf. Aber die *Schwedenrundschau* konnte ihren Lesern sensationellere Neuigkeiten mitteilen: Der Staatsschutz habe bereits einen Verdächtigen im Visier, der aus der schwedischen Botschaft in Moskau zu Gesprächen nach Stockholm zurückbeordert worden sei. Und nicht nur das, der Zeitschrift lägen zudem Informationen über das Motiv vor, es gehe um Erpressung aufgrund von Homosexualität. Der verdächtige Diplomat sollte während seiner Schulzeit in einem bekannten Internat ein Verhältnis mit einem anderen Jungen gehabt haben.

Sie legte den Kopf schief. »Diese alten Schulen, in die man die Jungen in diesem Alter zusammen einsperrte. Was haben sie denn eigentlich erwartet?«

Meijtens merkte, dass Natalie genauso überrascht war wie er selbst. Auch Frieda Stiernspetz war dies nicht entgangen.

»Ach, Liebchen, ich habe schlimmere Dinge erlebt als zwei Jungen, die sich Gesellschaft leisten. Ich weiß, wozu Einsamkeit und Verzweiflung einen Menschen treiben können.«

Sie fuhr mit trauriger Stimme fort: »Es war nicht weiter schwierig, Henric anhand der Zeitungsartikel zu identifizieren – Angestellter an der Botschaft, der Verweis auf seine alte Schule, das Alter. Ihm war klar, dass schon bald jeder davon wissen würde.«

»Aber es entsprach nicht der Wahrheit?«, warf Meijtens ein.

Sie musterte ihn. »Welche der Behauptungen, mein Freund?« Frieda Stiernspetz sprach weiter, ohne seine Antwort abzuwarten. »Henric war selbstverständlich kein Spion, dieser Vorwurf war abwegig. Aber das eigentlich Merkwürdige war, dass dies bis zu dem Tag, an dem diese unglückselige ... Geschichte gedruckt wurde, auch niemand behauptet hatte. Der Staatsschutz hatte Henrics Version, seine Einschätzung hören wollen. Er schien nie zu den Verdächtigen zu gehören.«

Sie zog die Strickjacke enger um sich.

»Aber es war nicht der Vorwurf der Spionage, der ihn zu seiner Verzweiflungstat trieb. Er wusste, dass er sich verteidigen und seine Unschuld beweisen können würde. Es war das andere.«

Sie schüttelte den Kopf.

»Es war die Scham darüber, gegen die Konventionen verstoßen zu haben, die so tief in ihm verwurzelt waren. Sein ganzes Leben hatte er im Schatten seiner Mutter geführt und alles getan, um ihre Anerkennung zu gewinnen. Ich hatte immer den Verdacht, dass er Diplomat geworden war, um sich ihrem kritischen Blick entziehen zu können. Der Staatsschutz ließ es damals nicht zu, dass ich den Abschiedsbrief behielt, den er mir hinterlassen hatte. Ich übergab ihnen das Schreiben gegen das Versprechen, es zurückzubekommen, sobald die Ermittlungen abgeschlossen wären, aber zwei Monate und mehrere Mahnungen später teilte man mir mit, dass dies leider nicht möglich sei. ›Mit Rücksicht auf die Sicherheit des Landes‹. Aber ich erinnere mich auch so an jedes Wort.«

Er hatte ihr seine Liebe beteuert, sie habe seinem Leben einen Sinn gegeben. Auf die Spionagevorwürfe war er kaum eingegangen. Sie schloss die Augen, um sich des exakten Wortlauts zu entsinnen.

»Die absurden Vorwürfe zu meinem angeblichen Verrat, die in dem Artikel erwähnt werden, dürften natürlich schon bald als falsch zurückgewiesen werden und sollten folglich keinen Schatten auf dein künftiges Leben werfen.«

Langsam öffnete sie die Augen. »Das war alles. In seinen

Augen war diese Sache es nicht einmal wert, dass man näher auf sie einging. Das andere war in seinen Augen weitaus schlimmer. Er schrieb, die mit den Vorwürfen verbundene Aufmerksamkeit werde unausweichlich Indiskretionen aus seiner Jugend ans Licht befördern. Er bat mich um Verzeihung, was er nun wirklich nicht tun musste, und schrieb, so etwas werde in unseren Kreisen niemals akzeptiert werden – erst recht nicht in seiner Familie.«

Ihr Kopf zitterte, und sie schloss sekundenlang die Augen, aber als sie weitersprach, hatte sie ihre Stimme wieder im Griff.

»Mein armer Henric. Nun begriff ich, warum er so viel Verständnis für Geschehnisse in meiner Vergangenheit aufgebracht hatte, vielleicht hatte es ihn sogar getröstet, dass auch ich nicht immer perfekt gewesen war. Was die Spionagevorwürfe in dem Artikel anging, irrte er sich leider, denn auf einmal war der Staatsschutz fest von seiner Schuld überzeugt.«

Natalie runzelte die Stirn und lehnte sich vor. »Wollen Sie damit sagen, dass sie Ihren Mann erst nach seinem Selbstmord verdächtigten?«

Frieda Stiernspetz' Augen blitzten kurz auf. »Genau das will ich sagen. Von einem zuverlässigen Zeugen war er nun plötzlich zum Beschuldigten geworden. Obwohl es keine anderen Beweise als die infamen Andeutungen in einem Skandalblatt gab und obwohl er … nun ja, obwohl er in seinem Abschiedsbrief nirgendwo seine Schuld andeutete. Aber sie betrachteten seinen Selbstmord als ein Geständnis.«

Konnte das wirklich wahr sein?, fragte sich Meijtens. Konnte das, was als sensationelle Enttarnung eines Spions verkündet worden war, so unzureichend begründet gewesen sein? Er erinnerte sich an Hanssons selbstsichere Aussagen und Rydmans Zurechtweisungen. Auf einmal spürte er Wut in sich aufwallen.

»Als ich Ihre Artikel über den armen Mann las, der in Albanien verschwunden war, sprangen mir die Parallelen zu Henric förmlich ins Auge. Die vagen Andeutungen in der Presse und wie bequem es doch ist, einen Menschen zu beschuldigen, der verstorben oder verschwunden ist und sich nicht verteidigen kann.«

Es wurde für einige Zeit still, alle drei waren von der Bedeutung ihrer Worte überwältigt. Schließlich sagte Meijtens: »Kannten Erik Lindman und Ihr Mann sich während Lindmans Zeit im Außenministerium?«

Sie schüttelte den Kopf. »Ich glaube nicht. Ich meine mich zwar zu erinnern, dass Henric diese Geschichte erwähnte, als sie passierte, aber er ließ nie durchblicken, dass ihm bekannt gewesen wäre, um wen es ging.«

»Dann sehen Sie also keinen Zusammenhang zwischen Ihrem Mann und Lindman?«

Zu ihrer Verwunderung legte sich ein aufmüpfiges Lächeln auf ihr Gesicht. »Bis vor ein paar Wochen hätte ich diese Frage mit Nein beantwortet.«

Als sie vom Besuch der Polizei erzählte, wurde Meijtens rasch klar, wer bei ihr gewesen war.

»Hieß er Tilas?«

»So oder so ähnlich«, sagte sie und legte den Kopf schief. »Der verunglückte Mann hatte einen Zettel mit meiner Telefonnummer in seinem Portemonnaie gehabt. Sie wollten wissen, ob mich in den letzten Tagen ein Ausländer angerufen hatte, und das konnte ich natürlich verneinen. Aber als Ihr Wochenmagazin erschien, habe ich es natürlich begriffen.«

»Was haben Sie begriffen?«, hakte Natalie nach.

»Dass es Erik Lindman gewesen sein muss, der die Nachricht auf meinen Anrufbeantworter gesprochen hat.«

Die große Standuhr schlug drei, und die Nachmittagssonne warf ihr Licht zwischen den Vorhängen hindurch in den großen Erker. Natalie und Meijtens warteten.

»Er hat seinen Namen nicht genannt, und seine Nachricht

war kurz, aber als ich Ihre Artikel las, wurde mir klar, wie die Dinge lagen.«

»Wieso können Sie sich da so sicher sein?«

Frieda Stiernspetz betrachtete Natalie. »Meine Liebe, ich bin mir sicher, dass Sie ständig angerufen werden. Nicht zuletzt von unbekannten Männern. Mir hingegen passiert das ziemlich selten. Außerdem erkannte ich seine Stimme von seinem vorigen Anruf.«

Sie erinnerte sich noch gut, obwohl der Anruf mittlerweile viele Jahre zurücklag. Die Verbindung war sehr schlecht gewesen.

»Es passierte ein gutes halbes Jahr nach Henrics Tod. Das Telefon klingelte schrecklich spät. Der Mann stellte sich nicht vor, und seine Mitteilung war kurz und präzise.«

Frieda Stiernspetz verstummte für einen Moment, als versuchte sie, sich ein bestimmtes Detail ins Gedächtnis zu rufen. »Er schien sich ganz genau überlegt zu haben, was er sagen konnte, so als hätte er nur wenig Zeit. Er behauptete zu wissen, dass Henric unschuldig war.«

Plötzlich lächelte sie. »Nun ja, er sagte natürlich nicht Henric, sondern ›Ihr Mann‹.«

»Nannte er irgendwelche Details, hat er Ihnen erklärt, woher er das wusste?« Natalies Stimme klang angespannt.

»Nein, das war alles. Er wollte, dass ich das erführe. Wie gesagt, er schien es eilig zu haben. Dann sagte er etwas Seltsames: ›Ich muss Ihnen eine sehr wichtige Frage stellen und möchte, dass Sie gründlich nachdenken, bevor Sie mir antworten.‹«

Meijtens und Natalie saßen reglos da und warteten.

»Danach wurde die Verbindung unterbrochen, sie war die ganze Zeit schon sehr schlecht gewesen. Er muss aus dem Ausland angerufen haben, da bin ich mir ziemlich sicher.«

»Woher wollen Sie wissen, dass Sie jetzt wieder vom selben Mann angerufen worden sind?«, erkundigte sich Natalie.

»Wegen einer Sache, die er mir auf den Anrufbeantworter gesprochen hat. ›Ich möchte mit Ihnen darüber sprechen, wonach ich Sie beim letzten Mal vor vielen Jahren fragen wollte, als die Leitung plötzlich tot war.‹ Danach meinte er nur, er werde mich wieder anrufen.«

Meijtens durchforstete sein Gedächtnis und versuchte zwei Ereignisse miteinander in Verbindung zu bringen, die zusammenzugehören schienen, vielleicht waren es sogar drei. »Was sagten Sie, wann war dieses Gespräch in den Siebzigern? Könnten Sie mir sagen, wann genau das war?«

»Meinen Sie das genaue Datum und die Uhrzeit?« Frieda Stiernspetz sah ihn verblüfft an. »Ich weiß nicht, ob ich das …«

»Nein, ich meine, welches Jahr und welcher Monat. Das würde uns schon sehr weiterhelfen.« Meijtens wurde immer eifriger.

»Das ist schon so lange her, es muss im Frühjahr 1974 gewesen sein, vielleicht sogar im Sommer …« Sie schüttelte den Kopf über ihre eigene Unfähigkeit, sich genauer zu erinnern.

Natalie öffnete den Mund, um etwas zu sagen, aber Meijtens kam ihr zuvor. »Könnte es im Mai 1974 gewesen sein?«

Frieda Stiernspetz dachte über seine Frage ruhig und gründlich nach. »Mal sehen. Doch, das könnte durchaus hinkommen. Ist das wichtig?«

Meijtens nickte. Es war sehr wichtig.

Wenig später traten Natalie und Meijtens schweigend auf die Straße hinaus. Dort wechselten sie leise und ohne sich anzusehen ein paar Worte. Wie zwei Menschen, die den Einkauf fürs Abendessen absprechen. Aber sie tauschten sich über wichtigere Dinge aus. Meijtens schaute sich um und versuchte sich zu erinnern, wo er sein Fahrrad abgestellt hatte. Er hatte das eine oder andere Datum zu überprüfen.

Frieda Stiernspetz betrachtete die beiden von ihrem Fenster aus. Sie sah den sympathischen jungen Mann mit dem Fahrrad davonfahren, während die elegante Frau, die sie aus dem Fernsehen kannte, die Allee in Richtung Sibyllegatan überquerte. Als sie außer Sichtweite waren, löste sich eine Gestalt, die sie gleich erkannte, aus dem Hauseingang gegenüber und überquerte die Straße.

Sie setzte sich in ihren Sessel und wartete darauf, dass es an der Tür klingeln würde. Zu ihrem Erstaunen läutete jedoch das Telefon. Als sie sich meldete, hörte sie das unverkennbare Geräusch einer Münze, die in einen Münzfernsprecher fiel.

»Was wollten die beiden wissen?«, fragte die vertraute Stimme.

»Ich habe ihnen von den Telefonaten und von Henric erzählt.«

»Warum schreiben sie nichts mehr darüber?«

»Ich weiß es nicht.«

»Gab es etwas, was sie besonders interessiert hat?«

»Das glaube ich nicht.«

Ihre Worte schienen die Person am anderen Ende der Leitung zu verärgern, denn Frieda Stiernspetz hörte ein dumpfes Murren.

Sie seufzte schwer. »Mein Freund, Sie werden mich da heraushalten müssen. Ich glaube nicht, dass daraus etwas Gutes entstehen wird.«

Die Person am Telefon reagierte verständnisvoll und versprach, nicht wieder anzurufen, höchstens im äußersten Notfall.

34 Meijtens hatte jedes Zeitgefühl verloren, als er unten auf der Straße einen Wagen halten hörte. Er blickte von seinen Notizen auf, erhob sich und schaute aus dem Fenster. Sie stieg aus dem Taxi und eilte ins Haus. Verdammt.

Auf dem ganzen Tisch, allen Stühlen und dem Bett lagen Blätter in sortierten Stapeln. Auf jedem davon lag ein säuberlich mit Druckbuchstaben beschrifteter Zettel. Man konnte sich nirgendwo hinsetzen. Er sammelte die Blätterhaufen auf dem Bett ein und legte sie auf die Fensterbank. Dadurch war seine Dokumentation zur Sicherheitskonferenz in Helsinki zwar nicht mehr thematisch unterteilt, aber das ließ sich jetzt nicht ändern.

»Entschuldige die Unordnung«, sagte Meijtens, als er sie hereinließ.

Natalie schlüpfte aus ihrem Mantel. Nach einem kurzen Blick durch das Zimmer setzte sie sich aufs Bett.

»Das ist schon okay.«

Sie hatte nasse Haare und duftete schwach nach Parfüm. Statt ihrer eleganten Kleider trug sie eine verwaschene Jeans und ein rotes T-Shirt.

»Willst du mir nicht etwas von deinem wässrigen Tee anbieten?«

Während Meijtens in der Kochnische Tee aufsetzte, erzählte er ihr, was er in den letzten Tagen herausgefunden hatte. Natalie hörte schweigend zu, und als er fertig war, starrte sie lange zum Fenster hinaus.

»Dann glaubst du also, unsere Eisprinzessin ist Tristan?«

Er hatte auf einen anderen Tonfall gehofft. »Ich persönlich finde die Zusammenhänge interessant.«

Aber Natalie war irgendwie nicht sie selbst. Sie nahm ihm die Teetasse ab und hielt sie in beiden Händen. Dann schüttelte sie langsam den Kopf.

»Ich weiß nicht, was ich glauben soll.«

Meijtens setzte sich auf den Fußboden. »Wie meinst du das?«

»Ich habe die Artikel in der *Schwedenrundschau* gefunden, die Stiernspetz ins Visier nahmen«, sagte Natalie. »Die Andeutungen tauchten zum ersten Mal in der Kolumne eines Journalisten mit dem Pseudonym Wilhelm Tell auf. Ich habe mich bei meinen Kontakten in der alten Pressewelt umgehört. Hinter dem Pseudonym verbarg sich damals ein Journalist namens Jan Sonnerby. Er ist vor gut zehn Jahren gestorben, hat sich offenbar totgesoffen.«

Sie trank einen Schluck Tee.

»Aber ich habe noch mehr herausbekommen«, fuhr sie fort. »Sonnerby gab gerne damit an, dass er viel zu faul war, seine Glossen selbst zu schreiben, weshalb er den Job häufig ein paar alten Kollegen überließ. Einer von ihnen saß lange als Presseattaché in London und nutzte Sonnerbys Spalte, um als Heckenschütze gegen Konkurrenten und Andersdenkende zu schießen. Ein anderer alter Kollege war ein Freund aus Sonnerbys Zeit bei der *Stockholmzeitung*.«

Meijtens hob die Augenbrauen, und sie nickte langsam.

»Genau. Carl Wijkman war eine regelmäßige Quelle für die Wilhelm-Tell-Kolumne. Ich bin eine Reihe von Ausgaben durchgegangen, und man ahnt schon, hinter welchen Wijkman steckt. Boshafte Kommentare über Politiker und Industrielle, die ihm vermutlich in die Quere gekommen waren. Aber das sind nur meine persönlichen Spekulationen.«

»Woher willst du wissen, dass er ausgerechnet für die Glosse verantwortlich war, in der Stiernspetz an den Pranger gestellt wurde?«

»Das kann ich natürlich nicht wissen, aber es scheint alles zusammenzuhängen. Erst mobbt er Stiernspetz aus den Vorbereitungen zur Sicherheitskonferenz und schleust stattdessen seine Marionette Laurén ein.«

»Das wissen wir doch auch nicht.«

»Aber nehmen wir es mal an. Danach bekommt er als Dankeschön für seine Hilfe selbst einen Platz im Vorbereitungskomitee. Dort dürfte er hervorragende Einblicke gewonnen haben. Er kann sehr wohl gewusst haben, dass es ein Gerücht über einen Spion gab, vielleicht war er sogar selbst vernommen worden und hatte das Gefühl, dass ihm der Staatsschutz auf den Fersen war.«

»Genau wie Terselius«, schob Meijtens ein.

Natalie schien ihn gar nicht zu hören. »Aber vor allem verfügte er über eine Quelle, die ihn mit Klatsch und Tratsch darüber versorgte, was sich in den Internaten des Landes abspielte.«

Es dauerte einige Sekunden, bis ihm aufging, worauf sie anspielte. »Du meinst diesen Trefinerorden, Wijkmans Studentenklub in Uppsala? Ist das nicht ein bisschen weit hergeholt?«

»Warum? So abwegig finde ich das nicht«, entgegnete Natalie. »Stiernspetz war zwar fast eine Generation älter, aber eine so deftige Geschichte könnte sich in Wijkmans Kreisen gehalten haben, und als sich das Netz um ihn zuzog, sah er seine Chance gekommen, jemanden in den Schmutz zu ziehen, der sich ausrechnen konnte, wer Tristan war. Verwirrung zu stiften oder sogar Stiernspetz selbst als Spion abzustempeln.«

»Aber er kann doch unmöglich gewusst haben, dass Stiernspetz sich das Leben nehmen würde«, wandte Meijtens ein.

»Das mag sein, aber ihm muss bewusst gewesen sein, dass sein Gerücht Stiernspetz' Glaubwürdigkeit untergraben und ihn zum Schweigen bringen würde. Ich finde, das erinnert sehr daran, wie Tristan mit Erik Lindman umgegangen ist.«

Meijtens lehnte den Kopf an die Wand. »Das ist dünn.«

Sie knallte ihre Teetasse auf den Tisch.

»Ich *weiß*, dass es dünn ist. Glaubst du etwa, mir wäre das nicht klar? Deine kleinen Zusammenhänge sind übrigens auch nicht so überzeugend. Eine alte Frau wird von jemandem angerufen, den sie nicht kennt, und du willst die Frau Oberlandesgerichtsrätin als KGB-Agentin entlarven.«

Natürlich hatte sie recht. Sie schwiegen, während die Kirchturmuhr neun schlug.

»Keine Fernsehnachrichten. Bitte nicht.« Ihre Stimme klang flehend.

Er sah sie erstaunt an.

»Ich kenne die Hauptnachricht schon«, erklärte sie.

Die Arme über dem Kopf ausgestreckt, ließ Natalie sich rücklings aufs Bett sinken. »Die Baufirma Modulk wird von allen Vorwürfen freigesprochen und verklagt das Schwedische Fernsehen auf Schadenersatz. Es gibt Gerüchte über eine gütliche Einigung, zu der auch eine offizielle Entschuldigung gehören soll.«

Es dauerte einige Sekunden, bis er begriff. »Du meinst diesen Bauunternehmer, den du in deiner Reportage entlarvt hast?«

Natalie gab einen seltsamen Laut von sich, ein Zwischending aus Knurren und Jammern. »Eine Entschuldigung.«

Meijtens stand ratlos auf und wollte zum Bett gehen.

»Nein, bitte nicht. Ich will dein Mitleid nicht.«

Er ging zur Kochnische und goss Tee nach.

»Wie hast du es herausgefunden?«

»Oh, es gibt immer ein paar nette Menschen, die einen wegen so etwas anrufen.«

Natalie blieb auf dem Bett liegen und starrte an die Decke. Nach einer Weile ging er langsam durchs Zimmer und deckte sie mit seiner schottengemusterten Wolldecke zu. Sie lächelte schwach.

»Du weißt, wann du schweigen musst, Tobias Meijtens. Das ist eine ungewöhnliche Gabe.«

Er hob einen Stapel Blätter von einem Stuhl und setzte sich, um weiter seine Dokumente durchzugehen. Natalie lag auf der Seite, ihr Kinn ruhte auf ihrer Hand. Er ließ sie in Ruhe.

»Tobias«, sagte sie nach einiger Zeit.

Er drehte sich zu ihr um und wartete.

»Wir dürfen uns einfach nicht irren.«

Er nickte bedächtig. Natalie schloss die Augen und legte den Kopf auf das Kissen. Er holte seine Notizen heraus, schaltete den Computer ein und begann, sie ins Reine zu schreiben, weil es der einzige Weg war, Ordnung in seine Gedanken zu bekommen. Natalie schlief schon fast. Um sie nicht zu wecken, bewegten sich seine Finger möglichst sanft und lautlos über die Tastatur.

Mai 1974: Die albanische Regierung entsendet eine größere Delegation nach China. Laut Dr. Pecanin verschwindet Erik Lindman für ein paar Stunden. Diese Stunden waren wahrscheinlich die Einzigen, die er jemals außerhalb des Gefängnisses oder seines Hausarrests verbracht hat.

Mai 1974: Frieda Stiernspetz wird von einem unbekannten Mann angerufen. Gewisse Anhaltspunkte deuten darauf hin, dass dieser Mann Erik Lindman war.

Meijtens lehnte sich zurück und verschränkte die Hände im Nacken. Mit etwas Mühe und nicht zuletzt mit Jakubs Hilfe war es ihm gelungen, eine Bestätigung für Dr. Pecanins Geschichte zu finden. Albanien hatte tatsächlich zu jenem Zeitpunkt eine größere offizielle Delegation nach China entsandt, um die Beziehung der beiden Länder zu retten und über ein Handelsabkommen zu diskutieren. Er warf einen Blick auf Natalie, die inzwischen eingeschlafen war. Sie hatte sich wie ein Fötus zusammengekauert, ihre Hände lagen vor dem Gesicht.

Juni 1974: Sonia Terselius und Peter Laurén reichen beim Stockholmer Amtsgericht die Scheidung ein.

Laurén heiratete erst fünf Jahre später ein zweites Mal, und Terselius blieb unverheiratet, also hatte offenbar keine dritte Person eine Rolle gespielt. Meijtens zog ein paar andere Dokumente heraus und verglich sie mit seinen Notizen.

August 1974: Sonia Terselius verlässt das Justizministerium zugunsten einer schlechter bezahlten Stelle beim Oberlandesgericht. Sie kehrt, insbesondere während der Regierungsjahre der bürgerlichen Parteien, für kürzere Aufträge im Rahmen von Enquetekommissionen ins Ministerium zurück, setzt aber nicht mehr mit aller Kraft auf eine politische Karriere.

Er starrte auf den Bildschirm. Wie viel Zeit hatte Erik Lindman in China zur Verfügung gestanden? Hatte er noch ein Telefonat geführt? Ein Telefonat, in dem er verzweifelt seinen Verdacht geäußert hatte, wer ihn hintergangen haben könnte? In dem er von Tristan sprach? Informationen, die den innersten Kern der Partei und den Inlandsgeheimdienst erreicht haben mussten, wo Peter Laurén in Panik geriet. Vielleicht hatte Laurén erkannt, dass auch er ein Opfer Tristans war, dass auch er dazu verleitet worden war, dem größten schwedischen Spion aller Zeiten zu helfen.

Aber wenn Terselius Tristan war, warum verließ sie dann so abrupt ihren Platz an den Fleischtöpfen der Macht zugunsten einer juristischen Karriere, in der sie Moskau sicher längst nicht so gut dienen konnte? Hatte Terselius ihre Freiheit behalten dürfen und als Gegenleistung die Politik aufgegeben, um ins Rechtswesen zurückzukehren? Um Laurén und alle anderen zu schützen, die sie hintergangen hatte? Vielleicht verfolgten die Gerüchte, die Wijkman in der *Schwedenrundschau* streute, gar nicht die Absicht, ihn selbst zu schützen, sondern seine alte Freundin. Vielleicht war auch Wijkman düpiert worden.

Meijtens musste stundenlang herumgegrübelt haben, denn als er auf die Uhr sah, war es fast halb eins. Natalie lag immer noch auf seinem Bett und hatte offenbar nicht vor, nach Hause zu gehen. Er zog ihre Decke etwas höher und verharrte mit der Hand an ihrer Schulter. Zu seiner Verwunderung murmelte sie etwas und rückte an die Wand.

Es war genug Platz, um neben ihr zu schlafen, und keine andere Stelle in der Wohnung würde so bequem sein. Plötzlich fiel ihm auf, wie klein und zierlich sie war. Aber was hatte sie da eigentlich gemurmelt? Und vor allem: Was würde sie sagen, wenn sie wach wurde? Nein, bloß nichts verkomplizieren. Es stand zu viel auf dem Spiel.

Er suchte ein paar Kissen und einige alte Pullover zusammen, die er auf dem Fußboden ausbreitete. Es war entsetzlich unbequem.

Verdammt, Natalie, dachte er und schlief lächelnd ein.

Bertil Andersson kratzte sich am Kinn. »Ich kann dir leider noch immer nicht Bescheid geben. Wenn es nach mir ginge, würden wir deinen Vertrag verlängern, aber Rydman windet sich wie ein Wurm. Komm nächste Woche wieder, ich werde mit ihm reden. Du hast ja noch zwei Monate.«

In der Redaktion kursierten Gerüchte über große Verluste und eine immer ungeduldigere Konzernleitung. Irgendetwas in Bertil Anderssons müdem Blick schien sie zu bestätigen. Aber Meijtens machte sich keine Sorgen. Seine finanziellen Probleme waren etwas kleiner geworden. *Jagd und Hund* hatte ein schlechtes Gewissen bekommen und für zwei der abbestellten Artikel gezahlt. Einem Freund aus dem Možels war unerwartet ein Stipendium bewilligt worden, und er hatte sich an Schulden erinnert, die Meijtens selbst längst vergessen hatte. Er würde schon zurechtkommen.

Als er aufstand und das Büro des stellvertretenden Chefredakteurs verließ, humpelte er leicht. Nach einer Nacht auf dem Fußboden taten ihm alle Knochen weh.

Natalie war ohne ein Wort verschwunden.

Auf seinem Schreibtisch lag ein Zettel von Monica, auf dem stand, er solle schnellstmöglich einen gewissen »Jakob Ben« anrufen, es sei wichtig.

Jakub meldete sich beim ersten Klingelton. Meijtens fragte sich, ob er mit der Hand auf dem Telefon gewartet hatte. Sein alter Doktorvater sprudelte gleich in einer unerhörten Lautstärke los.

»Er hat angerufen! Er erinnert sich an etwas!«

Es dauerte ein paar Sekunden, bis Meijtens begriff, wen Jakub meinte.

»Du sprichst von Salling?«

Sie hatten abgemacht, dass es am besten sein würde, Salling Jakubs Telefonnummer im Institut zu geben, um so die Fassade eines Forschungsprojektes aufrechtzuerhalten. Jakub hatte das Projekt sogar bei der missmutigen Institutssekretärin registrieren lassen. Es fehlten natürlich ein offizieller Status sowie ein Finanzierungsplan, aber das galt mittlerweile für die meisten von Jakubs Projekten, wie er trocken bemerkte.

»Natürlich meine ich Salling, wen sonst!« In Jakubs Stimme lag vor lauter Aufregung ein asthmaähnlicher Pfeifton. »Wir haben uns eine Weile unterhalten, und er lässt dir ausrichten, dass er sich an etwas erinnert, was er dir erzählen will.«

Meijtens konnte Jakubs Eifer nicht ganz teilen.

»Das kann alles Mögliche sein. Wenn du ihn getroffen hättest, wüsstest du, was ich meine. Vermutlich will er, dass ich eine neue Tomatenart probiere oder mir alles über ein Friedensfestival in Minsk 1971 anhöre.«

Jakub schnalzte ungeduldig mit der Zunge. »Nein, nein, nichts dergleichen. Er scheint sich daran zu erinnern, worum es in dieser Glosse gegangen ist, und glaubt, es könne dich interessieren. Außerdem meinte er noch, du hättest etwas falsch verstanden, was er gerne klarstellen wolle.«

Meijtens sprang von seinem Stuhl auf. »Will er sich jetzt mit mir treffen?«

»Das ist es gerade. Er meinte, er wolle erst selbst mit der betroffenen Person sprechen. Um sicherzugehen, dass er sich richtig erinnere. Danach will er sich wieder melden.«

Jakub schwieg einige Sekunden.

»Das Letzte macht mir ein bisschen Sorgen.«

Aber da hatte Meijtens schon aufgelegt und war aus der Redaktion gestürmt.

35

Als er zu Sallings Haus kam, sah er als Erstes die Menschenansammlung und den Krankenwagen. Instinktiv wurden seine Schritte langsamer, und er blickte zu dem Balkon im siebten Stockwerk hinauf. Trotz der Entfernung waren die Tomatenpflanzen nicht zu übersehen. Die Balkontür stand offen, sodass Salling eigentlich zu Hause sein musste. Als er den Wendeplatz vor dem Hauseingang erreichte, bemerkte er, dass zwei Streifenpolizisten freundlich, aber bestimmt die Menge der Schaulustigen zerstreuten, damit der Krankenwagen langsam davonrollen konnte.

Meijtens zog seinen Presseausweis heraus und hielt ihn einem jungen Beamten mit kurz geschnittenen Haaren und flackerndem Blick hin.

»Ich muss Sie bitten zu gehen, es hat einen Unfall gegeben«, sagte der Polizist ohne wirkliche Autorität in der Stimme.

Meijtens hielt ihm seinen Presseausweis etwas deutlicher hin und stellte sich vor. Der Polizist studierte zunächst den Ausweis und anschließend Meijtens, als hätte er noch nie in seinem Leben einen Presseausweis oder Journalisten gesehen.

»Was ist passiert?«, erkundigte sich Meijtens.

»Es hat einen Unfall gegeben, ich muss Sie alle bitten zu

gehen.« Der Polizist schaute beim Sprechen verstohlen auf den Presseausweis.

Jemand berührte Meijtens' Arm. »Ich habe ihn gefunden. Ich war als Erster hier.« Als Meijtens sich umdrehte, entdeckte er einen kleinen Mann mit einem angeleinten Yorkshireterrier.

»Er ist vom Balkon gefallen. Ich hatte ihn gewarnt! Ich habe ihn gefunden.« Seine Augen leuchteten vor Entsetzen und Begeisterung.

»Wovor hatten Sie ihn gewarnt?«

»Ich habe ihm gesagt, dass er nicht immer so auf seinem Balkon herumturnen soll. Wir sind seit mindestens zwanzig Jahren Nachbarn gewesen.«

»Wie heißt Ihr Nachbar?« Meijtens befürchtete, dass er die Antwort bereits kannte.

»Salling«, zischte der Mann, und ein Tropfen Speichel glitt über sein Kinn. »Olof Salling. Er hat im Völkerkundemuseum gearbeitet. Ein gebildeter Bursche, aber er hat gerne mal einen über den Durst getrunken.«

Meijtens wandte sich erneut an den Polizeibeamten.

»Steht einwandfrei fest, dass es Salling war? Ich meine, bei einem Sturz aus der Höhe ...«

Der Polizist breitete die Arme aus und trat einen Schritt vor.

»Ich muss Sie jetzt wirklich bitten zu gehen, hier gibt es nichts zu sehen.« Ein weiterer Blick auf den Presseausweis in Meijtens' Hand. »Und nichts zu berichten.«

»Haben Sie bei ihm geklingelt?«, beharrte Meijtens. »Festgestellt, ob er zu Hause ist? Vielleicht hält sich noch jemand in der Wohnung auf?«

»Wir werden alles der Reihe nach untersuchen, aber jetzt muss ich Sie bitten ...«

Meijtens spürte erneut die Hand des kleinen Mannes auf seinem Arm. »Wenn Sie wollen, können Sie mich interviewen. Ich war bei den Polizisten, als sie bei Salling angeklopft haben. Ich habe ihnen gezeigt, wo er gewohnt hat. Ich habe sie hochgeführt.«

Meijtens drehte sich um. »Sie waren dabei, als die Polizei angeklopft hat?«

»Ich wohne gegenüber, ich kenne ihn. Kannte ihn. Er war natürlich nicht da, denn er lag ja tot auf der Straße. Sie können mich interviewen.«

»War jemand in Sallings Wohnung?«

Der Mann schüttelte den Kopf. »Nein, es hat keiner aufgemacht. Er hatte so gut wie nie Besuch.«

»Wie lange ist das her?«

»Das ist gerade eben erst gewesen.«

Meijtens bedankte sich und ging auf die Haustür zu. Ihm war eine Idee gekommen.

Der kleine Terrier des Mannes begann zu kläffen, vermutlich, weil der Nachbar zu Meijtens lief und dabei den angeleinten Hund mitschleifte.

»Sie dürfen auch Fotos machen, ich kann Ihnen erzählen, wie ich ihn gefunden habe. Ich kenne ihn.«

Meijtens bedankte sich erneut, ging jedoch weiter auf den Hauseingang zu. Als er schon das Haus betreten wollte, hörte er etwas in dem Redeschwall. Etwas Interessantes.

»Was haben Sie gerade gesagt?«

»Es waren die Tomaten, er muss gefallen sein, als er mit ihnen zugange war. Ich habe ihm immer gesagt, dass er vorsichtig sein soll.«

Meijtens wartete regungslos, und die Stimme des Mannes stieg fast ins Falsett. »Er muss eine davon in der Hand gehalten haben, als er fiel, denn neben ihm lag eine aufgeplatzte Tomate, mitten in dem Blut. Er muss sich zu weit vorgestreckt haben.«

Meijtens hätte sich am liebsten übergeben. Er ließ einige Sekunden verstreichen, um sicher sein zu können, dass er seine Stimme im Griff hatte.

»Warten Sie hier, ich interviewe Sie, wenn ich zurück bin.«

Er ließ den Mann stehen, der eifrig nickte. Meijtens dachte an die aufgeplatzte Tomate. *Die habe ich mir für einen ganz besonderen Besucher aufgehoben.*

Meijtens eilte mit großen Sätzen die Treppen der sieben Stockwerke hinauf und horchte aufmerksam auf den Fahrstuhl, aber es herrschte absolute Stille. War Salling bei dem Unfall allein gewesen, oder hatte jemand nachgeholfen und ihm einen Stoß versetzt, als sich der freundliche Museumsangestellte gerade nach der Tomate streckte? *Er meinte, er wolle erst selbst mit der betroffenen Person sprechen.*

Als er sich dem siebten Treppenabsatz näherte, blieb er stehen und horchte, konnte aber nichts hören. Die Menschenmenge unten auf der Straße bestand sicher aus Leuten, die selbst im Haus wohnten oder zumindest die Hausbewohner kannten. Wenn Tristan wirklich bei Salling gewesen war, hielt er es womöglich für eine gute Idee, noch ein wenig zu bleiben und abzuwarten, bis sich die Aufregung gelegt hatte. Und um bei der Gelegenheit nachzuschauen, ob etwas aus Sallings privatem Archiv besser entfernt werden sollte. Die Chance bestand zumindest.

Meijtens ging zur Wohnungstür und legte sein Ohr dagegen. Nichts. Wie lange mochte es dauern, bis die Polizei die Wohnung eines Unfallopfers untersuchte? Sicher ein paar Stunden, dachte er. Sie ging ja nicht von einem Verbrechen aus. Einem Vertreter der Ordnungsmacht zu begegnen und ihm erklären zu müssen, was er hier machte, war nun wirklich das Letzte, was er in diesem Moment gebrauchen konnte. Sollte er sich bei der Polizei melden und erzählen, was er wusste? Er würde mit Sicherheit gefeuert werden, weil er sich über Rydmans Verbot hinweggesetzt hatte, und wenn er die Polizei hineinzog, würde das die Sache bestimmt nicht besser machen. Am besten verschwand er so diskret wie möglich.

Plötzlich hörte er etwas hinter der Tür. Ein Schrank wurde geöffnet, oder irgendetwas fiel mit einem dumpfen Knall auf den Boden. Dann hörte er ein anderes Geräusch, das er als das Klappern des Vorhangs aus Holzkügelchen identifizierte, der in der Türöffnung zur Küche hing. Kein Zweifel, in Sallings Wohnung hielt sich noch jemand auf. Und dieser jemand musste Tristan sein.

Meijtens konnte sich einfach nicht von der Tür losreißen. Statt sich zurückzuziehen, ging er langsam in die Hocke und öffnete vorsichtig den Briefeinwurf. Er hörte Schritte in der Wohnung. Jemand ging auf und ab und redete. Plötzlich nahm er näher an der Tür ein anderes Geräusch wahr. Waren sie zu zweit?

Was er dann hörte, kam so unerwartet, dass ihm kurz schwarz vor Augen wurde.

»Okay, dann gehe ich mal, um mir diesen Meijtens zu schnappen.« Es war eine Männerstimme, und der Kerl musste direkt an der Tür stehen.

Ein anderer Mann erwiderte etwas aus dem hinteren Teil der Wohnung, aber Meijtens konnte ihn nicht verstehen.

Er richtete sich auf und hielt die Luft an. Lautlos bewegte er sich die Treppe hinunter und blieb im nächsten Stockwerk stehen. Er musste nachdenken. Die Stimme auf der anderen Seite der Tür hatte er nicht erkannt, da war er sich sicher. Die gemurmelte Antwort im Hintergrund war ihm dagegen irgendwie bekannt vorgekommen.

Plötzlich hörte er, wie die Tür von Sallings Wohnung geöffnet wurde und jemand über ihm zum Aufzug ging und den Knopf drückte. Der Mann am Aufzug pfiff leise vor sich hin. Meijtens ging zum nächsten Treppenabsatz, damit er nicht durch das Fenster des Aufzugs gesehen werden konnte, wenn dieser vorbeifuhr. Ich warte hier, bis er das Gebäude verlassen hat, dachte er. Dann fahre ich nach Hause und überlege mir, was zum Teufel ich tun soll.

Als sich der Aufzug in Bewegung setzte, hörte Meijtens, dass Sallings Tür erneut geöffnet wurde. Jemand fluchte kurz, wahrscheinlich, weil er den Aufzug verpasst hatte, und nahm stattdessen die Treppe.

Meijtens bewegte sich weiter abwärts, schnell genug, um Abstand zu der Person zu halten, die hinter ihm die Treppe hinunterging, aber gleichzeitig so langsam, dass er nicht zur gleichen Zeit wie der Aufzug unten ankommen würde. Im ersten Stock blieb er stehen und horchte. Der Aufzug war soeben im Erdgeschoss stehen geblieben. Die schweren Schritte auf der Treppe klangen, als wäre der Mann noch mindestens zwei Etagen über ihm. Als er hörte, dass die Aufzugtür aufging, hielt er die Luft an. Durch einen Spalt im Treppengeländer sah er einen Trenchcoat flattern, als ein Mann mit schnellen Schritten das Haus verließ. Die Schritte über ihm kamen immer näher.

Vorsichtig ging Meijtens den letzten Treppenabsatz hinunter. Er hatte sich richtig erinnert: Die Stufen führten ins Kellergeschoss hinab. Mit einem kurzen Schulterblick lief er, so leise es ging, noch eine halbe Treppe tiefer. Dort stieß er auf eine abgeschlossene Tür und ein paar leere Kartons. Ein Blick nach oben bestätigte ihm jedoch, dass dies reichen würde. Er konnte hier stehen bleiben, bis die beiden, die in Sallings Wohnung gestöbert hatten, in beruhigender Entfernung waren.

Er hörte, dass die schweren Schritte das Erdgeschoss erreichten. Bildete er sich das ein, oder blieb der Mann ungewöhnlich lange stehen? Schließlich hörte Meijtens ihn durch die Haustür nach draußen gehen.

Es war kaum mehr als eine halbe Minute vergangen, als sich die Tür wieder öffnete. Er hörte zwei Männerstimmen, die im Flüsterton diskutierten. Danach eine andere Stimme, die ihnen von der Straße aus etwas zurief.

»Er wollte mich doch interviewen, und dann lässt er mich hier einfach stehen und warten! Das ist doch ...« Die Stimme verschwand, als sich langsam die Tür schloss.

Die unbekannten Männer standen sekundenlang schweigend im Erdgeschoss. Dann hörte Meijtens langsame Schritte auf der Treppe, die in den Keller führte. Er drückte die Klinke der Kellertür hinunter, obwohl er wusste, dass sie abgeschlossen war. Die Beleuchtung war noch ausgeschaltet, sodass Meijtens den Mann im Trenchcoat nur vage ausmachen konnte, der zuvor aus dem Aufzug gekommen war und das Haus verlassen hatte. Hielt er eine Waffe in der Hand? Dann sah er den zweiten Mann vom Treppenabsatz herunterkommen. Es war ein großer Mann mit militärischer Haltung.

»Ach, das ist ja nett«, sagte Inspektor Tilas, als er das Licht eingeschaltet hatte. »Na, wenn das nicht Redakteur Meijtens ist, der hier herumsteht und nur darauf wartet, uns alles erzählen zu dürfen.«

Natalie stellte eine Teekanne, Zwieback, Feigenmarmelade und die Souvenirtasse aus London auf ein Tablett, das sie anschließend ins Wohnzimmer trug und auf den Tisch neben dem Sessel stellte. Sie öffnete das französische Fenster und atmete tief durch. Der wilde Wein auf der gegenüberliegenden Häuserfassade hatte sich inzwischen rot verfärbt, und es nieselte.

Es war fast sieben, und sie hatte noch nichts von Meijtens gehört. Das war zwar eigenartig, aber er war ja auch ein bisschen eigen. Sie dachte wieder daran zurück, wie sie ihn auf dem Fußboden gefunden hatte, als sie aufwachte. Hatte er nicht gehört, was sie gesagt hatte? Vielleicht hatte er geglaubt, sie habe etwas anderes gemeint. Tja, mein Lieber, das kannst du dir ja ruhig einbilden. Sie goss sich eine Tasse Tee ein und lächelte.

Während sie den Zwieback aß, hielt sie sich einen Teller unter das Kinn. Hinterher tupfte sie sich vorsichtig ein wenig Marmelade aus dem Mundwinkel. Dann wischte sie über dem Papierkorb die Krümel von ihren Händen und griff nach der Kassette. »Interview mit Johan Rooth«, hatte Meijtens sie mit seiner etwas klobigen Handschrift beschriftet. Natalie hatte sich die Aufnahme des Interviews anhören wollen, seit Meijtens es für sie zusammengefasst hatte, war aber bis jetzt nicht dazu gekommen. Sie wollte selbst alle Details in der Geschichte des alten Revolutionärs hören und war gespannt, ob sie aus dem, was er über Carl Wijkman und Sonia Terselius gesagt hatte, neue Nuancen heraushören können würde.

Aber es gab noch einen weiteren Grund für ihre Neugier. Es hatte sie beeindruckt, dass Meijtens Rooth in seinem Interview so viel entlockt hatte, und sie wollte hören, wie er dies angestellt hatte.

Natalie schaltete das Band ein, ließ sich in den Sessel zurücksinken und trank beim Zuhören langsam ihren Tee. Ihre ganze Aufmerksamkeit war auf das Interview gerichtet, und als die Aufnahme endete, blieb sie sitzen, starrte vor sich hin und bewegte sich erst wieder, als das Band mit einem lauten Klicken stoppte. Das war wirklich merkwürdig. Unverständlich. Sie spulte zurück und zog ihr Notizbuch heraus. Dann schaltete sie den Kassettenrekorder wieder ein, lauschte intensiv und machte sich Notizen.

Sie stellte fest, dass sie recht gehabt hatte, begriff jedoch nicht ganz, was das bedeutete. Jedenfalls stand fest, dass es sich nicht um eine Demonstration meisterhafter Interviewtechnik handelte, wie sie geglaubt hatte. Nicht etwa, weil Meijtens zu so etwas nicht fähig wäre, es war nur überhaupt nicht nötig gewesen. Rooth hatte ihm freiwillig und unaufgefordert alles über Carl Wijkman, Sonia Terselius und Erik Lindman erzählt. Ja, mehr als das, er hatte fast darauf bestanden, erzählen zu dürfen, noch bevor Meijtens dazu gekommen war, ihm auch nur eine einzige Frage zu stellen.

Das rief ihr eine Geschichte in Erinnerung, die sie eigentlich längst verdrängt hatte. Sie war damals fünfzehn gewesen und eines Abends alleine in dem großen Haus in Saltsjöbaden gewesen. Ein in jeder Hinsicht unpassender junger

Mann war trotz der strengen und auf ihn gemünzten Ermahnungen ihrer Eltern vorbeigekommen. Sie hatten viel zu viel getrunken und nach längerem Knutschen beschlossen, eine Spritztour mit der großen Motorjacht der Petrinis zu machen. Nachdem sie eine kurze Strecke gefahren waren, hatten sie versucht, in einem Bootshafen anzulegen, aber der Alkoholrausch und die völlige Unerfahrenheit des jungen Mannes im Umgang mit Booten hatten zu einem Frontalzusammenstoß mit einem vertäuten Segelboot geführt, bei dem ein großes Loch im Rumpf entstanden war.

Sie waren an Land geflohen, und der Junge hatte sich als bedeutend ängstlicher herausgestellt, als sie es jemals für möglich gehalten hätte. Nach einer wirren, betrunkenen Entschuldigung verschwand er vom Tatort und aus ihrem Leben.

Eine Stunde hatte sie gebraucht, um den Weg nach Hause zu finden, wo sie bereits von ihren aufgebrachten Eltern erwartet wurde. Mittlerweile hatte die Wirkung des Alkohols ein wenig nachgelassen, und sie bat bedingungslos und sehr zerknirscht um Entschuldigung. Ja, der Junge sei vorbeigekommen. Doch, sie hätten einiges zu viel getrunken. An diesem Punkt ihres Geständnisses war sie in Tränen ausgebrochen. Damit nicht genug, hatte sie geschluchzt. Sie seien in die Stadt gefahren, obwohl sie wusste, dass sie das gar nicht durfte. Sie hätten im Kungsträdgården herumgehangen und noch mehr Wodka aus einer Flasche getrunken, die er dabeigehabt hätte. Sie deutete an, dass das Ganze weiter gegangen sei, als sie gewollt habe, und deshalb habe sie sich von ihm losgerissen und sei fortgelaufen. Zwischen hysterischen Schluchzern hatte Natalie den Eltern ihre tiefe Reue gezeigt.

Daraufhin hatte ihre Mutter, normalerweise keine Freundin übertriebener Zärtlichkeiten, ihre Tochter in den Arm genommen und sie getröstet. Auch ihr Vater war ruhig geblieben. Er erzählte, dass noch etwas passiert sei. Irgendein

Idiot habe die Tatsache ausgenutzt, dass das Haus leer stand, und das Boot gestohlen. Offenbar ein übler Streich, denn das Boot war in einem nahe gelegenen Bootshafen havariert gefunden worden. Natalie hatte geheult und gesagt, sie hätte zu Hause bleiben und aufpassen sollen, aber ihr Vater versicherte ihr, dass das nicht ihre Schuld gewesen sei. Sie brachten Natalie dazu, ihnen hoch und heilig zu versprechen, sich nicht mehr sinnlos zu betrinken und sich nie mehr mit diesem Jungen zu treffen. Beides konnte sie den Eltern guten Gewissens versichern, denn beides hatte sie sich nur eine Stunde zuvor selbst hoch und heilig geschworen. Intuitiv hatte sie gelernt, was viele Menschen niemals begreifen: Wenn du etwas verbergen willst, dann tu einfach so, als würdest du alles erzählen.

Natalie schmunzelte über die Erinnerung und hielt nachdenklich die Teetasse gegen ihr Kinn gepresst.

Ich habe eindeutig das Gefühl, dachte sie, dass du meine Ideen klaust, Johan Rooth.

36

Es war ein ganz normales Büro. Meijtens wusste nicht, was er erwartet hatte. Ein fensterloses Vernehmungszimmer und eine Lampe, die ihn blendete?

Es schien ein Raum zu sein, den derzeit niemand benutzte. Auf dem Schreibtisch lag eine dünne Staubschicht, die Regale waren leer, und es gab kein Telefon. Der einzige Gegenstand auf dem Tisch war ein Kassettenrekorder. Im Übrigen hatte man ihm klargemacht, dass es sich um keine regelrechte Vernehmung handelte.

Tilas schaltete den Kassettenrekorder ein und sprach ins Mikrofon: »30. Oktober 1990, 16 Uhr 30. Gespräch mit Tobias Meijtens.« Er ließ sich zurücksinken und blinzelte Meijtens an. »Dann fangen wir mal an. Was haben Sie bei dem verunglückten Olof Salling im Treppenhaus gemacht?«

»Wie gesagt, ich wollte mit ihm über linke Bewegungen in den Sechzigerjahren sprechen. Um Hintergrundinformationen zu bekommen. Er hatte sich bei mir gemeldet und gesagt, er verfüge über gewisse Informationen.«

Er sagte es mit einem Schulterzucken. Tilas zog einen Notizblock heraus und zeigte ihn Meijtens. In einer krakeligen und ein wenig altmodischen Handschrift stand darauf: *Tobias Meijtens anrufen!* Tilas sagte nichts, aber Meijtens nahm an, dass es Sallings Block war. Deshalb hatten sie also vorgehabt, ihn zu suchen.

»Hatten Sie vorher schon einmal mit Salling gesprochen?«, fragte Tilas.

Meijtens nahm das schwach surrende Geräusch des Kassettenrekorders wahr. Eine Umdrehung, zwei Umdrehungen, drei Umdrehungen.

»Vor ein paar Tagen. Aber er wollte mir noch mehr erzählen. Er hat mir eine Nachricht hinterlassen.«

Er spürte, dass sein kurzes Zögern ein Fehler gewesen war. Tilas konnte sich ein schiefes Lächeln nicht verkneifen.

»Sie hatten mit einem Streifenpolizisten und einem Nachbarn gesprochen, von denen Sie erfuhren, dass der Verunglückte Salling war. Trotzdem gingen Sie zu seiner Wohnung hinauf. Warum?«

»Ich wollte mich vergewissern und sicherheitshalber bei ihm klingeln.«

Tilas lehnte sich vor und faltete die Hände. »Und warum haben Sie das nicht getan? Geklingelt, meine ich.«

Meijtens befeuchtete seine Lippen. Er wusste, dass dies der springende Punkt war, für den es keine angemessene Erklärung gab, wenn man nicht zu viel erzählen wollte.

»Es kam mir so vor, als würde ich in der Wohnung Stimmen hören.«

»Es kam Ihnen so vor, als würden Sie Stimmen hören?« Tilas' Stimme klang sehr sarkastisch.

»Mir wurde klar, dass es eine dumme Idee war zu klingeln.

Und ich habe mir gedacht, ich sollte besser auf die Polizei warten.«

»Dann war es also nicht so, dass Sie in Wahrheit *vermeiden* wollten, mit der Polizei zu sprechen? Dass Sie sich nur dann mit uns in Verbindung setzen, wenn es Ihnen gerade in den Kram passt?«

Meijtens schüttelte den Kopf. Tilas zeigte auffordernd auf den Kassettenrekorder, und Meijtens lehnte sich demonstrativ vor und sprach direkt in das Mikrofon.

»Nein, ich habe nicht versucht, der Polizei aus dem Weg zu gehen«, sagte er und starrte Tilas an.

»Und dann sind Sie nach unten gegangen, um sich im Keller zu verstecken.«

Das war eher eine Feststellung, und Meijtens wartete gespannt auf die nächste Frage. Zu seiner Überraschung kam keine, stattdessen saß Tilas stumm vor ihm und inspizierte seine Fingernägel. Meijtens' offensichtliche Notlügen langweilten ihn offenbar zu Tode. Es entstand eine absurd lange Pause, in der er sich fragte, was sie wohl mit dem Band machen würden. Schnitten sie die langen Pausen heraus?

»Welche Verbindung besteht zwischen Olof Salling und Erik Lindman?«, fragte Tilas schließlich. Sein Blick blieb auf die Fingernägel gerichtet, aber seine Stimme klang jetzt wachsam.

Meijtens' Kopf arbeitete auf Hochtouren. Was wusste Tilas? Worauf wollte er hinaus? »Ich glaube«, sagte er möglichst desinteressiert, »dass sie irgendwann in den Sechzigern in derselben Organisation waren.«

Das war die Wahrheit, aber bei Weitem nicht die ganze Wahrheit. Er wartete ab, doch Tilas verzog keine Miene.

»Veritas, eine Art Studentenvereinigung am linken Rand des politischen Spektrums«, ergänzte Meijtens hilfsbereit.

Tilas nickte bedächtig. »Sie waren in derselben Organisation«, wiederholte er tonlos. »In einer linken Studentenvereinigung.«

Nachdenklich betrachtete er Meijtens einige Sekunden lang und lehnte sich dann zu dessen Überraschung mit der Hand auf dem Stoppknopf des Aufnahmegeräts vor.

»Es ist 16 Uhr 48, und das Gespräch mit Tobias Meijtens wird beendet.« Er schaltete aus und beobachtete Meijtens weiter. »Gibt es wirklich nichts, was Sie uns erzählen wollen?«

Meijtens schüttelte den Kopf.

Plötzlich verengten sich Tilas' Augen, und es zuckte in seiner Schläfe. »Jetzt hören Sie mir mal gut zu. Wenn Sie glauben, Sie können uns hier weiter einen vom Pferd erzählen, dann irren Sie sich gewaltig!«

Sein Wutanfall überrumpelte Meijtens komplett, und er protestierte lahm.

»Halten Sie den Mund!«, unterbrach Tilas ihn. »Halten Sie den Mund, und hören Sie mir zu. Jedes Mal, wenn ich auf einen ermordeten Bolschewisten stoße, finde ich Ihre Fingerabdrücke auf der Leiche, Ihre Visitenkarte in den Taschen der Toten und Sie selbst, wie Sie sich am Tatort herumtreiben. Trotzdem haben Sie mir nie etwas zu sagen. Und wenn Sie dann bei einem eventuellen Mordfall vom Tatort abhauen und sich in der Nähe verstecken, dann sieht das langsam, aber sicher verdammt übel für Sie aus.«

Das kam Meijtens wie eine ziemlich haarsträubende Übertreibung vor. Er hätte darauf hinweisen können, dass er nicht verpflichtet war, der Polizei Auskunft zu erteilen, aber Tilas' Wortwahl hatte sein Interesse geweckt.

»Ermordet? Heißt das, Sie glauben, dass Erik Lindman und Olof Salling ermordet wurden?«

Tilas wich seinem Blick aus und schien kurz die Fassung zu verlieren. »Das habe ich nicht gesagt.«

»Aber Sie haben gesagt, dass ...«

»Wir gehen davon aus, dass es sich um Unfälle handelt«, schnitt Tilas ihm das Wort ab.

Meijtens beschloss, nicht weiter nachzuhaken. Aber Tilas

hatte noch etwas gesagt, was ihn erstaunte. Visitenkarte. Er hatte Salling keine Visitenkarte gegeben. Schlagartig wurde ihm klar, was Tilas gemeint hatte.

»Sie reden von dem Obdachlosen, der überfahren wurde? Von Sven Emanuel? Aber der war doch kein … kein Bolschewist, wie Sie es ausdrücken?«

Tilas starrte ihn wütend an. Meijtens erkannte, dass der Kriminalinspektor mehr gesagt hatte, als er eigentlich vorgehabt hatte, und dass Tilas ein Mann war, der die Beherrschung verlor, wenn er wütend wurde.

»Sie können jetzt gehen, aber glauben Sie ja nicht, ich lasse Sie so leicht davonkommen. Ich weiß, dass Sie uns Informationen vorenthalten. Ich werde Bertil anrufen und ihn fragen, was Sie da eigentlich treiben.«

Meijtens sah Speichelspritzer auf dem Tisch. Es gab nichts mehr zu sagen. Tilas machte eine Kopfbewegung in Richtung Tür.

»Ich werde einen der Beamten bitten, Sie hinauszubegleiten.«

Meijtens stand auf. Die Sache würde schlecht für ihn ausgehen, das wusste er. Als er schon die Hand auf die Türklinke gelegt hatte, fragte Tilas: »Kannten Salling und Lindman sich aus Uppsala?« Er klang jetzt ruhiger, aber nicht wirklich freundlich.

»Nein. Lindman hat dort studiert, Salling nicht. Er war in Stockholm.«

»Dann haben Sie sich also einen Überblick über Lindmans Freundeskreis in Uppsala verschafft?«

»Das wäre zu viel gesagt, aber ich habe mit einigen von ihnen gesprochen.«

Meijtens wartete gespannt auf die nächste Frage, aber Tilas war in Gedanken versunken und sah ihn nicht mehr.

Tilas wendete die fünf dicken Scheiben Fleischwurst, die in der Pfanne brutzelten. Er gab auf jede Scheibe einen

Löffel Senf, verstrich ihn gleichmäßig mit einem Messer, holte einen Teller und eine Gabel aus dem Schrank und tat sich drei kalte gekochte Kartoffeln aus einer Schüssel im Kühlschrank auf. Als die Fleischwurstscheiben fertig waren, schaufelte er sie auf den Teller und nahm sich ein Glas und eine Dose gekühltes Bier. Anschließend balancierte er alles zum Couchtisch im Wohnzimmer.

Er hätte festhalten können, dass dieses Essensritual, das sich in den letzten zehn Jahren im Großen und Ganzen jeden Abend wiederholt hatte, in Bezug auf Zeitaufwand und Geschirrverschmutzung ein Wunder an Effektivität war, aber Inspektor Tilas hielt nicht viel davon, sich Gedanken über triviale Selbstverständlichkeiten zu machen.

Zum gleichen alltäglichen Ritual gehörte es, die Fernsehnachrichten einzuschalten und die Bierdose pünktlich zur Titelmelodie zu öffnen. Südafrika, neue Sanktionen gegen den Irak und Geschäfte zwischen Banken und Versicherungen. Tilas schob sich ein Stück Wurst in den Mund.

Er schaute den größten Teil der Nachrichten, allerdings eher, um sich beim Essen die Zeit zu vertreiben, weniger aus wirklichem Interesse. Sobald er seine Mahlzeit beendet hatte, schaltete er den Fernseher wieder aus.

Dann holte er das Fotoalbum aus seiner Aktentasche, wo es natürlich nicht hätte liegen dürfen, sondern daheim bei Olof Salling oder vielleicht auch in seinem Büro im Präsidium. Sie hatten es bereits auf Fingerabdrücke untersucht, außer Sallings jedoch keine gefunden.

Tilas schob den Teller von sich und legte das Album auf den Tisch. Es war recht dünn, alles in allem nicht mehr als zehn Seiten. Schwarz-Weiß-Aufnahmen von ernsten und gepflegten jungen Menschen. Jede Doppelseite schien, den Überschriften nach zu urteilen, einer bestimmten Veranstaltung gewidmet zu sein. *Der Marsch gegen Atomwaffen England 1960. Die Sommerakademie in Kiew 1962.* Und so weiter.

Offenbar stammten sämtliche Fotos von irgendwelchen

linken politischen Spektakeln. Nun ja, das passte zu den Büchern und Statuetten, die Salling in seiner Wohnung stehen hatte. Aber das sagte ihm nichts.

Dann kam er zu den Seiten, die aufgeschlagen gewesen waren, als er das Album auf Sallings Couchtisch fand. *Der Jugendkongress in Bukarest 1963*. Eines der Bilder hatte sofort seine Aufmerksamkeit erregt. Ein junger Mann in einem Anzug an einem Rednerpult. Er war groß und stattlich und trug die blonden Haare zurückgekämmt. Der Mann war ihm vage bekannt vorgekommen, was von dem kurzen Text bestätigt wurde, den Salling unter das Foto gekritzelt hatte: Erik Lindman hält eine Rede im Plenum.

Tilas spürte erneut, dass seine Wangen vor Wut rot anliefen. Es war natürlich kein Zufall gewesen, dass dieser Meijtens bei Salling herumgeschnüffelt hatte. Er ging irgendeiner Sache nach, die ihm ins Auge gefallen war, als er über Erik Lindman schrieb. Meijtens glaubte anscheinend, dass er ihm wichtige Informationen vorenthalten, ihn aber trotzdem anrufen und aushorchen konnte, wenn es ihm gerade in den Kram passte. Die Idee, Meijtens zu benutzen, hatte nicht funktioniert. Der Mann hatte sich als eine einzige Enttäuschung und als völlig nutzlos erwiesen.

Meijtens begriff die Spielregeln nicht, und Tilas hatte Bertil Andersson deshalb vor ein paar Stunden gehörig die Meinung gesagt. Andersson schien jedoch gar nicht zu wissen, worum es ging, sondern klang eher bedrückt und hatte sich bei Tilas nach Details erkundigt. Was trieben die da eigentlich in dieser Zeitschriftenredaktion?

Dann betrachtete er erneut die aufgeschlagene Seite in Sallings Fotoalbum. Ein dunkles Rechteck verriet, dass jemand an dieser Stelle ein Foto entfernt hatte, und zwar lange nachdem das Papier ringsum verblichen war. Er tastete mit dem Finger über die beiden doppelseitig haftenden Schnipsel Klebeband, die das Bild festgehalten hatten. Als er das Album in der Wohnung gefunden hatte, hatten sie noch an seinen Fingerspitzen geklebt. Jemand musste diese Aufnahme erst kürzlich entfernt haben. Allerdings hatten sie weder in der Wohnung noch in Sallings Kleidung ein loses Foto mit diesen Maßen gefunden. Tilas nahm an, dass der letzte Besucher des verstorbenen Museumsangestellten es an sich genommen hatte.

Er las die kurze Bildunterschrift: *Die Clique aus Uppsala öffnet eine Weinflasche*. Das klang völlig harmlos, irgendjemandem aber war dieses Foto wichtig genug gewesen, um es zu stehlen, vielleicht auch, um dafür zu töten.

Tilas trank den letzten Rest Bier. Meijtens hatte aufrichtig erstaunt ausgesehen, als er von ihm wissen wollte, wen Lindman in Uppsala gekannt hatte. Von dem Foto hatte er offenbar nichts gewusst. Tilas ging in die Küche und öffnete noch eine Bierdose.

»Also bin ich dir immer noch einen Schritt voraus, Meijtens«, murmelte er nicht ohne Genugtuung.

37

Vom Vorstandsbüro in der dreizehnten Etage aus hatte man eine schwindelerregende Aussicht auf die Riddarfjärden und die schwedische Hauptstadt. Vielleicht sprachen sie ihre Kündigungen deshalb hier oben aus, dachte Meijtens. Um den Betroffenen die Möglichkeit zu geben, an etwas anderes zu denken.

Die Dame von der Personalabteilung drehte nachdenklich ihren Stift. Meijtens hatte sie nie zuvor gesehen, so viel war sicher. Diese üppigen, blau getönten Haare hätte er nie und nimmer vergessen.

Bertil Andersson fiel es schwer, die richtigen Worte zu finden. Man hatte das Gefühl, dass er einen unterschwelligen Zorn demonstrieren wollte, den es überhaupt nicht gab. Stattdessen schien ihm die ganze Situation in erster Linie peinlich zu sein.

»Wir waren uns einig, dass die Nachforschungen zu Erik Lindman auf Eis gelegt werden sollten. Die Anweisung lautete, dass ohne meine und Sverkers ausdrückliche Erlaubnis keine Interviews geführt oder Nachforschungen angestellt werden sollten.«

Er machte eine Pause.

»Die Zeitung hatte zudem eine Quelle in einer hochrangigen Position, die dir zeigen konnte, dass deine Thesen völlig aus der Luft gegriffen waren. Wir haben sogar ein Treffen mit dieser Person organisiert. Aber du hast trotzdem nicht lockergelassen und weitergemacht. Ohne uns davon zu informieren.«

Meijtens dachte, dass er immerhin eines erreicht hatte: Es war ihm gelungen, Natalie aus der Sache herauszuhalten. Als Andersson ihn in sein Büro kommen ließ, hatte er zugegeben, dass er bei Salling gewesen war und entgegen Rydmans Verhaltensregeln weiterrecherchiert hatte. Nach Tilas' Anruf in der Redaktion wäre es sinnlos gewesen, das zu leugnen. Aber sie hatten ihn nicht einmal nach Natalie gefragt.

Andersson erläuterte weiter die Leitlinien ihres Wochenmagazins, aber seine Worte gingen an Meijtens vorbei. Wie eine Radiosendung, der man nicht mehr lauscht. Er hatte schon vor diesem Treffen gewusst, dass man ihn feuern würde.

Jedes Mal, wenn ich auf einen ermordeten Bolschewisten stoße, hatte Tilas gesagt. Das konnte kein Versprecher gewesen sein, die Polizei ging also von Mord aus. Fragte sich nur, wie viel sie wussten.

»Ich denke, du begreifst genauso gut wie wir, dass es für den Verlag keinen anderen Ausweg gibt«, erklärte Bertil Andersson abschließend.

Es kam zu einer gewissen Verwirrung darüber, wer als Nächstes das Wort ergreifen sollte. Offensichtlich hatten sich die beiden vor dem Treffen auf einen Fahrplan geeinigt, waren aber nicht mehr dazu gekommen, ihn richtig einzustudieren. Nach einem vielsagenden Blick Anderssons erwachte die Personaldame plötzlich zum Leben. Sie sprach charmant bedauernd wie eine leicht wirre Lieblingstante.

»Es ist immer bedauerlich, wenn Stellenkürzungen notwendig werden, aber wir hoffen, unser Angebot wird Sie für diese traurige Neuigkeit mehr als entschädigen.«

Es war, als hätte sie Bertil Anderssons Vortrag nicht gehört, als wäre es jetzt ein völlig anderer Termin. Meijtens erkannte, dass sie die perfekte Kombination gefunden hatten. Ihm auf die Finger zu schlagen, weil er die Story über Erik Lindman weiterverfolgt hatte, um ihm anschließend aus völlig anderen Gründen zu kündigen.

Sie sprach über Anstellungszeiten, Regeln für Aushilfskräfte und Arbeitsprozesse. Das Ganze hörte sich eher an wie ein Vorschlag für eine Charterreise und nicht wie eine Kündigung. Sie hatten einen einfachen Ausweg gefunden. Angesichts der Tatsache, dass die Zeitung in den roten Zahlen war, ließ sich eine Auflösung seines Aushilfsvertrags jederzeit sachlich begründen, dafür waren keine besonderen Besprechungen nötig. Ein Teil von ihm empfand fast widerwillige Bewunderung dafür, dass sie in nur wenigen Stunden auf diese elegante Lösung verfallen waren.

»Normalerweise«, fuhr sie nach einer unnötig ausführlichen Darstellung der geltenden Bestimmungen fort, »würden wir als Kompensation nicht mehr als einen Monatslohn zahlen. Das ist es, was Ihnen zusteht.« Sie feuerte noch so ein eigenartiges Lächeln ab, das so gar nicht zur jetzigen Situation passte. »Aber Bertil und Sverker sind der Meinung, dass in Ihrem Fall eine etwas großzügigere Kompensation angebracht sein könnte.«

Sie sah den stellvertretenden Chefredakteur freundlich, aber auffordernd an. Die entstandene Stille schien eine Ewigkeit zu währen, dauerte wahrscheinlich aber nur ein paar Sekunden. Bertil Andersson schwieg erschöpft. Vielleicht hatte er ihren Vortrag ein bisschen lang gefunden, vielleicht hatte er aber auch das ganze Theater und die Büropolitik allmählich satt. Als er schließlich das Wort ergriff, hatte er zu seiner üblichen Direktheit zurückgefunden.

»Du bekommst die beiden ausstehenden Monatsgehälter. Deine einzige Gegenleistung besteht darin, dass du nach unten gehst und deine Sachen packst, ohne eine Szene zu machen. Rydman will dich nicht mehr sehen.«

Meijtens nickte, und dann mussten nur noch Formalitäten erledigt werden, eine Reihe von Dokumenten und Unterschriften. Er hätte darauf hinweisen können, wie absurd es war, dass er offiziell wegen Sparmaßnahmen gefeuert wurde, gleichzeitig aber das Gehalt für die restliche Zeit seiner Anstellung ausbezahlt bekam. Aber er verzichtete darauf. Zwei Monatsgehälter, dachte er und stellte fest, dass sie bei seiner niedrigen Miete und seinem bescheidenen Lebensstil für vier reichen würden. Wahrscheinlich sogar noch länger, wenn er von Zeit zu Zeit nachts Taxi fuhr.

Die Personaldame verließ den Raum mit einem letzten deplatzierten »Viel Glück«. Bertil Andersson schnaubte gereizt und warf seinen Notizblock von sich.

»Scheiße, Meijtens, das war doch jetzt echt bescheuert. Und total unnötig.«

Bescheuert vielleicht, unnötig nicht. Aber Meijtens hatte keine Lust, darüber zu diskutieren.

»Was hast du jetzt vor?«, fragte Andersson.

»Keine Ahnung.«

Bertil Andersson schüttelte den Kopf. Als Meijtens ging, nickte er seinem ehemaligen Mitarbeiter zum Abschied nur noch müde zu.

Der Aufzug war leise, und Meijtens schloss für einen Moment die Augen, während er nach unten glitt. Zumindest war es jetzt vorbei. Er fühlte sich erleichtert, fast optimistisch. Bertil Andersson gegenüber war er nicht ganz ehrlich gewesen, denn er wusste sehr wohl, womit er sich in den kommenden Monaten beschäftigen würde.

Als sich die Aufzugtüren öffneten, sah er Natalie auf einem der hohen Stühle am Empfang sitzen. Hatte sie auf ihn gewartet? Sie rutschte herunter und folgte ihm in die Redaktion.

»Wie ist es gelaufen?«, fragte sie.

Er drehte sich halb um. »Was glaubst du?«

»Du meinst jetzt nicht, dass sie dich gefeuert haben?«

Er gab ihr durch ein Zeichen zu verstehen, dass sie lieber zur entlegensten Ecke der Redaktion gehen sollten. Sie stellte sich so dicht vor ihn, dass er den Duft ihres Parfüms roch und spürte, wie sich ihre Beine berührten und ihre schnellen, warmen Atemzüge gegen seinen Hals schlugen. Meijtens fasste im Telegrammstil zusammen, was im dreizehnten Stockwerk passiert war. Von seinem Gespräch mit Tilas wusste sie bereits.

Natalie fluchte und strich sich mit der Hand durchs Haar.

»Sie scheinen dich jedenfalls nicht im Verdacht zu haben, an der Sache beteiligt zu sein«, erklärte Meijtens. »Lass uns dafür sorgen, dass es so bleibt.«

Sie warf ihm einen kurzen Blick zu, den er nicht recht deuten konnte.

»Ich meine es ernst, Natalie. Mach jetzt keine Dummheiten, sonst musst du auch noch gehen. Das wäre einfach nur sinnlos.« Er legte die Hand auf ihre Schulter und lächelte. »Eigentlich ist das doch gar nicht so übel. Jetzt bezahlen sie mich im Prinzip dafür, dass ich mich zwei Monate lang von morgens bis abends mit Tristan beschäftige.«

Das brachte sie zum Lachen.

»Was willst du …«, begann sie, aber er unterbrach sie.

»Bertil möchte, dass ich meine Sachen packe und gehe, und ich habe keine Lust, ihm noch einmal zu begegnen.«

Er ging zu seinem Schreibtisch und legte zwei Notizbücher in seine Satteltasche. Auf einmal wurde ihm bewusst, dass er keinerlei persönliche Gegenstände an seinem Arbeitsplatz hatte. Keine Fotos von Hanna, keine kleinen Souvenirs, nichts. Er drehte sich zu Natalie um und flüsterte: »Ich hau dann mal ab, wir telefonieren.«

An der Tür holte sie ihn ein. »Ich begleite dich noch hinaus, ich möchte dich etwas fragen.«

Sie schwiegen, bis sie auf der Straße standen. Zum ersten Mal seit Tagen schien die Sonne.

»Was hast du jetzt vor?«, erkundigte sie sich.

»Weitermachen wie bisher und schauen, ob ich mehr über Wijkman und Terselius herausfinden kann. Ob ich etwas finde, was sich mit Tristan in Verbindung bringen lässt.«

»Und wie?«

»Indem ich mir ihre Karrieren im Detail anschaue, erst in den offiziellen Archiven, danach aber auch durch diskrete Interviews mit ausgewählten Personen. Tristan muss Spuren hinterlassen haben, wenn nicht im Helsinki-Komitee, dann eben woanders.«

Natalie dachte kurz nach, schüttelte dann jedoch den Kopf. »Nein, das glaube ich nicht. Ich denke, als Tristan sich einmal entschieden hatte und Erik Lindman in einem albanischen Gefängnis saß, beging Tristan keine Fehler mehr. Und wenn die meisten Informationen aus einem Netzwerk nützlicher Idioten stammten und keine Angaben waren, zu denen Tristan selbst Zugang hatte, siehst du in den Archiven nichts davon.«

»Mag sein, aber damit werde ich jedenfalls anfangen. Wir müssen irgendetwas Konkretes finden, dürfen uns nicht nur auf die Behauptungen der Beteiligten verlassen.«

Natalie nickte langsam. Ihre Augen wirkten dunkler als sonst, aber das lag vermutlich am Gegenlicht.

»Es gibt noch etwas, was ich recherchieren will«, sagte Meijtens.

Er erzählte ihr von Tilas' Äußerung über die ermordeten

Bolschewisten und über Sven Emanuel, der Meijtens' Visitenkarte bei sich getragen hatte.

»Du meinst, da gibt es einen Zusammenhang? Ist das nicht ein bisschen weit hergeholt?«

Er dachte erneut an den Karton und den Einbruch bei Hanna. Etwas, was Tilas gesagt hatte, verknüpfte sich in seinem Hinterkopf mit der Erinnerung an den Obdachlosen auf der Aussichtsterrasse. Aber die Sache war viel zu diffus, um sie mit Natalie zu besprechen.

»Wahrscheinlich schon, aber ich habe viel Zeit.«

»Ich habe über etwas nachgedacht«, sagte sie und schien nach den richtigen Worten zu suchen. »Was du sagst, stimmt. Die Leute, mit denen wir gesprochen haben, sind alle in irgendeiner Form an dem Geschehen beteiligt. Ich meine nicht konkret an dem, was Tristan getan hat, aber auf die eine oder andere Art sind sie alle miteinander verknüpft. Vielleicht sollten wir den Dingen, die wir gehört haben, etwas skeptischer gegenüberstehen. Unsere Gesprächspartner sind sicher daran interessiert, uns gewisse Dinge zu verschweigen, vielleicht auch, uns anzulügen. Das gilt eigentlich für alle außer Salling. Ich ...«, sie verstummte kurz und schien zu überlegen, wie sie fortfahren sollte. »Gestern habe ich zu Hause gesessen und nachgedacht. Und da ist mir der Gedanke gekommen, dass vermutlich in allem, was wir gehört haben, in all dem, was Rooth, Wijkman und Sonia Terselius erzählt haben, eine Lüge versteckt ist. Es muss gar nichts Großes sein, sondern etwas, das uns auf eine falsche Fährte führt. Wenn einer von ihnen Tristan oder ein Mithelfer Tristans ist, müssen sie logischerweise in irgendeinem Punkt lügen. Stimmt's?«

Da konnte Meijtens ihr nur recht geben. Schlagartig wurde ihm bewusst, wie unterschiedlich sie dachten. Für ihn ging es um ein Puzzle aus Fakten, um die Jagd nach dem richtigen Dokument. Bei Natalies Instinkten ging es um Menschen: ihre Motive, ihre Geheimnisse und ihre Lügen.

»Wir müssen eine Person finden, die weiß, was vor Lindmans Verschwinden in diesen Kreisen geschah, die aber selbst irgendwie nicht dazugehörte.«

»Stimmt, das wäre natürlich phantastisch«, erwiderte Meijtens, »aber meinst du wirklich, dass so jemand existiert? Und wie sollen wir sie oder ihn finden?«

Natalie schaute weg und schüttelte lässig ihr Haar. »Ich denke, ich werde es zumindest versuchen.«

Er legte den Arm um sie. »Okay, Partnerin, dann jage ich die Wahrheit, und du jagst die Lüge. Ich melde mich.«

Ohne eine Antwort abzuwarten, warf er sich die Tasche über die Schulter und ging zu seinem Fahrrad. Ich muss Hanna anrufen, dachte er.

Natalie setzte sich an ihren Schreibtisch und sah Bertil Andersson vorbeihasten, ohne auch nur einen Blick in ihre Richtung zu werfen. Niemand schien zu wissen, dass Meijtens gerade entlassen worden war. Wahrscheinlich würden sie es bei irgendeiner regulären Redaktionssitzung verkünden, um dem Ganzen jede Dramatik zu nehmen. Dann hörte sie Bertil Andersson eine scherzhafte Bemerkung machen, über die Sölvebring lachte. Sie musste hier weg.

Warum hatte sie Meijtens nichts von ihren Plänen erzählt? Vielleicht, weil sie nichts über sein Interview mit Rooth sagen wollte, es einfach nicht über sich brachte, Salz in Meijtens' Wunden zu streuen, indem sie andeutete, dass man ihn ausgetrickst hatte. Denn nachdem sie sich das Band mit dem Interview mehrmals angehört hatte, war sie mittlerweile sicher, dass die Offenherzigkeit des alten Mannes nicht Meijtens' brillanter Interviewtechnik geschuldet war. Es handelte sich vielmehr um ein sorgsam geplantes und geschickt durchgeführtes Ablenkungsmanöver. Fragte sich nur, wovon abgelenkt werden sollte.

Aber Rooth hatte noch etwas anderes gesagt, ohne zu ahnen, dass er damit Natalie die Bresche in der Mauer um

Tristan bescheren würde, die sie benötigte. Es gab in diesem Kreis treu verbundener Menschen jemanden, der dabei gewesen war, ohne dazuzugehören. Jemanden, der das Spektakel Rooth zufolge mit einer Mischung aus Begeisterung und Furcht verfolgte.

»Und worüber denkt unser Fixstern gerade nach?«

Es dauerte eine Weile, bis sie Sölvebring bemerkte. Sein Lächeln war devot, sein Blick dagegen herablassend.

»Hast du was in der Mache?« Seine Stimme wurde lauter, und er schaute sich um. Offenbar wollte er sichergehen, dass ihre Sitznachbarn ihn hörten.

»Bist du etwas Bestimmtem auf der Spur?«, fuhr er fort und grinste.

Natalie beobachtete ihn ruhig. Er war es nicht einmal wert, angeschnauzt zu werden.

»Also wenn du mich schon fragst, ich bin auf der Suche nach einem Tweedrock und einem Twinset.«

Sie hob den Hörer ab, um zu telefonieren.

Ein paar Meter weiter hörte sie, wie Sölvebring sich lautstark über Primadonnen mokierte, die sich auf der Arbeit die Zeit nähmen, ihre privaten Einkäufe zu planen, während die ganze verdammte Zeitschrift den Bach runtergehe.

38

Er hatte Hanna am Abend nach der Kündigung angerufen. Allerdings nicht, um ihr zu erzählen, was geschehen war, dazu hatte er keine Lust, sondern um über sie beide zu sprechen. Hanna hatte jedoch darauf bestanden, dass sie sich sehen müssten, um zu reden, was sicher kein gutes Zeichen war. Sie verabredeten sich für den kommenden Sonntag.

Danach hatte er zwei Tage darauf verwandt, möglichst viel über Sven Emanuel herauszufinden, was ihn Tristan allerdings keinen Millimeter näher gebracht hatte. Die Polizei hatte seinen Tod als Unfall abgeschrieben, dafür bekam er eine Bestätigung, ohne Tilas bemühen zu müssen.

Sven Emanuels Kontaktperson im Sozialamt war bei einer Tasse Kaffee und Gebäck erstaunlich mitteilsam gewesen.

»Na ja, wir unterliegen natürlich der Schweigepflicht«, hatte sie gesagt und sich eine Zigarette angezündet. »Aber so viel kann ich Ihnen immerhin sagen, dass er ein verdammt kaputter Mensch ist – oder besser war.«

Schweigepflicht oder nicht, Meijtens hörte von ihr eine lange und deprimierende Beschreibung des Lebens eines paranoiden Menschen am unteren Rand der Gesellschaft. Von stationären Aufenthalten, gescheiterten Therapien und Elend.

»Er redete immer davon, dass er verfolgt wird. Und in irgendeiner verdammten Weise hatte er damit also recht. Verstehen Sie, was ich meine?« Sie nahm einen tiefen Zug von ihrer Zigarette und blinzelte ihn an, während sie den Rauch ausblies. »Zwei Tage vor seinem Tod habe ich ihn noch getroffen, und seine Paranoia war schlimmer denn je«, erklärte sie seufzend. »Der Schatten«, fuhr sie fort. »Er nannte seine Verfolger Schatten.«

Sie nickte nachdenklich.

Die Sozialarbeiterin hatte Meijtens die Nummer eines alten Freundes gegeben, der sich nach Sven Emanuels Tod bei ihr gemeldet hatte. Da es sich um einen Kulturjournalisten handelte, der immer noch halbwegs prominent war, hatte sie sich den Namen gemerkt.

Meijtens hatte ihn schließlich telefonisch erreicht. Nach anfänglichem Misstrauen konnte er das Bild von Sven Emanuel durch einige Hintergrundinformationen vervollständigen.

Sven Emanuel blickte in der Tat auf eine Vergangenheit in der linken Szene der Sechzigerjahre zurück, wenn auch zu einem etwas späteren Zeitpunkt. Als Erik Lindman nach Albanien verschwand, ging Sven Emanuel noch in die Schule.

Mehrere Jahre später wurde er im Zusammenhang mit einer Demonstration verhaftet. Wahrscheinlich war er durch diesen Vorfall in die Kartei der Polizei gelangt, und darauf hatte Tilas angespielt. *Jedes Mal, wenn ich auf einen ermordeten Bolschewisten stoße.*

Seinem alten Freund zufolge hatte seine Verhaftung dazu beigetragen, Sven Emanuels paranoide Wahnvorstellungen auszulösen, und er schwafelte oft vom Staatsschutz als einem seiner zahlreichen eingebildeten Feinde. Nicht unbedingt der beste Zeuge, dachte Meijtens und beschloss, seine Überlegungen zu Sven Emanuel vorerst zu den Akten zu legen.

Am Sonntag traf er sich dann endlich mit Hanna – bei Djurgårdsbrunn, umgeben von zahlreichen Familien mit Kindern und verliebten Paaren. Sie waren nur wenige Schritte am Kanal entlanggegangen, als sie die Bombe platzen ließ. Sie hatte einen anderen Mann kennengelernt, zwischen Meijtens und ihr war definitiv Schluss. Offenbar hatte es sie gequält, die Sache für sich zu behalten, denn sie entledigte sich der Neuigkeit, als wäre diese eine Tüte mit alten Krabbenschalen, die sie möglichst schnell loswerden musste. Anfangs hatte sie geglaubt, es sei ein Experiment, eine Affäre, ein Test. Dann war jedoch rasch mehr daraus geworden.

»Wegen des ganzen Ärgers und Streits, den wir hatten, ging es schnell. Verstehst du?«

Meijtens verstand. Zwar widerwillig, aber er verstand.

Er war schlau genug, ihr nicht zu viele Fragen zu stellen. Seite an Seite gingen sie die kleinen Kieswege entlang. Die Bäume schillerten bunt, und die Sonne schien. Typisch, dachte er.

Sie wollte von ihm wissen, wie es auf der Arbeit laufe, und er antwortete, alles sei prima. Er fragte sich, warum er ihr nicht die Wahrheit sagte.

»Ich fand, dass du in der letzten Ausgabe weniger geschrieben hast als sonst.«

»Ach, du weißt doch, wie das ist, manchmal arbeitet man eben mehr hinter den Kulissen.«

Sie drückte seine Hand, fest und zugleich zärtlich.

»Ich wusste, dass du es irgendwann schaffen würdest.«

Damit war die Sache entschieden, er würde nichts sagen. Sie gingen ins Café Blå Porten und bestellten an der Theke zwei Gläser Wein.

»Arbeitest du immer noch mit dieser Fernsehschönheit zusammen?«, fragte sie ihn, als sie sich gesetzt hatten.

»Sicher, ziemlich oft sogar.«

Er senkte den Blick, und sie lehnte sich vor, um ihm in die Augen sehen zu können. Sie lachten.

»Wie ist es eigentlich mit eurer großen Story über diesen Mann weitergegangen, der hinter dem Eisernen Vorhang verschwunden war? Kommt da noch ein Artikel?«

»An der Sache haben wir ziemlich viel gearbeitet. Mal sehen.«

Auf einmal wollte er Hanna alles erzählen. Genau wie früher, als sie die Stimme der Vernunft in seinem Leben gewesen war. Als er auf und ab getigert war und ihr von verschiedenen Ideen erzählt hatte, während sie in ihrer grauen Jogginghose auf der Couch lag und ihn mal ermuntert, mal kluge Einwände erhoben hatte. Als sie mit einem Eislöffel oder einer Teetasse auf ihn gezeigt und ihm Mängel und Möglichkeiten aufgezeigt hatte. Und als er, wie immer, solange er zurückdenken konnte, ihren Rat befolgt hatte. Aber für all das war es nun zu spät.

Sie verabschiedeten sich mit einer sehr langen Umarmung, und er schaute ihr hinterher, als sie zur Bushaltestelle ging. Als sie außer Sichtweite war, drehte er sich um und ging zur Fähre zurück in die Stadt. Zu Blätterstapeln, Jasmintee und unbezahlten Rechnungen.

Er stand ganz vorn an Deck und spürte die kühle Luft, die ihm ins Gesicht schlug. Einen Moment fragte er sich, ob er Natalie anrufen sollte, beschloss aber zu warten. In den letzten Tagen war sie am Telefon ein wenig kurz angebunden gewesen. Sie hatte gesagt, sie wolle einer Sache nachgehen, die wahrscheinlich bedeutungslos sei, aber trotzdem. Er selbst würde den morgigen Tag im Archiv der sozialdemokratischen Partei mit einem persönlichen Nachlass verbringen. Es war einer von Jakubs zahlreichen Vorschlägen, dem er folgen wollte. Anschließend würde er über neue Wege nachdenken, Tristan aufzuspüren.

Ich habe jedenfalls weiß Gott viel Zeit, dachte er.

39

Er sah auf die Uhr und sank tiefer in den Fahrersitz. Als er schon kurz davor war aufzugeben, fiel ihm der Wagen ins Auge, der die Garage des Verlagsgebäudes verließ. Von seinem Standort auf der anderen Straßenseite konnte er ihr markantes Profil und ihre dunklen Haare mühelos erkennen. Langsam drehte er den Zündschlüssel und bog in die gleiche Richtung ab. Er fuhr sanft und geschmeidig und blieb zwei Autos hinter ihr. Diesmal würde sie ihm den richtigen Weg weisen, das hatte er im Gefühl. Kein Zweifel, dieses Mädchen war wirklich auf Zack.

Sie hatte die alten *Veritas*-Artikel herausgesucht, genau wie er selbst es einmal getan hatte. Und wahrscheinlich hatte sie genauso wenig gefunden wie er. Aber sie war schlau genug gewesen, weiterzumachen und mit Stiernspetz' Witwe zu sprechen, und in den letzten Tagen war sie so aktiv gewesen, dass er fast nicht mehr mitgekommen wäre. Er folgte ihr aus der Stadt hinaus Richtung Süden. Bald würde es vorbei sein. Endlich.

Als Natalie eine halbe Stunde später auf den großflächigen Parkplatz des Golfklubs fuhr, stellte sie fest, dass sie auf die Minute pünktlich war. Diesmal hatte sie den Redaktionswagen gebucht, weil sie für ihr heutiges Interview möglichst wenig Aufsehen erregen wollte. Als sie zum Klubhaus ging, knirschte der Kies unter ihren Absätzen.

Die Bar war mit Golfspielern überfüllt, die sich den Nachmittag für eine Runde auf dem Platz freigenommen hatten. Natalie hatte gehört, dass es der beliebteste Golfklub im ganzen Land sei. Ihre Augen schweiften von Tisch zu Tisch, aber sie konnte niemanden entdecken, auf den die Beschreibung passte, die sie am Telefon erhalten hatte.

»Hallo!«

Eine Frau mittleren Alters, die gerade von draußen hereingekommen war, winkte Natalie mit weit ausholenden Bewegungen zu. Sie trug einen leuchtend grünen Pullover und eine karierte Hose, genau, wie sie gesagt hatte.

»Natalie Petrini? Ich habe Sie vom Fernsehen erkannt. Rebecka Wester.« Sie streckte die Hand aus und strahlte über das ganze sonnengebräunte Gesicht. Ihr Händedruck war fest und ihr Haar mit einem eleganten Tuch zusammengebunden, wahrscheinlich damit die Locken ihr bei den Schlägen nicht die Sicht versperrten. Sie wandte sich an ihre Freundinnen.

»Ich fahre ohne euch nach Hause, Mädels. Mein Göttergatte holt mich in einer halben Stunde ab.«

Die Freundinnen winkten ihr zum Abschied zu, und Rebecka Wester bestellte sich einen Gin Tonic an der Bar.

»Im wirklichen Leben sind Sie noch hübscher als im Fernsehen«, sagte sie, und Natalie wusste nicht recht, was man auf eine solche Bemerkung erwidern sollte. Danke? Sie selbst sehen auch gar nicht so übel aus?

»Die viele Schminke übertüncht meinen Charme.«

Rebecka Wester lachte und führte sie zu einem Tisch in der Nähe.

»Ich muss gestehen, ich war ziemlich baff, als Sie mich anriefen. Meine ungezogene Jugend sucht mich heim, dachte ich. Und das mir, die ich heutzutage so *deprimierend* anständig bin.«

Sie öffnete den Knoten des Tuchs und schüttelte ihr Haar aus. »Meine wilde, ungezogene Jugend.« Sie schenkte Natalie ein selbstironisches Lächeln. »Ihre Artikel über Erik habe ich natürlich gelesen. Man hält es nicht für möglich, der Ärmste. Ein so unglaublich feiner Kerl.«

Natalie versuchte ansatzweise, eine Frage zu stellen, wurde aber unterbrochen.

»Nicht, dass ich jemals geglaubt hätte, dass er nach Moskau abgehauen wäre.«

»Nicht?«

Sie schüttelte den Kopf. »Nie und nimmer. Erik war nicht der Typ dafür, Dinge im Geheimen zu tun. Sicher, er hatte seine politischen Ideen, das lässt sich nicht leugnen. Die hatten sie alle. Aber wenn jemand als Spion nicht infrage kam, dann er. Prost, Genossin!« Sie trank einen Schluck von ihrem Gin Tonic, während Natalie pflichtschuldig an ihrem Mineralwasser nippte.

»Am erstaunlichsten war wohl, dass er Sonia verließ. Ihr hätte es da drüben bestimmt gefallen. Sie waren doch ein solches Paar.«

»Wie Sie und Wijkman.«

Rebecka Wester lachte auf. »Ach, Calle und ich, das war etwas anderes. Auf und ab und hin und her, und das jahrelang. Aber das war auch gar nicht so übel. Oh nein, meine Liebe.« Sie fischte die Zitronenscheibe aus dem Glas, biss hinein und blinzelte.

Rebecka Wester hatte Carl Wijkman in seinem zweiten Leben in Uppsala kennengelernt. Die Studentenverbindungen, der Trefinerorden und die Feste der ehemaligen Internatsschüler. Sie gab offen zu, dass sie sich eher wegen des Studentenlebens als wegen ihres widerwillig aufgenommenen Studiums in der altehrwürdigen Universitätsstadt aufgehalten hatte.

»Eine Freundin von mir war mit jemandem aus seiner Combo zusammen. Wir haben uns auf einer Party kennengelernt. Er war, gelinde gesagt, anders. Hatte alles, was die anderen hatten, feierte wüste Partys und beherrschte den selbstsicheren Jargon. Aber es gab eben auch noch seine andere Seite.«

Nachdem er einen politischen Streit vom Zaun gebrochen hatte, verließ er die Party, und sie war ihm spontan hinterhergerannt. Stundenlang waren sie durch Uppsala geschlendert. Er hatte über Algerien gesprochen, und sie hatte ihm fasziniert zugehört. Er hatte gesagt, das ganze Volk habe ein Anrecht auf Kunst, und sie war beeindruckt gewesen. Er hatte über die Revolution in Kuba gepredigt, und sie hatten sich in einem Treppenhaus geliebt.

»Ich mache Sie doch nicht verlegen?«

Natalie schüttelte den Kopf.

»Wissen Sie, seine Überzeugungen habe ich ja nie geteilt. Weder damals noch heute. Aber ich habe ihn dafür geliebt.« Sie bestellte sich noch einen Drink. »Also wurde ich seine Muse, seine Verbindung zu seiner Herkunft. Manchmal glaube ich, dass er mich als eine Art Anker an seiner Seite brauchte, aber ich weiß es nicht. Jedenfalls hatten wir viel Spaß.«

»Aber Sie selbst sind niemals Mitglied von Veritas geworden?«

»Oh nein, wo denken Sie hin!« Sie ließ ein perlendes Lachen hören. »Das klang natürlich alles ganz toll. Aber wenn sie darüber sprachen, das Bürgertum zu stürzen, hatte ich immer das Gefühl, dass sie über meinen lieben Vater und meine schüchterne Mutter sprachen, und das passte irgendwie nicht zusammen. Ich glaube auch nicht, dass Calle mich überzeugen wollte. Er wollte mich haben, denn ich war für ihn das völlig andere. Und solange wir in Uppsala studierten, war das alles ganz wunderbar und auch ein bisschen unwirklich. Ehrlich gesagt, habe ich gar nicht so viel darüber nachgedacht, welche Bedeutung seine Ansichten eigentlich hatten.«

Vielleicht hatte sie schon lange nicht mehr über diese Phase ihres Lebens gesprochen, oder es lag an den zwei Gin Tonic, die sie in schneller Folge geleert hatte. Jedenfalls schienen bei Rebecka Wester alle Dämme zu brechen, und die Erinnerungen an Uppsala sprudelten nur so aus ihr heraus. Sie hatte ein idyllisches und traditionelles Studentenleben geführt – mit Carl Wijkman als ständig gegenwärtigem Bonbon und einem vagen Versprechen von einer größeren Welt jenseits der Stadtgrenzen. Vielleicht war er für sie das gewesen, was sie in ihren Augen für ihn gewesen war: das völlig andere.

»Anfangs waren die Unterschiede zwischen uns kein Problem, aber in unserem letzten Semester in Uppsala änderte sich das. Die ganze Clique fuhr zusammen irgendwohin, es war alles furchtbar geheim und pst, pst, und ich durfte nichts erfahren. Ist doch klar, dass man da ein bisschen sauer wird. Ich sagte ihm, wenn das so ist, kann ich ja auch mal versuchen, etwas Neues und Spannendes zu tun, was ich noch nie gemacht habe.«

Sie sah Natalie trotzig an, als wäre sie Carl Wijkman oder zumindest seine Stellvertreterin. »Daraufhin meinte er, wenn ich mal etwas Neues ausprobieren wolle, solange er fort sei, könne ich ja die Gelegenheit nutzen, um eine Prüfung zu bestehen.«

Ein zärtliches Lächeln legte sich auf ihr Gesicht. »Dieser kleine, freche Mistkerl.«

»Sie meinten, damals hätte sich etwas verändert?«

Rebecka Wester nickte und zündete sich eine Zigarette an. »Danach war irgendwie alles ernster. Ich weiß nicht, was es war. Auch ihre Haltung mir gegenüber veränderte sich, sie wollten mich ganz offensichtlich auf Distanz halten. Das Unschuldige und Idealistische war auf einmal verschwunden.«

»Wann hat diese Reise stattgefunden, von der Sie eben gesprochen haben?«

Rebecka sah sie verständnislos an.

»Die Reise, die alles verändert hat, wann war das?«

»Ach so, die. Wie gesagt, im letzten Semester.«

»Könnte das im März 1963 gewesen sein?«

Rebecka Wester dachte gründlich nach. Natalie ging auf, dass die Frau die perfekte Zeugin war: ein hohes Einfühlungsvermögen und ein ausgezeichnetes Gedächtnis, aber eine begrenzte Phantasie und keinerlei eigene Interessen.

»Stimmt, das müsste ungefähr hinkommen.« Sie sah Natalie neugierig an, fragte sie aber nicht, warum der Zeitpunkt so wichtig war.

»Danach ging die ganze Clique nach Stockholm, ich auch. Sie zogen in diese Prachtwohnung von Calles Vater am Tegnérlunden, und ich teilte mir mit einer Freundin eine kleine Bude in der Kommendörsgatan.«

»Sie haben selbst nie in der Wohnung am Tegnérlunden gewohnt?«

Rebecka Wester machte eine abwehrende Geste. »Calle wollte das nicht, und um ehrlich zu sein, sagte der Gedanke, gemeinsam unter einem Dach zu wohnen, weder Sonia noch mir sonderlich zu. Letztlich bildeten die drei den Kern, so war es immer schon gewesen.«

»Aber Sie sagten, dass sich etwas verändert hatte?«

Rebecka Wester nahm einen Lungenzug und dachte nach.

»Ja, irgendwie schon. Es wurden immer noch tolle Partys geschmissen und so, aber alles war geheimnisvoller, nicht mehr so fröhlich. Außerdem war da etwas, was ich nicht recht zu fassen bekam. Irgendwie war zwischen ihnen etwas verloren gegangen. Außerdem war da ja auch noch dieser unangenehme Schwule, der ständig bei ihnen auftauchte.«

»Johan Rooth?«

Sie antwortete mit einem Lächeln. »Wie ich höre, haben Sie Ihre Hausaufgaben gemacht. Johan Rooth, ein intrigantes Arschloch erster Güte. Ich gehörte weiß Gott auch nicht zu seinen Lieblingen, also sind wir quitt.«

Rebecka Wester berichtete von der ersten Zeit in Stockholm und dem Leben in der Wohnung am Tegnérlunden. Obwohl es um denselben Zeitraum und dieselben Ereignisse ging, von denen Rooth so geschwärmt hatte, erzählte sie in allen wesentlichen Punkten eine völlig andere Geschichte. Wo Rooth über Triumphzüge, einen politischen Reifeprozess und die Eroberung der Hauptstadt gesprochen hatte, sah Rebecka Wester etwas ganz anderes. Eine unbekannte Kraft, die drei Menschen auseinanderzog und an ihrer Freundschaft zerrte. Sie hatte etwas geradezu Böswilliges hinter dem schönen Schein wahrgenommen.

»Vielleicht habe ich mir das auch nur eingebildet. Aber ich denke, Erik spürte es auch, denn er wurde immer launischer und misstrauischer.«

»Und dann verschwand er?«

Rebecka Wester nickte langsam. »Und dann verschwand er, und danach war natürlich alles für immer vorbei.«

»Wie haben Sonia und Wijkman auf sein Verschwinden reagiert?«

»Sie waren beide am Boden zerstört. Calle nutzte die wenigen Kontakte, die er damals hatte, um diskrete Nachforschungen anzustellen. Er setzte sich sogar mit seinem alten Herrn in Verbindung, den er nun wirklich hasste. Aber ihr Problem war natürlich, dass sie nicht wussten, wo sie suchen sollten. Dann schlug jemand Moskau vor, und zwei Tage später stand diese Theorie und alles, was es über Erik zu wissen gab, in den Zeitungen. Das war furchtbar.«

Rebecka Wester schauderte.

»Ich dachte fast, Sonia würde daran zugrunde gehen. Trotz ihrer fanatischen Überzeugungen war sie eine sehr zurückhaltende Person, die stets um ein korrektes Äußeres bemüht war. Ihren Jurafreunden und Kollegen gegenüber wahrte sie immer ihre Fassade. Landesweit als Bolschewistin angeprangert zu werden muss für sie ein Albtraum gewesen sein.«

Rebecka Wester bestellte ihren dritten Gin Tonic, während Natalie nochmals dankend ablehnte, denn schließlich musste sie ja noch fahren.

»Sonia war nie ein besonders offener Mensch gewesen, aber nach Eriks Verschwinden zog sie sich immer mehr zurück. Ich war danach noch zwei Jahre mit Calle zusammen, nun ja, jedenfalls von Zeit zu Zeit. Aber Sonia traf ich immer seltener und war so gut wie nie in der Wohnung am Tegnérlunden. In gewisser Weise war Peter dann wohl genau das, was sie brauchte; der nette, langweilige und verlässliche Peter, der an ihrer Seite gewartet hatte.«

Sie starrte in ihr Glas.

»Dann kennen Sie also Laurén?«

Rebecka Wester schaute von ihrem Glas auf. War ihr Blick erstaunt, fast ein wenig verwirrt? Oder lag es nur am Alkohol? Natalie wusste es nicht zu sagen.

»Aber ja, natürlich kannte ich Peter.« Rebecka Wester sah auf die Uhr und seufzte. »Wann kommt denn jetzt endlich mein Mann? Ich glaube nicht, dass ich noch so viele Geschichten aus meiner irregeleiteten Jugend auf Lager habe, mit denen ich Sie amüsieren kann.«

Natalie dachte eine Weile nach, ehe sie ihre nächste Frage stellte. »Kannte Peter Laurén Sonias politische Ansichten?«

Aber Rebecka Wester interessierte sich offenbar nicht mehr für Natalies Fragen. »Wie meinen Sie das?«, fragte sie mit einem Blick zur Tür.

»Wusste Laurén von Sonias Vergangenheit bei Veritas und ihren früheren Sympathien für den Kommunismus? Glauben Sie, dass Sonia ihm davon erzählt hat?«

Für einen Moment schien Rebecka Wester ihre Verärgerung darüber, nicht pünktlich abgeholt zu werden, zu vergessen und musterte Natalie mit einer Miene, die zwischen

Erstaunen und amüsiertem Interesse pendelte. Sie runzelte die Stirn, und es zuckte in ihrem Mundwinkel.

»Meine Liebe, Sie scheinen da ein paar Dinge gründlich missverstanden zu haben.«

Meijtens stöhnte und öffnete eine weitere der abgewetzten Dokumentenmappen. Mittlerweile war er der einzige Besucher im Archiv der sozialdemokratischen Partei, wo er den ganzen Tag verbracht hatte. Der eifrige Archivar kam vorbei und beugte sich über ihn. Meijtens stieg ein leichter Schweißgeruch in die Nase.

»Ich finde es wirklich toll, dass sich ein Forscher für den Nachlass Richard Salmqvists interessiert. Das wurde aber auch wirklich Zeit.«

Er strahlte wohlwollend. Meijtens lächelte tapfer und kehrte zu seiner Lektüre zurück.

Es war Jakubs Idee gewesen. Nichts konnte seinen alten Doktorvater davon abhalten, seine Suche in den Archiven fortzusetzen. In seinen energischen, wenngleich etwas unorganisierten Nachforschungen zu Carl Wijkmans und Sonia Terselius' Karrieren glaubte er auf einmal ein Muster zu erkennen. Beide hatten bei unterschiedlichen Gelegenheiten mit dem freundlichen Beistand Richard Salmqvists eine neue Stufe auf ihrer Karriereleiter erklommen. Salmqvist, erläuterte Jakub, war selbst nie in die wirkliche Machtelite aufgestiegen, wenn man von ein paar Jahren als Staatssekretär und dem Posten des Botschafters in Helsinki absah. Allerdings war er ein Trapezkünstler der Macht innerhalb der sozialdemokratischen Partei gewesen: ein Handelsvertreter, was kleine Gefälligkeiten betraf, und ein einflussreicher Lobbyist, bevor das Wort überhaupt existierte. Ein Apparatschik von der Sorte, die Jakub zutiefst verachtete.

»Er hat seine komplette private Sammlung von Dokumenten dem Archiv der sozialdemokratischen Partei vermacht«, hatte Jakub bei einer Tasse Automatenkaffee im

Institut begeistert verkündet. »Für die Erforschung von Seilschaften der Macht dürfte sie eine wahre Fundgrube sein.«

Meijtens hatte ihm sanft widersprochen.

»Hör mal zu, mein skeptischer Freund.« Jakub hatte ungeduldig auf der Tischplatte getrommelt. »1969 wird Wijkman Salmqvists Assistent im Industrieministerium, eine Stelle, für die er nicht die geringste Sachkompetenz mitbrachte. Ein halbes Jahr später tritt Sonia einen hochrangigen Posten beim Justizminister an, einem von Salmqvists Freunden und Vertrauten.«

Jakub fuhr fort, Zusammenhänge und Indizien herunterzuleiern, aber Meijtens kamen sie alle ein wenig weit hergeholt vor.

»Du meinst also, dass Salmqvist diesen geheimnisvollen Tristan aktiv unterstützt hat, dass er ein Teil der Verschwörung war?« Meijtens war es nicht gelungen, seine Skepsis zu verbergen.

»Nein, nein, nein, hör mir zu. Salmqvist gehörte innerhalb der Partei zum rechten Flügel, nichts deutet in diese Richtung. Aber irgendwie haben unsere Freunde Kontakt zu Salmqvist bekommen, und daraufhin haben ihre Karrieren neuen Schwung bekommen. Er hat völlig ahnungslos Tristan unter seine Fittiche genommen. Die Posten, auf die sie es abgesehen hatten, die Projekte, an denen sie arbeiteten, die Ratschläge, die sie gaben. Alles kann uns zur Antwort auf die Frage führen, wer von ihnen Tristan war. Und solche Informationen könnte es durchaus in seinem Nachlass geben.«

Meijtens war einverstanden gewesen, den Tag mit den nachgelassenen Papieren dieses Mannes zu verbringen, allerdings weniger aus Begeisterung über Jakubs Idee, sondern eher in Ermangelung einer anderen Spur. Jakub musste sich nach seiner Abwesenheit in der vergangenen Woche bei der Institutssitzung blicken lassen und konnte ihn nicht begleiten.

Schon bald stellte Meijtens fest, dass Richard Salmqvist ein Langweiler allererster Güte gewesen war. Meijtens glaubte zu verstehen, warum er nie Minister werden konnte, weil er einfach nicht fernsehtauglich war. Seine Korrespondenz und seine persönlichen Stellungnahmen waren von einem phantasielosen Beamtenstil durchzogen, der so pedantisch war, dass er nach der ganztätigen Auseinandersetzung mit den Schriftstücken dieses Mannes in Meijtens' Kopf widerhallte.

In seiner Einschätzung von Salmqvists politischer Heimat hatte Jakub offensichtlich recht gehabt. Als Staatssekretär im Industrieministerium war er intensiv mit dem Thema Schutz gegen Industriespionage beschäftigt gewesen. Zur selben Zeit hatte er allem Anschein nach persönliche und politische Verbindungen zu einigen der Männer unterhalten, die später als verantwortlich für die Registrierung linker politischer Abweichler und die geheime Beobachtung schwedischer Staatsbürger entlarvt wurden, die Partei und Militär betrieben hatten.

Jakubs Theorie zufolge hatte ihn dies nicht daran gehindert, die Karrieren von Carl Wijkman und Sonia Terselius zu fördern. Doch selbst wenn das zutreffen mochte, so hatte es jedenfalls keine Spuren in Salmqvists persönlicher Korrespondenz hinterlassen, denn darin wurden die beiden nirgends erwähnt.

Dabei war das Archiv voller Kopien von Empfehlungsschreiben, die Salmqvist aufgesetzt hatte. Der Mann war geradezu davon besessen gewesen, seinen Einfluss bei der Besetzung von Stellen geltend zu machen, und hatte sich auch nie gescheut, seine Schützlinge später daran zu erinnern, wenn er sie brauchte. Nach einem ganzen Tag mit den Dokumenten dieses Politikers war Meijtens ein wenig übel, und er fragte sich, wie er sich dazu überwinden sollte, eine weitere Dokumentenmappe zu öffnen.

Dann fiel sein Blick auf den Brief. Er hatte das Archiv

in umgekehrter chronologischer Reihenfolge durchkämmt, also bei den jüngsten Dokumenten begonnen, weshalb es den ganzen Tag gedauert hatte, bis er ihn gefunden hatte. Das Schreiben war auf September 1963 datiert und an den damaligen Ministerialdirektor im Verteidigungsministerium gerichtet. Während Meijtens es überflog, spürte er wie in einem Traum, dass sein Herz schneller schlug. Er zwang sich, tief durchzuatmen und den Brief noch einmal zu lesen, diesmal langsam. Kein Zweifel: Sie hatten die ganze Zeit falschgelegen.

Lieber Freund,
lass mich einleitend erzählen, dass ich in London das Vergnügen hatte, Deinen Sohn zu treffen. Er scheint sich in der Botschaft gut eingelebt zu haben. Botschafter Gunnarsson, mein alter Freund, erwähnte im Vertrauen, dass er sich entschlossen habe, meiner Empfehlung zu vertrauen, obwohl mehrere andere Bewerber bessere formale Qualifikationen gehabt hätten, und dass er keine Veranlassung sehe, diesen Entschluss zu bereuen. Es freut mich, dass ich in aller Bescheidenheit meinen Beitrag dazu leisten konnte, einem talentierten jungen Mann eine helfende Hand zu reichen.

Ich schreibe Dir heute in einer ganz ähnlichen Angelegenheit und möchte Dich bitten, auch diese mit einer gewissen Diskretion zu behandeln. Vor zwei Jahren traf ich in der sozialdemokratischen Studentenvereinigung an der Wirtschaftshochschule einen vielversprechenden jungen Mann namens Peter Laurén. Ich lernte in ihm einen fähigen Jungen kennen, wenngleich vielleicht ein wenig zurückhaltend und schüchtern. Nach seinem Examen bewarb er sich im Außenministerium für die Ausbildung zum diplomatischen Dienst, wurde aber bereits in den ersten Runden aussortiert. Ich unternahm gewisse, leider vergebliche Anstrengungen, ihm durch dieses archaische Auswahlverfahren zu helfen. Wie du weißt, versuche ich bereits seit geraumer Zeit, meinen geringen Einfluss geltend zu machen, damit das Außenamt künftig einer breiteren Auswahl von Bewerbern Zugang gewährt, und nicht zuletzt, um den tüchtigen Mitgliedern in der Jugendorganisation unserer Partei eine Chance zu geben.

Laurén war natürlich enttäuscht, fasste jedoch den vernünftigen Entschluss, ein Jahr lang ergänzende Studien in Französisch und Staatswissenschaft an der Universität Uppsala zu betreiben, um sich so für das Auswahlverfahren im nächsten Jahr vorzubereiten.

Als ich ihn kürzlich wiedersah, konnte ich feststellen, dass das vergangene Jahr ihm gutgetan hat. Durch seine oben erwähnten Studien hat er nicht nur sein wirtschaftswissenschaftliches Wissen vergrößert, er scheint auch einen Gutteil seiner früheren Verzagtheit und seines etwas schüchternen Auftretens überwunden zu haben. (Als ich eine entsprechende Andeutung machte, gab er eine gewisse persönliche Veränderung zu und meinte, das habe er seinen neuen Freunden in Uppsala zu verdanken.)

Zu meinem Verdruss war der Grund für seinen Besuch, dass er erneut in einer frühen Phase des Auswahlverfahrens für die Attachéausbildung aussortiert worden war. Er war deshalb verständlicherweise am Boden zerstört, bat mich aber dennoch, ein wachsames Auge auf einen seiner neuen Freunde zu haben, dem es gelungen war, in die nächste Runde des Verfahrens vorzudringen, und der Laurén zufolge ein großes Talent aus einfacheren Verhältnissen ist. Ich fand dies sehr großherzig von ihm und werde seinem Wunsch selbstverständlich nach Kräften nachkommen.

Was Laurén selbst betrifft, so betrachte ich es als meine Pflicht, ihm bei seiner weiteren Suche nach einer

Position beizustehen, die seinen Qualifikationen entspricht. Er hat seinen großen Wunsch zum Ausdruck gebracht, eine Stelle im Staatsdienst zu finden. Ich schlug angesichts seiner Ausbildung das Finanzministerium vor, aber er äußerte von sich aus eine größere Begeisterung für das Verteidigungsministerium.

Das erscheint mir bei näherem Nachdenken ausgesprochen logisch: Laurén ist ein Jungsozialist der zuverlässigen Art und hat seine Wehrpflicht auf einem der Geheimhaltung unterliegenden Posten beim Generalstab abgeleistet. Er verfügt deshalb über gewisse Kenntnisse auf diesem Gebiet, und du brauchst dir wegen des Sicherheitsaspekts keine Sorgen zu machen.

Ich hoffe, du kannst in deinem Ministerium eine passende Stelle für ihn finden, und lege die Zeugnisse des jungen Mannes bei.

Dein ergebener
Richard Salmqvist

Als Meijtens den Brief gelesen hatte, griff er nach seinem Ordner, der neben Notizen auch Kopien von Informationen aus dem schwedischen *Wer ist wer* enthielt:

Laurén, Peter, geboren am 5.12.1937 in Mariefred, Abschluss in Wirtsch.wiss. 1962, angest. im Verteidigungsministerium 1963–1968, Sachverst. in der Regierungskanzlei 1968–1970, Außenministerium 1970–1976.

Die Beschreibung schilderte in Abkürzungen und Jahreszahlen eine schnurgerade Karriere in Richtung Macht. Nirgendwo wurde jedoch das Jahr erwähnt, das er in Uppsala verbracht hatte, um Französisch zu studieren und seine Wunden zu lecken.

Ein Jahr, in dem sich Peter Laurén von einem verzagten und schüchternen jungen Mann in etwas ganz anderes verwandelt hatte. *Das habe er seinen neuen Freunden in Uppsala zu verdanken.* Ein Jahr, zu dessen Erwähnung er sich niemals veranlasst gefühlt hatte.

Ich muss Natalie erreichen, dachte Meijtens.

Natalie hatte minutenlang nichts gesagt, sondern Rebecka Westers Geschichte gelauscht, als hätte es ihr die Sprache verschlagen. Um sie herum plauderten Gruppen durstiger Golfer, deren bunte Kleidung einen schwammigen Hintergrund bildete, der um sie herumzurotieren schien. Während sie zuhörte, dachte sie an diese Lüge. Die Lüge, deren Existenz sie immer vermutet hatte, ohne sie finden zu können. Etwas von all dem, was ihnen gesagt worden war, hatte sie in die Irre geführt. Sie war klein gewesen, eher ein Umgehen der Wahrheit als eine Lüge im eigentlichen Wortsinn.

Und es war nicht Tristan gewesen, der gelogen hatte. Natalie fragte sich, ob sie ausgesprochen worden war, um sich von Tristan zu distanzieren oder um ihn zu schützen. Um die Verbindung zwischen Sorokins Anschuldigungen und dem Schuldigen zu verbergen. Um ihn außerhalb der Ereignisse zu platzieren, die Erik Lindmans Verschwinden umgaben. Eine letzte Geste der Loyalität jenem Mann gegenüber, der sie hintergangen hatte, der sie benutzt und ihren Verlobten in Hoxhas Gefängnisse befördert hatte. Natalie erinnerte sich noch, wie sie es gesagt hatte, fast beiläufig. Ein Nebensatz, dessen unausgesprochene Bedeutung war, dass er nicht dabei gewesen war, nicht Tristan sein konnte. Es muss der Tonfall in ihrer Stimme gewesen sein, dachte Natalie, ein falscher Klang, der in meinem Unterbewusstsein abgespeichert wurde. *Ein paar Jahre später lernte ich den Mann kennen, den ich dann heiraten sollte.*

Rebecka Wester zündete sich eine Zigarette an und sprach

weiter. »Erik gabelte ihn bei irgendeiner Debatte in der Studentenschaft auf. Peter war gerade nach Uppsala gekommen, um ein weiteres Jahr zu studieren, nachdem er irgendeine Aufnahmeprüfung nicht geschafft hatte. Einsam und ein wenig verloren, versuchte er wahrscheinlich zu zeigen, was er auf dem Kasten hatte. Also meldete er sich zu Wort und erklärte, warum Schweden die DDR nicht anerkennen sollte. Peter war damals eine Art rechter Sozi. Aber Erik sah bei ihm noch etwas anderes. Nachdem er ihn in der Debatte in Grund und Boden geredet hatte, nahm er ihn zu den anderen mit, um die Diskussion beim üblichen Abendessen aus Wein, Käse und Gebäck fortzusetzen.«

Ihre Augen leuchteten auf. »Das war irgendwie typisch für Erik.« Dann lachte sie. »Calle sagte immer, aus Peter hätten sie innerhalb von achtundvierzig Stunden einen waschechten Marxisten gemacht. Und ich glaube, damit hatte er recht. Ob es nun an Eriks Brillanz, an Calles Charme oder an Sonias Schönheit lag, will ich mal offenlassen. Wahrscheinlich an der Kombination, aber wenn Sie mich fragen, vor allem an Letzterem.«

Natalie hob fragend die Augenbrauen, aber Rebecka Wester lachte nur. »Wissen Sie, in politischen Dingen war ich vielleicht nicht so bewandert wie die anderen. Genauer gesagt, ich hatte keinen blassen Schimmer von Politik. Aber ich glaube, bei Menschen kenne ich mich ein wenig aus, und es fiel mir niemals schwer, den guten Peter zu verstehen. Immerhin hat man in seinem Leben die eine oder andere Prüfung im Fach Psychologie abgelegt.«

Natalie lachte mit. Sie musste sich eingestehen, dass sie größten Respekt vor der Intuition dieser Frau hatte.

»Für mich war er immer das typische Einzelkind. Stets bemüht, gut zu sein und es allen recht zu machen, aber hoffnungslos unbeholfen im Umgang mit anderen Menschen. Ich denke, mehr als alles andere sehnte er sich danach dazuzugehören, der Teil einer Gruppe zu sein.«

Sie nahm einen tiefen Lungenzug.

»Am Anfang war es fast rührend. Er versuchte ihnen nachzueifern, so gut es eben ging. Wollte so gern die richtigen Sachen sagen, aber ihm fehlten dieses Feuer und Charisma, das die anderen besaßen. Er hatte sich nicht aufgelehnt wie Calle und Sonia oder sich durchgeboxt wie Erik. Peter war im Grunde seines Herzens immer noch ein kleinkarierter, rechter Sozi, der Sohn eines Supermarktfilialleiters aus dem kleinen Provinzstädtchen Mariefred. Aber er gab sich wirklich größte Mühe.«

»Inwiefern?«

»Wissen Sie, ich glaube, er tat, was er in seinem Leben immer schon getan hatte: Er setzte sich das Ziel, Klassenbester zu werden. Er würde niemals so bissig wie Calle oder so inspirierend wie Erik und erst recht nicht so dominant wie Sonia sein. Also büffelte er, pflügte sich durch die gesamte Literatur, die sie ihm in die Hände drückten, und schien alles auswendig zu lernen, was sie sagten. Meistens klang es bei ihm ein bisschen falsch, und wenn viele Leute da waren, machte er sich am liebsten unsichtbar. Ich hatte Mitleid mit ihm, jedenfalls zu Anfang.«

Plötzlich machte sie eine Pause in ihrem Wortschwall und richtete sich im Sitzen auf. »Ich habe ihm beigebracht, wie man Walzer tanzt. Darauf bin ich ein bisschen stolz, denn das war weiß Gott ein hartes Stück Arbeit. Der arme Kerl hatte fünf Füße und keinerlei Rhythmusgefühl.«

Sie lachten beide.

»Sie haben vorhin angedeutet, dass Laurén … wie soll ich mich ausdrücken …«

»Verrückt nach Sonia war? Vom ersten Tag an, darauf können Sie Gift nehmen.«

Es war kein schönes Bild von der hoffnungslos unglücklichen Liebe eines jungen Mannes, das Rebecka Wester skizzierte, aber in ihrer Stimme schwang Mitleid, fast Wärme mit. Er hatte Sonia bewundernd angesehen, wenn sie redete, und war rot geworden, sobald sie ihn direkt ansprach. Ihre Wünsche wurden zu seinen Ansichten und ihre Ansichten zu seinen Kreuzzügen.

»Was sagten denn die anderen dazu?«

»Erik merkte es bestimmt gar nicht, oder es war ihm egal. Der arme Peter war nun wirklich keine Bedrohung, denn wenn Erik nicht verschwunden wäre, hätte Sonia ihn nie auch nur eines Blickes gewürdigt. Sonia merkte es natürlich, wir Frauen sind in solchen Dingen ja, wie Sie wissen, empfänglicher. Aber sie ließ sich nichts anmerken, behandelte ihn freundlich, aber ein bisschen herablassend.«

Sie lachte betrunken. »Ich habe es natürlich Calle gesagt, immer wieder. Und er wurde jedes Mal wütend. Es passte einfach nicht in Calles Bild von ihrem Leben in Arkadien, von der brillanten Vorhut der Revolution, dass jemand in die Freundin eines anderen Genossen verschossen war.«

Rebecka Wester schnaubte. »Wie alle großen Casanovas war Calle letzten Endes ein fürchterlicher Moralist.«

Natalie hatte im Grunde nur eine Frage, eine alles entscheidende Frage. Es entstand eine Pause in Rebecka Westers Erzählung, und Natalie befeuchtete langsam ihre Lippen. Dann fragte sie mit fast teilnahmsloser Stimme: »War Laurén damals eigentlich auch mit von der Partie, als sie im letzten Semester alle verreisten?«

Rebecka Wester zupfte etwas von ihrer Zungenspitze und antwortete, den Blick auf die Tür gerichtet, beiläufig: »Ach, zu der Zeit war Peter bei allem dabei. Natürlich verschwand er damals mit dem Rest der Clique. Tatsächlich war er derjenige, der sich nach ihrer Rückkehr am stärksten veränderte.«

»Inwiefern?«

»Bis dahin hatte Peter mir ziemlich leidgetan, er war wie ein verlorener, kleiner Welpe in ihrer Gesellschaft. Noch dazu ein unglücklich verliebter Welpe. Aber was immer auf dieser Reise passiert war, es veränderte ihn.«

Und die schwedische Sicherheitspolitik, dachte Natalie.

»In gewisser Weise hätte ich mich wohl für ihn freuen sollen, ihm das neu gewonnene Selbstvertrauen gönnen sollen. Stattdessen fing ich an, mich über ihn zu ärgern: darüber, wie er herumstolzierte und alles besser wusste, immer mit einem selbstsicheren Lächeln auf den Lippen. Es kam einem sogar so vor, als wäre er ein paar Zentimeter gewachsen. Aber was ging mich das an? Ich glaubte ja nicht einmal an den Mist, den sie da trieben.«

Sie drückte nachdrücklich ihre Zigarette aus und legte die Schachtel in ihre Tasche zurück. »Auch Rooth war aus irgendeinem Grund wie ausgewechselt. Anfangs hatte er Peter mit herablassender Nachsicht behandelt, aber jetzt stürzte er sich auf ihn wie ein liebestoller Pudel. *Unser eigener Lenin*. Was für ein Unsinn. Aber so war Rooth, er wollte immer einen Liebling zum Turteln haben.«

Sie schauderte. »Ich selbst fand immer, dass Peters neu gewonnene Überzeugung ziemlich oberflächlich wirkte, und damit behielt ich letztlich ja auch recht, nicht wahr?«

Natalie sah sie fragend an.

»Als sie im Herbst nach Stockholm gingen, wandte er sich doch von allem ab!«, platzte Rebecka Wester heraus, als wäre Natalie damals dabei gewesen. »Er traf sich wieder mit seinen alten Sozifreunden, arbeitete im Verteidigungsministerium, dieser ganze Mist. Vom ersten Tag an! Nicht, dass es mich interessiert hätte, die politischen Parolen der ganzen Clique konnten mir gestohlen bleiben, aber komisch war es schon.«

»Dann distanzierte er sich also von den anderen?«

»Das war ja gerade das Merkwürdige.« Rebecka Westers Stimme klang jetzt schriller. »Tagsüber lebte er sein neues Leben, aber abends tauchte er in der Wohnung am Tegnérlunden auf, mit diesem selbstzufriedenen Grinsen, das er sich während der letzten Monate in Uppsala angewöhnt hatte. Trotzdem wollte er etwas Abstand halten, denn *ihm* haben sie natürlich angeboten, in die Wohnung einzuziehen, nur bei mir waren sie der Meinung, dass ich bloß der großen Revolution im Weg stehen würde. Allerdings lehnte er das Angebot dankend ab, und das hat mich nun wirklich gewundert.«

Natalie lauschte aufmerksam ihren Worten. Jeden Moment würde Rebecka Wester abgeholt werden, und sie wollte jedes noch so winzige Detail wahrnehmen.

»Was meinen Sie damit, dass Laurén in Stockholm zu seinem früheren Leben zurückkehrte? Vielleicht traf er sich ja nur mit seinen alten Freunden.«

»Es war mehr als das, meine Liebe. Ich weiß noch, wie er einmal einen Artikel darüber schrieb, dass sich die Sozialdemokratie deutlich nach links abgrenzen und die guten Beziehungen zu den USA pflegen müsse. Ich fand den Artikel aufgeschlagen bei Calle, und selbst ich kapierte, dass das irgendwie seltsam war. Ein paar Wochen später stand er in der Wohnung am Tegnérlunden und lästerte mit den gleichen Bolschewisten, vor denen er kurz vorher gewarnt hatte, über die Amerikaner.«

»Wie reagierten sie darauf?«

»Ehrlich gesagt habe ich das nie ganz verstanden. Ich habe Calle mehrmals danach gefragt, aber offenbar wollte er nicht darüber sprechen, jedenfalls nicht mit mir. Manchmal hatte ich das Gefühl, dass ihn etwas bedrückte. Es kam mir vor, als würde er selbst nicht ganz verstehen, was mit Peter los war. Gleichzeitig zog Erik sich immer mehr zurück. Im letzten Jahr vor Eriks Verschwinden war irgendetwas nicht mehr so, wie es sein sollte.«

Auf einmal schaute Rebecka Wester zum Ausgang. Natalie folgte ihrem Blick und sah einen Mann, der in der Tür zur Bar stand. Groß und gepflegt, die Autoschlüssel in der Hand schwingend. Rebecka Wester winkte und signalisierte ihm, dass sie sofort kommen würde.

»Mein Chauffeur ist da. Ich fürchte, meine Geschichten

haben Ihnen nicht viel gebracht, aber ich hatte Sie ja am Telefon gewarnt, Sie sind selber schuld. Schreiben Sie ein paar nette Dinge über Erik.« Sie warf sich die Handtasche über die Schulter und hauchte einen Kuss auf Natalies Wange. »Grüßen Sie Calle, wenn Sie ihn sehen. Ist er immer noch so ein kleines, sexy Miststück?«

Natalie lächelte und nickte. Rebecka Wester ging lachend und auf leicht schwankenden Beinen zur Tür. Aus der Ferne sah Natalie, wie ihr Mann mit den Augen rollte, sich umdrehte und zum Parkplatz vorging.

Ich muss Meijtens anrufen, dachte Natalie. Am Eingang fand sie ein Münztelefon, aber es war besetzt. Während sie wartete, ging mit schnellen Schritten ein großgewachsener Mann an ihr vorbei. Er hatte zwei Tische weiter gesessen und Zeitung gelesen. Sie hatte sich Sorgen gemacht, dass er sie belauschen könnte, aber ein Außenstehender hätte mit dem Inhalt ihres Gesprächs herzlich wenig anfangen können. Irgendetwas war mit diesem Mann, was eine Erinnerung in ihr wachrief, die sie einfach nicht zu fassen bekam.

Sie schaute auf den Parkplatz hinaus, wo Rebecka Wester mit ihrem Mann zu einem großen, glänzenden Auto ging. Er half ihr mit der Golftasche, und sie lachte laut und hatte den Arm um seine Taille geschlungen. Eine glückliche und ganz normale Frau in einer, wie Natalie annahm, glücklichen und ganz normalen Ehe. Niemand, der sie sah, konnte ahnen, dass sie dem größten schwedischen Spion aller Zeiten beigebracht hatte, wie man Walzer tanzte.

40

Meijtens lehnte sich gegen das Gitter des französischen Balkons und spürte, wie sich die kalte Luft den Weg unter seinen Kragen bahnte. Er trank noch einen Schluck Wein, ohne Natalie aus den Augen zu lassen.

»Okay, Bertil, abgemacht«, sagte sie und presste den Telefonhörer gegen das Kinn, während sie schrieb. Nach einigen Abschiedsfloskeln legte sie auf und streckte sich.

»Morgen früh um neun, er und Rydman«, sagte sie.

Meijtens erhob sein Glas, um ihr zuzuprosten, und sie bückte sich und nahm ihr Glas vom Fußboden.

»Bertil hat mit Rydman gesprochen, der sich natürlich sträubt. Aber er ist nicht dumm, er sieht ein, dass sich die Fakten nicht mehr leugnen lassen«, fuhr Natalie fort. »Er scheint sogar zu akzeptieren, dass du wieder im Boot bist, obwohl Bertil und er zuerst protestiert haben.«

»Und seine lebenslange Freundschaft mit Laurén?«

Natalie runzelte die Stirn und studierte die Decke.

»Ich denke, so, wie die Dinge jetzt liegen, liest er die Nachricht trotz allem lieber in seiner eigenen Zeitung als bei einem Konkurrenten. Man sollte diese langjährigen Beziehungen auch nicht überschätzen.«

Meijtens legte den Kopf in den Nacken und lachte.

»Dagegen ist er in die Luft gegangen, als ich ihm den Vorschlag machte, dass wir uns zu einem Interview mit Hansson treffen könnten. Da werden wir ihn morgen noch bearbeiten müssen.«

»Es ist nicht auszuschließen, dass Hansson sich weigern wird, mit uns zu sprechen«, sagte Meijtens. »Wir haben noch ein hartes Stück Arbeit vor uns, bis wir genug zusammenhaben, um ihn von Erik Lindmans Unschuld zu überzeugen, und noch mehr, bis wir beweisen können, dass Laurén mit Sicherheit Tristan ist. Dass ein sowjetischer Spion Verbindungen zu den schwedischen Geheimdiensten hatte.«

Natalie stand auf wackeligen Beinen auf, ging zum Tisch und verteilte, ohne zu fragen, den letzten Rest Wein auf ihre Gläser. Dann setzte sie sich vor dem französischen Balkon neben ihm auf den Fußboden.

»Gott, tut die frische Luft gut«, sagte sie und schloss die Augen. »Wenn Hansson sich weigert, gibt es andere, mit denen wir reden können. Diesmal werden die Gespräche mit Terselius und Wijkman anders verlaufen.«

Sie saßen schweigend nebeneinander und tranken aus ihren Gläsern.

»Wie sollen wir die Interviews angehen, wenn wir eine zweite Chance bekommen?«, fragte Meijtens schließlich.

»Wir bekommen eine zweite Chance. Ich denke, wir fangen damit an, Sonia Terselius mit dem Telefonat aus China zu konfrontieren, das dürfte sie ein bisschen überrumpeln. Anschließend fragen wir sie, warum sie sich damals von Laurén hat scheiden lassen.«

»Ein ziemlich harter Einstieg, findest du nicht?«

»Stellst du etwa Natalie Petrinis Interviewtechnik infrage?«

Das tat er natürlich nicht. »Und Wijkman?«

Natalie dachte eine Weile nach. »Ich weiß, was ich ihn fragen *will*. Wie viel er von alldem begriffen hat und wem gegenüber er sich zu Loyalität verpflichtet fühlt. Seinem alten Freund, der ein Leben in albanischen Gefängnissen verbringen musste, oder den Idealen, die er schon vor zwanzig Jahren aufgegeben hat. Warum hat er Laurén all die Jahre gedeckt?«

»*Wenn* er das getan hat«, wandte Meijtens ein. »Das wissen wir nicht.«

»Aber wir glauben es.« Sie schloss erneut die Augen. »Okay, du hast recht. Das ist kein besonders guter Einstieg. Ich glaube, ich fange lieber damit an, ihn nach den Artikeln in der Stiernspetzaffäre zu fragen. War das seine eigene Idee? Und dann möchte ich alles über seine Zusammenarbeit mit Laurén im Laufe der Jahre hören.«

Sie öffnete die Augen und lächelte ihn an, klatschte ihm freundschaftlich auf den Schenkel, stand auf und wankte zur Tür.

»Und Laurén selbst?«, rief er ihr hinterher. »Was willst du ihn fragen?«

Natalie blieb stehen und stützte sich an einem Bücherregal ab. »Da gibt es natürlich eine ganze Menge Dinge, die uns interessieren. Welche Rolle spielte er, als Erik Lindman verraten wurde und in Albanien festsaß? War seine Rückkehr zu den Sozis und den Falken im Geheimdienst nur ein Deckmäntelchen, oder ist unser Freund Laurén eine komplexere Gestalt? Aber ich glaube, das ist eine Sache für dich. Und natürlich für den Staatsschutz.«

Dann drehte sie sich zu Meijtens um. »Ich will nur wissen, warum er es getan hat. Ging es um unglückliche Liebe und Eifersucht oder um eine echte Überzeugung? Danach werden sie ihn bei den Vernehmungen nämlich nicht fragen. Wahrscheinlich weiß er es selbst nicht.«

»Stimmt, die Vernehmungen. Wann schalten wir eigentlich die Polizei ein?«

»Wenn wir genug Material haben, um exklusiv die Nachricht zu bringen, dass Erik Lindman und wahrscheinlich auch Henric Stiernspetz unschuldig waren und beiden die Schuld für Lauréns Spionage in die Schuhe geschoben wurde. Vorher müssen wir uns noch einige Dinge bestätigen lassen.«

»Aber wenn wir davon ausgehen, dass sowohl Erik Lindman als auch Salling ermordet wurden, sind wir dann nicht verpflichtet, Tilas anzurufen?«

Dann dachte er an Sven Emanuel. An den Geruch von eingetrocknetem Schweiß, an dieses eigentümliche Lächeln. Was hatte er noch über einen Schatten gesagt?

Natalie ging zum Barschrank und mixte ihnen – scheinbar willkürlich und ohne ihren Redefluss zu unterbrechen – zwei Drinks. »Lass uns noch einmal darüber nachdenken, bevor wir die Polizei hinzuziehen. Erst müssen wir mit Rydman und Bertil reden.«

Meijtens nahm seinen Drink an und kostete ihn skeptisch. Er schmeckte erstaunlich gut. Anschließend blätterte er in der kärglichen Plattensammlung und legte eine LP von Dexter Gordon auf. Natalie ging rastlos auf und ab, trommelte mit den Fingern auf ihrem Glas herum, ging denkbare Szenarien durch und wie sie mit ihnen umgehen würden. Plötzlich blieb sie stehen.

»Verdammt, Meijtens, wir haben es tatsächlich geschafft.«

Er nickte.

Sie runzelte die Stirn. »Du scheinst das ziemlich gelassen zu sehen?«

Er musterte sein Glas. Seine Gedanken kehrten immer wieder zu dem kleinen Kinderzimmer in Sandviken und zu Åke Sundströms Geschichte zurück. *Er war kein gewöhnlicher Mensch wie Sie und ich.*

»Woran denkst du?«, wollte Natalie wissen.

»Nichts.« Er drehte die Musik lauter.

Statt weiter über Tristan zu sprechen, unterhielten sie sich über anderes. Über Beziehungen, das Leben und die Kindheit. Dinge, über die zwei Menschen reden, wenn sie sich kennenlernen, für die jedoch bisher niemals Zeit gewesen war. Als Meijtens von Hanna erzählte, sah Natalie ihn nachdenklich an.

»Du scheinst es gut zu verkraften.«

»Es war abzusehen. Ich hatte es nicht anders verdient.«

Sie warf ihm einen forschenden Blick zu, öffnete den Mund, als wollte sie etwas sagen, überlegte es sich aber anders und schüttelte den Kopf. »Darüber reden wir ein anderes Mal«, sagte sie schließlich.

Als sie in die Küche gingen, um noch eine Flasche Wein zu holen, merkte er, dass sie beide ziemlich betrunken waren. Während er mit ungelenken Bewegungen die Flasche öffnete, setzte Natalie sich auf den Küchentisch. Inzwischen war es kurz nach zwei. Er hielt den Flaschenhals fest und lehnte seine Stirn gegen ihre.

»Ich denke, du kennst meine Prinzipien, Meijtens«, sagte sie, rührte sich aber nicht.

Er gab ihr einen leichten Kuss auf die Wange. Sie drehte

das Gesicht nicht fort, aber er spürte, wie sie erstarrte, als würde sie passiven Widerstand leisten. Sie griff in seinen Nacken und zog seinen Kopf zurück.

»Das wird nie passieren. Okay?«

Dann küssten sie sich, tastend, aber hungrig.

Natalie packte wieder Meijtens' Nacken und sah ihm in die Augen. »Keine unglückliche Liebe, keine Hoffnung auf mehr. Und erst recht keine Gedanken an Trost wegen einer Kinderärztin, die abgehauen ist. Verstanden?«

Er nickte. Was auch immer.

Als Meijtens endlich begriff, dass es das Telefon war, klingelte es bereits eine ganze Weile. Da war Natalie schon in den Flur geeilt, um abzuheben.

»Ja, hallo. Hier Natalie.«

Ihre Stimme klang weder besorgt noch wütend.

»Bertil? Du rufst um diese Uhrzeit an? Was ist passiert?«

Meijtens stellte sich dicht hinter Natalie. Er legte das Ohr gegen den Telefonhörer und hatte keine Probleme, Bertil Anderssons dröhnende Stimme am anderen Ende der Leitung zu hören.

»Wie gesagt, tut mir leid, dass ich so spät stören muss und so, aber hier ist, gelinde gesagt, die Hölle los.«

»Was ist passiert, Bertil?«, fragte Natalie zum zweiten Mal, und ihre Stimme klang jetzt ernst.

»Hast du den guten Meijtens gesehen?«

Sie schwieg kurz. »Warum fragst du mich das?«

»Ich hoffe, du hast ihn immer schön im Auge behalten.«

»Was meinst du damit? Bist du betrunken?«

»Dann hat er nämlich ein Alibi.«

Sekundenlang sagte keiner ein Wort. Meijtens stand vollkommen still da und hielt fast den Atem an.

»Vor einer halben Stunde ist Peter Laurén ermordet aufgefunden worden, erschlagen auf einer Joggingstrecke draußen auf Lidingö.«

Mittlerweile hatte der Spätherbst Einzug gehalten. Die frische, klare Luft war einer schneidenden und rauen Kälte gewichen. Die bunten Blätter waren von den Bäumen gefallen und vermoderten bereits. Die Dunkelheit war unversöhnlich.

Meijtens sah auf seine Uhr. Halb drei. Das kleine Wäldchen, in dem sie Laurén gefunden hatten, war großzügig abgesperrt worden. Journalisten drängelten sich an den Plastikbändern und versuchten verzweifelt, Kommentare von vorbeikommenden Kriminalpolizisten zu bekommen.

Meijtens stand etwas abseits. Er war kein Journalist mehr. Zumindest gab es keine Zeitung, die seine Beobachtungen abdrucken würde. Und der Einzige, der die Story hätte bestätigen können, an der er gearbeitet hatte, war vor Kurzem tot in einen Krankenwagen getragen worden.

Natalie kam aus der Dunkelheit auf ihn zu.

»Erschlagen. Wie es aussieht, mit einem größeren stumpfen Gegenstand. Ein nächtlicher Spaziergänger mit Hund hat die Leiche gefunden. Das ist alles, was sie wissen, oder zumindest alles, was sie einem sagen wollen. Wir werden auf die Pressekonferenz gehen müssen.«

Wir? Er wollte Natalie gerade danach fragen, als sich eine vertraute Silhouette aus der Gruppe der Polizisten löste und mit großen Schritten auf sie zukam.

»Sieh einer an, Meijtens«, sagte Kriminalinspektor Tilas und zog die dünnen Plastikhandschuhe aus. »Ich hätte eigentlich wissen müssen, dass Sie nicht weit weg sein können.«

Natalie setzte sich ab, und Meijtens blieb alleine mit Tilas zurück, der ihn schmunzelnd betrachtete.

»Sind Sie noch bei *7Plus*? Andersson schien über Ihre kleinen Abstecher ja nicht gerade begeistert zu sein.«

Meijtens zögerte einen Moment, ehe er antwortete. »Nein, da bin ich nicht mehr.«

Tilas beobachtete ihn einige Sekunden, ehe er sich so

drehte, dass sie beide mit dem Gesicht zur Absperrung standen.

»Dieser Mord hängt mit dem anderen zusammen, stimmt's? Mit Erik Lindman?« Tilas klang seltsam desinteressiert, fast gleichgültig.

Meijtens zog unterschiedliche Antworten in Betracht, aber am Ende gab seine Müdigkeit den Ausschlag.

»Ich denke schon«, sagte er.

»Wie lange wisst ihr schon, dass die beiden sich kannten?«

»Seit gestern.«

Tilas zog die Augenbrauen zusammen, und seine Gesichtszüge erstarrten ein wenig, aber er sagte nichts.

»Wir sind gestern auf etwas gestoßen«, verdeutlichte Meijtens, »eine Verbindung zwischen Lindman und Laurén. Vorher sind wir nicht einmal auf die Idee gekommen.«

Er merkte selbst, dass er sich anhörte, als wollte er sich entschuldigen, wartete auf die nächste Frage und war fest entschlossen, dafür zu sorgen, dass Tilas sich gehörig ins Zeug legen musste, wenn er mehr hören wollte. Und ihm im Gegenzug einiges zurückgeben musste. Aber Tilas wandte sich nur wieder der Absperrung zu und nickte. Polizei und Presse waren dabei, den Tatort zu verlassen, es wurde still um sie herum.

»Ich melde mich«, sagte Tilas schließlich. Er drehte sich um und ging auf einen Streifenwagen zu. Im Vorbeigehen gab er Meijtens einen kurzen, fast freundschaftlichen Klaps auf den Oberarm. Das war zweifellos das Überraschendste, was in den letzten vierundzwanzig Stunden geschehen war.

Der Streifenwagen setzte Tilas in einer kleinen Straße einer Eigenheimsiedlung ab. Das Haus war in einer Art funktionalistischem Stil erbaut, der vermutlich als schön galt. Die Fenster im Erdgeschoss waren hell erleuchtet, und er sah die Silhouetten von zwei Streifenpolizisten.

Als er das Wohnzimmer betrat, fand er eine Streifenpolizistin vor, die auf einer Couch saß und den Arm um die Schultern einer hysterisch weinenden Frau gelegt hatte. Tilas nahm an, dass sie Lauréns Witwe war. Die Kollegin wandte sich an Tilas.

»Sie kann keine Fragen beantworten, zumindest heute nicht.« In ihrer Stimme schwang ein selbstgefälliger, autoritärer Ton mit, der ihn reizte. Er sah auf die Uhr, es war fast schon Morgen.

»Das Telefon?«, flüsterte er dem zweiten Polizisten zu, einem verzagten jungen Mann, der offensichtlich am liebsten sehr weit weg gewesen wäre.

Der junge Beamte führte ihn zu einem Arbeitszimmer in der oberen Etage und war eindeutig erleichtert, eine Aufgabe zu haben, selbst wenn sie noch so klein war. Tilas dankte ihm und schloss die Tür hinter sich. Er rief Fahlén an, der jedoch nicht abhob. Danach rief er Fahléns Beeper an, setzte sich und wartete – immer bereit, beim ersten Klingelton das Gespräch anzunehmen.

Währenddessen drehte er sich auf dem Stuhl und schaute sich um. Das Zimmer war ordentlich aufgeräumt, und an zwei Wänden standen Bücherregale, die bis zur Decke reichten. Ein niedrigeres Regal am Schreibtisch war voller Papiere in akribisch geordneten Mappen, und in einem Ständer auf dem Schreibtisch klemmten geöffnete Briefe und Rechnungen.

Er ließ den Blick über die Bücherreihen schweifen. Das Einzige, was die Ordnung störte, waren ein paar Bände auf einem Beistelltisch. Tilas blätterte zerstreut in ihnen, es handelte sich größtenteils um Memoiren und programmatische Schriften von mehr oder weniger bekannten Politikern. Einige waren auf dem Vorsatzblatt mit einer persönlichen Widmung an Laurén versehen.

Vermutlich liegen sie da, damit man in ihnen blättert, dachte Tilas.

Er setzte sich wieder auf den Schreibtischstuhl und starrte das Telefon an. Fahlén würde wahrscheinlich noch ein paar Stunden tief und fest schlafen. Wenn du wüsstest, was ich weiß, dachte Tilas. Er fragte sich, wie viel Meijtens eigentlich begriffen hatte. Es sieht ganz so aus, als hätten sie zu guter Letzt mit etwas Unterstützung von außen eine ganze Menge herausgefunden. Tilas lachte in sich hinein. Aber warum hatten sie nichts geschrieben? Wahrscheinlich weil sie sich nicht sicher waren, sondern nur ahnen konnten, wie alles zusammenhing.

Tilas musterte Lauréns Computer. Er war kleiner und moderner als die Ungetüme, die sie im Präsidium hatten. Er fragte sich, was sie darin finden würden. Vermutlich nichts. Vielleicht kannte seine Frau das Passwort. Es war bestimmt der Geburtstag eines Kindes, der Name des Hundes oder etwas anderes in der Art. Oder irgendwo lag ein Zettel, auf dem es notiert war. Gedankenverloren hob er die Schreibtischunterlage an, um sich die Zeit zu vertreiben, bis Fahlén anrufen würde.

Es gab keinen Zettel mit dem Passwort. Aber etwas anderes. Tilas hielt das Foto behutsam zwischen Daumen und Zeigefinger. Es war eine alte Schwarz-Weiß-Aufnahme, deren Maße Tilas sehr bekannt vorkamen. Er drehte sie um und entdeckte zwei Flecken, wo die beiden Klebestreifen gesessen hatten. Dann drehte er das Bild wieder um und studierte es aufmerksam. Es war ein Gruppenfoto von vier jungen Menschen. In der Mitte stand ein kleiner Mann, der seine lange Tolle lässig zur Seite geworfen hatte. Er grinste breit und hielt eine Weinflasche in der Hand.

Ein anderer junger Mann beugte sich über ihn und lachte. Ein lautes, offenes Lachen und ein klarer, in die Kamera gerichteter Blick. Tilas erkannte Erik Lindman von den Jugendbildern, die sie bekommen hatten, und von den anderen Schnappschüssen in Sallings Album. An seiner Seite, den Arm um Lindmans Taille und den Kopf auf seine Schulter gelegt, stand eine auffallend hübsche Frau, deren Haare hochgesteckt waren, wie es die Mode Anfang der Sechzigerjahre vorschrieb.

Schräg hinter ihnen, steif und mit einem schüchternen Lächeln, stand die vierte Person. Der Mann unterschied sich von den anderen nicht nur durch seine korrekte Kleidung und Haltung. Ihm schien etwas von der selbstverständlichen Selbstsicherheit zu fehlen, die alle anderen ausstrahlten. Tilas war sich nicht sicher, hatte aber den Eindruck, dass er verstohlen zu der Frau hinüberblickte. *Die Clique aus Uppsala öffnet eine Weinflasche.* Der vierte Mann kam Tilas bekannt vor, und er hielt das Foto vor das Familienporträt, das auf dem Schreibtisch stand. Gut fünfundzwanzig Jahre lagen zwischen den beiden Bildern, aber es gab keinen Zweifel. Peter Laurén hatte sich im vergangenen Vierteljahrhundert kaum verändert.

Tilas steckte das Foto in eine kleine Plastiktüte, die er in die Innentasche seines Jacketts legte. Er wusste, dass sie Sallings Fingerabdrücke darauf finden und somit feststellen können würden, dass dieses Bild aus dem Album stammte, das aufgeschlagen in der Wohnung des toten Mannes gelegen hatte. Stellte sich nur die Frage, was sie mit dieser Erkenntnis anfangen sollten.

Aus irgendeinem Grund ärgerte es Tilas plötzlich, dass Laurén so unbesonnen gewesen war, das Foto nicht verschwinden zu lassen.

»Wie kann man nur so nostalgisch werden«, murmelte er.

Dann musste er an das Treffen mit den Beamten vom Staatsschutz und deren Kollegen vom Militär denken und konnte sich ein Lächeln nicht verkneifen. Die selbstgefällige Miene dieses schonischen Rittmeisters Hansson, als er sein Dossier geöffnet und ihm einen Vortrag über Lauréns Vortrefflichkeit gehalten hatte.

»Wenn Peter Laurén nicht gewesen wäre, hätten wir niemals mit Sicherheit feststellen können, dass Lindman ein Spion war«, hatte Hansson gesagt. »Laurén hatte schon vorher zu einer Gruppe zuverlässiger Informanten innerhalb der sozialdemokratischen Partei gehört. Zwei Tage nach Lindmans Verschwinden suchte er uns auf und erzählte, er sei ein flüchtiger Bekannter Lindmans und habe Grund zu der Annahme, dass dieser sich nach Moskau abgesetzt habe. Angesichts dessen, was wir vorher bereits über einen Spion im Staatsapparat wussten, und mithilfe von Lauréns ergänzenden Informationen waren wir uns dann so sicher, dass uns eine landesweite Fahndung befugt schien. Er hat uns auch bei einer späteren Gelegenheit entscheidende Hinweise in einer heiklen Angelegenheit mit unmittelbarer Bedeutung für die Gegenspionage zukommen lassen.«

»Bla, bla, bla«, murmelte Tilas, während er sich an die Szene erinnerte.

»Wie durch eine Ironie des Schicksals war er später einige Jahre mit der Frau verheiratet, mit der Lindman zum Zeitpunkt seines Verschwindens verlobt war«, hatte Hansson gemeint. »Eine übertriebene und unmotivierte Fokussierung auf sie und andere alte Bekannte könnte Laurén schaden und unnötige Aufmerksamkeit auf uns lenken.«

Tilas schnaubte. Ihr armseligen, inkompetenten Geheimniskrämer, euch hat man so richtig an der Nase herumgeführt, dachte er und freute sich schon darauf, ihnen alles ins Gesicht zu schleudern, was er wusste – Fahlén, den Staatsschutzbeamten und diesem Rittmeister vom Generalstab.

Aber im Grunde seines Herzens wusste er, dass er das niemals tun würde. Wozu sollte das gut sein? Der Schuldige war tot, und es würde nicht leicht sein, das gesamte Establishment von der unerhörten Wahrheit zu überzeugen, dass Peter Laurén, diese Stütze der Gesellschaft, ein Spion und wahrscheinlich auch dreifacher Mörder gewesen und am Ende aller Voraussicht nach von seinen Auftraggebern ermordet worden war, als der Boden unter seinen Füßen zu heiß wurde. Tilas zuckte mit den Schultern. Am besten hielt er sich zurück.

Dann zog er das Foto aus der Tasche und lächelte. Er würde bei dieser Geschichte nicht leer ausgehen. Jetzt hatte er eine kleine Versicherung gegen zukünftige Gemeinheiten in den Händen. Sie würden ihn nie mehr dazu zwingen können, zu diesen Treffen zu gehen.

41

Im Možels wurde Meijtens' Rückkehr zunächst bejubelt. Plötzlich tauchte er Abend für Abend dort auf, was auch einen Teil seiner Vormittage in Anspruch nahm, da er am nächsten Tag selten vor zwölf Uhr aufstand. Die Nachmittage verbrachte er unter anderem damit zu prüfen, ob sich einige seiner alten Vorlesungen in Artikel für die neue Zeitschrift *Geschichte für alle* umarbeiten lassen würden. Allerdings war er nicht sonderlich weit gekommen, und überall in seiner Wohnung stapelte sich noch das Material zu Erik Lindman. Er räumte es nicht beiseite, sondern schwamm stattdessen immer längere Strecken im Forsgren Bad.

Alle beklagten natürlich seine Entlassung, aber es war unübersehbar, dass sie zur allgemeinen Auffassung von dem großen Zeitungskonzern passte, die man im Možels hatte. Sie dankten ihrem glücklichen Stern dafür, dass sie kreative Lösungen für die Sicherung ihres Lebensunterhalts gefunden hatten und gar nicht erst in Versuchung gerieten, den Lockrufen kommerzieller Medien nachzugeben.

Keiner sprach es offen aus, aber es wurde gemunkelt, dass der Grund für Meijtens' Entlassung die Berichterstattung der letzten Zeit über Sjöhage und die Stadtverwaltung war. Ein paar Tage zuvor hatte die konkurrierende Tageszeitung einen neuen Artikel zu dem Thema veröffentlicht. Er war aus einem völlig anderen Blickwinkel geschrieben und siedelte die Verantwortung für die Vorfälle viel höher in der politischen Hierarchie an. Meijtens erklärte gereizt, diesen Artikel habe er damals schreiben wollen. Er sei froh, dass nun die wahre Geschichte ans Licht gekommen sei, und es sei ihm scheißegal, wer sie geschrieben habe oder wo. Die anderen wechselten vielsagende Blicke und wandten sich anderen Themen zu.

Später am selben Abend kam es zu einem unangenehmen Zwischenfall. Man hatte sich über den Tod der Ideologien und die erstarrte Ästhetik des Idealismus ausgelassen. Es war schon spät, und alle hatten große Mengen Wein getrunken. Die Diskussionsbeiträge wurden immer treffsicherer, als Meijtens die ganze Stimmung mit einem überraschenden Wutanfall verdarb. Er, der doch bekannt war für seine Zynismen, schwang nun Reden über Werte und Wahrheiten. Lallte, die Welt sei voller Helden, die aber eher selten im Možels vorbeischauten. Keiner verstand auch nur ein einziges Wort, aber einige fühlten sich angegriffen.

Als er mit der Begründung ging, er habe am nächsten Tag etwas Wichtiges vor, kaufte ihm das keiner ab, und alle gingen davon aus, dass es einige Zeit dauern würde, bis er zurückkehrte.

Meijtens kettete sein Fahrrad vor dem Eingang des Waldfriedhofs an einen Poller. Er zog die kleinen Spangen ab, die er benutzt hatte, um seine Anzughose zu schützen, und rückte die schwarze Krawatte gerade. Anschließend schloss er die Augen und atmete tief durch, ehe er langsam zur Bestattungskapelle ging.

»Also, weshalb trauerst du?«, hatte Jakub ihn gefragt, als sie sich zwei Tage zuvor getroffen hatten. Sie hatten ihre Plastikbecher genommen und sich mit dem Kaffee auf eine Bank vor der Universitätsbibliothek gesetzt. »Weil der Schuldige davonkommt oder weil die Unschuldigen nicht reingewaschen werden? Oder geht es möglicherweise um etwas anderes, weniger Edles?«

Zu Meijtens' Erstaunen hatte Jakub die Nachricht von Peter Lauréns Schuld und Tod mit erhabener akademischer Gelassenheit aufgenommen. Verschwunden war das fast fieberhafte Interesse, das er für ihre Nachforschungen gezeigt hatte. Aber das tragische und enttäuschende Ende der Geschichte entsprach eben nur zu gut Jakubs Weltbild.

»Könnte es vielleicht sogar so sein, dass du um die Anerkennung trauerst, die dir nie zuteilwurde, um den Erfolg, der dir verwehrt geblieben ist?«

Meijtens wand sich, und Jakub lachte glucksend. Offenbar betrachtete er Meijtens' Schweigen als ein Eingeständnis.

»Erfolg und Ehre sind höchst unzuverlässige Mätressen, mein Freund. Wenn du dich glücklich vermählen willst, dann mit der Arbeit, die sich selbst genug ist. Wahre Liebe ist niemals glanzvoll.«

Er erkundigte sich, was Meijtens nun vorhabe, worauf Meijtens keine Antwort wusste.

»Hast du mal darüber nachgedacht, an die Uni zurückzukommen? Nein, nein, schon klar. Ich mache dir keine Vorwürfe. Ich kann dir berichten, dass die diesjährige Versammlung von Schwachköpfen schlimmer ist als je zuvor.«

Nein, dachte Meijtens, zu Automatenkaffee und dem Schwelgen in Misserfolgen werde ich niemals zurückkehren.

Sie verabschiedeten sich, ohne ein nächstes Treffen zu verabreden. Während Meijtens sein Fahrrad aufschloss, blieb Jakub neben ihm stehen.

Plötzlich sagte er: »Seit du gegangen bist, ist es nie mehr so gewesen wie früher.«

Meijtens sah ihn überrascht an. Jakub war ein wenig in sich zusammengesunken und wirkte ausnahmsweise keinen Zentimeter größer als seine ein Meter fünfundsechzig.

Ehe Meijtens ihm antworten konnte, hatte er auf dem Absatz kehrtgemacht und war ins Gebäude geeilt.

Meijtens sah auf die Uhr und warf einen Blick auf die Bestattungskapelle. Einige Menschen gingen auf den Wegen entlang, die zu den zahlreichen Grabstätten führten, ansonsten lag völlige Stille über diesem Ort. Die Sonne schien, aber es war kalt. Er ging langsamer, wollte erst ankommen, wenn die Trauerfeier begann, und keine Minute früher.

Es kam ihm wie ein seltsames Ende seiner Suche nach der Wahrheit über Erik Lindman vor, aber es war auch nicht seine eigene Idee gewesen. Lillemor Lindman hatte ihn zwei Tage zuvor angerufen.

»Es hat uns gefallen, was Sie in der Zeitung über Erik geschrieben haben. Dass er vielleicht unschuldig sein könnte. Das hat vorher noch keiner geschrieben.«

Sie hatte aufrichtig dankbar geklungen, und Meijtens hatte sich geschämt. Er wusste genau, sie hätten mehr schreiben müssen.

»Die Beerdigung hat sich hinausgezögert, aber das ist heutzutage anscheinend so. Jedenfalls ist sie am Montag. Wir haben beschlossen, Erik in Stockholm begraben zu lassen, mein Mann hat so viele Rechnungen offen mit der Stadtverwaltung hier oben, und Eriks Freunde sind doch alle da unten. Es kam uns richtiger vor.«

Meijtens erwiderte, dass er das gut nachvollziehen können und das stimmte auch. Er erinnerte sich an die düstere Wohnung und das kleine Kinderzimmer. Das war nicht Erik Lindmans Welt gewesen.

Die kleine Schar von Trauernden begab sich gerade in die Kapelle, als Meijtens eintraf. Er sah die Eltern als Erste hineingehen. Arvid Lindman ging gekrümmt und steif, seine Frau stützte ihn und trug den Kopf hoch. Sie nickte Meijtens freundlich zu.

Kurz dahinter kam Sonia Terselius. Ihr Blick war leer, und er fragte sich, was sie wohl dachte. Ihr verschwundener Verlobter wurde nur wenige Tage nach dem Mord an ihrem früheren Mann beerdigt. Vor allem aber fragte er sich, was sie wusste.

Einen Schritt hinter ihr, wie ein heimlicher Beschützer, ging Carl Wijkman. Seine Stirn war gerunzelt, und seine angespannten Kiefer hielten die Unterlippe wie in einem Schraubstock.

Es gab andere, die er nicht erkannte, aber viele von Erik Lindmans alten Freunden hatten offenbar beschlossen, lieber zu Hause zu bleiben. Meijtens setzte sich ein wenig abseits der übrigen Trauergäste, denn er war sich seines Status als Außenstehender bewusst. Als er sich gerade niederlassen wollte, kam Sonia Terselius auf ihn zu, ihr Gesicht war bleich, und sie zitterte vor Wut.

»Was haben Sie hier zu suchen? Haben Sie nicht schon genug Schaden angerichtet?«, fauchte sie.

Meijtens stammelte etwas über Lillemor Lindmans Einladung, als Åke Sundström ihm zur Hilfe eilte.

»Setz dich, Sonia. Setz dich, und beruhige dich.«

Sie ging zu ihrem Platz, aber auf halbem Weg machte sie noch einmal kehrt und ging erneut zu Meijtens.

»Sie sind ein Geier. Ein Aasgeier«, zischte sie, und Meijtens hatte in seinem Leben noch nie das Gefühl gehabt, so gehasst zu werden.

Er schaute sich um und entdeckte Johan Rooth, der ihn aufmerksam beobachtete. Seine Augen waren schmal und die Lippen zusammengekniffen, als wäre Meijtens ein Fleck auf dem Teppich, der einfach nicht herausgehen wollte. Als sich ihre Blicke begegneten, nickte Rooth ihm zu, jedoch ohne seinen missbilligenden Gesichtsausdruck abzulegen.

Schließlich begann die Trauerfeier, und Meijtens war erleichtert. Ein Gitarrist spielte ein Stück, das Meijtens für ein irisches Volkslied hielt. Er sah, dass Wijkmans Kopf im Takt der Musik wippte, und nahm an, dass er die Musik für die Feier ausgewählt hatte.

Er hörte jemanden in die Kapelle kommen und drehte sich um. Überrascht sah er Frieda Stiernspetz mit einem Blumenstrauß in der Hand an der Tür stehen. Sie kam mit wiegenden Schritten herein und setzte sich neben Meijtens.

Die Trauerrede hielt Wijkman. Er stand mit der Selbstverständlichkeit des geübten Redners auf, ließ eine Hand über die Vorderseite seines schwarzen Jacketts gleiten und schloss einen Knopf. Meijtens stellte fest, dass seine Rede weder ein Pamphlet noch Schönfärberei war und dass er frei, ohne Manuskript sprach: über einen außerordentlich begabten Menschen, dessen Maßstab im Leben sein Erfolg hätte sein können, der sich jedoch von anderen Idealen hatte leiten lassen. Als er über die Opfer sprach, zu denen das geführt habe und die man nur erahnen könne, ballte er die Hände zu Fäusten und schloss kurz die Augen.

Vor einem Monat hätte ich das für Floskeln gehalten, dachte Meijtens. Aber als Wijkman erzählte, wie Erik Lindman sie alle berührt und verändert hatte, wusste Meijtens auf einmal, wie die Antwort auf Jakubs Frage lautete. Plötzlich wusste er, worum er trauerte. Im selben Moment spürte er Frieda Stiernspetz' trockene und knochige Hand in seiner. Er nahm sie und drückte sie fest.

Sie defilierten am Sarg vorbei. Wortlos hakte Frieda Stiernspetz sich bei Meijtens ein, und sie gingen zusammen. Als er ihr nach vorne half, damit sie ihre Blumen niederlegen konnte, sah er eine Träne über ihre Wange laufen. Nach einem weiteren Gitarrenstück und einem Gedicht von Göran Sonnevi, das jemand vortrug, war es vorbei. Jedenfalls dachten das die Trauergäste. Doch dann erhob sich Arvid Lindman und stimmte, den Blick fest auf den Sarg gerichtet, die Internationale an. Anfangs leise und krächzend, dann immer überzeugter und sicherer, je besser er die richtige Tonlage fand.

Die übrigen Trauernden erhoben sich, anfangs unsicher und eher aus Rücksicht auf den Vater des Verstorbenen als wegen des Lieds. Doch schließlich standen sie alle da, und

Meijtens ließ den Blick über die Trauergemeinde schweifen. Manche sangen mit, andere bewegten pflichtschuldig ihre Lippen, und wieder andere – er selbst und Frieda Stiernspetz eingeschlossen – standen nur aus Respekt. Wijkmans Lippen bewegten sich mechanisch, und sein Blick war auf den Sarg gerichtet. Sonia Terselius sang laut und schön, ihre Altstimme füllte die kleine Kapelle, und Meijtens sah, dass sie weinte.

Als sie die Kirche verließen, hakte Frieda Stiernspetz sich erneut bei Meijtens ein. Er war ihr dankbar, weil er davon ausging, dass dies weitere Attacken von Sonia Terselius verhindern würde. Sie gingen auf den Friedhof hinaus.

»Henric liegt hier begraben. Ich würde gerne sein Grab besuchen«, sagte Frieda Stiernspetz.

Meijtens nickte und begleitete sie auf einem der schmalen Waldwege, die zu den Gräbern führten. Offenbar kam Frieda Stiernspetz oft hierher, denn sie führte ihn zielstrebig zwischen den Grabsteinen entlang. Dann blieben sie einige Minuten schweigend vor dem sorgsam gepflegten Grab stehen.

»Wissen Sie, was es war?«, fragte sie ihn schließlich. »Was Erik Lindman mich fragen wollte, bevor er starb?«

Er sah sie an. Hatte sie ihn so entschlossen mitgenommen, um ihm diese Frage zu stellen?

»Ich denke, ich weiß es«, erklärte er schließlich. »Er wollte Sie fragen, ob Ihr Mann Kontakt zu einer ganz bestimmten Person hatte.«

»Und was hatte diese Person mit Henric und Erik Lindman zu tun?«

»Er war der Spion. Den beiden wurde zu unterschiedlichen Zeitpunkten und in unterschiedlichen Zusammenhängen die Schuld für seine Verbrechen in die Schuhe geschoben.«

Er hatte das Gefühl, ihr noch etwas schuldig zu sein, weshalb er ihr von dem Überläufer in Den Haag und von Sorokin erzählte, von den Informationen über Tristan, für die eine Erklärung gefunden werden musste, um den Staatsschutz und die militärische Spionageabwehr zu beruhigen.

Sie betrachtete das Grab. »Warum hat man ausgerechnet Henric die Schuld in die Schuhe geschoben?«

»Ich weiß es nicht, aber es könnte Zufall gewesen sein. Er hatte Zugang zu den gleichen Informationen, und sie haben diese alte Geschichte ausgegraben. Vermutlich fanden sie, dass er ein geeigneter Kandidat war.«

Sie schauderte, und Meijtens bereute seine Wortwahl.

»Und warum wurde Erik Lindman geopfert?«

»Ich glaube, in seinem Fall lagen die Dinge etwas komplizierter.«

»Dieser Spion, Tristan, hat Erik Lindman ermordet?«

»Wahrscheinlich. Wenn er es nicht selbst getan hat, dann war es ein anderer in seinem Auftrag.«

Sie schwiegen erneut. Sonnenstrahlen fielen zwischen den Kiefern hindurch, und einige Gräber weiter kämpfte ein älterer Herr damit, Heidekraut in die kalte Erde zu pflanzen.

»Werden Sie über das Ganze schreiben?«, fragte sie schließlich.

»Wahrscheinlich nicht.«

»Wird es ein anderer tun?«

»Das glaube ich nicht.«

Sie wandte sich zu ihm um. »Warum nicht?«

»Weil Tristan tot ist. Weil es schwer zu beweisen ist. Und vor allem weil es zu viel Staub aufwirbeln würde. Viele finden bestimmt, dass zwei unschuldig Angeklagte zu leicht wiegen.«

»Ich nicht«, entgegnete sie und strich mit den Fingerspitzen über den Rand des Grabsteins.

Als sie zurückgingen, wurde Meijtens schlagartig bewusst, dass sie ihm die zentrale Frage nicht gestellt hatte. Die nach Tristans Identität. Er fragte sich nach dem Grund. Dann sah er Åke Sundström auf einer Bank gegenüber der Kapelle sitzen. Er starrte ins Leere, als hätte er keine Gefühle mehr in sich. Frieda Stiernspetz folgte seinem Blick.

»Das muss schwer für ihn sein«, sagte sie. »So seinen Jugendfreund zu verlieren, ohne die Chance zu haben, noch einmal mit ihm zu sprechen. Schrecklich.«

Meijtens nickte. Ein Windstoß wirbelte Herbstlaub auf. Irgendetwas in seinem Unterbewusstsein störte ihn, aber er kam nicht darauf, was es war.

Frieda Stiernspetz lehnte sein Angebot ab, sie zur U-Bahn zu begleiten. »Ich bin zwar ein altes Monstrum, aber trotz allem noch ganz gut zu Fuß.«

Sie küsste ihn auf beide Wangen und klopfte ihm zärtlich auf die Schulter. »Sie haben getan, was Sie konnten, Tobias Meijtens.«

Als er sein Fahrrad aufschloss, fiel ihm plötzlich ein, welche Erkenntnis in seinem Hinterkopf gekeimt hatte. Er lief ihr hinterher und rief ihren Namen. Sie drehte sich auf der Stelle um, als hätte sie geahnt, dass er zu ihr kommen würde, ob nun jetzt oder später. Mit einem freundlichen, aber bestimmten Lächeln bremste sie ihn, noch ehe er etwas sagen konnte.

»Es reicht, mein Freund, Sie haben genug getan. Lassen Sie die Dinge auf sich beruhen. Manchmal ist es besser so.«

Anschließend wandte sie sich wieder um, und Meijtens sah ihr nach, als sie mit rheumatischen, aber festen Schritten zur U-Bahn-Haltestelle ging.

42

Meijtens trug ihren Kaffee zu einem Tisch im Freien. Natalie hüllte sich in eine Decke und rückte näher an den Heizstrahler heran. Sie blickte zum Wasser der Nybroviken hinab und hielt die Tasse zwischen ihren Händen. Der Verkehr rauschte vorbei, und gestresste Menschen auf Einkaufstour eilten auf dem Bürgersteig vorbei. Keiner beachtete die beiden Cafégäste, die als Einzige der Kälte trotzten.

Natalie hatte sich weder bei ihr noch bei ihm zu Hause treffen wollen. Meijtens ahnte den Grund. Außerdem konnten sie wahrscheinlich keinen besseren Ort finden, um sich ungestört zu unterhalten.

Sie hatten sich ein paar Tage nicht gesehen, aber keiner sagte besonders viel. Natalie wirkte unausgeschlafen. Die Zeitungen hatten eine Reihe von Artikeln über den Mord an Laurén gebracht und ihn als Wahnsinnstat irgendeiner Gang eingestuft. Ein paar betrunkene Jugendliche, die einen einsamen Jogger mit einem Eisenrohr erschlagen hatten, ohne zu wissen, dass es sich bei ihm um einen Mann mit Macht und Einfluss handelte. Natalie bemerkte, dass man, wenn man in einem vornehmen Wohnviertel auf der Reicheninsel Lidingö einen Jogger mittleren Alters erschlug, im Grunde schon damit rechnen müsse, eine wichtige Persönlichkeit zu erwischen.

»Rydman wird für die nächste Ausgabe höchstpersönlich einen groß aufgemachten Nachruf schreiben«, erzählte sie. »Er hat regelrechte Begräbnisstimmung verordnet, obwohl praktisch niemand von uns Laurén gekannt hat.« Sie blinzelte Meijtens an. »Du bist übrigens im Moment nicht gerade der Liebling der Saison. Rydman hat mich ziemlich scharf gefragt, ob ich immer noch mit dir zusammenarbeiten würde.«

»Was hast du geantwortet?«

»Nichts.«

Natalie setzte eine Sonnenbrille auf und wandte ihr Gesicht den letzten, herbstlichen Sonnenstrahlen zu.

Nach der Nachricht von Lauréns Tod war das Treffen mit Rydman und Andersson natürlich abgesagt worden. Es gab einfach keine Möglichkeit, der eventuellen Spionagearbeit eines Ermordeten hinterherzuschnüffeln.

»Was hast du jetzt vor?«, fragte Meijtens.

Natalie dachte über seine simple Frage ungewöhnlich lange nach. Schließlich drehte sie sich zu ihm um, behielt die Sonnenbrille aber auf.

»Ich weiß nicht, ob ich dir das schon sagen soll. Es ist nämlich noch nicht offiziell, und du darfst es wirklich niemandem weitersagen.«

Er nickte.

»Sie haben mir London angeboten.«

»London? Wer?«

»Die Fernsehnachrichten. Sie begnadigen mich und bieten mir die Korrespondentenstelle in London an. Vor ein paar Monaten hatte ich mal ein bisschen vorgefühlt, was ich aber schon wieder fast vergessen hatte, als sie mich anriefen.«

Er sah sie erstaunt an, lächelte dann breit und legte die Hand auf ihre Schulter. »Herzlichen Glückwunsch, das meine ich ehrlich.«

»Für mich ist das perfekt«, erwiderte sie. »Nach allem, was privat und beruflich passiert ist. Es ist, ehrlich gesagt, ein tolles Gefühl, wieder Fernsehen machen zu dürfen. Lars freut sich natürlich auch riesig. Das haben wir wirklich gebraucht.«

Das war Natalies deutlichster Hinweis, dass es in ihrer Beziehung zu dem unsichtbaren Bankier Probleme gegeben hatte.

Sie erzählte weiter von ihrem neuen Job, anfangs jedoch tastend, als wäre sie sich nicht ganz sicher, wie Meijtens darauf reagieren würde. Die Aussichten für ihre Karriere und ihr Privatleben sahen immerhin ein wenig positiver aus, als das bei Meijtens der Fall war. Doch weil er interessiert nachfragte, entspannte sie sich und zeigte ihm offen, wie froh und erleichtert sie war.

Mitten in einem Satz brach sie ab.

»Und du, was hast du jetzt vor?«

Meijtens kam es vor, als würde sie sich ein wenig schämen, vielleicht weil sie ihm die Frage erst jetzt gestellt hatte.

»Ich weiß es nicht. Ehrlich gesagt, habe ich darüber noch nicht wirklich nachgedacht.«

»Aber dir ist schon klar, dass jeder Versuch, zu *7Plus* zurückzukehren, zum Scheitern verurteilt wäre?«

Meijtens machte eine abwehrende Geste. »Ja, natürlich, das ist mir klar. Ich habe mich noch nicht entschieden, ob ich überhaupt weiter als Journalist arbeiten möchte, ich habe den Job allmählich ziemlich satt.«

»Das ging aber schnell.«

»So bin ich nun einmal.«

»Keine Geduld?«

»Wie ein kleines Kind.«

Sie lachten wie zwei alte Freunde, die sich blind verstanden. Aber wenn wir uns in ein paar Jahren wiedersehen, werden wir uns höchstwahrscheinlich völlig fremd sein, dachte Meijtens.

»Dir ist bewusst, dass keiner von uns in dieser Sache mit Erik Lindman und Laurén weiterforschen kann?«, fragte Natalie.

»Das ist mir klar.«

Er hatte den Eindruck, dass seine Antwort sie erleichterte.

»Manchmal muss man die Dinge einfach auf sich beruhen lassen«, sagte sie.

Das erinnerte ihn an etwas. Es waren fast die gleichen Worte, die Frieda Stiernspetz am Vortag zu ihm gesagt hatte.

Natalie setzte die Sonnenbrille ab und sah ihn ernst an.

»Wir dürfen den Mord an Laurén nicht auf die leichte Schulter nehmen.«

»Du meinst, das waren keine betrunkenen Jugendlichen? Da hast du natürlich vollkommen recht.«

»Wir werden nie erfahren, wer Laurén ermordet hat, die Täter sind bestimmt schon nicht mehr im Lande. Aber es bleiben trotzdem viele unbequeme Fragen.«

»Zum Beispiel?«

»Warum sie ausgerechnet jetzt beschlossen haben, ihn zu töten. Für seine geheimen Auftraggeber war er doch immer noch eine wichtige Quelle, heute mehr denn je. Also kann es dafür eigentlich nur einen Grund gegeben haben.«

Er nickte, denn er wusste, was sie meinte, aber Natalie sprach trotzdem weiter, als verspürte sie den Drang, es laut auszusprechen. »Wir könnten der Grund dafür gewesen sein. Weil wir die Sache aufgerollt haben. Sie fanden offenbar, dass Laurén für sie zu einer Belastung geworden war. Begreifst du, was das heißt?«

Plötzlich klang sie ängstlich, was überhaupt nicht zu ihr passte. »Sie haben uns im Visier, kapierst du das nicht?«

Meijtens musste zugeben, dass ihre Argumentation nicht von der Hand zu weisen war.

»Aber woher hätten sie wissen sollen, dass wir kurz davor standen, Laurén zu enttarnen?«, fragte er.

Natalie beobachtete die vorübereilenden Menschen.

»Ich fürchte, du hältst mich für verrückt, wenn ich das sage«, meinte sie schließlich, »aber manchmal kam es mir so vor, als würde mich jemand beschatten.«

Sie sah ihn an, wahrscheinlich um zu sehen, wie er auf ihre Worte reagierte.

»Anfangs habe ich gedacht, ich würde es mir nur einbilden. Dass ich zufällig ein paarmal dem gleichen Mann begegnet wäre, aber mittlerweile frage ich mich, ob das stimmt. Könnte es nicht sein, dass uns jemand überwacht hat?«

Meijtens dachte an den Einbruch bei Hanna, wollte Natalie aber nicht noch mehr erschrecken. »Das kann ich mir nicht vorstellen.«

»Dir ist nichts aufgefallen?« Sie klang ängstlich und hoffnungsvoll zugleich.

Er schüttelte den Kopf. »Das kann ich beim besten Willen nicht behaupten. Wie sah dieser Mann denn aus?«

Natalie konnte ihn genau beschreiben, und Meijtens wurde klar, dass sie in den letzten Tagen ziemlich viel über ihn nachgedacht und ihn sich systematisch in Erinnerung gerufen hatte. Nicht nur das Aussehen des Mannes, sondern auch seine Bewegungsmuster und kleine Details in seinem Verhalten.

»Seit Laurén ermordet wurde, habe ich ihn nicht mehr gesehen«, erklärte sie abschließend.

»Wir gehen auf Tauchstation.«

»Jetzt ist es ohnehin unmöglich, noch etwas zu finden.«

Er nickte. Dann lächelte er. *»We'll always have Paris.«*

Sie lachten beide.

Kurze Zeit später brachen sie auf. Sie wolle nach Hause, sagte Natalie. Meijtens ließ sich eine Erledigung am Östermalmstorg einfallen, um einen Vorwand zu haben, in die entgegengesetzte Richtung zu gehen. Sie umarmten sich, und Natalie küsste ihn leicht auf den Hals.

»Du bist ein seltsamer Typ, Tobias Meijtens. Weißt du das?«

Er lachte und küsste sie auf die Stirn.

Danach trennten sie sich – Natalie, um ein neues Leben vorzubereiten, und Meijtens, um jemanden zu treffen. Eine Person, die auffallend gut zu Natalies Beschreibung des mysteriösen Mannes passte.

43

Als Meijtens mit dem Fahrrad zum Fußballplatz fuhr, stellte er fest, dass sich im Vergleich zu jenem Abend vor gut einem Monat kaum etwas verändert hatte. Es spielte dieselbe Jungenmannschaft, und am Rand des Spielfelds ging derselbe Mann auf und ab. Nur die Jahreszeit hatte sich mittlerweile dem Winter genähert. Die Baumwipfel waren kahl, die Jungen trugen Handschuhe, und aus dem Mund des Trainers kamen Atemwolken, wenn er ihnen Anweisungen zurief.

Wie beim letzten Mal dauerte es eine Weile, bis Åke Sundström ihn bemerkte, aber Meijtens glaubte diesmal nicht, dass er bewusst ignoriert wurde. Als sich der korpulente Mann zu ihm umdrehte, sah er für einen Moment ehrlich überrascht aus, fing sich jedoch bald wieder.

»Sieh einer an, der verschwundene Enthüllungsjournalist«, sagte er und wandte sich wieder dem Spielfeld zu.

»Ich wollte mich dafür bedanken, dass Sie mir bei der Beerdigung zur Hilfe geeilt sind. Als Sonia Terselius mich beschimpft hat.«

»Sind Sie extra hergekommen, um mir das zu sagen?«

»Nicht nur.«

Åke Sundström beobachtete ihn, sagte aber nichts.

»Ich dachte, dass es Sie vielleicht auch interessieren könnte, was wir über Erik Lindman herausgefunden haben.«

»Ich nehme an, dass ich das bald in Ihrem Käseblatt lesen kann.«

»Ich arbeite da nicht mehr. Bin gefeuert worden.«

»Na schön, dann werde ich es eben woanders lesen dürfen.«

Meijtens schüttelte den Kopf, aber Åke Sundström hatte sich erneut dem Spielfeld zugewandt und feuerte seine Spieler an.

»Ich arbeite nicht mehr als Journalist, und Sie werden es nirgendwo lesen, nicht, nachdem Peter Laurén ermordet wurde.«

Åke Sundström rief weiter seine Anweisungen, aber es war ihm anzumerken, dass seine Aufmerksamkeit nicht mehr dem Fußballplatz galt.

»Dann also nicht«, sagte er nach einer Weile und spuckte auf die Erde.

»Ich habe mir gedacht, ich komme zu Ihnen und erzähle Ihnen, was wir herausgefunden haben.«

»Ich werde Sie wohl nicht davon abhalten können.«

Åke Sundström ging ein paar Schritte aufs Spielfeld und sagte den Jungen, sie sollten ihre Bälle einsammeln und nach Hause gehen. Erst danach entfernte er sich ein wenig und setzte sich auf eine Bank an der Längsseite des Platzes. Meijtens fasste das als eine widerwillige Einladung auf und folgte seinem Beispiel.

Er fing ganz von vorne an und erzählte, wie sie bei ihrer Arbeit von Erik Lindmans Unschuld ausgegangen waren und ihnen diese Hypothese immer wahrscheinlicher erschienen war, nachdem sie alte Freunde interviewt und Archive durchforstet hatten. Åke Sundström hörte zu, ohne eine Miene zu verziehen. Erst als Meijtens von seinem Interview mit Dr. Pecanin erzählte, sah er echtes Interesse bei ihm aufblitzen. Sundström stellte eine Menge Fragen und bat ihn sogar um Pecanins Adresse.

Meijtens erzählte von Salling, von Richard Salmqvists Brief und von Natalies Gespräch mit Rebecka Wester, und wie sie zu dem Schluss gelangt waren, dass Peter Laurén nicht nur Tristan, sondern aller Wahrscheinlichkeit nach auch ein Mörder war, was sie nun jedoch nicht mehr recherchieren und niemals würden beweisen können. Meijtens klang bei seinen letzten Worten nicht vorwurfsvoll, hoffte aber dennoch, dass sie irgendeine Reaktion hervorlocken würden.

Aber Åke Sundström starrte nur vor sich hin.

»Sie wären ohnehin niemals an ihn herangekommen.«

Meijtens konnte einen gewissen Ärger nicht unterdrücken.

»Und warum nicht?«

Åke Sundström antwortete zunächst nicht, drehte sich dann jedoch langsam zu Meijtens um. »Weil Typen wie Laurén immer davonkommen.«

Keiner von ihnen sagte etwas, und Meijtens fiel auf, wie still es um diese Jahreszeit war.

»Haben Sie es deshalb getan?«, fragte Meijtens schließlich. »Weil Sie überzeugt waren, dass er sonst davonkommen würde?«

Åke Sundström schnaubte. »Wer hat behauptet, dass ich irgendetwas getan habe?«

Meijtens schaute zur anderen Seite des Platzes hinüber und überlegte, wie er seine nächste Frage formulieren sollte. Er beschloss, den Stier bei den Hörnern zu packen.

»Sie sind meiner Kollegin aufgefallen«, sagte er. »Natalie Petrini. Sie hat gemerkt, dass Sie ihr gefolgt sind, und konnte Sie beschreiben.«

»Es ist nicht zufällig so, dass sie mich mit einem der vielen anderen korpulenten und schlampig gekleideten Männer mittleren Alters verwechselt hat, die durch die Straßen der Stadt schlurfen? Rein zufällig. Ich bin ja nicht gerade einmalig. Sie wissen schon, *limited edition*. Von meiner Sorte gibt es eine Menge, trotz aller Bemühungen der Mode- und Kosmetikindustrie.«

Åke Sundström grinste, und aus irgendeinem Grund war es sein unbeholfener Scherz, der Meijtens endgültig überzeugte.

»Ich denke, Sie haben immer geahnt, was los war. Vielleicht wissen Sie auch etwas, was wir nicht wissen. Unsere Artikel haben Sie jedenfalls in Ihrem Verdacht bestärkt, aber Sie waren sich nicht sicher. Als Sie ungeduldig wurden und in der Zeitung nichts mehr erschien, begannen Sie, eigene Nachforschungen anzustellen. Dann gingen Sie dazu über, Natalie zu folgen, und begriffen, welchen Verdacht wir hatten. Dass wir in Erik Lindmans Kreis aus alten Veritas-Mitgliedern nach Tristan fahndeten. Ihnen dämmerte, dass Laurén der Schuldige sein könnte. Ich glaube, dass Sie den größten Teil von Natalies Gespräch mit Rebecka Wester mitgehört haben, vielleicht auch von ihrem anschließenden Telefonat mit mir.«

Er sah Åke Sundström an, der ausdruckslos vor sich hinstierte.

»Aber Sie konnten nicht abwarten, dass es gedruckt wurde. Nicht damit rechnen, dass man Laurén tatsächlich anklagen und verurteilen würde. Weil Männer wie Laurén immer davonkommen.«

»Dann schreiben Sie das«, erwiderte Åke Sundström schulterzuckend. »Schreiben Sie es, und warten Sie ab, was passiert. Falls überhaupt jemand bereit sein sollte, es zu drucken.«

»Ich habe nicht vor, das irgendwo zu veröffentlichen, ich bin kein Journalist mehr. Aber ich möchte es wissen, damit ich das letzte Puzzleteil einfügen kann.«

Åke Sundströms Blick wanderte über das Spielfeld.

»Ich habe Ihnen nichts zu sagen.«

»Da bin ich aber anderer Meinung.«

»An dem Abend habe ich mit ein paar alten Kumpels zusammengesessen und gesoffen. Und die anderen würden Ihnen das Gleiche sagen.«

»Ich will Ihnen nichts anhängen. Egal, wer Laurén erschlagen hat – in gewisser Weise war es gerecht. Das weiß ich vielleicht besser als jeder andere.«

»Manchmal erfährt man die Wahrheit nicht und muss dann eben damit leben. Das weiß *ich* besser als jeder andere. Sie werden damit leben müssen, Ihre Geschichte nicht schreiben zu können, Tobias Meijtens. Ich werde Ihnen stattdessen eine ganz andere Geschichte erzählen.«

Er hob einen Stein auf und warf ihn auf ein unsichtbares Ziel.

»Ich weiß ja nicht, was der alte Lindman über mich und meine Familie erzählt hat, aber besonders nett kann es nicht gewesen sein.«

»Er meinte in etwa, wenn Erik nicht gewesen wäre, dann wären Sie mit Sicherheit Alkoholiker geworden. Alle in Ihrer Familie seien nichtsnutzige Säufer.«

Åke Sundström seufzte. »Auch ein blindes Huhn findet einmal ein Korn.« Er lachte, aber Meijtens begriff nicht ganz, worüber.

»Es ist schon witzig, welches Gespür man dafür hat, was

einem vom Schicksal vorherbestimmt ist. Die Lehrer hatten mich seit meinem ersten Tag auf dieser verdammten Schule auf dem Kieker, und im Grunde kann ich ihnen das nicht einmal verübeln. Hätte ich meine drei älteren Brüder unterrichten müssen, wäre ich auch allen, die Sundström heißen, mit Misstrauen begegnet. Jedenfalls ging es ziemlich schnell bergab mit mir. Meine schulischen Leistungen waren nicht besonders gut, und ich fing an, Ärger zu machen.«

Er verstummte kurz.

»Nach ein paar Jahren gab meine Lehrerin auf. Man versetzte mich in die Parallelklasse, und es hieß, wenn ich mich nicht zusammenreißen würde, dann würde ich sitzen bleiben, in eine Sonderschulklasse kommen oder von der Schule fliegen. Mir selbst war das völlig egal, und in dieser Einstellung wurde ich ausnahmsweise einmal von meinem Vater unterstützt.«

Er spuckte, diesmal etwas wütender, vor sich aus.

»Die neue Lehrerin, genauso vertrocknet pietistisch wie die Erste und gebührend gewarnt vor dem jungen Sundström, nahm mich mit hochgekrempelten Ärmeln und ängstlichen Augen in Empfang.«

Er grinste und sagte mit affektierter Stimme: »›Setz dich dahin, Åke, dann werden wir ja sehen, ob aus dir noch etwas Anständiges werden kann.‹ Sie war eine alte Schabracke, aber ohne es zu wissen, veränderte sie mein Leben. Ihre Idee war genauso simpel wie idiotisch. Man setze den größten Hohlkopf der Schule neben den Klassenprimus, vielleicht färbt dann von dem Guten etwas auf ihn ab. Das war natürlich bescheuert, aber in meinem Fall funktionierte es tatsächlich.«

Er hob einen Finger, als wollte er Meijtens überzeugen.

»Nicht, dass dies eine tragfähige Hypothese wäre, denn das ist es nicht. Gute Schüler färben nicht auf schlechte ab, die Leuchten können den faulen Eiern nicht helfen. So funktioniert das nicht. Aber mein Fall war eine Ausnahme, weil der Klassenprimus Erik Lindman hieß. Und wir wurden die besten Freunde.«

Meijtens saß vollkommen still und hütete sich, die Geschichte zu unterbrechen. Er wusste, dass Åke Sundström ihm bald das letzte Puzzleteil liefern würde.

»Es ging nicht darum, mir bei Algebra zu helfen oder im richtigen Moment die korrekte deutsche Präposition zuzuflüstern. Obwohl das mehr als einmal vorkam. Aber Erik brachte mir etwas viel Wichtigeres bei. Wichtiger als Schulwissen und Hausaufgaben. Er lehrte mich, wie wichtig es ist, an sich selbst zu glauben.«

Irgendwo hörten sie mit aufheulendem Motor ein Moped starten, aber ansonsten herrschte Stille. Die Laterne über der Bank war die einzige in ihrer Nähe, ansonsten wurden sie von der Herbstdunkelheit umhüllt.

»Ich denke oft, dass ich alles, was ich heute kann und was von Wert ist, Erik zu verdanken habe. Das ist vielleicht etwas übertrieben, kommt der Wahrheit aber dennoch erschreckend nahe. Fest steht, alles, was ich bin, bin ich dank ihm geworden. Irgendwie hat er mich durch die Schule gezogen, auf die Realschule und bis zum Abitur. Allein das grenzt schon an ein Wunder.«

Er lachte auf. »Ich dachte, mein Alter erschlägt mich, aber dank Eriks Unterstützung bin ich am Ball geblieben. Dann bin ich mit ihm nach Uppsala gegangen, aber das wissen Sie ja. Ich war der erste Akademiker in meiner Familie.« Er blickte zu den Baumwipfeln hoch. »Das haben sie mir natürlich nie verziehen.«

Åke Sundström verstummte, aber bevor Meijtens dazu kam, eine Frage zu formulieren, griff er den Faden selbst wieder auf. »Wie ich Ihnen ja schon erzählt habe, lebten wir uns während des Studiums in Uppsala ein wenig auseinander, aber als die Jahre nach seinem Verschwinden ins Land gingen, vergaß man die kleinen Streitigkeiten und erinnerte sich stattdessen an Erik, wenn Sie verstehen, was ich meine.«

Meijtens nickte.

»Mir war von Anfang an klar, dass hinter Eriks Verschwinden irgendeine Schweinerei stecken musste. Als dann immer mehr Artikel über seine angebliche Spionagetätigkeit erschienen, begann es, in meinem Kopf zu arbeiten. Ich wusste doch, dass er unschuldig war, und nach einer Weile dämmerte mir, dass einer dieser Salonbolschewisten der Schuldige sein musste. Ein Mann, der nicht nur sein Land, sondern auch seinen Freund verraten hatte, oder eine Frau, die vielleicht ihren Verlobten auf dem Gewissen hatte.«

»Wie lange hatten Sie Laurén in Verdacht?«

Åke Sundström musterte Meijtens, und es schien eine Ewigkeit zu vergehen, ehe er antwortete.

»Ehrlich gesagt, hatte ich sie lange Zeit alle drei in Verdacht, aber dann haben Laurén und Sonia geheiratet, und dann war da noch diese andere Geschichte. Ich begann, ein Muster zu erkennen.«

»Die Stiernspetzaffäre?«

Åke Sundström antwortete nicht. Meijtens nahm an, dass Åke Sundström sich mit Frieda Stiernspetz in Verbindung gesetzt hatte. Deshalb kannte sie ihn, als Meijtens und sie ihn auf dem Waldfriedhof sahen.

»Aber ich war mir nie völlig sicher, bis Sie und diese Schönheit anfingen, alles von Neuem aufzurollen. Ich wartete darauf, dass Sie alles aufdecken würden, aber stattdessen schrieben Sie gar nichts mehr darüber.« Er wandte sich Meijtens zu. »Warum eigentlich nicht?«

»Wir durften nicht. Die Sache war tabu.«

Åke Sundström nickte. »Na klar. Habe ich es nicht gesagt? Typen wie Laurén kommen immer davon.«

Plötzlich legte sich ein breites Lächeln auf sein Gesicht, und Meijtens bemerkte, dass durch die Herbstdunkelheit jemand auf sie zukam.

»Hallo, Erik«, rief Åke Sundström, »was machst du denn hier?«

Als Meijtens sich vom ersten Schock erholt hatte, sah er, dass es ein junger, etwa zwanzigjähriger Mann war, der sich ihnen auf dem Parkweg näherte.

»Das ist Erik, mein Ältester. Erik, das ist Tobias Meijtens, ein ehemaliger Zeitungsfritze.«

Sie gaben sich die Hand, und Erik Sundström lächelte freundlich. »Mama hat angerufen und mich zum Essen eingeladen. Ich war in der Nähe und dachte, ich könnte dich abholen.«

»Mein Erik hier«, sagte Åke Sundström und legte den Arm um die Schulter seines Sohnes, »wohnt mittlerweile in einem beengten Studentenwohnheim, statt seine Eltern in einem gemütlichen, kleinen Einfamilienhaus zu ertragen.«

»Ich versuche eben, etwas für meine mentale Gesundheit zu tun«, erwiderte Erik lachend.

»Er will Diplom-Ingenieur werden«, erklärte Åke Sundström. »Studiert an der Königlich Technischen Hochschule.« Er betonte jedes Wort.

Erik Sundström verdrehte die Augen. »Das reicht jetzt, Papa. Ich glaube nicht, dass ihn das interessiert.«

Als sie sich verabschiedeten, ließ Åke Sundström seinen Sohn ein wenig vorgehen. Er packte Meijtens am Arm und zog ihn zu sich.

»Gehen Sie jetzt nach Hause und schreiben Ihren Artikel? Oder vielleicht einen Bestseller?«

»Das habe ich, ehrlich gesagt, nicht vor.«

Åke Sundström ließ ihn nicht los. »Und, was wollen Sie dann machen?«

»Mir einen Job suchen. Vielleicht wieder Taxi fahren. Oder als Barpianist arbeiten.«

Åke Sundström nickte. Dann lächelte er breit und ließ Meijtens' Arm los.

»Vielleicht sollten Sie mal darüber nachdenken, Lehrer zu

werden. Für einen durchschnittlich begabten Typen wie Sie haben wir immer Verwendung.«

Sein Sohn rief nach ihm.

»Jetzt komm schon, Papa! Mama flippt aus, wenn wir noch später kommen.«

Åke Sundström holte ihn joggend ein und legte den Arm um seine Schultern. Sie verschwanden zwischen den dreistöckigen Mietshäusern.

Meijtens radelte den schmalen Parkweg entlang und füllte seine Lunge mit kalter Luft. An diesem Abend würde er das gesamte Material zu Erik Lindman einpacken und auf den Speicher stellen. Ein weiterer Karton zwischen seinen alten Notizen und Aufzeichnungen von der Universität. Danach würde er versuchen, irgendwo einen Job zu finden. Es würde schon irgendwie weitergehen, das tat es immer.

Nachwort zur historischen Einordnung

Im Herbst 1989 bricht in Osteuropa der Kommunismus zusammen. Die Reformpolitik, die wenige Jahre zuvor von der sowjetischen Führung eingeleitet wurde, hat Entwicklungen ausgelöst, die niemand vorhersehen konnte. Nach einigen chaotischen Monaten werden in der Tschechoslowakei, in Polen und Ungarn freie Wahlen abgehalten. Gleichzeitig ist die sowjetische Führung zu sehr mit internen Problemen beschäftigt, um eingreifen zu können. Innerhalb der Partei tobt ein Machtkampf zwischen Reformern und reaktionären Kräften, in mehreren Sowjetrepubliken wird der Ruf nach Unabhängigkeit laut, und die Wirtschaft befindet sich im freien Fall.

Die Situation in Albanien hingegen ist unsicherer. Seit der Machtübernahme der kommunistischen Partei im Jahre 1944 hat das Land unter Diktator Enver Hoxha eine unerbittliche stalinistische Politik mit starken isolationistischen Tendenzen und einer kompromisslosen Unterdrückung jeder internen Opposition verfolgt.

Hoxhas Albanien hatte schon früh eine enge Zusammenarbeit mit Stalins Sowjetunion etabliert. In den Fünfzigerjahren stand Hoxha der Reformpolitik des neuen sowjetischen Machthabers Chruschtschow jedoch immer skeptischer gegenüber und war zu keinen oder höchstens kosmetischen Zugeständnissen an Pluralismus und Offenheit bereit. Anfang der Sechzigerjahre brach das Land dann endgültig mit der Sowjetunion und deren Satellitenstaaten und suchte stattdessen die Unterstützung Chinas. Gleichzeitig führte Albanien eine immer extremere Spielart des Kommunismus ein. Die Landwirtschaft wurde vollständig verstaatlicht und jede private Viehzucht verboten. Hoxha führte zudem eine weitreichende Kampagne gegen die Ausübung jeglicher Religion durch.

Nach dem Besuch von Präsident Nixon in Peking 1972 bekam auch das Verhältnis Albaniens zu China Risse. 1978 kam es zum endgültigen Bruch zwischen den beiden Bruderländern: Die chinesische Unterstützung wurde eingestellt, chinesische Berater reisten heim, und albanische Studenten, die sich in China aufhielten, wurden zurückgeschickt. Albanien war damit vollständig isoliert.

Genau wie bei früheren Veränderungen in den außenpolitischen Allianzen des Landes folgten auch dem Bruch mit China interne Säuberungen und Abrechnungen. Diesmal traf es Hoxhas Premierminister Mehmet Shehu. Offiziell ließ man verlautbaren, er habe nach einem Nervenzusammenbruch Selbstmord begangen. Seinem Tod folgten brutale Säuberungen unter seinen Sympathisanten innerhalb von Sicherheitspolizei und Staatsapparat.

Nach Enver Hoxhas Tod 1985 übernahm eine Troika unter der Führung von Ramiz Alia die Macht. Durch die wirtschaftlich katastrophale Lage war das Land in großer Bedrängnis, und so machte Albanien erste tastende Schritte hin zu einer größeren internationalen Offenheit, wohingegen man nicht bereit war, den eisernen Griff im eigenen Land zu lockern, den die kommunistische Partei unter Hoxha etabliert hatte.

Im Juli 1990 erreichte dann eine erste Flüchtlingswelle den Westen, als viertausend Albaner das Land in Booten mit Kurs auf Italien verließen. Dieser ersten sollten weitere folgen, bis die kommunistische Partei nach freien Wahlen im März 1992 schließlich ihre Macht verlor.